VENT FROID

DU MÊME AUTEUR

Détonations rapprochées
Seuil, 2003 ; Points, n° P1272 ; livre-disque, Éd. Livraphone, 2006

La Mort au fond du Canyon
Seuil, 2004 ; Points, n° P1394 ; Éd. Livraphone, 2008

Winterkill
Seuil, 2005 ; Points, n° P1561 ; livre-disque, Éd. Livraphone, 2008

Sanglants Trophées
Seuil, 2006 ; Points, n° P1783

L'Homme délaissé
Seuil, 2007 ; Points, n° P2140

Meurtres en bleu marine
Seuil, 2008 ; Points, n° P2254 ; livre-disque, Éd. Sixtrid, 2010

Ciels de foudre
Seuil, 2009 ; Points, n° P2382

Zone de tir libre
Seuil, 2009 ; Points, n° P2494

Le Prédateur
Seuil, 2010 ; Points, n° P2658

Trois Semaines pour un adieu
Seuil, 2011 ; Points, n° P2841

Below Zero
Calmann-Lévy, 2012 ; et sous le titre *L'Empreinte des morts*, Points, n° P3051

Fin de course
Calmann-Lévy, 2013 ; Points, 2014

C.J. BOX

VENT FROID

Roman traduit de l'anglais par Aline Weill

calmann-lévy

Titre original (États-Unis) :
COLD WIND

© C. J. BOX, 2011
Publié avec l'accord de G. P. Putnam's Sons,
Penguin Group (USA) Inc., New York
Tous droits réservés

Pour la traduction française :
© Calmann-Lévy, 2014

Couverture :
Rémi Pépin, 2014
Photographie de couverture :
© Neil Holden/Arcangel Images

ISBN 978-2-7021-4480-0
ISSN 2115-2640

À la mémoire de David Thompson
... et à Laurie, toujours

21 AOÛT

« Tu entends un bruit de sabots ? Pense chevaux, pas zèbres. »

Vieil avertissement
de la faculté de médecine

CHAPITRE 1

Il partit après le petit déjeuner pour ce qui devait être son dernier jour sur terre.

C'était un vieil homme, mais comme beaucoup d'hommes riches et puissants de sa génération, il refusait de se considérer comme tel. En son for intérieur, il envisageait réellement la possibilité de ne jamais s'écrouler, peut-être même de vivre éternellement alors que, autour de lui, les types moins résolus et moins prospères disparaîtraient.

En fait, il s'était mis récemment à chevaucher à travers de vastes parcelles de ses terres quand il faisait beau. Il montait un Tennessee Walker[1] noir à longues jambes de seize paumes et demie, un animal si haut qu'il lui fallait un tabouret pour se mettre en selle. Le hongre semblait flotter tel un fantôme au-dessus des plaines d'armoise et des contreforts semés de genévriers des Rocheuses, comme s'il marchait sur un coussin d'air. Son allure épargnait les genoux et le bas du dos du vieil homme, lui permettant de jouir du ranch sans être interrompu sans cesse par les élancements dont on souffre après avoir passé soixante-cinq ans sans monter à cheval.

1. Race de cheval de selle créée pour donner des montures confortables, pouvant parcourir les grandes plantations du sud des États-Unis. (*Toutes les notes sont de la traductrice.*)

Monter le rapprochait de la terre qui, comme le cheval, était à *lui*. Il possédait le sol crayeux et sablonneux, et les milliers de vaches Black Angus qui broutaient l'herbe même que les troupeaux de bisons avaient mangée naguère. Il possédait l'eau qui y coulait, les minéraux en dessous, l'air qui volait au-dessus. *L'air lui-même.*

Il avait beau être quelqu'un qui avait toujours possédé tout en grand — maisons, bateaux, avions, voitures, immeubles, sociétés grandes et modestes, chevaux de course, puits de pétrole et, pendant quelque temps, une petite île au large de la côte de Caroline du Nord —, il aimait cette terre plus que tout car, contrairement au reste des choses dans sa vie, elle ne se soumettait pas à lui (enfin, elle et sa femme, mais ça, c'était une autre histoire). Voilà pourquoi il ne la méprisait pas.

Et donc, il sillonnait son ranch, le contemplait, lui parlait et disait à voix haute :

— Et si on faisait un compromis en admettant que, pour l'instant, on se possède mutuellement ?

***

Le vieil homme portait un Stetson 40X à bord étroit en poils de castor argenté, une chemise à manches longues ornée d'un empiècement et fermée par des boutons pression, et des bottes de cow-boy. Il n'était pas idiot et prenait toujours, en plus de son portable, un téléphone satellite pour les endroits de son ranch où il n'y avait pas de signal. Juste au cas où.

Il avait demandé à un de ses employés, un Équatorien nommé José Maria, d'aller lui acheter un iPod en ville et d'y télécharger une liste de mélodies qu'il avait intitulée « musique de ranch ». Elle était largement formée de bandes originales de films : des morceaux d'Ennio Morricone comme « L'Estasi dell'Oro[1] » dans le *Le Bon, la brute et le truand*, les thèmes

1. L'Extase de l'or.

de *Pour une poignée de dollars* et de *La Resa dei Conti*[1] ; « The Journey » et « Calvera's return » composés par Elmer Bernstein pour *Les Sept Mercenaires* et le leitmotiv des « Grands Espaces » de Jerome Moross. Toutes de grandes musiques merveilleuses, exaltantes, majestueuses et *triomphalistes* d'une autre époque. Comme on n'en faisait plus. Elles lui évoquaient des hommes rudes (mais justes) chevauchant sous de vastes ciels pendant que leurs femmes les attendaient à la maison, et des méchants – généralement des Mexicains – qu'il fallait vaincre.

En fait, il en avait lui-même vaincu quelques-uns en les chassant de son ranch ces deux derniers mois, suite à un appel passé en douce à l'ICE[2] par sa femme. Même si ses employés mexicains travaillaient dur et s'ils étaient d'excellents gardiens de troupeaux, elle avait pu prouver le nombre de fois où ils avaient refusé de lui témoigner du respect. Elle leur reprochait leur inébranlable culture macho. Les types de l'immigration les avaient donc raflés et expédiés ailleurs. Leurs postes avaient récemment été repris par des Équatoriens comme José Maria, certes pas aussi doués avec le bétail, mais plus déférents envers sa femme.

***

Il chevaucha vers le sommet d'une pente, se faufilant entre des bosquets noueux de genévriers en forme de cloche. Les arbres étaient couverts d'amas de baies à l'odeur si forte et suave qu'elle lui rappela celle du martini-gin. Son cheval effraya des lapins qui jaillissaient comme des grains de pamplemousse pressé des touffes d'herbe haute, et chassa une petite troupe de cerfs mulets, qui s'égaillèrent devant lui. Le temps s'était réchauffé, il faisait maintenant près de 25 degrés et, la

1. *Pour quelques dollars de plus.*
2. Immigration and Customs Enforcement, services de l'immigration dépendant de la Sécurité intérieure.

température s'élevant, le bourdonnement des insectes aussi était monté de l'herbe haute jusqu'aux chevilles. Lui-même fredonnait le thème des « Grands Espaces ». Il tenta de se rappeler le film – avec Gregory Peck ou William Holden ? – mais sa mémoire n'allait pas jusque-là. Il se dit qu'il demanderait à José Maria de le commander sur Netflix.

Il arrêta l'iPod et fourra le cordon et les écouteurs dans sa poche de poitrine tout en poussant son cheval à gravir la pente douce. Le vrombissement des insectes fit place au ruissellement du vent dans la cime des arbres. Passer des sons de la terre aux bruits du ciel le transportait à chaque fois, mais pas autant, et de loin, que ce qu'il s'attendait à voir quand il franchirait la crête de la colline.

***

Tout en plaquant fermement son Stetson sur sa tête et évitant les branches basses, le vieil homme exhorta son cheval à monter d'un pas vif jusqu'au sommet. À présent, il n'entendait plus qu'un vent retentissant de classe 5[1], mais au fond duquel, presque à un autre niveau auditif, perçait un autre bruit, aigu, rythmé et résolu. Il avait un jour entendu José Maria comparer ce bruit à celui d'un colvert volant au ras d'une rivière : un furieux battement d'ailes ponctué d'un *squik-squik-squik* aigu mais voilé, indiquant que l'oiseau approche.

Du haut de la colline, il baissa les yeux sur la prairie d'armoise, qui s'étendait à perte de vue avant de se heurter aux monts Bighorn du Wyoming. Et tout cela était à lui.

Des ors et des gris de la prairie, sur deux mille hectares, là, sur une crête haute, surgissait une centaine d'éoliennes à divers stades de construction, à l'endroit même où, juste un an plus tôt, seules des roches sculptées par le vent saillaient de la

1. Classification des vitesses de vent propre aux États-Unis, différente de l'échelle de Beaufort, et comptant sept niveaux.

surface tels des coraux de terre sèche. Un nouveau réseau de pistes courant en droite ligne les reliait toutes. Les éoliennes achevées – et dix seulement étaient opérationnelles – culminaient à soixante-quinze mètres dans le ciel. Il adorait se dire que chacune d'elles dépassait de trente mètres la statue de la Liberté. Et elles s'alignaient, hautes, blanches et parfaites, en ligne droite, sur l'épine dorsale bossue d'une crête dans la cuvette. Les dix qui fonctionnaient avaient leurs pales au grand complet. Et ces pales tournaient, fendant le ciel du Wyoming et produisant le sifflement inimitable... de l'argent.

Et il y en a quatre-vingt-dix à venir, pensa-t-il.

Derrière cette rangée d'éoliennes se trouvaient une simple série de mâts, puis une autre, et enfin sept rangées de dix, chacune à divers stades de construction. Elles se trouvaient à des kilomètres les unes des autres, mais il était assez loin et haut sur la colline pour voir l'ensemble du parc, depuis les trous de forage percés à l'arrière, où des centaines de tonnes de béton seraient déversées, aux fondations enterrées des mâts et aux turbines et pales qui les coiffaient. Elles lui faisaient penser à des touffes d'herbe d'une blancheur parfaite surgissant, à différents stades de pousse, de la terre droit vers le ciel.

Les éoliennes entièrement installées avaient un rotor de quarante-quatre mètres de diamètre. Leurs pales tournaient à près de cent soixante kilomètres-heure. Des semi-remorques en avaient livré d'énormes tas, qui gisaient sur l'armoise comme de longs ossements de baleine abandonnés par des navires.

Il se trouvait si loin de son parc éolien que les équipements de construction – pick-up, grues et appareils de terrassement – lui semblaient être des miniatures.

La première ligne d'éoliennes presque achevées se dressait telle une rangée de soldats – de ses soldats à lui – directement face à la morsure du vent. Elles tournaient avec force, dans un acte de défi, transformant en pouvoir et en richesse le vent qui avait chassé les humains et les fermes de la cuvette plus de cent ans plus tôt.

Il agita son chapeau et poussa un cri de triomphe rien qu'à voir l'échelle gigantesque de tout cela.

Rencontrer le maître d'œuvre du projet – doublé du fournisseur des machines – l'année précédente avait été un extraordinaire coup de chance, un des nombreux de sa vie. Il y avait là un homme, un homme désespéré, qui poursuivait un rêve, jouissait de relations et, surtout, d'un accès à une réserve d'éoliennes à un moment où les fabricants ne pouvaient pas en produire assez. Cet homme désespéré était apparu au bon endroit et au bon moment, tout en étant – littéralement – à quelques jours de la ruine. Et le vieil homme, en tombant sur lui, avait saisi l'occasion, comme il en avait déjà saisi tant d'autres avant, tandis qu'autour de lui on hésitait, bégayait et consultait législateurs, avocats et responsables financiers. Cette rencontre fortuite et l'occasion qu'elle avait créée lui avaient fait économiser un million de dollars par éolienne, cent millions au total. En suivant son intuition, il avait passé le marché et là, devant lui, se trouvait le fruit de son instinct infaillible.

L'ironie de la chose, pensait le vieil homme, c'était que ce n'était pas le parc éolien qui allait vraiment lui rapporter une fortune. Pour cela, il irait chercher à l'est, à Washington DC. Là se trouvait la brèche dans le barrage qui envoyait l'argent inonder, telles les vagues d'un tsunami, tout l'ouest du pays.

***

En entendant gronder le moteur d'un véhicule, il balaya instinctivement des yeux le parc éolien pour chercher l'origine du bruit, mais jugea très vite qu'il était trop loin pour discerner les sons avec précision.

Comme il n'y avait ni vaches à déplacer ni clôtures à réparer derrière lui, il douta que ce soit José Maria ou ses collègues équatoriens qui venaient de son côté. Il se tourna sur sa selle et plissa les yeux pour regarder le bas de la pente par où il était monté, mais il ne put rien voir.

D'un claquement de langue, le vieil homme incita son cheval à faire demi-tour et à redescendre la colline. Tandis qu'il passait entre les genévriers, les vents rudes du sommet commencèrent à s'atténuer, mais ne se réduisirent pas au silence. Ils ne le feraient jamais.

À nouveau, il entendit un moteur et chevaucha doit vers lui.

Il sortit du bois à l'odeur entêtante et sourit en reconnaissant le véhicule et le conducteur. Le 4 × 4 se trouvait sur une vieille piste à deux voies et roulait dans sa direction. Il entendit le grincement du moteur et le raclement aigu des épis d'armoise sous le châssis. Des jets parallèles de poussière, soulevés par les pneus, étaient emportés par le vent.

Il agita la main en arrivant à trente mètres du 4 × 4, et il le faisait encore quand le chauffeur freina et sortit du véhicule un fusil à la main.

— Oh, allons…, dit le vieil homme, mais soudain, il comprit tout avec une clarté effroyable.

La première balle l'atteignit en pleine poitrine, aussi fort que la balle d'un batteur de base-ball visant l'exploit. Son iPod vola en éclats.

22 AOÛT

« Quand un homme ne sait pas vers quel
port il navigue, aucun vent ne le porte. »

SÉNÈQUE

CHAPITRE 2

Le lundi matin, une heure avant l'aube, le garde-chasse du Wyoming Joe Pickett sortit de son allée en marche arrière dans son pick-up Ford vert et appela le central à Cheyenne.

— GF53 à l'appareil, dit-il, je pars en patrouille.

Son pick-up avait moins d'un an, mais la sensation de voiture neuve liée à la qualité de la suspension avait été depuis longtemps mise à mal par des pistes larges mais accidentées, des tiges d'armoise aussi hautes que sa calandre et les congères d'un énième hiver sans pitié. Comme toujours, il était à l'étroit dans la cabine où s'entassaient vêtements, cartes, armes et matériel électronique. Son service refusait d'acheter ou de fournir des pick-up double cabine aux cinquante-quatre gardes-chasses du Wyoming, de peur que les contribuables ne protestent contre cette prodigalité flagrante, même si les monocabines étaient si rares qu'ils devaient faire l'objet de commandes spéciales. À l'intérieur du sien, ça sentait le café frais (celui de son mug de voyage) et le chien particulièrement flatulent – Tube, son bâtard labrador-corgi – qui s'était déjà pelotonné sur le siège passager. Le tout nouvel ajout à son arsenal habituel était la carabine Ruger .204, montée sur le toit de sa cabine pour abattre le gibier blessé ou mutilé avec un minimum de bruit ou d'impact. Comme l'état de ses véhicules de fonction était de loin le pire de son service, il avait fait le vœu de choyer celui-là jusqu'à ce qu'il atteigne son kilométrage maximum, chose qui ne s'était encore jamais produite de toute sa carrière.

— *Good morning*, Joe[1], lança la dispatcheuse en haussant la voix à la fin de son salut.

Elle trouvait l'expression amusante et ne se lassait jamais de la répéter.

— Bonjour, lui renvoya-t-il. Ce matin, je serai à l'est, dans les Breaklands, zones 21 et 22, pour contrôler les chasseurs d'antilopes.

— Bien reçu.

Elle s'interrompit, sans doute pour vérifier dans son manuel, puis ajouta :

— Donc, dans la zone de la Middle Fork et de la Crazy Woman ?

— Affirmatif.

— Comment ça va ? lança-t-elle au moment où il allait raccrocher. Vous deviez emmener votre fille à l'université hier, n'est-ce pas ? Ça s'est bien passé ?

— Ne me le demandez pas. GF53, terminé.

***

La veille, un dimanche, Joe était arrivé sans uniforme, le moral en berne et au bord de la panne d'essence, à la périphérie de Laramie par la route nord, dans la camionnette vieillissante de Marybeth. C'était la dernière semaine d'août, mais un front froid était venu du nord-ouest, et de petites bourrasques de neige ébranlaient le véhicule et le poussaient vers l'accotement de la route à deux voies.

— Mon Dieu, mais c'est… de la neige ? s'était écriée sa fille adoptive April avec une incrédulité méprisante et une façon de parler dont elle s'était fait une spécialité : souligner un mot

1. *Morning Joe* est une émission d'informations matinale de la télévision américaine.

sur trois ou quatre. Il peut quand même foutrement pas neiger en *août*!

April était frêle mais dure, avec une rudesse dans son physique et ses manières qui semblait provocante, même quand ce n'était sans doute pas voulu. En grandissant, elle ressemblait de façon effrayante à sa mère Jeannie, qui n'avait pas atteint les quarante ans. Mêmes cheveux blonds. Mêmes yeux étroits et accusateurs.

Joe échangea un regard avec Marybeth. Ils s'étaient demandé, sans trouver de réponse, si « foutrement » était un mot acceptable dans leur famille.

— Moi, quand j'irai à la fac, reprit April, ce sera *quelque part* où il fait *chaud*. Quelque part loin d'*ici*.

— Qu'est-ce qui te fait croire que t'iras à la fac ? glissa Lucy, leur fille de quatorze ans, juste assez bas pour espérer que, du siège avant, ses parents ne l'entendent pas.

Joe trouva que le bredouillis de sa fille ne volait pas bien haut, même s'il était peut-être juste. Lucy étant d'habitude plus diplomate et paisible, lorsqu'elle lâchait une pique, celle-ci faisait deux fois plus mal que si elle venait des autres filles. Lucy était petite, mais pas anguleuse comme April. Elle était ronde, mais parfaitement proportionnée, avec des cheveux blonds, des traits saisissants et une grâce féline. Les inconnus commençaient à la suivre des yeux, avait remarqué Joe. Et ça ne lui plaisait pas.

Marybeth, qui avait entendu tout ce qui se passait sur le siège arrière, se retourna pour tenter de parer ce qui allait venir. Épiant la réaction d'April dans le rétroviseur, Joe vit qu'elle s'était roulée en boule, prête à exploser. Elle avait le visage rouge et tiré, les narines dilatées et les yeux fixés sur Lucy assise à côté d'elle.

— Les filles, s'il vous plaît ! lança Marybeth.

— T'as *entendu* le foutu *truc* qu'elle a *dit*? reprit April.

— Oui, et c'était déplacé. N'est-ce pas, Lucy ?

Un temps, puis celle-ci répondit :

— Oui.

— Alors, maintenant, tu t'excuses, dit April. Moi, je dois toujours foutrement m'*excuser* quand j'ai dit un truc *idiot*.

— Pardon..., murmura Lucy.

— C'est une journée pleine d'émotions, dit Marybeth en se retournant sur son siège.

Joe regarda dans le rétroviseur et surprit Lucy qui articulait :

— *Mais c'est vrai.*

Là, April se pencha vers elle et se passa un doigt en travers de la gorge, comme une lame de couteau. Lucy haussa les épaules, mais en voyant ce geste, Joe sentit un frisson lui parcourir le dos.

— J'espère qu'on arrivera à la fin de la journée sans orage, enchaîna Marybeth, à qui la scène avait échappé. Même si on n'évitera peut-être pas de se faire mouiller.

Son portable sonnant dans son sac, elle le sortit, regarda l'écran et le rangea.

— Ma mère..., dit-elle. Elle a le chic pour appeler pile au mauvais moment.

— Faut prendre un peu d'essence, dit Joe. On roule presque à vide.

Juste devant eux se trouvait une station-service annoncée par un panneau vert, qui disait :

ROCK RIVER
235 habitants
Altitude : 2 100 m

***

Sheridan, leur fille de dix-neuf ans, partait à la fac. L'université de Laramie, Wyoming, se trouvait à trois quarts d'heure au sud, sur la bosse des hautes plaines. La future étudiante les suivait sur la bretelle de sortie au volant du pick-up Ford Ranger qu'ils avaient acheté récemment et dont le plateau était bourré de cartons de tout ce qu'elle possédait. Joe avait arrimé une bâche par-dessus le chargement avant leur départ de Saddlestring quatre heures auparavant, mais le vent y avait percé de longues trouées. Heureusement, la corde maintenait les lambeaux en place. Ça l'avait tracassé pendant presque tout le trajet.

Soit Marybeth n'avait pas remarqué la bâche abîmée, soit – et c'était plus probable – elle ne s'en inquiétait pas tandis qu'elle regardait vaguement par la fenêtre en se tamponnant les yeux avec des douzaines de Kleenex à présent froissés à ses pieds sur le sol du pick-up, comme un nid d'oiseau.

Joe regretta de ne pas avoir apporté son manteau d'hiver pour se protéger du vent et du froid. Ça soufflait toujours dans cet endroit. Les arbres, si rares soient-ils sur ce sommet, étaient noueux et tordus comme les gargouilles des hautes terres. Les deux côtés de la route étaient bordés par une longue barrière de neige haute de trois mètres. Le vent hurlait du nord, faisant vibrer la camionnette et le pick-up de Sheridan tandis que Joe remplissait les réservoirs d'essence.

Il resserra les cordes en travers du pick-up et s'assura qu'aucun carton ne s'était ouvert. Il s'imagina les vêtements de sa fille s'envolant et fusant dans le paysage pour aller s'accrocher à des tiges d'armoise.

Joe Pickett était au milieu de la quarantaine. Mince, de taille et de corpulence moyennes, il avait des yeux bruns éternellement plissés comme s'il jaugeait toujours tout, même les choses les plus simples. Il portait un vieux jean Cinch, des bottes de cow-boy usées, une chemise à empiècement fermée par des boutons pression et une ceinture ouvragée, sur laquelle était marqué *Joe*. Sous le siège de sa camionnette se trouvait un Glock 23 de calibre 40 dans son holster – son arme de service semi-automatique –, une bombe anti-ours, des menottes et un carnet de P-V. Il y avait eu un temps où mêler sa famille et ses armes lui avait paru incompatible. Mais au fil des ans, il s'était fait quelques ennemis et avait fini par accepter, si ce n'est par aimer, son aptitude innée à être très souvent au mauvais endroit au mauvais moment. Il avait appris à vivre avec le soupçon et à ne pas se sentir coupable de regarder par-dessus son épaule. Même un jour d'emménagement des première année à l'université de Laramie, Wyoming.

***

Sheridan le regarda remplir son réservoir, attacher fermement son chargement et, depuis la cabine, lui fit un petit signe de la main pour le remercier. Il le lui rendit en souriant. Sheridan avait les cheveux blonds et les yeux verts, comme Lucy et Marybeth. Elle était mûre pour son âge mais, pour lui, elle était toujours fragile et vulnérable, comme une petite fille. Elle portait un sweat-shirt gris à capuche des Lady Wranglers de Saddlestring et avait les cheveux noués en arrière. Il la regarda assise au volant et la revit à sept ans, s'efforçant inlassablement, avec les genoux écorchés et une détermination héroïque, de descendre la route à bicyclette sur plus de trois mètres sans tomber. Jusqu'à cet instant, l'instant même où ils échangeaient ce regard, il ne s'était pas rendu compte qu'elle allait les quitter.

Sheridan, après tout, était son pote. Apprentie fauconnière, athlète à grand-peine, première-née, la grande sœur. C'était elle qui venait le rejoindre dans le garage et lui passait ses outils quand il essayait de réparer son pick-up ou sa motoneige. C'était elle qui avait vraiment envie de l'accompagner dans ses patrouilles et avait fait de vaillantes mais vaines tentatives pour l'intéresser à la musique moderne et aux réseaux sociaux. Elle ne partirait pas trop loin, espérait-il. Elle reviendrait l'été et pour les congés.

Joe sauta dans la camionnette et se battit contre le vent pour fermer la portière. Quand il y arriva, un lourd silence pesa dans l'habitacle. Marybeth le regarda et demanda :

— Ça va ?

Il s'essuya les yeux avec sa manche.

— C'est le vent, dit-il.

***

Quatre heures plus tard, après avoir installé Sheridan à la résidence universitaire de Laramie, rencontré sa voisine de chambre, pris un dernier repas ensemble au Washakie Center, versé quelques larmes et évité encore deux appels de la mère de Marybeth, ils reprirent la route de Saddlestring. Chacun était plongé dans ses pensées, et il songea à un retour d'enterrement. Enfin, peut-être pas un truc aussi grave...

Le portable de Marybeth bourdonnant à nouveau dans son sac, elle le prit. Joe vit son regard qu'elle espérait et craignait en même temps que l'appel vienne de Sheridan.

Elle soupira profondément.

— C'est encore maman. Je devrais peut-être répondre... Comment ça, il a disparu ? dit-elle au bout d'un moment.

***

La mère de Marybeth, Missy, était revenue près de Saddlestring dans le ranch qu'elle partageait avec son nouveau mari, le promoteur et multimillionnaire des médias Earl Alden. On le surnommait le Comte[1] de Lexington parce qu'il était arrivé de cette ville alors qu'il était simple millionnaire. À eux deux, la mère de Marybeth – Missy Vankueren Longbrake Alden – et le Comte étaient les plus gros propriétaires terriens du nord du Wyoming à présent qu'ils avaient réuni leurs ranchs en se mariant. Missy avait acquis sa part en divorçant d'un propriétaire terrien de troisième génération, Bud Longbrake, qui avait découvert pendant la procédure de divorce ce que disait vraiment le contrat de mariage qu'elle lui avait fait signer.

Le Comte était le cinquième mari de Missy. Grâce à chacun de ses mariages, Missy s'était élevée dans l'échelle sociale

1. *Earl*, en anglais, veut dire « comte ».

après que son premier époux (le père de Marybeth, un agent immobilier) était mort prématurément dans un accident de voiture. Au bout de cinq mois de veuvage, elle avait épousé un médecin le jour même de son divorce, puis un promoteur de l'Arizona, un membre du Congrès – plus tard inculpé de fraude –, et le propriétaire de ranch Bud Longbrake. Le Comte était son plus grand triomphe. Joe ne pouvait imaginer un sixième mariage. Missy avait soixante-cinq ans. Même si c'était toujours une bombe – sous le bon éclairage et avec assez de temps pour se préparer –, elle avait rencontré le Comte à l'âge où le temps de la séduction lui était compté. Heureusement pour elle, elle avait tenté – et réussi – son dernier coup désespéré juste au moment où son horloge biologique sonnait la fin. Selon l'expression de Missy, Joe et elle avaient une relation « compliquée ». Joe ne pouvait pas la supporter et Missy, elle, se demandait encore, et sans s'en cacher, pourquoi sa fille préférée – celle qui était si courageuse et si prometteuse – était restée avec ce garde-chasse pendant toutes ces années.

***

— Je vais voir avec Joe ce qu'il en pense et je te rappelle, OK ? dit Marybeth à sa mère, puis elle ajouta au bout d'un silence, d'un ton irrité : Eh bien, *moi*, je ne m'en fiche pas. Au revoir.

Joe râla, mais garda les yeux sur la route.

— Maman dit qu'Earl est parti ce matin à cheval et qu'il n'est pas rentré. Il était censé revenir pour le déjeuner. Elle a peur qu'il lui soit arrivé quelque chose... un accident, ou un truc comme ça.

Il jeta un coup d'œil à sa montre.

— Donc, il a trois heures de retard...

— Oui.

— Elle a fait quelque chose à part t'appeler sans arrêt ?

Marybeth soupira.

— Elle a demandé à José Maria de sortir un camion pour partir à sa recherche.

Joe hocha la tête.

— Elle dit qu'Earl n'est pas très bon cavalier, même si lui le croit. Elle a peur que le cheval se soit sauvé ou qu'il l'ait fait tomber quelque part.

— Comme tu sais, ça peut arriver avec les chevaux...

— Elle se met vraiment dans tous ses états. Il doit avoir son portable sur lui, mais il n'a pas appelé, et quand elle essaye de l'avoir, il ne décroche pas. À sa voix, j'entends qu'elle commence à paniquer.

— Peut-être qu'il s'est débarrassé d'elle et a simplement continué à chevaucher vers la liberté, dit Joe. Je pourrais le comprendre.

— Je ne trouve pas ça très drôle.

***

Leur petite maison à deux niveaux comprenait trois chambres, un garage indépendant et une écurie ouvrant sur un corral à l'arrière. Joe soupira de soulagement quand ils s'arrêtèrent devant, mais s'il pensait en avoir fini avec le drame ce jour-là, il se trompait. La maison des Sentiments, comme il l'appelait, fut sans cesse en ébullition après leur retour. D'abord, April s'installa dans l'ancienne chambre de Sheridan – elle en avait partagé une avec Lucy comme des armées rivales « partagent » un champ de bataille. Lucy, grisée par une reconnaissance inavouée, l'aida à déménager, et Marybeth arriva juste à temps pour apercevoir le coin d'un sachet de marijuana dans le tiroir presque vide de la commode d'April. Elle fut ébahie et furieuse de cette découverte ; April se mit sur la défensive, encore plus furieuse d'avoir été démasquée, et Lucy réussit à s'éclipser et à disparaître quelque part dans la petite maison pour échapper à l'algarade.

Joe, lui, fut déçu, mais pas surpris. Voir April revenir d'entre les morts deux ans plus tôt les avait tous ébranlés[1] et, depuis, la situation n'avait rien d'un conte de fées. Pendant les années qu'elle avait passées hors de chez eux, elle avait été ballottée d'une famille d'accueil à l'autre, et avait vu et fait des choses qui commençaient juste à sortir au compte-gouttes lors de ses séances de thérapie bihebdomadaires. Elle avait été perturbée tant par la négligence que par des attentions déplacées – en fonction de la famille qui l'accueillait –, mais ni Joe ni sa femme ne la pensaient « irrécupérable ». La sauver était devenu le but de la vie de Marybeth. Mais les humeurs et les rages d'April rendaient les choses difficiles pour Lucy et Sheridan, qui avaient espéré une réconciliation plus calme – et plus de gratitude de sa part.

Après la découverte de la marijuana, il y eut des cris, des hurlements et des récriminations jusque tard dans la nuit. Qu'elle soit privée de sortie pendant deux ou trois mois fut un grand sujet de dispute. Ils optèrent pour deux mois et demi. Joe fit de son mieux pour soutenir sa femme mais, comme toujours, il se sentait dépassé.

Puis, à 2 h 30 du matin, peu après qu'April et Marybeth se furent retirées chacune dans leur chambre, le téléphone sonna. Joe pensa aussitôt : *Sheridan. Elle veut rentrer à la maison.*

Mais c'était à nouveau Missy qui, morte d'inquiétude, demanda à sa fille d'implorer Joe de lancer une alerte à toutes les patrouilles pour retrouver son mari. Elle voulait qu'il contacte sur-le-champ le staff du gouverneur – apparemment, le gouverneur Spencer Rulon avait décroché son téléphone après trois appels exigeant qu'il appelle la garde nationale pour rechercher le Comte.

Joe fut un peu impressionné qu'elle ait enfin l'air de comprendre ce qu'il faisait pour gagner sa vie. Il prit le téléphone assez longtemps pour vérifier qu'elle avait déjà signalé l'absence

---

1. Voir, du même auteur, *Below Zero*, dans cette même collection.

d'Earl au shérif du comté, Kyle McLanahan, puis au chef de police de Saddlestring, et laissé des messages au bureau du FBI de Cheyenne, ainsi qu'à la seule femme membre du Congrès et aux deux sénateurs élus dans le Wyoming. De surcroît, malgré l'heure tardive, elle avait lancé tous les employés du ranch à sa recherche.

Joe l'assura qu'il s'en occuperait dès le lendemain, tout en pensant que le Comte avait probablement attaché son cheval à une barrière de l'aéroport avant de s'envoler pour une de ses autres résidences de Lexington, Aspen, New York ou Chamonix.

CHAPITRE 3

C'était maintenant lundi, et ça lui fit du bien de sortir. Le front froid s'étant dissipé, la matinée était chaude et lourde, ce qui faisait ressortir l'odeur sucrée de la sauge tandis qu'il roulait sur le gravier de Bighorn Road. Il sirota son café et se réjouit d'aller travailler. Bighorn Road, la principale voie d'accès aux montagnes, passait devant sa maison. Les Bighorn se dressaient tels des géants aux épaules voûtées dominant la ligne d'horizon. De sa véranda et sa baie vitrée, il avait vue sur un vaste paysage dont la pente descendait dans une ravine encombrée de saules, où la Twelve Sleep River se formait à partir de six petits ruisseaux et gagnait en force et en volume avant de traverser, puis de dépasser dans un élan musclé, la ville de Saddlestring, treize kilomètres plus loin. Au sud, au-delà de la rivière naissante, le terrain s'élevait nettement en dessinant des cols qui s'incurvaient autour d'une montagne escarpée nommée la Wolf Mountain. Il ne se lassait jamais de voir les couleurs du soleil à l'aube et au crépuscule sur sa face de granit nu, et il doutait de s'en lasser un jour. Mais là, il était trop tôt pour qu'il y ait du soleil.

***

L'été avait été dur et riche en événements, et ça continuait à l'approche de l'automne.

La petite société de conseil de Marybeth, la MPB, était pratiquement dissoute. Une firme plus importante avait entamé le long processus d'achat de ses actifs, mais la récession ayant fini par gagner le Wyoming, trois ou quatre de ses principaux clients avaient cessé leur activité. En quelques semaines, les actifs de l'entreprise n'avaient plus rien eu à voir avec ce qu'ils étaient au début des négociations, et les deux parties avaient convenu d'annuler la vente. Même si Marybeth travaillait toujours en free-lance pour plusieurs petites boîtes locales, ces longues tractations avaient miné son énergie. Elle avait récemment repris son poste à temps partiel à la bibliothèque du comté de Twelve Sleep, mais cherchait de nouvelles ouvertures. Cet échec avait été imprévu et inhabituel, Marybeth étant la femme la plus coriace et pragmatique que Joe ait jamais rencontrée. Il ne doutait pas qu'elle – et leur famille – allait reprendre pied.

La perte des revenus de MPB les avait fait renoncer à leur projet d'acheter une nouvelle maison à l'extérieur de la ville. Ce coup dur avait été décevant pour Joe, qui voulait à tout prix ne plus avoir de voisins à quelques mètres de lui – surtout son voisin immédiat, l'as de la pelouse et de l'entretien contre qui il ne pourrait jamais lutter, Ed Nedny.

En juillet, toutefois, l'autre garde-chasse du district, Phil Kiner, avait pris sa retraite à l'improviste pour raisons de santé, et le département de Cheyenne avait offert à Joe de ramener sa famille dans le logement de fonction qu'elle avait occupé jadis à Bighorn Road, à treize kilomètres de Saddlestring. Le départ de Kiner lui avait permis de monter de un cran dans la hiérarchie des gardes-chasses, passant du numéro 54 au 53. À un moment donné, avant d'être viré, il était allé jusqu'au 24 et se demandait s'il y reviendrait jamais. Ils avaient mis leur ancienne maison de Saddlestring sur le marché et, en attendant de la vendre, ils continuaient à être serrés. Joe savourait son retour à l'ombre de la Wolf Mountain, où ses enfants avaient grandi. Mais il ne pouvait nier qu'après tout ce qu'ils avaient traversé, au fond, ils revenaient dix ans en arrière, à leur point de départ – dans la première maison des Sentiments. Et sans Sheridan.

— Ne t'en fais pas, avait dit Marybeth. Ce n'est pas une régression, mais un retour à la normale.

***

Il traversa la ville de Saddlestring alors que celle-ci s'éveillait et que le seul feu de signalisation passait de l'orange au vert, puis il fit huit kilomètres jusqu'à l'autoroute inter-États. Il rejoignit la deux voies qui partait vers l'ouest et s'arrêta pour laisser passer un convoi de semi-remorques chargés de pales blanches, lisses, brillantes et longues de vingt mètres, destinées à des éoliennes. Elles provenaient d'unités de production situées au sud et à l'est, et n'étaient maintenant plus une curiosité sur la nationale. D'énormes pièces détachées de parcs éoliens étaient transportées par camion vers des sites de construction dans tout le Wyoming et les montagnes de l'Ouest. Il se rappela avoir vu les premières deux ans auparavant et suivi le convoi un moment, intrigué, juste pour contempler la taille et la grâce de ces engins qui lui faisaient penser aux composantes ridiculement grandes d'un énorme jouet. Mais à présent, la fréquence des convois était banale, à mesure que les éoliennes surgissaient de terre en rangées immaculées dans tout l'État et toute la région.

L'apparition soudaine des parcs éoliens avait aussi ajouté une autre dimension à ses responsabilités quotidiennes. Il soupira et passa doucement sur l'autoroute vers les zones 21 et 22.

Puis il la quitta et entra dans le ranch de Bob et Dode Lee, véritable damier de terrains publics et privés abritant un vaste troupeau d'antilopes pronghorns.

***

Il monta péniblement la pente d'une butte qui dominait les grandes plaines d'armoise du Ranch Lee. Le haut du disque solaire clignotait à l'horizon est quand il rangea son pick-up au sommet de manière à pouvoir embrasser du regard des dizaines de kilomètres carrés. La lumière du soleil, vive et orangée, éclairait le flanc de la butte et, projetée selon un angle parfait, révélait des centaines de minuscules fragments de pointes de flèche et d'outils amérindiens adhérant encore à la surface de la pente. Comme dans beaucoup de sites à l'écart des routes qu'il avait trouvés au fil des ans, Joe fut frappé de ne pas être le premier à utiliser cette topographie spectaculaire pour son travail. Il s'imagina une petite bande de Pawnees ou de Cheyennes sur cette même butte des centaines d'années plus tôt, fabriquant des outils et des armes, scrutant le paysage pour guetter amis et ennemis.

Mais, en se levant, le soleil éclairait aussi, rangée après rangée, des éoliennes au sud. On aurait dit des cure-dents blancs et filiformes. Les rayons du soleil rebondissaient en scintillant sur les pales qui tournaient lentement. Joe savait que ces éoliennes-là marquaient la frontière du Ranch Lee, l'endroit où il se heurtait de plein fouet aux immenses terres du Comte et, bien sûr, de Missy.

Il baissa la vitre passager et ajusta sa lunette de visée Redfield dans l'encadrement de la portière. L'aube faisant place au matin, la vue se déploya en dessous de lui. Des centaines d'antilopes pronghorns brun et blanc broutaient dans l'armoise haute jusqu'aux genoux. Des cerfs mulets descendaient de plateaux battus par les vents dans des ravines ombragées. Des aigles et des faucons s'élevaient très haut au-dessus de tous dans les courants ascendants du matin en décrivant de lointaines boucles au niveau de ses yeux.

Il pointa sa lunette sur un pick-up bleu isolé qui avançait lentement sur une piste, suivi par une fine colonne de poussière. Un éclair orangé traversa ses vitres quand il découvrit que ses occupants – le chauffeur et un passager – étaient des chasseurs. Pour autant qu'il puisse en juger, ils ignoraient qu'il était sur cette crête à les observer.

Les deux hommes étaient trop loin pour l'entendre, mais il tourna doucement sa lunette de visée quand ils passèrent en dessous de lui en roulant de droite à gauche. Ils allaient vers le sud et, à cause des courbes du terrain, ne se doutaient pas que le vaste troupeau était à l'est, au-delà d'une crête. Joe se demanda s'ils apercevraient les antilopes plus loin sur leur route, mais ils continuèrent sans se presser, cherchant apparemment tout le gibier à travers le pare-brise, droit devant eux.

— Des chasseurs en voiture..., murmura-t-il.

S'ils tiraient sur du gibier depuis leur véhicule, ils violeraient la loi et il les sanctionnerait. Il espéra qu'ils seraient éthiques et respectueux des lois et qu'ils descendraient du pick-up pour traquer les antilopes à pied – si tant est qu'ils les voient.

Il suivit la progression du pick-up. Il aperçut une plaque minéralogique – du Wyoming – mais, trop loin pour lire les numéros, il concentra et resserra son objectif jusqu'à ce que le véhicule emplisse la lentille de sa lunette. Tout tremblait à cette distance, mais il put voir le passager baisser sa vitre et tendre le bras dehors pour montrer quelque chose devant lui.

Joe s'écarta de sa lunette et inspecta le bassin à l'œil nu. Il suivit du regard la piste que suivaient les chasseurs jusqu'à ce qu'elle ne soit plus qu'un mince filet ocre dans le lointain. Et, à l'endroit où elle disparaissait derrière la crête d'une colline, il vit la forme sombre d'un grand animal. Trop gros pour une antilope, et trop noir pour un ours. Perplexe, il fit pivoter la lunette à l'extrême droite.

C'était un cheval sans cavalier. Grand, lustré et bien soigné, avec une selle pendant à l'envers sous son ventre. Joe savait d'expérience que lorsqu'une selle est à l'envers, c'est que la monture a beaucoup galopé et, d'ordinaire, sur une grande distance. L'effort desserre la sangle et le poids de la selle la fait glisser. Le cheval broutait sur une étroite bande d'herbe de la piste, mais il avait manifestement remarqué l'approche du pick-up, car il levait la tête de temps en temps pour le suivre des yeux.

Joe jeta un nouveau coup d'œil au véhicule, s'attendant à ce qu'il soit maintenant plus près de l'animal. Mais il s'était arrêté et ses occupants – deux hommes âgés en veste Carhartt et casquette fluo orange – en étaient descendus et se parlaient en gesticulant. Une fois de plus, le passager tendit le doigt en avant, pas vers le cheval, mais plus haut. Bien plus haut.

— Quoi ? demanda Joe en ouvrant le champ de vision de sa lunette et en la retournant vers la droite.

Il balaya l'horizon derrière le cheval et ne vit rien de remarquable ou d'assez insolite pour pousser deux chasseurs apathiques à sauter de leur pick-up. Puis il regarda au-delà de la crête, la longue ligne droite des éoliennes au loin. Elles étaient maintenant entièrement baignées par la lumière du matin et se découpaient sur l'azur profond du ciel sans nuages.

Toutes les pales décrivaient leur rotation paresseuse qui – il l'avait appris – n'avait rien d'indolent à leur extrémité. Neuf éoliennes sur dix tournaient rapidement. Il se concentra sur celle qui ne le faisait pas. Il en avait déjà assez observé pour savoir qu'il y avait parfois une disparité marquée dans la vitesse du vent de l'une à l'autre. Et il savait que, par moments, certaines étaient abîmées ou hors service et que leurs pales tournaient plus irrégulièrement que celles des autres. Mais il ne faisait aucun doute que celle-là avait quelque chose d'étrange parce qu'elle tournait deux fois moins vite que les autres de la rangée.

Il fit courir sa lunette vers le sommet du mât jusqu'à ce qu'il aperçoive la nacelle, la structure où, tout en haut, le moyeu permet la rotation des pales. Là, il vit ce qui n'allait pas et murmura :

— Nom de Dieu…

Une forme était suspendue à une chaîne ou un câble, enroulé autour d'une des trois pales qui tournaient. La forme se trouvait près du moyeu. Elle n'avait pas glissé au bas de la pale car la courroie était solidement fixée à l'endroit d'où la pale s'écartait. Même avec ce poids, le rotor tournait assez vite pour que l'objet vole entre les pales, montant et décrivant des cercles autour du moyeu telle une araignée prise dans une toile sur un ventilateur rotatif.

La distance avait beau être grande et ses doigts tremblants agiter l'image dans la lunette en la réglant, il aperçut la forme quand elle traversa rapidement son champ de vision. Corpulente, massive, les deux bras écartés, les jambes ouvertes en V... ç'avait bien l'air d'un corps.

Mais... en était-ce vraiment un ? Il n'eut pas de mal à imaginer que des ouvriers aient accroché une marionnette ou un mannequin au sommet de l'éolienne en guise de plaisanterie. Mais était-il même seulement possible d'arriver à monter là-haut et, en plus, de se laisser prendre par une chaîne fixée sur la pale ? Depuis combien de temps le corps était-il là ?

Puis il fit le rapprochement entre la zone, le cheval errant, l'emplacement des éoliennes et les appels affolés de Missy la veille.

— Oh non..., dit-il tout haut en empoignant le micro sur le tableau de bord pour appeler le central à Cheyenne.

Il décida de ne pas appeler Marybeth avant de s'être assuré que le cadavre volant était bien celui du défunt Comte de Lexington.

CHAPITRE 4

En route vers l'éolienne où la forme tournait sur la pale, il passa devant les chasseurs d'antilopes et échangea des signes de la main avec eux. C'étaient des gens de la région qu'il avait vus en ville, des chasseurs éthiques qui prenaient soin de la viande de leur gibier ; il les dépassa en cahotant sur la piste et gagna la ligne de clôture du Ranch Lee. À mesure qu'il roulait, les mâts se dressaient dans le ciel au-dessus de lui. Tube se réveilla, s'arc-bouta dans la cabine pour s'efforcer de voir lui aussi à travers le pare-brise et, repérant la direction sinon l'objet de l'intérêt de son maître, chercha des oiseaux dans tout le ciel. C'était son côté labrador. Comme son penchant pour la salivation soudaine : des filets de bave gouttant de sa langue formèrent des flaques autour des bouches d'aération du tableau de bord.

Joe avait signalé la situation au central de Cheyenne, qui avait relayé le message via SALECS[1] au bureau du shérif du comté de Twelve Sleep et à toutes les agences des forces de l'ordre requises. Il entendit leurs échanges pendant qu'il roulait et ne put qu'imaginer ce que pensait le shérif Kyle McLanahan. Il se demanda jusqu'où et à quelle vitesse la nouvelle se répandrait au-delà du réseau des autorités locales. De nombreux habitants de Saddlestring écoutant les fréquences de

---

1. Système de communication des forces de l'ordre financé par l'État.

la police, les rumeurs fusaient comme des roquettes à travers le comté. Il espéra que Marybeth – et Missy, d'ailleurs – ne recevrait pas d'appels de curieux avant qu'il soit certain de la situation.

Il freina juste à la limite des ranchs Lee et Alden et resta perplexe devant ce qu'il y découvrit. Le Comte avait remplacé l'ancien système de fermeture et la chaîne par un portail électronique haut de trois mètres. C'était l'un des problèmes que les gens de la région avaient soulevés ces dernières années, la façon dont il avait barré l'accès à ses terres à des gens qui les avaient traversées pendant des générations. Joe savait qu'Alden avait tous les droits de protéger sa propriété, mais il doutait que ce soit nécessaire. C'était comme afficher son pouvoir et sa fortune pour irriter ceux qui en avaient très peu. Le portail qui se dressait devant lui était un monument élevé à cette controverse.

Au lieu d'appeler le siège du Ranch Alden pour demander le code du pavé numérique, ce qui alerterait Missy, il gara simplement son pick-up à droite du portail, lequel se prolongeait par quatre rangs de barbelés, puis il sortit en laissant tourner le moteur. Il monta sur le plateau de son pick-up et fouilla dans sa boîte à outils jusqu'à y trouver sa pince coupante. Il marchait vers la clôture lorsqu'il entendit une cacophonie de voix s'élever de la radio. Des dispatcheurs parlaient à d'autres dispatcheurs ; des adjoints du shérif, des agents de la police routière et des policiers de la région intervenaient à qui mieux mieux. Il n'y prêta aucune attention et cisailla chaque rang de barbelés de la clôture, de haut en bas. Il voulait être le premier sur les lieux.

Comme le portail, la clôture était parfaite, neuve et bien tendue. Sa pince mordait proprement à travers les fils de métal brillant. Chaque brin céda en se recourbant dans un claquement jusqu'à ce qu'il ait dégagé assez d'espace pour son véhicule. Il fut surpris du plaisir qu'il avait pris à percer la clôture.

***

Joe connaissait bien l'agencement du parc éolien, même s'il ne l'avait jamais abordé depuis cette direction. La piste accidentée faisant place à un chemin de graviers lisses, tassés et calibrés, il put passer en mode deux roues motrices et accélérer. En faisant rugir son moteur, il fonça vers l'éolienne la plus lente.

Le développement rapide de ce genre d'installations dans tout le Wyoming et l'ouest du pays avait créé de nouvelles inquiétudes concernant la faune, la flore et l'environnement. Les éoliennes demandaient une grande surface de terre, au moins vingt hectares chacune, soit trois fois le diamètre du rotor dans la direction des vents dominants. Le vaste projet d'Alden – un parc de cent unités – s'étendait sur deux mille hectares de ses terres, sans compter les pistes bien conçues qui les reliaient. Pour l'instant, aucune ligne à haute tension ne courait au-dessus de l'horizon pour exporter l'électricité vers des postes de transformation en aval.

Comme les compagnies d'exploitation des éoliennes choisissaient des zones dégagées très venteuses, les machines étaient souvent situées sur des terrains non clôturés qui n'avaient encore jamais été exploités et où aucun homme sensé n'aurait voulu construire. Malheureusement pour les promoteurs éoliens, beaucoup de leurs parcs avaient réveillé la crainte d'un effet néfaste sur les zones d'hivernage et les trajets migratoires du grand gibier. L'incidence sur la population des tétras des armoises – de farouches oiseaux endémiques qui se pavanent, hauts comme des poulets – était une préoccupation première. La moitié de ces volatiles d'Amérique du Nord se trouvant dans le Wyoming, et la population du gibier à plumes déclinant depuis des années, l'introduction d'éoliennes dans leur habitat posait un problème pour les écologistes, les chasseurs, le service Chasse et Pêche et le Service national de la pêche et de la faune sauvage des États-Unis.

Une des nouvelles directives de Joe consistait à aider à surveiller l'activité des tétras des armoises dans les zones d'introduction des éoliennes et à adresser des notes de service sur ses conclusions à Cheyenne. Même s'il n'avait pas vraiment pu établir de lien entre les tétras et ces machines lors de ses incursions dans les parcs éoliens, il avait remarqué bon nombre d'oiseaux morts (d'autres espèces) et encore plus de chauves-souris gisant au pied des mâts. Apparemment, le radar naturel de ces dernières se trouvait bloqué par la pression de l'air des pales en rotation, ce qui, selon la théorie, les désorientait et les faisait voler droit vers la mort, toutes allant s'écraser contre les mâts d'acier.

**

Tandis qu'il approchait de la première rangée d'éoliennes, Joe remarqua un autre véhicule qui roulait à vive allure dans sa direction. Il se dit que c'était peut-être le premier des adjoints du shérif arrivant sur les lieux puis, en arrivant plus près, il reconnut un des pick-up de la société du Comte avec son logo *Rope the Wind*[1] sur la portière. Rope the Wind était la toute dernière société d'Alden. Il avait montré une maquette du logo à Joe et Marybeth à un dîner auquel ils étaient venus avec leurs filles, s'attendant à une admiration enthousiaste. Il leur avait dit avoir acheté récemment le nom et la compagnie, en prévoyant le boum de l'énergie éolienne. Le logo représentait un gros cow-boy enfourchant la nacelle d'une éolienne de trois mégawatts. Son chapeau était couché en arrière par un vent contraire, et il lançait un lasso en l'air.

« Ça allie la figure historique du cow-boy de la frontière à la nouvelle frontière de l'énergie renouvelable du XXIᵉ siècle »,

1. « Prends le vent au lasso ».

avait clamé le Comte avec sa grandiloquence coutumière. « Je l'aime énormément et je l'ai payé une fortune à certains des graphistes les plus branchés de Portland. Il est parfait. Alors, qu'en pensez-vous ? »

Joe avait dit qu'il lui plaisait bien mais, apparemment, pas avec assez de chaleur. Le Comte s'était vexé, avait roulé le dessin et s'était éloigné d'un pas irrité. C'était un homme qui appréciait les gens qui l'approuvaient sans réserve, et qui écartait ceux qui ne le faisaient pas. Là, Joe s'était grillé.

Le pick-up de la société arriva au pied du mât en même temps que Joe. Le chauffeur sauta de la cabine et se campa face à lui, les mains sur les hanches. C'était un costaud d'environ vingt-cinq ans, doté d'une barbe rousse et d'un blouson neuf immaculé avec le logo *Rope the Wind* sur la poitrine.

— Vous voyez ce que je vois ? demanda-t-il à Joe.

— Dites-moi que c'est une blague, répondit Joe en fermant doucement sa portière sur Tube, qui sommeillait.

— J'aimerais bien, dit l'ouvrier en tendant le cou. Je n'arrive même pas à imaginer ce que c'est ni comment c'est arrivé là-haut.

— On dirait un corps...

— Ouais, fit l'homme en secouant la poignée de la porte du mât pour s'assurer qu'elle était bien fermée. Mais c'est dingue ! Il faut une clé pour entrer dans un de ces trucs et accéder à l'échelle. Y a pas moyen de monter du dehors et, la seule autre explication, c'est qu'il a volé en l'air et atterri sur la pale. Ça risque pas...

— Non.

— Bon, dit l'ouvrier en fouillant dans son blouson pour y chercher ses clés. Allons voir.

***

Pendant qu'il déchargeait des casques et d'autres accessoires, Joe prit la radio portative dans la cabine de son pick-up. Il l'alluma et elle bourdonna aussitôt de voix – dont l'une s'adressait directement à lui.

— Joe Pickett, ici le shérif McLanahan. Vous m'entendez ?

Joe fut tenté de l'ignorer, mais il se ravisa. Même s'il avait été en conflit avec lui bien des fois au fil des ans, l'affaire relevait de sa compétence.

— Oui, dit-il.

— Vous êtes sur les lieux ?

— Affirmatif. J'ai signalé les faits.

— OK, bien, tenez bon. On est en route. En aucun cas vous ne devez monter dans ce mât pour compromettre la scène de crime.

Joe se hérissa.

— Comment savez-vous que c'est une scène de crime ? demanda-t-il.

Silence. Puis, à des kilomètres de là, quelqu'un – sans doute un flic de la route qui écoutait l'échange – lâcha :

— Très juste.

— Vous avez entendu mon ordre ? reprit McLanahan avec la voix de western traînante et affectée qu'il avait adoptée depuis qu'il avait quitté la Virginie pour l'Ouest dix ans plus tôt. En aucun cas...

Joe coupa la radio et la glissa dans un support à sa ceinture. Le shérif avait l'air de savoir quelque chose qu'il ignorait et de ne pas vouloir lui en faire part, ce qui était lui tout craché. Joe leva les yeux et dit à l'ouvrier :

— Je suis prêt, si vous voulez.

— Alors, allons-y. Tenez, je vais vous montrer comment on s'y prend.

— Vous avez souvent fait ça ? demanda Joe en désignant le mât.

— J'ai grimpé dans les éoliennes la moitié de ma vie d'adulte, dit l'homme en lui tendant un harnais en Nylon.

Joe y passa les bras, remonta les sangles entre ses jambes et les ajusta solidement à des attaches sur sa poitrine. L'ouvrier fixa un mousqueton sur l'anneau ventral du harnais, muni d'un système antichute qui permettait d'évoluer le long d'un câble en acier. Puis il lui montra comment placer le dispositif autour du câble tendu parallèlement à l'échelle, tout du long jusqu'au sol. Le système était censé le tenir fermement et l'empêcher de tomber s'il perdait l'équilibre ou glissait des barreaux.

— Ça fait soixante-quinze mètres de haut, reprit-il. Une sacrée grimpette. En plus, les prises sont assez glissantes là-dedans. Vous verrez.

Joe hocha la tête et le suivit par la trappe ouverte au pied du mât. Il fit aussitôt noir à l'intérieur, où seule une barrette de lumières orange et vertes luisait sur un tableau de commandes monté sur le mur. Ses yeux mirent quelques instants à s'habituer à l'obscurité. En levant la tête, il vit l'échelle étroite et le câble de sécurité disparaître dans les ténèbres.

— J'imagine que vous avez une idée de ce qu'on trouvera là-haut, dit l'homme, qui avait baissé la voix car les sons résonnaient à l'intérieur.

— J'ai une hypothèse, répondit Joe. Mais j'espère me tromper.

— Je n'ai pas vu de pick-up garés dehors à part le vôtre, reprit l'ouvrier. Je ne sais même pas comment ce rigolo a pu franchir les portails. Quand je suis arrivé ce matin, tous nos gars étaient là, donc ça n'est pas l'un d'entre nous.

— J'ai vu un cheval il y a un moment, dit Joe.

Même dans le noir, il sentit l'homme écarquiller les yeux.

— Un... cheval ?

— Oui.

— Au fait, je m'appelle Bob Newman, dit l'ouvrier.

— Moi, c'est Joe Pickett.

— J'ai entendu parler de vous, dit Newman, qui en resta là. Je ne vous ai pas demandé... vous avez le vertige ?

— Pas trop...

Depuis qu'il était entré dans le mât, Joe avait senti une terreur primitive monter en lui car, en fait, il l'avait, et affreusement. Il avait passé certains des pires moments de sa vie à agripper, les paupières serrées, les accoudoirs de son siège dans un petit avion.

— Ne regardez ni en bas, ni en haut, reprit Newman. Gardez les yeux droit devant vous et montez un barreau après l'autre. Même si vous n'êtes pas sujet au vertige, vous n'aimerez pas ce que vous verrez si vous regardez en bas, croyez-moi.

Joe acquiesça en silence.

— Si vous paniquez et restez bloqué à mi-hauteur, eh bien... il n'y a pas de moyen pratique de vous faire redescendre...

— D'accord.

— Je me demande comment il a pu arriver là-haut, marmonna l'ouvrier, qui accrocha son système antichute au câble de sécurité, le verrouilla, s'approcha de l'échelle et se mit à monter. Donnez-moi quelques minutes pour prendre un peu de distance avant d'y aller, jeta-t-il par-dessus son épaule. Les vibrations de l'échelle sont pires quand on se suit de près.

Il lança d'autres instructions à Joe tandis qu'il grimpait, expliquant comment faire glisser le système vers le haut du câble et lui montrant les paliers grillagés tous les quinze mètres le long de l'échelle s'il avait besoin de reprendre son souffle. Sa voix s'estompa durant son ascension jusqu'à devenir à peine audible. Joe, une main serrée autour du premier barreau, pouvait sentir sa progression par les vibrations. À la fin, il respira un bon coup, accrocha son mousqueton au câble et posa le pied sur le premier barreau. Puis sur le deuxième. Le système antichute grinça en se hissant sur le câble de sécurité. Joe tendit la main et le tira d'un coup sec pour voir s'il résisterait s'il venait à glisser. C'était bon. Il fut tenté de garder les yeux fermés pendant la montée et se demanda si ça aiderait. Non, ça n'aiderait pas.

***

Il avait de plus en plus chaud à mesure qu'il montait. Il ne savait trop si la température augmentait réellement dans le mât, ou si c'était dû à l'effort de l'escalade. Il avait mal aux avant-bras à force de se hisser de barreau en barreau et tenta de maîtriser le tremblement de ses cuisses, qu'il attribuait à un mélange d'épuisement et de terreur. Une fine pellicule de graisse s'était déposée sur toutes les surfaces des rouages très haut au-dessus de lui, et ça rendait les barreaux glissants. Une odeur âcre d'huile de machine flottait à l'intérieur du mât. Il tenta de penser à autre chose qu'à la chute ou à la distance qui le séparait de la terre ferme.

Il était dérouté par l'allusion du shérif à la « scène de crime » et son exhortation à ne pas enquêter. Comme il n'y avait pas eu de bavardages à la radio sur la situation avant qu'il la signale, Joe se demanda si McLanahan avait eu accès à des informations internes – ou reçu un tuyau – sur ce qui se passait. Ou si ce qu'il avait trouvé était lié à une affaire suivie par le shérif...

À mi-hauteur, il jeta un coup d'œil furtif entre ses genoux, et la sensation de voir la lointaine lumière du soleil par la trappe ouverte sur le sol du mât – juste un rai de lumière – le fit chanceler. Il se cramponna à l'échelle, la serrant dans ses bras. Les semelles de ses bottes cliquetant sur les barreaux, il respira fort, inspira, expira, inspira, expira... jusqu'à ce que sa peur s'apaise. Il y avait un palier en vue, il monta un mètre de plus pour y accéder – la chose la plus dure qu'il avait faite jusqu'alors. L'espace d'un instant, il ne sentit plus ses jambes quand il les balança l'une après l'autre sur la plate-forme métallique. Après s'être assuré que le grillage était solide et qu'il pouvait s'y tenir debout et s'appuyer quelques instants au mur intérieur du mât, il soupira et tenta de se calmer.

— Ça va ? lui lança Newman très haut au-dessus de lui.

— Très bien.

— Bon. Je suis presque à la nacelle. Rappelez-vous, quand vous y arriverez, priorité à la sécurité. Les vents là-haut pourraient vous emporter. Donc, fixez bien le crochet de votre harnais à un des anneaux. Ne faites pas un pas sans vérifier que vous êtes attaché, d'accord ?

— D'accord, dit Joe. Eh... Bob ?

— Ouais ?

— Ne touchez à rien là-haut. Attendez que je vous aie rejoint. Ce sera sans doute une scène de crime.

Newman eut un rire dur.

— Ouais. Je connais la musique. Je regarde les séries télé.

***

Quand ses muscles cessèrent de trembler et que sa respiration redevint normale, Joe repassa sur l'échelle et reprit son ascension. Quinze mètres plus haut, il remarqua un trou rond de cinq centimètres percé dans la paroi d'acier du mât. Un rai de lumière éclairait un cercle plus large sur le mur opposé. Dès qu'il l'atteignit, il s'arrêta. Par un curieux effet d'optique, le trou projetait une vue très nette du paysage extérieur sur la paroi d'en face, comme la lentille d'une caméra. Il vit la longue rangée des éoliennes, les pistes qui les reliaient et un oiseau passer à tire-d'aile. Il ne s'y connaissait pas assez en physique pour expliquer ce phénomène, mais il le trouva étrange et fascinant. Il put même voir clairement un petit convoi de quatre véhicules foncer au loin vers le parc éolien. Trois d'entre eux étaient des SUV du bureau du shérif et le quatrième un pick-up blanc de Rope the Wind, qui pouvait être un jumeau de celui de Newman. Bien qu'il ait gardé sa radio portative coupée, il imagina McLanahan écarlate, braillant dans le micro pour tenter de le joindre. En grimpant à travers la scène projetée, il vit des images nettes du convoi glisser sur la chemise rouge – et maintenant graisseuse – de son uniforme.

Il entendit une trappe en acier s'ouvrir d'un coup, loin au-dessus de lui, puis le bruit résonna jusqu'au pied du mât. Il jeta un œil en haut et vit un lointain carré bleu – le ciel – bouché peu après par Newman quand il passa tant bien que mal de l'échelle au sol de la nacelle.

Vingt secondes plus tard, l'ouvrier le héla. Il avait la voix tendue.

— C'est pire que ce que je pensais ! lança-t-il, ses mots se répercutant d'un mur à l'autre jusqu'en bas du tube. Là, brusquement, je me sens pas très bien… J'espère que vous n'avez pas mangé depuis un moment !

CHAPITRE 5

Joe haletait quand il atteignit la trappe ouverte. Le vent était terrible. Malgré ça, il put entendre le bruit grandiose des pales qui fendaient l'air et sentir la vibration du moteur de l'éolienne imprimée à l'échelle métallique. Il leva les yeux quand la tête casquée de Newman emplit le carré de ciel.

— Vous n'allez pas y croire ! hurla-t-il. Ne vous inquiétez pas. Je n'ai touché à rien. En plus, je porte des gants !

Joe émergea de la trappe et se tint en tremblant sur le sol de la nacelle en métal ondulé. Newman avait déverrouillé les ailes du capot de protection, les ouvrant d'une poussée pour exposer la nacelle au soleil et au vent. Longue, large et en forme de cercueil, celle-ci était occupée par le long corps d'acier de la turbine. Ses lignes extérieures étaient pures et régulières et, dedans, c'était comme si on enfourchait un moteur tournant à plein régime. Le rebord entre la turbine et la paroi intérieure était à peine assez grand pour qu'ils tiennent tous les deux côte à côte. Newman montra un anneau mural sur le côté de la nacelle et Joe décrocha le système antichute. Il eut une conscience aiguë des quelques secondes où il fut entièrement sans filet quand il se tourna et fixa le crochet du harnais à l'anneau pour ne pas être emporté par le vent.

Il releva la tête et suivit des yeux le bras tendu de Newman. Le vent froid fouetta violemment son visage découvert.

De près, en haut de l'éolienne, la vitesse des pales était remarquable, au point qu'elles étaient presque floues. Mais comme des photogrammes passés dans un projecteur, ce qu'il vit lui apparut avec un sinistre effet de marche/arrêt, comme image par image. Il s'agissait bien d'un cadavre... Une chaîne avait été enroulée par un bout sous ses bras, l'enveloppant par deux fois, et l'autre extrémité entourait la pale. La chaîne s'étendait sur un mètre vingt entre le corps et la pale. La victime – un homme – volait dans l'air. Joe put distinguer son visage même s'il avait quelque chose de bizarre. C'était le Comte, il n'y avait pas à en douter.

Earl Alden avait les yeux fermés, le visage étrangement maigre et décharné et les joues flasques, comme s'il avait perdu beaucoup de poids depuis leur dernière rencontre. En le voyant tourner, Joe comprit pourquoi. Ses jambes étaient énormes, grosses comme des saucisses fourrées dans l'étoffe de son jean, qui se déchirait sur ses bottes de cow-boy hautes et noires. Celles-ci, qui semblaient trop grandes de plusieurs tailles, étaient déformées, réduites à des blocs carrés. À première vue, Joe se dit que le Comte portait d'épais gants sombres, jusqu'à ce qu'il s'aperçoive avec horreur que les objets bleu-noir et gonflés qui dépassaient de ses manchettes étaient ses mains, devenues affreusement difformes. Sa chemise et son blouson, bien qu'en lambeaux, n'avaient pas été complètement arrachés par la force du vent. Leurs pans étaient trempés de sang noir et de liquides plus clairs. Joe crut apercevoir le trou d'une blessure par balle sur la gauche de sa poitrine.

— Oh, non..., gémit-il.

— Regardez ce que lui fait la force centrifuge, dit Newman, et Joe sentit la stupeur dans sa voix. Elle attire tous les fluides de son corps vers le bas. C'est comme si on accrochait un tube de dentifrice à une hélice en rotation, enfin... un truc comme ça. Je n'ai jamais rien vu de pareil !

— Moi non plus, dit Joe en sentant son estomac se crisper.

Il s'écarta et se couvrit la bouche. Un jet d'acide lui brûlait la gorge et la poitrine.

— C'est bien le type à qui je pense ? demanda Newman.

— Oui, répondit Joe en luttant contre la nausée.

— Je l'ai rencontré deux ou trois fois. À la fête de Noël et ces machins-là. Il m'a eu l'air correct. J'ai entendu les histoires sur son compte, mais il nous a bien traités, moi et les collègues. Maintenant, on sait comment il a eu une clé de la trappe en bas. (Il prit un temps pour réfléchir.) C'est pas un perdreau de l'année, reprit-il. Pourquoi diable a-t-il grimpé ici ?

Joe hocha la tête. Il ne pensait pas qu'Earl soit monté de lui-même, mais il n'était pas prêt à le dire.

— Il a bien dû avoir une raison, reprit Newman. Peut-être qu'il a apporté cette chaîne avec lui. Peut-être qu'il a voulu l'enrouler autour de la pale pour l'empêcher de tourner ou un truc comme ça... et qu'elle l'a entraîné sur le côté. Putain, quelle mort ! Quelle mort horrible...

Joe regarda la nacelle autour de lui. Dedans, à l'avant, il repéra une trace brune sur la paroi. Il tapa sur l'épaule de Newman et la lui montra.

— Qu'est-ce que c'est ? demanda-t-il.

Newman haussa les épaules. Puis une lueur de discernement éclaira son visage.

— On dirait du sang.

— Y a-t-il un moyen de hisser un corps jusqu'ici s'il ne peut pas gravir l'échelle tout seul ?

Newman hocha la tête.

— Il y a un treuil. On s'en sert pour monter des outils et des pièces dont on a besoin pour travailler sur la turbine. J'ai entendu parler d'un type du Texas qui a eu une crise cardiaque et qu'on a dû faire descendre comme ça. On doit donc pouvoir monter quelqu'un avec. Ça peut porter cent dix kilos de matériel.

Joe se dit que le Comte devait peser à peu près ça.

— Mais qui voudrait faire un truc pareil ? Faut vachement d'efforts pour monter un corps jusqu'ici.

— Quelqu'un qui a peut-être voulu faire passer un message, dit Joe.

Il regarda par-dessus son épaule et vit le Comte passer en tournoyant. *Personne ne mérite d'avoir une mort comique*, pensa-t-il. Un jour, il avait travaillé sur une affaire dans laquelle deux hommes avaient été tués par l'explosion d'une vache[1]. Ç'avait été tragique. Et horrible. Mais on en riait encore.

Newman frappa son casque du talon de la main.

— Oh, maintenant je comprends... pourquoi on ne voulait pas que vous montiez ici. C'était votre beau-père. Merde, oh merde...

Joe pensa : *Dommage que ça n'ait pas été sa femme...* Il ne dit rien, mais vérifia que le crochet de son harnais ne s'était pas défait comme par magie avant de saisir la paroi latérale de la nacelle. Il se pencha sur le rebord et regarda en bas. Le convoi encerclait le mât. Du haut de son poste d'observation, les véhicules étaient minuscules et le shérif et ses adjoints allaient et venaient comme des tiques. Il vit l'un d'entre eux enfiler un harnais avec l'aide de l'employé de Rope the Wind qui les avait accompagnés.

— Le shérif va envoyer quelqu'un ici, dit-il à Newman en tâtant son uniforme pour chercher son appareil photo numérique. Je veux photographier des preuves avant qu'il nous remplace sur la scène de crime.

— McLanahan ?

— Oui.

Newman hocha la tête.

— C'est un connard. Je me suis frité avec lui plusieurs fois. Il se prend pour une espèce de cow-boy justicier, mais il connaît rien à rien. Excusez-moi..., ajouta-t-il très vite en se rendant compte de ce qu'il avait dit, et à qui. C'est peut-être un de vos amis.

---

1. Voir, du même auteur, *La Mort au fond du canyon*.

— Non.

Newman fut visiblement soulagé.

— Je vois les affiches pour sa réélection partout dans ce comté et bordel... J'espère qu'il perdra.

Joe hocha la tête. Il ne voulait pas se montrer publiquement de cet avis. McLanahan avait des espions partout et tenait un compte méticuleux de ses amis et de ses ennemis. Il ne manquait pas de rendre la vie dure à ceux qui s'opposaient à lui et, dans le cas de Joe, c'était devenu une guerre sans merci.

Tandis qu'ils attendaient que l'adjoint escalade le mât, Joe sortit son portable et composa le numéro abrégé de Marybeth. Elle devait être à la bibliothèque, prête à commencer son travail, se dit-il.

Quand elle décrocha, il lui apprit où il se trouvait (en remarquant qu'où qu'il soit, ça ne semblait plus la choquer), puis il lui annonça :

— Triste nouvelle, chérie. On a retrouvé le corps du Comte.

— Oh, mon Dieu...

— Je vais aller au ranch prévenir ta mère, dit-il en le redoutant déjà. Il vaut peut-être mieux que ce soit moi.

— Qu'est-ce qui s'est passé ? Son cheval l'a désarçonné ?

— C'est pire. Bien pire... À première vue, je dirais que quelqu'un l'a abattu et l'a suspendu à une de ses éoliennes.

— Oh, mon Dieu, Joe ! répéta-t-elle. C'est affreux...

— Tu peux le dire.

— Oh, oh... J'ai un autre appel entrant. (Joe entendit le déclic.) C'est ma mère, reprit-elle d'une voix où perçait la panique, ce qui ne lui ressemblait pas. Je ferais mieux de la prendre. Qu'est-ce que je lui dis, Joe ?

— Que j'arrive dès que je peux descendre de ce mât.

— Comme si ça pouvait la faire attendre... Tu sais comment elle est.

— Oh oui...

À peine eut-il fermé son portable qu'il se ralluma. Marybeth.

— Joe ! lança-t-elle, affolée. Elle dit qu'une personne de confiance au siège du comté vient de l'appeler en cachette pour l'avertir que le shérif envoie quelqu'un au ranch. Il ne va pas lui annoncer la nouvelle, il veut l'arrêter ! Pour meurtre, Joe ! Il pense qu'elle a quelque chose à voir avec ça !

Joe se félicita que le câble le retienne à la nacelle parce qu'il se sentit soudain plus léger que l'air...

— C'est assez dingue, dit-il.

Il se détourna de Newman qui le regardait. Il craignait de sourire.

— Tu n'as pas l'air très... bouleversé, lui lança Marybeth d'un ton glacial.

— Mais si ! affirma-t-il. Vraiment. C'est juste que... McLanahan est cinglé. Une femme de soixante ans n'a pas pu abattre ce type, le conduire au parc éolien, grimper dans un mât de soixante-quinze mètres, hisser le corps tout en haut et l'attacher à une pale. Bien sûr, si une femme était assez vicieuse pour faire un truc pareil...

— Joe !

— Je plaisante.

— Ce n'est pas le moment, dit-elle, et il se rendit compte qu'elle pleurait.

— Je suis désolé. Je ne sais pas où me mettre. Je n'aurais pas dû dire ça.

— Sûrement pas, Joe. Malgré ce qu'elle est et ce qu'elle a fait, c'est quand même ma mère. Et la grand-mère de nos filles. Bon sang, tu veux qu'elles pensent que leur grand-mère est une meurtrière ?

— Non.

— Il faut que j'y aille, dit-elle.

Il l'imagina séchant ses larmes avec irritation pour que personne ne la voie pleurer. Les démonstrations d'émotion devant ses collègues n'étaient pas son genre.

— Appelle-moi dès que tu sais quelque chose.

— Promis, dit-il et il ferma son portable.

— On dirait que vous avez marché dedans…, lui glissa Newman.

Avant qu'il ait pu répliquer, la tête casquée de l'adjoint Mike Reed émergea de la trappe. Il était essoufflé et écarlate. Joe lui tendit la main et l'aida à monter dans la nacelle. Dès qu'il put reprendre son souffle, Reed posa les deux mains sur les épaules du garde-chasse, le regarda dans les yeux et dit :

— Le shérif veut votre peau.

Joe haussa les épaules.

— Ce ne sera pas la première fois.

Il y avait pas mal d'années qu'il connaissait l'adjoint Reed et travaillait avec lui. Il l'aimait bien. Discret et dévoué, Reed avait réussi à se tenir à l'écart du réseau d'intrigues et d'influences de McLanahan. Il avait surpris presque tout le monde en se portant candidat contre lui aux prochaines élections. Et le shérif avait sidéré tous les habitants de Saddlestring en ne le virant pas aussitôt.

— Ça m'étonne que ce soit vous qu'il ait envoyé, fit remarquer Joe.

Reed eut un petit rire.

— Il ne voulait pas, mais il manquait de gars et il est devenu trop gros pour pouvoir même envisager de gravir cette échelle.

— Où sont ses potes ?

McLanahan avait recruté trois jeunes adjoints qui passaient presque tout leur temps au gymnase ou à l'applaudir quand il récitait des poèmes de cow-boys légendaires. Joe avait rencontré la plupart d'entre eux, vu qu'ils aspiraient à suivre les traces du shérif et conclu qu'il fallait les traiter avec prudence.

L'adjoint lui jeta un regard pénétrant.

— Je pense que vous le savez…

La radio de Reed grésilla. À cause de la proximité des véhicules en bas, la voix de McLanahan était forte et claire.

— Adjoint Reed, êtes-vous arrivé en haut ?

— Presque, patron, répondit-il en faisant un clin d'œil à Newman et à Joe.

— Magnez-vous ! ordonna le shérif.

Reed respira un bon coup.

— Ça m'étonne que vous soyez toujours en poste, dit Joe. Mais j'en suis content.

— Il garde ses amis près de lui et ses ennemis plus près encore. Il veut pouvoir garder un œil sur moi. Alors, c'est vrai, dit Reed en regardant le corps qui tournoyait. C'est bien Earl Alden. Ça va faire un de ces scandales...

Joe acquiesça d'un signe de tête. Il le mit au courant du peu qu'il savait, depuis le signalement de la disparition à son ascension du mât avec Newman, en passant par le cheval sans cavalier. Il lui montra le treuil et l'éventuelle tache de sang. Reed, pendant tout ce temps, hochait la tête d'un air incrédule. Puis il appela en bas sur sa radio et répéta tout au shérif.

— On va avoir besoin du technicien de la Scientifique, déclara-t-il. Il se peut qu'il y ait des traces et un peu de sang.

— Vous voulez que j'envoie Cindy là-haut ? pesta McLanahan. Elle pèse quoi... dans les cent trente kilos ? Comment on va la faire monter ?

— Je ne sais pas.

— Vous ne pouvez pas empêcher ce moulin à vent de tourner, au moins ça ?

Reed regarda Newman.

— Ouais, dit l'ouvrier. On peut « débrayer » le rotor. Joe m'a dit de ne toucher à rien.

— Il avait raison, souffla Reed, puis il montra la radio d'un signe de la tête : mais vous avez entendu mon patron...

— Et faites descendre ce salaud de Pickett ! lança le shérif. Il a un conflit d'intérêts dans cette affaire. On ne peut pas le garder là-haut.

— Je vais le lui dire, répondit Reed.

— Non, me le demander ! dit Joe.

— Pardon ?

— D'accord, dit Joe. Mais d'abord, il faut m'expliquer pourquoi McLanahan a envoyé ses adjoints au ranch de ma belle-mère. J'adorerais la voir en prison juste pour lui foutre la frousse, mais... Elle ne peut pas vraiment être votre suspecte.

Reed haussa les épaules.

— À ce que j'ai compris... et personne ne me dit rien directement... le shérif a reçu des appels depuis quelque temps sur l'éventualité de cet... (il montra le corps du Comte qui passait en volant) incident. Je pense qu'il en a encore reçu un hier soir. Il n'a pas réagi parce que lui non plus n'a pas pu y croire. Mais son correspondant – tout ce que je sais, c'est que c'était un homme – nous a donné suffisamment d'infos pour l'incriminer même avant cette découverte. Je ne connais pas tous les détails, Joe. McLanahan ne me les a pas révélés. Peut-être qu'à vous, il le fera.

Joe grommela.

Quand il se détacha de la nacelle et raccrocha le système antichute au câble pour préparer sa descente, il entendit le shérif dire à Reed qu'il cherchait à trouver une grue à la flèche assez haute pour enlever le corps de la pale. Et qu'il avait déjà contacté le DCI (le service des Enquêtes criminelles) du Wyoming pour qu'il envoie sa meilleure équipe technico-scientifique dans le nord de l'État.

— Je veux que cette enquête soit irréprochable, reprit McLanahan. Pas d'erreurs. On ne bâcle rien. Reed, restez là-haut et protégez la scène de crime. J'ai besoin d'un de mes gars ici quand la grue arrivera. Moi, je pars au ranch Thunderhead pour procéder à l'arrestation et à la perquisition. Et ne laissez personne d'autre sur les lieux sans ma permission.

— Vous voulez que je reste là-haut ? dit Reed en fronçant les sourcils. Ça peut durer toute la journée. Et même une partie de la nuit...

— C'est pour ça que vous êtes grassement payé, lui renvoya le shérif. Et que je le suis encore plus pour prendre ces décisions. Il faut que cette enquête soit aussi propre que nos ruisseaux de montagne et aussi claire que nos ciels bleus.

Reed leva les yeux vers Joe, qui murmura :

— J'entends déjà cette citation aux infos et dans ses annonces de campagne...

Reed hocha la tête et eut un sourire amer.

— Le shérif a sacrément bien orchestré tout ça... Il va arrêter votre belle-mère et je suis sûr qu'il ne le fera pas discrètement. Et moi, je suis coincé ici pour que les gars de la Scientifique fassent descendre ce corps d'une façon ou d'une autre et qu'ils trouvent toutes les preuves matérielles possibles. S'il y a la moindre erreur de procédure dans la protection des preuves, devinez qui sera responsable ? Le type à qui on a confié la scène de crime la plus stupide de l'histoire du Wyoming...

Joe haussa les épaules.

— Bonne chance, dit-il en mettant un pied dans la trappe. Je vous appellerai pour savoir ce que vous aurez trouvé ici.

— Je ne serai peut-être pas en mesure de tout vous dire. J'espère que vous le comprenez.

Joe eut moins de mal à descendre l'échelle qu'il n'avait eu à la monter.

Mais il sut en approchant du sol que sa vie était sur le point de devenir vraiment compliquée.

CHAPITRE 6

Bien que le Comte de Lexington et Missy Vankueren Longbrake Alden aient à eux deux accumulé, puis réuni six ranchs voisins – dont le Ranch Longbrake, où Missy avait vécu autrefois –, ils avaient choisi comme quartier général l'enceinte boisée du Ranch Thunderhead. Joe passa sous les arches massives formées de bois de wapiti (le portail ayant déjà été ouvert à toute volée, il n'eut pas besoin de s'arrêter) et roula à travers un nuage bas de poussière visiblement soulevé par un flot de véhicules qui venaient d'arriver. En approchant du bâtiment principal, il vit scintiller le verre et le métal des voitures des forces de l'ordre garées au petit bonheur dans la cour.

Il y avait eu tellement de circulation avant lui que même les chiens, qui faisaient toujours du tapage et couraient dehors pour effrayer les visiteurs, levèrent simplement les yeux, épuisés, de leur flaque d'ombre sous un antique peuplier de Virginie dont les branches ondulaient le long d'une écurie.

Joe s'arrêta près d'un SUV banalisé et reconnut, à ses plaques minéralogiques de l'État et à son antenne sur le toit, un véhicule du DCI. Il sauta de son pick-up, laissa Tube le suivre et marcha à grands pas vers le vieux manoir victorien qui avait jadis appartenu aux Alden, les premiers propriétaires du ranch. La maison en pierre sèche rénovée servait de résidence à son beau-père et à sa belle-mère jusqu'à ce que leur nouvelle demeure soit terminée. En contournant le pare-chocs d'une voiture de la police routière pour y accéder, il jeta un coup d'œil vers l'ouest dans une trouée entre les arbres et vit un angle du nouveau palais du Comte et de Missy. Il dominait le promontoire de l'autre côté de la Twelve Sleep River, une architecture complexe de pignons, de fenêtres, d'angles aigus et de flèches. Il devait occuper mille quatre cents mètres carrés, sa construction gardant à elle seule en activité, au plus fort de la récession, la moitié des entrepreneurs et un des dépôts de bois de Saddlestring. Joe se demanda si les entrepreneurs s'étaient arrêtés pour la journée quand ils avaient appris la nouvelle, craignant d'avoir perdu leur boulot et de n'être jamais payés pour le travail déjà effectué.

Dès qu'il vit Joe arriver, l'adjoint Sollis débarqua des massifs de lilas près de la porte du ranch.

— Vous n'irez pas plus loin, dit-il en levant une main vers lui.

Joe s'arrêta et le toisa. Sollis était un homme carré d'épaules, avec une tête tout d'un bloc montée sur une espèce de moignon de cou. Massif et musclé, il semblait avoir mis exprès un uniforme d'une taille trop petite pour souligner ses pectoraux, ses biceps et ses quadriceps. Ses yeux, petits et noirs, ressemblaient à des trous d'araignée à travers les verres de ses lunettes de soleil noires et panoramiques. Une récente poussée d'acné courait entre son col et le haut de son cou. *Les stéroïdes*, se dit Joe.

— Le shérif est là ? demanda-t-il.

— Oui, monsieur.

— Alors, laissez-moi entrer.

— Non, monsieur. Personne n'entre. Surtout pas vous.

Joe posa les mains sur ses hanches et hocha la tête.

— Je veux voir ma belle-mère. Elle est en état d'arrestation ?

Un léger sourire étira les bords de la bouche épaisse de Sollis.

— Maintenant, je pense que oui.

— Sous quel chef d'accusation ?

— Y en a plusieurs. Vous pourrez parler de tout ça avec l'attorney du comté. Mon travail à moi, c'est de ne laisser entrer personne.

Joe fit un pas en arrière, les mains toujours sur les hanches. La journée était surréaliste. La dernière fois qu'il était entré dans cette maison, c'était deux semaines plus tôt, avec Marybeth et ses filles. Missy avait choisi le menu – des poivrons *relleños* nappés de sauce au piment vert en l'honneur de Sheridan qui allait partir à l'université. En fait, il s'était avéré que ce plat était un des favoris de Lucy et non de Sheridan. Lucy était sa petite-fille préférée. Elle la considérait comme une future âme sœur, même si la jeune fille avait cessé d'apprécier cette prédilection. Malgré la confusion, Missy avait quand même surveillé la préparation du repas, mais n'avait pas touché aux ingrédients et n'avait rien mangé. Sheridan non plus.

Me revoilà ici, pensa-t-il. Mais cette fois, Missy était quelque part à l'intérieur, placée en état d'arrestation pour… meurtre ?

Il pouffa.

— Y a quelque chose de drôle ? lui demanda Sollis.

— Oui, tout ce cirque, répondit Joe en montrant les véhicules dans la cour du ranch et les membres des forces de l'ordre tout autour. Je savais que McLanahan avait besoin qu'il se passe quelque chose pour booster sa réélection, mais je ne pensais pas qu'il poursuivrait la plus riche propriétaire du comté pour ça.

Les muscles des mâchoires de Sollis s'activèrent comme s'il mâchait du chewing-gum.

— Vous feriez mieux de tenir votre langue jusqu'à ce que vous sachiez ce qu'on a contre elle, dit-il. Je pense que vous serez surpris. Et je vous conseillerais de reculer et de la mettre en sourdine. Les médias vous observent.

Joe se retourna. Les médias de la ville se réduisaient à Sissy Skanlon, vingt-cinq ans, rédactrice du *Roundup* de Saddlestring, et à Jim Parmenter, correspondant de la *Gazette* de Billings dans le nord du Wyoming. Ils se tenaient tous les deux sous un arbre, derrière un ruban jaune de scène de crime, où on leur avait visiblement ordonné de rester. Joe les salua d'un signe de tête. Jim lui rendit son salut et Sissy lui dit bonjour de la main.

— On attend au moins deux camions de télévision, reprit Sollis avec une certaine satisfaction. De Billings et Casper. Peut-être plus.

— Depuis quand le shérif a-t-il préparé ce coup-là ? demanda Joe. Il faut du temps pour faire venir Jim et Sissy. Et je vois qu'il y a des véhicules du DCI, ce qui veut dire qu'on a appelé Cheyenne assez à l'avance pour que ces types aient le temps de débarquer ici. Quand a-t-on déclenché cette opération ?

Sollis s'apprêta à répondre, puis se ravisa. Un lent sourire se forma sur son visage.

— Nan, ça ne marchera pas... Faudra parler au shérif. Ou mieux, attendre de pouvoir rendre visite à votre chère belle-mère en prison. J'ai l'impression qu'elle en sait sacrément plus que tout le monde sur ce qui se passe, même si elle refuse de nous parler.

Joe hocha la tête, puis tourna les talons et s'approcha de Jim et de Sissy.

— Vous avez eu des infos ? demanda-t-il.

Il les connaissait assez bien tous les deux et ne les avait jamais menés en bateau. Il répondait toujours à leurs appels et leur parlait sans détour. En échange, ils ne l'avaient jamais harcelé.

— On attend, répondit Jim en jetant un coup d'œil à sa montre. McLanahan a dit tout à l'heure qu'il sortirait faire une déclaration détaillée d'ici à une demi-heure. Ça fait déjà trois quarts d'heure. Il doit attendre les caméras, conclut-il d'un air dédaigneux.

— Si la nouvelle est assez sensationnelle, genre si elle est arrêtée pour meurtre, ajouta Sissy, peut-être même qu'on sortira une édition spéciale. Je ne me rappelle pas en avoir jamais publié !

Elle vérifia que son magnéto était allumé et fourra son micro sous le nez de Joe.

— Vous pensez qu'elle l'a tué ? Vous la connaissez probablement mieux que nous...

Joe était en terrain dangereux. Quoi qu'il dise, ce serait mal compris. Répondre « pas question » donnerait l'impression qu'il la défendait et mènerait, à coup sûr, à sa mise à l'écart de l'enquête. Lâcher « sans commentaire » pourrait laisser entendre que Missy était coupable car la réponse viendrait du gendre de l'accusée... Après quelques instants, il marmonna :

— C'est à l'attorney du comté qu'il faut poser la question.

— Vous avez vu le corps ? demanda Jim. C'est vrai qu'il était accroché à une pale d'éolienne ?

Joe acquiesça, heureux que Jim lui ait épargné une relance de Sissy.

— Oui, dit-il. Il me faudra du temps pour pouvoir me sortir cette vision de la tête. L'adjoint Reed est sur les lieux, vous voudrez peut-être l'appeler.

— Mince, lâcha Sissy en fouillant dans son sac pour trouver son portable. Excusez-moi, j'ai un appel à passer...

Jim lui toucha la main.

— Si tu contactes un photographe pour qu'il aille au parc éolien avant qu'on ait descendu le corps, j'aimerais une copie de ce cliché, si ça ne t'ennuie pas.

Elle réfléchit un instant à sa demande. Joe vit bien qu'elle se rendait compte que la photo et le sujet pourraient atteindre une audience nationale et, éventuellement, lui rapporter quelques prix, mais elle se laissa fléchir.

— Je sais que je te dois quelques services, convint-elle.

Jim ayant dit que le shérif allait faire une déclaration détaillée, Joe pensa qu'il leur avait peut-être déjà donné quelque chose.

— McLanahan vous a-t-il dit que son bureau avait eu un tuyau ? demanda-t-il. Que quelqu'un l'avait averti de s'attendre à un truc de ce genre ?

Jim hocha la tête.

— Vous savez qui a pu le tuyauter ? demanda le journaliste.

— Non, répondit Joe. Alors, quand vous a-t-il appelés, tous les deux ? Ce matin ?

Jim soupira.

— Ouais, tôt. Il a dit qu'il fallait peut-être se préparer à un truc énorme. Ça tombait mal parce que aujourd'hui, j'allais emmener mes gosses à la pêche. J'avais déjà chargé mon pick-up. J'espérais qu'il rappellerait pour me dire « fausse alerte » mais, en fait, il m'a demandé de venir le retrouver ici.

— Tôt, ça veut dire… ?

— Sept heures, disons. J'étais juste en train de m'habiller… Qu'est-ce qui ne va pas ? ajouta-t-il en voyant la réaction de Joe.

— Rien, dit Joe, ébranlé.

Ainsi donc, le shérif avait appelé Jim avant qu'il n'ait lui-même signalé l'incident ? Plusieurs voix s'élevèrent soudain derrière lui, et il se tourna juste à temps pour voir Missy, tête baissée, escortée depuis la porte d'entrée vers un GMC du bureau du shérif. Elle semblait minuscule entre les deux adjoints, qui avaient à peu près la même carrure et la même corpulence que Sollis. À l'exception de Reed, McLanahan s'était entouré de vrais durs.

Missy était mince, vêtue d'un ample chemisier blanc amidonné à col ouvert et manches retroussées qui flottait par-dessus un pantalon noir et de simples chaussures plates. Elle avait une grosse tête pour sa petite taille et un visage ouvert, lisse, en forme de cœur. Elle était toujours superbe sur les photos, et les caméras semblaient la rajeunir de vingt ans. Ses cheveux courts et soignés n'étaient pas aussi parfaits que d'habitude et quelques mèches rebiquaient, comme si elle s'était coiffée à la hâte. Ses lèvres larges et sensuelles étaient étroitement serrées. Elle descendit de la véranda encadrée par les adjoints du shérif, leva la tête et fixa Joe.

Ses yeux étaient cerclés de rouge. Sans son maquillage habituel, elle était pâle, petite, les traits tirés – et faisait son âge. Elle avait été menottée par-devant, et les lourds bracelets en acier inoxydable rendaient ses poignets encore plus fins. Pour la première fois, Joe remarqua comme la peau du dos de ses mains était marbrée par l'âge et combien ses doigts avaient l'air squelettiques. Il avait entendu dire un jour que, quoi que fasse une femme pour repousser le vieillissement, ses mains la trahissaient. Et les mains de Missy étaient révélatrices.

Elle garda les yeux posés sur Joe, l'implorant en silence, mais sans servilité, quand les adjoints la forcèrent à traverser la pelouse vers la voiture. Derrière elle, le shérif McLanahan s'arrêta sur le seuil de la porte, lança un coup d'œil menaçant à Joe, puis scruta la cour du ranch derrière le garde-chasse. Il tenait une carabine à levier Winchester de calibre 30-30 dans ses mains gantées de plastique. Derrière lui se tenait Dulcie Schalk, le nouvel attorney du comté qui avait remplacé l'ami de Joe, Robey Hersig.

Joe regarda par-dessus son épaule pour voir sur quoi s'était fixé le regard du shérif et vit le camion de télévision par satellite qui montait la longue allée en grondant. McLanahan avait dû faire durer les choses dans la maison pour s'assurer une apparition théâtrale devant les caméras.

Dulcie Schalk avait une petite trentaine d'années, des cheveux blond lavasse, des yeux brun sombre et une silhouette svelte et athlétique. Robey l'avait engagée comme assistante quelques mois avant d'être tué, trois ans plus tôt. Elle avait alors sauté dans le vide ainsi créé, et l'avait si bien comblé que lorsqu'elle s'était présentée pour le poste, personne ne le lui avait disputé. Schalk n'était mariée qu'à son métier, et Joe l'avait toujours trouvée honnête et professionnelle, bien qu'un peu trop tendue. Marybeth et elle fréquentaient les mêmes cercles et partageaient un profond intérêt pour les chevaux. Ensemble, elles avaient fait des balades équestres et Marybeth disait beaucoup de bien de la jeune femme, ce qui comptait pour Joe.

Schalk était motivée et passionnée, et elle travaillait dur. Elle avait toujours obtenu toutes les condamnations qu'elle demandait. De l'avis de Joe, si elle avait une faiblesse dans son métier, c'était sa tendance à refuser de plaider quand un dossier n'était pas en béton. Elle l'avait agacé plusieurs fois où il lui avait apporté des affaires – dont une sur un type soupçonné d'avoir braconné un wapiti, et une autre sur un chasseur extérieur au Wyoming qui avait maquillé son passé d'infractions à la réglementation de la chasse sur sa demande de permis – parce qu'elle trouvait qu'elles présentaient trop de « failles » pour les prendre. En voyant son air déterminé quand elle franchit la porte derrière McLanahan, il comprit alors que l'arrestation n'était pas infondée. Pour la première fois de la journée, il douta de son hypothèse initiale sur l'innocence de Missy.

— Les menottes sont-elles vraiment nécessaires ? demanda-t-il malgré tout au shérif et à Schalk. Je veux dire... regardez-la. Elle a l'air de pouvoir résister ?

Missy le remercia d'un signe de tête à peine perceptible. Elle semblait avoir besoin d'un champion et Joe trouva drôle de jouer ce rôle. Il l'admira même un peu pour sa dignité et son calme, vu les circonstances. Les adjoints du shérif avaient l'air de colosses à côté d'elle.

Schalk hocha la tête comme si elle acquiesçait, puis se tourna vers McLanahan pour voir sa réaction.

Le shérif plissa les paupières et coula un sourire narquois vers Joe.

— Laissez-les, dit-il à Sollis, qui s'était avancé vers Missy avec sa clé de menottes.

L'adjoint recula.

Missy ne dit rien et baissa les yeux en continuant de marcher vers le GMC. Mais, d'un coup de menton, le shérif ordonna à ses adjoints de la laisser là. Joe comprit qu'il voulait s'assurer qu'elle soit captée par la caméra quand elle serait escortée jusqu'à la voiture.

— Allons, McLanahan, dit-il en sentant la colère monter en lui, surpris de s'émouvoir de la disgrâce de Missy. Il ne sert à rien de l'humilier encore plus.

Il quêta du regard le soutien de Schalk. Mais elle s'était détournée.

***

Joe vit une chose remarquable quand le shérif donna enfin le feu vert à ses adjoints pour qu'ils montrent la prévenue à la presse en l'amenant jusqu'au GMC. Tandis que la caméra vidéo tournait et que Jim Parmenter et Sissy Skanlon mitraillaient Missy de leurs appareils photo numériques, son visage et son attitude changèrent complètement. Non seulement changèrent, mais se transformèrent. Elle commença à traîner les pieds. Ses épaules se voûtèrent. Le calme qu'elle avait affiché jusqu'alors se mua en pathos. Ses yeux se mouillèrent et sa bouche trembla comme pour réprimer un sanglot. Elle parut soudain pathétique. Une victime. Elle semblait à peine capable de monter dans le GMC sans aide.

Ce spectacle avait échappé à McLanahan, qui s'éclaircit la gorge pour que les reporters le regardent. Quand ils le firent, il exhiba la carabine et lança :

— Bien que nous devions encore la soumettre à un examen balistique pour le vérifier sans conteste, nous croyons que c'est cette arme qui a servi à assassiner Earl Alden.

Joe plissa les yeux. Il avait déjà vu cette carabine, ou du moins une qui lui ressemblait beaucoup, dans la vitrine d'armes anciennes du Comte.

Juste pour frimer devant les caméras, le shérif actionna le levier de la carabine, éjectant une douille vide qui fut promptement ramassée par Sollis et placée dans une pochette en plastique. Puis McLanahan tendit le doigt vers le GMC.

— Et là se trouve, nous en avons la conviction, la femme qui a pressé la détente. C'est avec cette arme que Missy Alden a tué son mari.

— « A peut-être tué », corrigea Dulcie Schalk.

— A peut-être tué son mari, répéta le shérif, un peu irrité. Ensuite, elle a peut-être hissé le corps sur une de ses éoliennes toutes neuves, et l'a peut-être amarré à une pale pour qu'il tourne jusqu'à ce qu'on le découvre.

Sur ces mots, il tendit la carabine à Sollis, qui l'emporta. Puis il se mit les mains sur les hanches et se balança d'avant en arrière sur les talons, dans sa posture bien rodée de *Je-suis-la-Loi-dans-cette-région*.

— J'aimerais reconnaître et saluer publiquement l'efficacité et le professionnalisme de mon équipe au bureau du shérif du comté de Twelve Sleep. Rapide et approfondie, son enquête a conduit à l'arrestation de...

Joe cessa d'écouter quand le briefing vira au discours électoral sur le thème « Réélisez le shérif McLanahan ». L'attorney du comté s'approcha de lui et resta plantée là jusqu'à ce qu'il la remarque.

— Je regrette qu'il en fasse des caisses, murmura-t-elle. Il épate la galerie. Il influence le jury...

— Vous avez un instant ? lui demanda Joe.

***

Il l'écarta de la conférence de presse, mais nota qu'elle ne voulait pas trop s'éloigner de façon à pouvoir intervenir si les déclarations du shérif déraillaient.

— Faudra faire court, dit-elle. Je ne sais pas si j'ai le droit de vous parler. Vous avez un intérêt dans cette affaire ?

— Il s'agit de ma belle-mère.

— Je sais. Alors, comprenez que tout ce que je vous apprendrai n'aura rien de privé. Je dirai la même chose à la presse. Vous n'aurez rien de plus, Joe. Aucune information interne, donc ne me mettez pas dans l'embarras. La situation est délicate.

— J'en ai conscience, dit-il en jetant un coup d'œil par-dessus son épaule.

Il aperçut le profil de Missy par la vitre du GMC. Elle regardait droit devant elle depuis que les caméras s'étaient tournées vers McLanahan. Elle semblait s'être dépouillée de son image pathétique aussi facilement qu'il ôtait sa veste.

— Où a-t-on trouvé la carabine ? demanda-t-il.

— Sous le siège de sa voiture. Elle conduit le Hummer, n'est-ce pas ? C'est son véhicule personnel, non ?

Il acquiesça. Le Hummer bloquait sans cesse son allée, au point qu'il ne pouvait ni sortir ni entrer. En général, elle laissait tourner le moteur.

— Les traces relevées sur la piste où l'on pense que le meurtre a été commis semblent correspondre à ses pneus, reprit-elle. Les membres de notre équipe n'ont pas pu expliquer pourquoi ils n'ont pas trouvé de douille vide par terre, jusqu'à ce qu'ils aient découvert la carabine et vu que l'étui de la cartouche n'avait pas été éjecté et se trouvait toujours à l'intérieur. En plus, ses empreintes digitales étaient partout sur l'arme.

— Donc, l'informateur savait même où le crime s'était produit.

— Je ne m'engage pas sur ce terrain-là.

Joe réfléchit.

— McLanahan n'a pas parlé d'un complice...

— Ça, je ne peux pas vous le dire, répondit Schalk. Pas encore.

— Donc, vous protégez l'informateur, dit Joe pour lui tirer les vers du nez. Et vous avez sa déposition...

— Joe ! s'écria-t-elle, exaspérée.

— OK, OK. Mais toute cette histoire paraît... trop bien coller.

— C'est comme ça. Je n'ai rien contre votre belle-mère, et le shérif non plus.

— Sauf que c'est un beau trophée. Et qu'elle n'est pas vraiment la femme la plus aimée du comté. Croyez-moi, je sais de quoi je parle. La traîner comme ça devant les tribunaux va sacrément booster la popularité de McLanahan. Y a des gens qui adorent voir tomber ceux qui se donnent de grands airs, juste parce qu'ils sont arrogants.

— J'ai appris plusieurs choses, dit-elle en hochant la tête, et vous avez ma parole que je ferai mon possible pour empêcher cette affaire de tourner au cirque. Reste que votre belle-mère a quand même tendance à prendre les gens à rebrousse-poil. Cela dit, je n'ai jamais eu personnellement affaire à elle.

— Vous avez de la chance... Et donc, la théorie, c'est qu'elle a abattu le Comte et accroché son corps à cette éolienne ?

Schalk ferma les yeux en pressant les paupières, hésita, puis lui dit :

— C'est notre hypothèse de travail actuelle.

Joe ôta son chapeau et se passa les doigts dans les cheveux.

— Vous avez déjà vu une éolienne de près ? La hauteur que ça fait ? Et l'idée de suspendre le corps à la vue du public ? Ç'aurait été dans quel but ?

— Peut-être de nous envoyer sur une fausse piste, répondit-elle. Alden était un personnage très controversé. Il avait plein d'ennemis et vous savez que son parc éolien déplaisait à certains de ses voisins.

Joe était au courant de quelques plaintes, notamment celles des propriétaires du Ranch Lee. Ils détestaient Rope the Wind, surtout les lignes à haute tension destinées à passer par-dessus leur ranch, ce qu'Alden avait obtenu en les faisant exproprier d'une de leurs parcelles.

— Vous allez parler aux Lee ? demanda-t-il.

— Joe, je vous en prie...

— Donc, le premier volet de l'hypothèse, c'est celui du crime passionnel, probablement non prémédité parce qu'elle ne s'est pas débarrassée de la carabine et ne l'a même pas essuyée. Mais le deuxième volet, c'est une conspiration visant à brouiller les pistes.

Elle hocha la tête, mais Joe vit une lueur de doute dans ses yeux quand il exprima les choses ainsi.

— OK, reprit-il. Je ne vous demanderai rien de plus sur l'enquête interne parce que vous ne pouvez pas me répondre. Mais j'ai de quoi m'interroger sur le mobile. Je connais Missy, croyez-moi. Je sais comment elle est. Elle a passé toute sa vie à se hisser dans l'échelle sociale avant de décrocher la timbale. (Il montra le palais en construction sur le promontoire, derrière la rivière.) Pourquoi prendrait-elle le risque de perdre ça, et tout le reste ? C'est ce qu'elle a toujours voulu !

Dulcie Schalk arqua les sourcils et allait répondre quand elle parut changer d'avis.

— Donc, vous avez un mobile ? lança Joe, surpris.

— Je ne peux pas encore en parler. Mais je suis assez sûre de ce qu'on a déjà pour engager des poursuites.

— Waouh ! s'écria Joe. Waouh... Vous en avez assez pour la croire vraiment coupable...

— Je crois qu'on ferait mieux de revenir à la conférence de presse. (Elle se détourna, puis s'arrêta et le regarda.) Si j'étais vous, reprit-elle gentiment, je resterais à l'écart de l'enquête et je garderais profil bas. Ça n'est pas une menace, Joe. Je ne suis pas comme McLanahan. Mais je vous donne ce conseil parce que je vous aime bien et que, vous le savez, je suis proche de Marybeth. C'est une affaire solide. Je l'aborde avec encore plus de prudence que d'habitude. Je ne veux pas que vous alliez vous mettre dans l'embarras, ni qu'on en vienne à s'affronter, vous et moi. Mais pour l'instant, et ça, je peux le dire, ça ne se présente pas bien pour votre belle-mère. Pas du tout.

— Cela fait des années que je rêve de la voir en mauvaise posture, je dois le reconnaître...

Elle sourit.

— Là, j'en reste sans voix.

— Je n'aurais jamais dû dire ça, bredouilla-t-il, honteux. Elle a avoué quelque chose ?

— Vous devrez en parler à son avocat.

— Elle en a déjà un ?

— Oui. Elle a engagé Marcus Hand et je lui ai conseillé de ne pas dire un mot avant son arrivée.

Joe fut ébranlé.

— Marcus Hand ? Vous plaisantez ?

— J'aimerais bien.

Légende dans le Wyoming, Marcus Hand était connu à travers tout le pays pour ses années d'expertise judiciaire sur les chaînes du câble. Grand, doté d'une crinière blanche, porté sur les Stetson et les tenues en daim à franges, ce brillant avocat avait fait gagner des millions à ses clients (et à lui-même) dans des procès en responsabilité civile contre des médecins et des compagnies pharmaceutiques, et obtenu l'acquittement de nombreux accusés tristement célèbres, mais riches. Joe ne l'avait jamais rencontré en personne, mais il s'était trouvé au tribunal pour une affaire à Jackson Hole, où Hand avait convaincu le jury que l'entrepreneur qui, Joe en était sûr, avait tué sa femme, n'était pas coupable.

— Je me réjouis de plaider contre lui, enchaîna Schalk.

— Vraiment ?

— Je vous l'ai dit, on a un bon dossier. Et il a bien besoin qu'on lui rabatte le caquet.

Pauvre fille, coriace, mais naïve, pensa Joe.

Il comprit pourquoi Marybeth l'aimait bien.

***

Dulcie Schalk rejoignit McLanahan, qui répondait au pied levé aux questions de la presse. Joe gagna d'un pas nonchalant le GMC où Missy était retenue. Sollis arriva pour l'intercepter, mais elle eut le temps de baisser sa vitre de quelques centimètres et de tourner la tête vers son gendre. Elle avait retrouvé son air digne, mêlé à une expression que Joe lui avait déjà vue : un regard de défi, froid et implacable.

— Je sais que nous avons eu des désaccords, Joe, souffla-t-elle, mais pour le bien de ma fille et de vos enfants... de mes petits-enfants... vous devez m'aider.

Avant qu'il ait pu répondre, elle remonta sa vitre.

— Ça suffit, dit Sollis. Écartez-vous. On va l'emmener.

***

Les mains tremblantes, Joe sortit son portable, l'ouvrit et envoya un texto à Marybeth : PRÉPARE NOS FILLES. ÇA A L'AIR VRAIMENT GRAVE.

Il ferma l'appareil, croisa les bras et s'adossa à la calandre de son pick-up. Il se demanda ce que Nate Romanowski aurait pensé de tout ça, s'il avait été là pour l'entendre. Nate non plus n'avait jamais aimé Missy, mais il avait toujours eu un lien privilégié avec Marybeth. Pour la première fois depuis onze mois, Joe se demanda où il se trouvait et ce qu'il faisait, s'ils étaient à présent ennemis ou encore amis, ou quelque part entre les deux.

Et s'il pouvait y avoir un entre-deux avec Nate Romanowski.

CHAPITRE 7

Nate Romanowski se réveilla inquiet, et ce sentiment persista pendant toute cette fraîche matinée d'août. Même ses trois oiseaux, le faucon pèlerin, la buse à queue rousse et le pygargue à tête blanche, semblaient crispés et agressifs dans leurs volières quand il leur donna de gros morceaux de lapin sanglants pour le petit déjeuner.

Comme toujours, l'aube se leva deux heures plus tard qu'ailleurs dans le canyon de Hole in the Wall. À elles seules, ses parois empêchaient les rayons du soleil de ruisseler par-dessus les bords jusqu'en milieu de matinée mais, quand ils y parvenaient, la lumière et la chaleur étaient particulièrement vives car il n'y avait pas de vent pour les adoucir. La piste, telle une cicatrice beige tranchant sur les broussailles et les fourrés, descendait en lacet du sommet, et il pouvait la voir presque entièrement de l'endroit où il se tenait. C'était une des raisons essentielles qui l'avaient poussé à choisir cet endroit quatre ans auparavant : c'était un phénomène naturel pratiquement créé pour qu'on s'y cache. Nate pouvait voir clairement le seul accès au canyon mais, de la piste, il était presque impossible de repérer sa grotte si on ne la connaissait pas. Les rares fois où des gens y étaient venus – et c'étaient en général des pêcheurs qui se frayaient un passage vers la Middle Fork de la Powder River au fond de la gorge –, il n'avait jamais été découvert. C'était ce qu'il voulait.

À cause de ces pêcheurs arrivés depuis peu dans la région, il avait démonté ses pièges meurtriers sur la moitié inférieure de la piste, les remplaçant par des capteurs, des détecteurs de mouvement et deux caméras de surveillance de gros gibier, qui pouvaient transmettre des images à son ordinateur portable. Il avait observé les rares personnes descendues récemment dans le canyon et elles ne s'étaient pas aperçues que leur progression vers la rivière était suivie par une lunette de visée.

Il ne vit rien d'anormal. Tout était silencieux et calme, et la fraîcheur de ce début de matinée était une alliée qui portait extrêmement bien les sons. Il n'y avait pas de bruits suspects.

Il regagna sa grotte parmi les rochers et rassembla tranquillement sa canne à pêche, ses mouches et son chapeau à large bord. Alisha Whiteplume, sa compagne, était là pour le week-end. Elle dormait encore dans l'amas de couettes et il s'arrêta un instant pour admirer son visage au repos : ses cheveux d'un noir soyeux étalés en éventail sur l'oreiller, ses hautes pommettes lisses de Shoshone du Wyoming et ses lèvres douces incurvées vers le bas, comme si elle était inquiète, elle aussi.

Elle aimait les truites au petit déjeuner et il voulait lui en attraper quelques-unes.

À cause de ce sentiment d'anxiété qu'il ne pouvait pas expliquer, il passa son holster de cuir en bandoulière et l'ajusta sur son sweat-shirt. La crosse de son puissant revolver à cinq coups, un Casull .454, dépassait de l'étui à sa hanche gauche pour qu'il puisse le sortir de la main droite et tirer en moins d'une seconde. Cette arme de poing étant munie d'un viseur, il pouvait faire mouche à des centaines de mètres.

Il s'arrêta un instant pour se regarder dans le miroir qu'il avait accroché à une racine sur la paroi de la grotte. Il mesurait un mètre quatre-vingt-cinq et avait les épaules larges. Ses longs cheveux blonds étaient noués en queue-de-cheval par un jet de fauconnier, et lui-même trouva son regard perçant cruel et égaré. Il avait le nez fin et pointu et les mâchoires proéminentes. Il se demandait toujours si c'était lié au fait de passer autant de temps avec ses faucons – il était maître fauconnier – qu'il avait pris les caractéristiques de ses oiseaux, comme le gros et son bouledogue ou la doyenne chic de la haute et son caniche.

Il se glissa à nouveau dehors. Une fois de plus, il parcourut des yeux la paroi opposée du canyon et scruta lentement chaque tronçon de la piste. Il tendit l'oreille en même temps, car les bruits de la nature – les cris des oiseaux, le sifflement aigu des grosses marmottes dans les rochers, les croassements discordants des deux corbeaux grands comme des poulets survolant les bords du canyon – lui en disaient autant sur la situation que tout ce qu'il pouvait voir. Leur babillage n'exprimait aucune inquiétude. Le silence total aurait été pire, car il aurait signifié l'arrivée d'un intrus.

Malgré le sinistre nuage bleu-noir qui persistait dans sa conscience, il ne distingua rien d'insolite.

Pourtant, tandis qu'il descendait vers la rivière en se frayant un passage entre des rochers grands comme des camions et que la musique naturelle des animaux faisait place au murmure cristallin de la rivière, il sentit qu'il n'en avait plus pour longtemps dans cet endroit.

***

Il revint une heure plus tard avec trois truites arc-en-ciel de trente centimètres et trouva Alisha debout et habillée en train de préparer du café sur sa cuisinière de camping. Elle avait relevé les grosses couvertures accrochées devant l'ouverture pour laisser entrer l'air frais et le soleil du matin et avait fait le lit. Leurs vêtements, qu'ils avaient jetés par terre la veille au soir comme s'ils étaient en feu, avaient été pliés en deux tas : un pour lui, un pour elle. Le café sentait bon.

— Je vais lever des filets, dit-il en étalant, tels trois éclats d'acier miroitant, les truites sur la planche à découper.

— Formidable ! dit-elle en souriant. Quand as-tu appris à pêcher aussi bien ? Avec Joe ?

— Oui, marmonna-t-il. Mais n'importe qui aurait pu attraper ces poissons-là. Ils avaient si faim qu'ils ont nagé droit vers l'hameçon.

Elle hocha la tête et il sentit qu'elle tentait de déchiffrer son expression. Elle s'était mise récemment à l'interroger sur Joe Pickett et il se dérobait toujours à ses questions.

— Tu ne me parles pas beaucoup de lui ces derniers temps, insista-t-elle.

— Non.

Alisha Whiteplume était enseignante dans la réserve indienne de Wind River. Depuis son retour du monde extérieur – où elle avait été mariée à un golfeur professionnel –, elle s'était plongée dans la vie de la réserve. Elle était pragmatique et charismatique et, outre sa nomination au conseil tribal, elle était responsable d'un club qui encourageait les Shoshones et les Arapahos du Nord à monter de petites entreprises. Elle n'avait que mépris pour le paternalisme et les subventions du gouvernement américain qui, pensait-elle, avaient freiné le développement de son peuple pendant des générations. Elle était le mentor d'une demi-douzaine de jeunes gens qui avaient créé des sociétés, dont un petit journal local, un magasin d'artisanat, une boutique de locations de vidéos et une sandwicherie Subway. Elle était aussi la tutrice d'une petite fille de cinq ans, qu'elle laissait chez sa mère quand elle s'éclipsait pour aller voir Nate. Il n'était pas seulement amoureux d'elle, il admirait sa force, sa ténacité, son optimisme et sa loyauté. Il se sentait coupable de ne pas pouvoir l'épouser à cause de ses ennuis avec le FBI. C'était une femme trop bien pour venir le retrouver ainsi à la sauvette, comme s'ils avaient une relation adultère.

— Alors, Joe et toi n'avez toujours pas réglé votre problème ?

— Tu continues à insister lourdement, hein ?

— Je n'insiste pas. Je pose juste poliment la question jusqu'à ce que tu me répondes.

Il soupira en découpant les filets. Il avait mis un gros morceau de matière grasse dans un poêlon en fonte, et la graisse avait fondu et commençait à fumer. Après avoir fait tremper les filets dans du babeurre, il les saupoudra de farine de maïs et les déposa dans le poêlon.

— C'est Joe qui a des problèmes à régler, dit-il. Moi, je suis au clair sur ma position.

L'année précédente, dans la Sierra Madre du sud du Wyoming, Joe et lui s'étaient heurtés à deux jumeaux violents qui voulaient qu'on les laisse tranquilles. Joe avait reçu l'ordre formel de les poursuivre et il l'avait fait, implacablement, même après avoir appris les circonstances de leur isolement. Nate, lui, avait choisi de partir. Dans son esprit, leur désaccord portait sur la différence entre la lettre de la loi et la justice. Joe avait choisi la loi[1].

— Je n'aurais jamais cru que je dirais ça, glissa-t-elle de sa voix mélodieuse, mais je pense que c'est peut-être à toi de faire un effort.

— Tu n'as jamais aimé quand on partait ensemble sur une affaire. Qu'est-ce qui t'a fait changer d'avis ?

— Il a l'air d'un type bien. Et d'être un bon ami pour toi. (Nate grommela.) Tu ne peux quand même pas le rejeter juste parce que c'est un agent de l'État. Tu es encore en contact avec sa fille ? Elle est toujours ton apprentie fauconnière ?

Il fit non de la tête. Sheridan avait déjà dû entrer à l'université et il ignorait quelle faculté elle avait choisie. Il ne savait pas où elle était et ça le perturbait.

— Tu ne devrais pas la punir, reprit Alisha. Ce n'est pas sa faute.

— Je sais ! dit-il, agacé parce qu'elle avait raison. Marybeth, elle, sait que je suis toujours là. Elle m'a appelé il y a quelque

1. Cf. *Fin de course*, publié dans cette même collection.

temps pour voir comment j'allais. J'ai même eu un coup de fil de sa mère !

— Le joli dragon ?

— Oui.

— Mais pas de Joe ?

— Non.

— Le téléphone, ça marche dans les deux sens, tu sais ?

— Hummm...

— Eh bien ?

— Bon, peut-être que je l'appellerai un de ces jours.

— Non, reprit-elle. Va le voir. Vous deux ne vous parlez pas bien au téléphone. Je vous ai entendus. On croirait deux singes qui grognent. Vous ne dites rien du tout.

Nate retourna les filets. Il aimait les entendre grésiller rageusement. Il leva les yeux, elle continuait à le regarder, dans l'expectative.

— D'accord, dit-il, un peu énervé. Mais d'abord, faut que je foute le camp de ce canyon. Je t'ai dit pourquoi hier soir.

Elle fit la grimace. C'était lié à l'époque où il travaillait pour une section des Forces spéciales, une section parallèle. Il ne lui avait pas dit le nom de l'organisation ni ce qu'il y avait fait. Il ne le lui révélerait jamais, car ça l'aurait révoltée. Même Joe ne voulait pas le savoir, bien qu'il ait offert de lui en parler.

Des choses qu'il avait faites – lui et son équipe – revenaient le hanter. Comme il avait quitté sa section brusquement, sans autorisation, sans entretien de départ ni solde de réforme, certains craignaient d'être démasqués. Il n'avait jamais menacé de les trahir ni de parler de leur travail, mais ils étaient paranoïaques. Plusieurs membres de son ancienne équipe étaient venus dans les Rocheuses à divers moments pour tenter de l'éliminer. Tous avaient échoué... et disparu de la surface de la terre. Mais le noyau pourri de l'équipe – quatre hommes et une femme – avait survécu, et certains étaient même montés en grade au gouvernement, au ministère de la Sécurité intérieure. Il les appelait « les Cinq ».

D'après un contact à qui il faisait encore confiance au FBI, les Cinq étaient inquiets de son travail et de sa réputation grandissante dans la clandestinité. Ils respireraient sûrement plus facilement si lui cessait de respirer.

À ce qu'il avait compris par son contact en Virginie, les Cinq ne s'étaient pas encore lancés à sa recherche. Il se demanda si l'anxiété qu'il éprouvait ce matin-là était due au fait qu'il en avait parlé à Alisha la veille au soir, ou à autre chose. Si les Cinq se mettaient en marche, il ne tenait pas à ce qu'elle soit près de lui.

Autre source de tension : le nombre croissant de membres de la résistance clandestine. Ils comptaient sur lui pour les aider et les protéger. Leurs rangs – à l'origine quelques douzaines d'individus ayant choisi de vivre en marge de l'Amérique actuelle car la direction que semblait prendre le pays leur répugnait – avaient grossi jusqu'à comprendre des centaines de membres, voire plus. Ils s'étaient installés dans des zones reculées, partout dans les montagnes de l'Ouest. La femme que Joe et lui avaient sauvée un an plus tôt – pour des raisons différentes, s'était-il avéré – avait été le catalyseur de leur dissension. Elle se trouvait à présent dans la région de la Snake River, dans l'Idaho, avec d'autres clandestins. Il n'avait aucune idée de ce qui arriverait si le mouvement était contesté ou rendu public. Mais il savait qu'il y avait un grand risque de violence.

— Je m'inquiète beaucoup en ce moment, dit-il quand les filets furent dorés à point.

Il les sortit du poêlon et les posa sur un torchon pour les égoutter et les faire refroidir.

— En plus, ajouta-t-il en montrant les volières, ce fichu pygargue ne veut toujours pas voler alors qu'il est complètement guéri.

— C'est peut-être un signe, dit-elle.

— Peut-être. Mangeons.

— S'il te plaît, enlève ton arme. Les gens civilisés ne prennent pas leur petit déjeuner armés.

— C'est la première fois que tu dis que je suis civilisé.

— Tu n'en es pas encore là. Mais tu peux aspirer à le devenir, dit-elle.

Puis elle ajouta avec un sourire timide :

— Peut-être quand tu n'éprouveras plus le besoin de vivre dans une grotte...

***

Ils finissaient leur petit déjeuner lorsqu'il pensa à quelque chose.

— Tu n'as pas dit que tu avais vu Large Merle, hier soir...

Large Merle était un ami fauconnier, membre de la résistance clandestine. C'était un colosse barbu qu'il avait connu dans le temps, puis qui était parti dans l'Ouest et était devenu obèse. Il portait toujours des vêtements tachés à force de travailler comme cuisinier dans un restaurant à Kaycee. Il louait une maison délabrée en haut du canyon, sur le bord sud. La seule route bien tracée pour gagner la partie de la gorge où se cachait Nate traversait son terrain, et c'était lui qui donnait le feu vert aux visiteurs ou les chassait. Dans l'un et l'autre cas, il appelait Nate sur son téléphone satellite pour lui dire qui était passé par là et qui pourrait venir dans le canyon. Comme Nate avait attendu Alisha, il ne s'était pas encore rendu compte qu'il n'avait pas reçu d'appel de sa part.

Alisha mâcha sa dernière bouchée de truite en fermant les yeux. Elle raffolait du poisson frais et il adorait la voir en manger.

— Merle n'était pas chez lui, dit-elle.

— Peut-être qu'il était parti travailler, dit-il sans conviction.

— Le restaurant n'était pas ouvert quand je suis passée devant. Je pensais m'y arrêter pour prendre un café.

Il se redressa.

— Large Merle n'est jamais parti sans m'avertir.

Elle haussa les épaules.

— Peut-être que c'était une urgence. Il n'a pas un père malade quelque part ?

Nate se carra contre le dossier de sa chaise et se frotta les yeux.

— Il me préviendrait s'il allait à Casper. Il le fait toujours. Alisha, dit-il en se levant soudain de table, je ne peux pas expliquer pourquoi, mais quelque chose ne va pas. On plie bagage.

— Pour aller où ?

— Je ne sais pas encore.

— Est-ce qu'on va revenir ?

— Non.

CHAPITRE 8

Rien n'est plus dangereux que deux cow-boys ivres armés d'un lance-roquettes.

C'était ce que se disait Laurie Talich en les conduisant vers le canyon de Hole in the Wall.

Ce n'étaient pas de vrais cow-boys, bien sûr. D'accord, ils portaient la panoplie requise : le Stetson, les Wrangler, la boucle de ceinture Montana Silversmith et la chemise à manches longues Cinch. Johnny Cook était un blond bien bâti du nord de l'État de New York, près d'Albany, et Drennen O'Melia – trapu, bavard et menteur de charme – un gars du Delaware. Mais ils étaient jeunes, robustes, bouchés à l'émeri et désireux de plaire. Et, en plus, au chômage depuis l'incident au ranch du mec qui s'était séparé d'eux récemment.

Mais le lance-roquettes AT4, encore dans sa caisse d'emballage à l'arrière du pick-up qu'elle avait loué, était on ne peut plus réel.

***

La veille au soir, elle les avait trouvés en train de jouer au billard pour se faire payer à boire, au fond du Stockman's Bar à Saddlestring. L'établissement était sombre, frais, long, étroit et emblématique d'une ambiance western agréablement kitsch. On lui avait dit que c'était là qu'elle pourrait dénicher le genre de types qu'il lui fallait pour faire le coup, et son informateur avait vu juste. Elle s'était assise seule sur son tabouret trois soirs de suite, assez longtemps pour apprendre le nom du barman, Buck Timberman. Elle, évasive, n'avait pas révélé le sien. Il l'avait appelée sa « p'tite dame » dans des phrases du style, « Qu'est-ce que je vous sers, ma p'tite dame ? »

— La même chose, s'il vous plaît.

C'est-à-dire un whisky-Coca, même si son mari lui avait souvent répété qu'elle gâchait les deux boissons en les mélangeant.

Elle avait payé en liquide pour ne pas laisser de reçus électroniques et siroté son deuxième verre de la soirée en jetant des regards furtifs aux deux types aux allures de cow-boy. Ils avaient frotté leurs queues de billard avec de la craie, empoché les billes, rétamé tous leurs adversaires – des touristes pour la plupart – et pris leurs verres. Et l'avaient remarquée. Mince, cheveux courts et frange d'un noir de jais, yeux bleu clair comme un ciel en plein midi. Elle était habillée pour le rôle : jean moulant Cruel Girl, ceinture de cow-girl ornée de pierreries et top blanc sans manches. Ses jambes étaient croisées l'une sur l'autre, mais quand elle faisait pivoter son tabouret vers eux, le bout en forme de poignard de sa botte droite tournoyait en décrivant un petit cercle, telle une langue léchant des lèvres entrouvertes. Oh, ils l'avaient bien remarquée.

Plus elle les regardait en saisissant des bribes de leurs fanfaronnades et de leurs conneries tandis qu'eux, se sachant observés, en rajoutaient le plus possible pour la séduire, plus elle pensait avoir trouvé les types idéaux. Ils seraient parfaits pour faire le coup. En plus, c'étaient des acteurs-nés : des cowboys à louer pour l'été. Les ranchs à touristes, partout dans les Bighorn et presque tout le Montana et le Wyoming, en regorgeaient. Leurs propriétaires avaient besoin de saisonniers avec la dégaine et la tête de l'emploi, car les clients en demandaient, et des gars comme Johnny et Drennen étaient parfaits pour le genre de coup qu'elle avait en tête. Jeunes, jolis garçons (Johnny, en tout cas), blancs, sans ambition de régenter le ranch, donc pas menaçants pour le personnel permanent, prêts à bosser pendant la brève saison de trois à quatre mois entre les neiges, et fauchés. Pour les gérants des ranchs, ça aidait s'ils s'y connaissaient en chevaux – mieux encore, s'ils savaient jouer de la guitare et chanter une chanson du Far West. Mais la plupart du temps, on leur demandait juste d'avoir l'allure et la tenue du rôle : pas de casquettes de base-ball à l'envers, de piercings, de pantalons bouffants et de chemises deux tailles trop grandes. Ces types ne remplaceraient jamais les cow-boys et les saisonniers authentiques, mais ils étaient assez agréables à regarder pour faire fantasmer les épouses et les filles, et ils prêtaient leurs bras et leur dos musclés aux tâches ingrates partout dans le ranch. Bref, ils faisaient l'affaire.

Sauf, bien sûr, s'ils attiraient les deux filles mineures d'un riche patron de syndicat du Massachusetts hors du cabanon familial pendant que leurs parents étaient à un Square Dance Thursday[1], s'ils les soûlaient de bière Keystone Light et se faisaient prendre dans l'écurie à déchirer l'emballage de leurs préservatifs d'un coup de dents... eh bien, là, ils se faisaient virer, comme Johnny et Drennen l'avaient été.

Et ils se retrouvaient maintenant à jouer au billard pour gagner des verres au Stockman's Bar légendaire, sous des enseignes lumineuses suspendues au plafond en pin noueux, avec des générations de photos de cow-boys qui les toisaient du haut des murs, jugeant sans doute que ces deux-là n'étaient pas à la hauteur, mais ça... Comme si Johnny et Drennen en avaient quelque chose à foutre !

***

Dès qu'elle avait estimé que c'étaient les deux types qu'il lui fallait, elle s'était laissée glisser au bas de son tabouret,

---

1. Jeudi de Square Dance : soirée de danse américaine très populaire, dérivée notamment du quadrille.

puis était passée devant eux en ondulant pour gagner les toilettes des femmes. Ils avaient soulevé poliment leurs chapeaux, elle s'était arrêtée pour leur parler et avait offert de leur payer un verre quand ils auraient fini de jouer au billard. Elle leur avait dit qu'elle aimait leur style... Qu'ils la fascinaient. Ils avaient tout gobé.

***

Laurie Talich s'installa dans un box sombre à haut dossier près des toilettes et attendit. Timberman lui apporta un autre whisky-Coca, et elle commanda deux bouteilles de Coor parce que c'était ce que buvaient Johnny et Drennen. Elle savait – elle avait compté – qu'ils en avaient déjà bu six chacun.

Ils jouèrent rapidement la dernière partie et la perdirent quand Drennen empocha la bille n° 8 avant la fin. Elle avait observé le coup et conclu qu'il l'avait fait exprès pour pouvoir l'aborder plus rapidement. Elle réprima un sourire et attendit que les deux faux cow-boys l'aient rejointe dans le box pour l'étaler sur son visage. Drennen demanda à s'asseoir près d'elle et elle se poussa. Johnny se glissa dans le box, juste de l'autre côté de la table. Aucun d'eux n'ôta son chapeau.

Ça n'eut pas l'air de les gêner qu'elle ait dix ans de plus qu'eux et soit venue sans une amie. Elle surprit Johnny à regarder son alliance, bien qu'elle ait pris soin d'émailler la discussion de l'expression « mon défunt mari ». Comme ils ne faisaient pas trop dans la nuance, elle finit par dire :

— Mon mari s'est fait tuer il y a deux ans.

Là, ils semblèrent enfin comprendre.

— Oh, mes condoléances..., marmonna Drennen.

— Qu'est-ce qui s'est passé ? demanda Johnny.

— Il a été abattu, répondit-elle en veillant à parler bas d'une voix ferme. Et j'espérais un peu que vous accepteriez de m'aider à trouver quelqu'un. Un homme qui sait des choses sur ce qui s'est passé parce qu'il y était. Vous voyez, je viens d'arriver dans la région. J'aurais besoin de l'aide de deux hommes qui la connaissent bien.

Johnny échangea un regard avec son copain. Drennen sourit, mais Johnny avait l'air soit de ne pas trop savoir comment réagir, soit tout bêtement ivre et placide. Elle vit bien qu'être qualifiés d'«hommes» leur avait plu, tout comme sa suggestion qu'ils étaient du pays.

Johnny fit un sourire en coin et lui tendit la main.

— Je m'appelle Johnny, dit-il. L'autre, c'est Drennen.

«Walking after midnight» passait sur le juke-box.

— Et moi, Patsy, dit-elle en sachant qu'ils ne saisiraient pas l'allusion[1].

Elle serra la main de Johnny, puis offrit sa main à Drennen qui commença par se dérober, mais la serra ensuite.

— Content de vous connaître, Patsy, dit Johnny en vidant sa bouteille. Je parie que Drennen et moi, on en prendrait bien une autre pendant qu'on bavarde, si ça ne vous fait rien.

Elle leva deux doigts à l'intention de Timberman pour montrer qu'elle ne prendrait rien, mais que les garçons avaient soif.

— Je suis prête à vous payer un joli paquet, reprit-elle. À condition que vous n'en parliez à personne et qu'on trouve bien l'homme. Vous savez, je suis assez à l'aise avec l'argent de l'assurance et tout ça.

— Putain! s'exclama Drennen. Qui n'a pas besoin d'un peu d'argent de nos jours? L'argent, c'est... comme l'or.

Ça fit sourire Johnny.

— Tu n'as jamais rien dit de plus stupide!

— Oh que si, assura Drennen.

— Vous voyez, reprit Johnny, c'est assez frustrant de côtoyer des gens riches pendant tout l'été. Ils n'ont même pas l'air de savoir qu'ils sont pleins aux as, c'est vraiment incroyable... On aimerait bien leur dire: «Donnez-moi juste un peu de ce que

---

1. «Walking after midnight», chanson d'Alan Block et Donn Hecht enregistrée par Patsy Cline.

vous avez. Ça ne vous manquera pas, et une miette de votre fortune ne me ferait pas de mal... »

Les nouvelles bières arrivèrent, et elle se détendit. Elle avait exposé les choses – maintenant, la balle était dans leur camp. Elle ne leur en dirait pas plus tant qu'ils ne le lui demanderaient pas. Si le marché tombait à l'eau, elle n'avait rien dit qui puisse la compromettre. Ni le nom de l'homme qu'elle cherchait. Ni celui de son informateur.

— Ce n'est pas qu'on soit très occupés en ce moment, dit Johnny en traçant de petits cercles du bout du doigt sur la buée de sa bière.

— Merde, on passe notre temps à camper là-haut, au bord de la Crazy Woman Creek, expliqua Drennen. Il commence à faire froid la nuit et je ne vais sûrement pas me serrer contre ce type !

Il pointa le goulot de sa bouteille vers son pote, qui sourit.

— Moi et Johnny, reprit Drennen, c'est pas une histoire à la *Brokeback Mountain*.

— Bon sang, grommela Johnny. Revenons à notre marché. Ne faites pas attention à lui. Il... parle à tort et à travers.

Drennen acquiesça, pas du tout vexé.

Elle hocha la tête et montra la table de billard.

— Vous, les gars, vous êtes au chômage et vous vivez dans les montagnes, et pourtant vous arrivez à descendre ici en stop pour prendre un peu de bon temps.

— Oui, m'dame, dit Drennen avec le plus grand sérieux. Même les chômeurs ont droit à une soirée en ville !

— Je suis bien d'accord, dit-elle en le dévisageant tout en se demandant s'il y avait quelque chose de consistant dans sa caboche. C'est pour ça que notre pays est si formidable. On ne laissera personne nous priver de nos droits.

— Ça, c'est clair ! dit Drennen en hochant la tête. Je pourrais vous embrasser pour avoir dit ça.

Sur ce, il se pencha vers elle, l'écrasa de son poids et leva le menton pour tenter de lui faire une bise sur la joue.

— Ouille ! glapit-il.

Il recula et se cogna si fort la tête que son chapeau rebondit sur la paroi du box et bascula vers la table. Il plongea les mains entre ses cuisses.

— C'était quoi, ça ? J'ai cru qu'un serpent m'avait mordu le paquet !

— Pas de serpent, dit-elle en ôtant l'aiguille à tricoter de là où elle l'avait piqué sous la table, et pas de baiser. Pas de blagues, d'aucune sorte. Pas avant qu'on arrive à un accord.

Johnny avait observé toute la scène sans broncher, impassible. Il lui jeta alors un regard appuyé.

— Mais peut-être après ?

— Merde ! dit Drennen en remettant son chapeau. T'as vu ce qu'elle a fait ?

— Ça reste toujours possible, dit Laurie à Johnny en lui rendant son regard. Mais commençons par le commencement.

— Vous avez parlé d'argent, murmura Johnny en se penchant par-dessus la table. Vous donneriez combien ?

— Dix mille dollars. Vous pourrez les partager à égalité ou décider qui aura la plus grande part.

Il fronça les sourcils.

— Pourquoi l'un aurait plus que l'autre ?

— On fera cinquante-cinquante, hein, Johnny ? dit Drennen.

— Comme vous voudrez. Je me disais juste que l'un aurait peut-être un boulot plus dur que l'autre. Mais c'est votre problème.

Timberman apporta d'autres bières et, à nouveau, elle paya en espèces.

— Dernière commande, ma p'tite dame ! lança-t-il.

— Elle s'appelle Patsy, dit Johnny comme s'il défendait galamment sa réputation.

Timberman fit un clin d'œil à la jeune femme. Il avait compris.

— Alors, dit Drennen en se penchant tellement en avant à son tour que leurs trois têtes se touchèrent presque. Qui c'est qu'on doit tuer ? acheva-t-il d'un ton montrant qu'il plaisantait à moitié.

— Vous avez déjà tué quelqu'un ? lui renvoya-t-elle.

Un instant, la question plana dans l'air, puis Drennen se hâta de répondre :

— Bien sûr !

En voyant son regard voleter entre elle et Johnny, elle comprit qu'il mentait. Il cherchait à l'impressionner. Et il savait qu'elle devait le sentir, car il dit à Johnny, en baissant la voix, comme s'il cherchait à lui souffler un faux souvenir :

— Le Mexicain ! Ce connard de cow-boy mexicain qu'ils avaient engagé... Celui qui la ramenait...

Elle hocha la tête.

— Eh bien, dit Drennen en s'adossant au fond du box et bombant le torse. Disons juste qu'il a cessé de frimer.

— Le Mexicain, répéta Johnny en hochant la tête. On l'a buté, ce fils de pute...

— Il s'appelle Nate Romanowski, déclara-t-elle, mais ça ne devrait pas avoir d'importance pour vous. Alors, vous campez où, les gars ? Je vous raccompagne.

***

C'était arrivé deux ans plus tôt. Chase Talich, son défunt mari, était parti dans l'Ouest en quittant Chicago où il accomplissait des tâches lucratives pour des hommes de la ville importants, mais de sinistre réputation, avec ses frères Nathaniel et Corey. Le FBI leur était tombé dessus dans une démonstration de force très médiatisée, qui avait poussé les patrons de Chase à quitter la ville. La dernière fois qu'elle l'avait vu, il faisait sa valise dans leur chambre. Calme, comme toujours, il avait dit qu'il ne rentrerait peut-être pas avant deux ou trois semaines. Il l'appellerait, mais il ne pouvait pas lui dire exactement où il allait. Il avait promis de lui rapporter un cactus ou une selle.

Comme Chase s'occupait seul de leurs finances et lui avait lancé un regard meurtrier la seule fois où elle lui avait posé des questions à ce sujet, sa future absence l'avait naturellement inquiétée, d'autant qu'elle était enceinte de deux mois. Ils vivaient bien dans le North Side[1], elle n'avait pas besoin de travailler et passait ses journées à faire les boutiques, du Pilates, et à déjeuner avec les autres femmes dont les maris travaillaient dans l'« infrastructure » de Chicago, comme elles l'appelaient. Bien sûr, elle avait vu des allusions aux « frères Talich » dans le *Tribune*, et elle savait que Chase avait connu la prison dans sa jeunesse. Mais il prenait bien soin d'elle, lui donnait une somme généreuse en liquide tous les mois, et elle était traitée comme une reine dans les clubs et les restaurants quand elle donnait son nom. Elle ne voulait pas trop y réfléchir. Ceci compensait cela.

Pendant cinq semaines, il n'avait pas appelé. Il lui avait juste envoyé une grosse enveloppe matelassée d'un bled nommé Hulett, dans le Wyoming, avec son allocation mensuelle. Pas même un mot.

Puis les agents du FBI avaient débarqué. Dès qu'elle avait ouvert la porte, elle avait compris qu'il était arrivé quelque chose à son mari. Ils lui avaient annoncé qu'il avait été abattu dans un coin reculé du nord-est du Wyoming, presque à l'ombre de la Tour du Diable. Nathaniel, son frère cadet, avait été tué lui aussi. Seul Corey, l'aîné, avait survécu. Il était en détention provisoire, sous le coup d'inculpations de l'État et du FBI.

Désespérée, elle était allée voir son beau-frère à Denver. À travers la grosse vitre en Plexiglas du centre de détention fédéral, il lui avait dit ce qui s'était passé. Chase était tombé dans une embuscade tendue par un plouc du coin muni de la plus grosse arme de poing qu'il avait jamais vue. C'était là qu'elle avait entendu son nom pour la première fois.

---

1. Partie nord de Chicago, où se trouvent les quartiers résidentiels.

Elle avait interrogé Corey frénétiquement. Où Chase planquait-il son argent ? Comment pouvait-elle y accéder ? Comment pourrait-elle élever un autre enfant – le futur neveu ou la future nièce de Corey – toute seule et sans un sou ?

Son beau-frère ne l'avait pas aidée. Il avait dit que Chase gardait ses questions d'argent pour lui. En plus, il avait lui aussi ses problèmes et elle allait devoir commencer à se prendre en charge.

Ça l'avait anéantie. Elle était ruinée. Elle aurait voulu pouvoir retrouver Chase et le tuer une deuxième fois pour l'avoir laissée sans rien. Alors, elle s'était fait avorter, avait vendu la maison – qu'il avait mise à son nom à elle pour échapper à tout contrôle – et appris à tricoter pour s'aider à ne pas penser à sa situation. Elle était devenue amère, passant beaucoup de temps à imaginer ce qu'aurait été sa vie si Chase était revenu. Si ce plouc ne l'avait pas tué.

***

Le père de Laurie Talich avait passé sa vie dans l'« infrastructure » de Chicago. Conseiller municipal, bookmaker et assistant du maire, il avait tenu de nombreux postes, mais ne semblait pourtant pas avoir de bureau où il partait travailler chaque matin. Père aimant mais de loin, il paraissait chercher un réconfort en son frère et elle pour se rappeler qu'il n'était pas si mauvais. Lent et le teint terreux, il arrivait à la maison à n'importe quelle heure, mais ne rentrait jamais de voyage sans bonbons et cadeaux pour ses enfants. Depuis qu'il s'était retiré des affaires, il cultivait des poivrons et des oignons dans son jardin et regardait beaucoup la télévision. Mais il avait gardé ses relations et, quand elle était venue le voir, éperdue, il lui avait ouvert sa porte et avait écouté ses malheurs.

Et, un soir où il avait bu quelques verres après le dîner, il lui avait dit qu'elle devrait chercher à se venger.

— Peu importe ce que tu penses de ton ex-mari ou ce que tu as appris sur lui depuis, tu ne peux pas laisser ce crime impuni, avait-il déclaré. Quand quelqu'un fait du mal à un membre de ta famille, quelle qu'en soit la raison, il te blesse par procuration. Poursuis-le et venge-toi. Les gens doivent savoir que leurs actes ne sont pas sans conséquences, surtout quand ils touchent les êtres que nous aimons. C'est la seule façon de maintenir un certain ordre dans le monde parce que, Dieu sait qu'à notre époque, personne ne le fera pour toi ! Ni les politiciens, ni les flics. Je le ferais moi-même si je pouvais me déplacer, mais je suis trop vieux et complètement cassé. La vengeance purifie, ma chérie. Et il faut que tu sois purifiée.

***

Elle était arrivée au Wyoming le mois précédent. Là, chose remarquable, chacun semblait connaître tout le monde. Elle avait posé des questions, obtenu des réponses et des pistes, et fini par atterrir à Saddlestring. Trois jours lui avaient suffi pour dénicher quelqu'un qui connaissait Nate Romanowski.

— Vous voulez vous venger ? lui avait dit son informateur. Je suis un des rares à savoir où il accroche son chapeau.

Puis il avait ajouté qu'il avait accès à un lance-roquettes par quelques amis dans le commerce des armes. Que l'engin pourrait lui être expédié dans la nuit. L'homme s'était montré incroyablement serviable et même très désireux de l'aider. Elle ne lui avait jamais demandé pourquoi parce qu'elle n'avait pas besoin de le savoir. Pour elle, tout ce qui comptait, c'était qu'ils avaient un intérêt et un but communs.

Et maintenant, l'heure était venue de faire payer le meurtrier. Il était temps de se purifier.

***

Bien que les deux garçons aient parlé avec animation de ce qu'ils allaient faire le lendemain pendant tout le trajet dans les montagnes jusqu'à leur camp — et surtout de la perspective de tenir et de faire marcher le lance-roquettes dont elle prétendait disposer pour le crime —, ils furent loin d'être aussi enthousiastes quand elle revint les chercher ce matin-là.

Elle avait serpenté à travers les pins sur des voies bien tracées, puis emprunté une route transversale clairement marquée *Interdite aux véhicules* par le service des Forêts. Elle avait dû rouler encore mille six cents mètres à travers un bois touffu de pins tordus, qui éraflaient la peinture de son pick-up de location, avant de les trouver. Leur campement était une vraie pagaille. Chacun avait une mince tente dôme couverte de taches, des bouteilles vides jonchaient le sol, et des morceaux de papier d'alu et d'os rongés s'entassaient dans les cendres du foyer. Des vêtements pendaient à des filins de parachute tendus entre les arbres.

En débouchant dans la clairière, elle vit Drennen émerger des arbres en fermant la braguette de son Wrangler. Il avait le teint gris, les traits tirés et les yeux rouges. Elle coupa le moteur et descendit de son pick-up. Il la salua d'un signe de tête et appela son copain, qui sortit de sa tente à reculons et se redressa. Il avait tout aussi mauvaise mine. Puis elle comprit à leur manière d'échanger un regard qu'ils étaient parvenus à un certain accord, et elle attendit de voir qui parlerait le premier.

— Johnny et moi, commença Drennen en fourrant ses deux mains sales dans les poches avant de son pantalon, l'œil fixé sur les aiguilles de pin entre ses bottes, on a eu une petite discussion ce matin. On n'est pas très sûrs que ce soit une bonne idée.

Elle s'adossa à la calandre de son pick-up et sentit la chaleur à travers le dos de sa veste. Juste à ce moment-là, le soleil lançait des rayons jaunes entre les arbres sur le sol de la forêt. Les restes de la rosée du matin faisaient scintiller les touffes d'herbe piétinées. L'air raréfié était vif et mordant.

— Qu'est-ce que vous n'aimez pas aujourd'hui dans ce qui vous a plu hier soir ? demanda-t-elle calmement.

Silence. À présent, tous les deux regardaient par terre. Elle eut envie de les gifler et de leur dire de se conduire comme des hommes, bon sang ! Mais elle patienta.

— Dis-lui, Drennen, marmonna enfin Johnny.

Drennen s'éclaircit la gorge.

— Johnny et moi, on pense que dix mille, c'est pas assez pour risquer notre vie, dit-il d'une voix rauque et pâteuse de lendemain de cuite.

Elle réprima un sourire. Ils étaient vraiment... prévisibles.

— D'où tenez-vous l'idée que vous risquez votre vie ?

— Eh bien, Patsy, reprit Drennen, on était assez soûls hier soir et tout avait l'air bien. Surtout le truc du lance-roquettes. Ça, putain, c'est génial ! Mais on le connaît même pas, ce type... On sait pas ce qu'il a fait...

— Il a tué mon mari. Qu'est-ce qu'il vous faut de plus ?

Johnny donna un coup de pied dans les aiguilles de pin.

— Alors, c'est un salaud ?

— Oui.

— Alors, pourquoi les flics l'ont pas arrêté et foutu en taule ?

— Parce que ce sont des incapables, dit-elle sèchement.

— Ça, c'est vrai, fit remarquer Drennen.

— Écoutez, dit Patsy, c'est un homme recherché. C'est pour ça qu'il se cache. Il ne risque pas d'appeler les flics parce qu'il a peur de se faire arrêter. Le coup est aussi sûr que possible. Les forces de l'ordre ne vont pas pleurer des larmes de crocodile si elles découvrent qu'il est arrivé quelque chose à Nate Romanowski. Merde, si jamais l'un de nous se fait prendre, elles voudront peut-être même lui donner une médaille !

Drennen pouffa, mais s'arrêta quand Johnny lui jeta un regard noir.

— Je ne vais pas vous supplier, reprit-elle. Vous pouvez accepter ou pas. Vous pouvez essayer de jouer au billard dans la vraie vie, ou rentrer en courant chez vos parents, pour ce que ça me fait. Je trouverai bien quelqu'un d'autre pour m'aider.

Ils la regardèrent en silence.

— Et votre histoire avec le Mexicain, hein ? Ça n'avait pas l'air de vous poser de problème hier soir...

Il leur fallut un moment pour se rappeler leur mensonge.

— C'était... personnel, dit Drennen.

Elle se retourna et fit le tour du pick-up en tambourinant des doigts sur le capot. Elle atteignait la poignée de la portière quand il ajouta :

— On pensait que peut-être... vingt mille... Dix mille chacun. C'est énorme, ce que vous nous demandez, Patsy. Si ça ne marche pas...

Elle se retourna et sourit.

— Il faut que ça marche. Si vous suivez mes instructions et faites tout à la lettre, ça marchera. Vous pourrez être de retour ici cet après-midi. J'irai jusqu'à quinze mille. Pas plus.

Elle attendit.

— Il faut qu'on en discute, dit Drennen. Donnez-nous une minute.

Pendant qu'ils se parlaient en lui tournant le dos, Patsy regarda la caisse d'emballage sur le plateau du pick-up. Elle faisait un mètre vingt de long sur trente centimètres de large. Quelqu'un y avait marqué au pochoir le nom et l'adresse d'une succursale Crate & Barrel[1], pour ne pas éveiller les soupçons. Elle se rappela ce que son associé lui avait dit sur le fonctionnement du lance-roquettes. Il tirait avec précision à trois cents mètres, mais mieux valait viser de plus près.

À côté de la caisse se trouvait un pack de Coors qu'elle avait acheté la veille au soir et laissé à l'arrière pour qu'elles restent fraîches.

_____

1. Chaîne de boutiques de détail spécialisée dans les meubles et les articles de ménage.

— Vous voulez une bière pour faire passer la gueule de bois ? leur lança-t-elle. Ça vous aidera peut-être à vous décider.

— C'est une super idée ! s'écria Drennen.

Ils s'approchaient sans se presser lorsqu'elle souleva le couvercle de la caisse. L'arme était courte, épaisse et semblait meurtrière simplement couchée là, dans les billes de calage.

Johnny tendit la main pour prendre une bière, mais s'arrêta en voyant l'AT4. Il poussa un sifflement admiratif.

— Génial, murmura Drennen en suivant le regard de son pote. Ça n'était pas une blague, hein, Patsy ?

Elle sut alors qu'elle les tenait.

CHAPITRE 9

Laurie Talich ralentit, quitta la route à deux voies et s'enfonça dans l'armoise haute jusqu'aux genoux, puis coupa le GPS qui l'avait guidée jusque-là. Il était près de midi et des ondes de chaleur vibraient au-dessus des plaines. Au loin, les Bighorn encadraient l'horizon.

— C'est une vue intéressante, leur dit-elle. D'ici, on ne peut même pas voir qu'il y a un canyon entre nous et ces montagnes. Mais il y en a un. À ce que je crois savoir, Butch Cassidy et le Kid se sont cachés dans les grottes en bas.

— J'ai entendu parler d'eux, dit Drennen.

— Moi, j'ai vu le film, dit Johnny.

***

Avant d'arriver au bord du canyon, elle arrêta le pick-up pour leur montrer comment utiliser le lance-roquettes. Son informateur lui avait fait soigneusement étudier et répéter les instructions. Elle ne connaissait pas bien les armes à feu de cette taille, mais elle avait été stupéfaite d'apprendre combien son maniement était simple. Si simple, pensait-elle, que même Johnny et Drennen ne pourraient pas cafouiller.

Elle monta sur le plateau du pick-up et ouvrit le couvercle de la caisse. Ils l'observèrent avec attention, matant surtout ses fesses, jusqu'à ce qu'elle ait dévoilé l'arme. Alors, ils s'intéressèrent à l'AT4. Et ne cachèrent pas leur fascination viscérale pour l'engin.

Elle le souleva et ôta les billes de calage qui y restaient collées. Elle fut ébahie par sa légèreté. Elle s'attendait à quelque chose de plus lourd.

Elle leur montra où ôter le cran de sûreté pour que le viseur surgisse automatiquement. Puis elle leur tendit l'arme pour qu'ils puissent se la hisser sur l'épaule et viser à travers l'œilleton. Ils étaient comme des gamins avec leur première carabine à air comprimé, et y prirent goût aussitôt. Drennen recula d'un pas et la braqua sur Johnny en disant :

— *Ka-put ! Meurs, sale bougnoule, meurs !*

Johnny la lui arracha des mains sous les yeux horrifiés de Laurie, mais l'arme ne partit pas.

— Ferme-la, crétin ! lança-t-il. Et ne me traite pas de bougnoule !

Drennen sourit et haussa les épaules.

Laurie leur montra les deux dernières mesures de sécurité, le repositionnement du levier d'armement, puis l'endroit où presser le bouton de tir rouge avec le pouce. Son informateur lui avait dit de maintenir la deuxième détente de sécurité enfoncée pendant qu'elle visait et de ne la relâcher qu'une fois la cible au centre de la ligne de mire. Elle leur répéta la procédure et vit – à nouveau horrifiée – Johnny armer le lance-roquettes et viser un arbre au loin en plissant les yeux. Puis il le désarma et attendit d'autres instructions.

— Faites attention à ce qu'il y a derrière vous, dit-elle. Il a un souffle arrière.

Drennen fit la moue.

— Alors, c'est Johnny qui va tirer, hein ?

— Oui, idiot, dit son copain.

— On fait toujours cinquante-cinquante ?

Johnny acquiesça.

— Et si je le rate ? demanda-t-il à Laurie.

Elle hocha la tête.

— Vous n'avez qu'une seule chance. C'est une arme à un coup : une fois qu'elle est partie, c'est fini. Rappelez-vous juste de bien me rapporter le tube. Ne le jetez pas dans la nature parce qu'il y aura toutes nos empreintes dessus.

***

Une piste à peine visible serpentait à travers les broussailles depuis l'endroit où ils s'étaient garés au bord du canyon. Elle la montra aux deux garçons et leur dit où ils devaient la prendre. Tandis qu'ils décapsulaient d'autres bouteilles de bière en regardant et en l'écoutant attentivement, elle sortit le plan qu'on lui avait donné et le défroissa sur le capot.

— Voilà l'ouverture de la grotte, dit-elle en posant le doigt sur un ovale marqué d'un X. Sur la piste en bas, il y a un coin assez abrité d'où on peut voir son entrée, si on sait où chercher. C'est là que vous vous cacherez pour viser. Mais comme je vous l'ai dit en arrivant, ne vous contentez pas de tirer. Assurez-vous d'avoir bien vu le type. Vérifiez qu'il est là.

— La grotte est loin de cette planque ? demanda Drennen.

Elle réfléchit, tâchant de se rappeler ce que son informateur lui avait dit.

— Cent cinquante mètres. Donc, en fait, pas très loin.

— Et le type ressemble à quoi ? lui dit Johnny.

— Je ne l'ai jamais vu, mais il est grand et a les cheveux longs. C'est un costaud. Mais ça n'est pas comme s'il allait y avoir d'autres gens dans ce canyon.

— Donc, il faut qu'on le voie vraiment, hein ?

— C'est pour ça que je vous ai donné les jumelles. Nous devons être sûrs qu'il est là. Ne tirez pas juste sur la grotte dans l'espoir de l'atteindre à l'intérieur.

— Et s'il n'y est pas ? s'inquiéta Drennen.

— Revenez après quelques heures. Il faudra réessayer plus tard.

— On n'a pas parlé d'un « plus tard ».

— Je ne vous paie que si le travail est fait. C'était notre accord.

— Alors il ferait mieux d'être là, conclut-il en poussant un soupir théâtral.

— C'est ce qu'on m'a dit.

— Qui ça ? demanda Johnny. Qui d'autre est au courant ? Elle hocha la tête.

— Quelqu'un qui sait ce qui m'est arrivé et qui connaît ce Nate Romanowski.

Johnny fit la grimace, mais parut accepter.

— Il y a une chose très importante que vous devez savoir, reprit-elle, son regard passant de Johnny à Drennen, puis de nouveau à Johnny, pour s'assurer qu'ils étaient tout ouïe. Il faut absolument réussir ce tir. Si vous le ratez, nous serons tous les trois dans une merde noire.

Drennen s'adossa à la portière passager en secouant la tête.

— Qu'est-ce que vous racontez ?

— Le mec que nous cherchons a une sacrée réputation. Vous avez déjà entendu l'expression « Quand on frappe un roi, il faut le tuer » ? C'est d'un certain Emerson.

— C'est qui, ce mec, bordel ? lança Drennen. Quelqu'un d'important ?

— Laissez tomber, dit-elle en regrettant d'avoir répété la phrase de son informateur car elle n'en avait aucune idée non plus. Ne vous inquiétez pas de ça. Mais ne le ratez pas. Ce ne devrait pas être tellement dur.

Ils emportèrent chacun une bière et en fourrèrent une autre dans la poche arrière de leur Wrangler. Laurie remonta dans la cabine du pick-up, prit son sac à tricot derrière le siège et sortit ses aiguilles à tricoter qu'elle avait pris l'habitude de ranger dans ses hautes bottes de cow-boy. Elle était nulle en tricot, mais se sentait si nerveuse qu'elle avait besoin de faire quelque chose de ses mains. Depuis qu'elle s'était mise au tricot, tout ce qu'elle avait réussi à finir était une bande de trente centimètres de large sur quatre mètres de long. Elle ne servait à rien. Elle se disait que c'était la plus longue écharpe du monde et ne savait pas comment l'arrêter.

Elle regarda les deux gars descendre la piste avec le lance-roquettes, et se le repasser à plusieurs reprises pour s'y habituer. Elle leur avait fait répéter la procédure de tir devant elle et, apparemment, ils s'en souvenaient. Les hommes avaient un sens intuitif des armes, pensait-elle. C'était peut-être même la seule chose pour laquelle ils avaient de l'intuition. Elle se rappela comment était Chase avec ses armes de poing – c'était comme si elles formaient une extension de son corps. Laurie, elle, était à cran dès qu'elle en voyait une et avait rarement manié le calibre 38 qu'elle gardait caché dans son sac de tricot.

Elle leur avait donné le plan pour qu'ils ne tirent pas n'importe où.

Drennen et Johnny restèrent visibles cinq minutes avant de trouver la piste qui les amènerait au bas du canyon. Comme on lui avait assuré qu'elle ne serait pas piégée sur la première moitié, elle ne le leur en avait même pas parlé.

Quand elle ne les vit plus, elle commença à tricoter avec acharnement en attendant l'explosion.

Elle avait hâte de se sentir purifiée.

CHAPITRE 10

— Plus vite, plus vite ! lança Nate à Alisha, tandis qu'elle jetait ses vêtements dans son sac.

Elle le regarda avec inquiétude et balaya l'intérieur de la grotte d'un geste large du bras.

— Et tout ça ? dit-elle. Tu ne peux quand même pas tout laisser.

Par là, elle entendait les meubles, le matériel, les livres et les appareils électroniques qu'il avait accumulés pendant ses trois années passées dans le canyon.

Il haussa les épaules et décrocha son revolver et son holster d'une cheville dans la paroi et les posa sur la table.

— Tout ce qu'il me faut, c'est ça, dit-il.

Puis il ajouta :

— Et mes rapaces. En fait, je vais les encapuchonner pour les emporter.

Elle leva les yeux au ciel.

— Tu n'as pas seulement besoin d'une arme et de tes oiseaux.

— De toi aussi, dit-il, comprenant mal.

— Non. Il te faut des vêtements. Et ton téléphone satellite. Tiens, dit-elle en attrapant un sac marin pour le poser sur la table. Je vais les mettre là-dedans pendant que tu prépares les oiseaux.

Il acquiesça, puis se tourna vers l'ouverture. Au même instant, le récepteur d'un de ses détecteurs de mouvement bourdonna. Il se figea et le regarda. C'était le capteur du haut.

— OK, dit-il. Faut se dépêcher.

***

— Je crois que je la vois, dit Johnny.

— Où ça ?

— Là-bas. En face. Suis mon bras.

Drennen s'approcha de lui et se pencha pour poser sa joue contre le biceps de son copain. Il regarda le long de son bras en plissant les yeux, puis au-delà, de l'autre côté du canyon.

— C'est assez sombre, dit Johnny. C'est comme une demi-lune derrière les buissons. Ça ressemble pas à une grotte de bande dessinée. Plutôt à une entaille dans les rochers.

— Là, je pense que je la vois, dit Drennen au bout d'un moment.

— Ne la quitte pas des yeux. On va descendre un peu la piste. Si on arrive à voir la grotte, ce type peut nous voir aussi. Donc, on avance jusqu'à ce qu'on trouve la planque.

Johnny portait l'AT4 par une poignée en haut du canon. Il s'accroupit et pressa l'allure, ses bottes de cow-boy claquant sur les cailloux. Drennen se baissa vivement et le suivit en gardant les mains devant lui au cas où il glisserait sur le gravier. Il sortit la bouteille de bière de sa poche arrière, l'ouvrit et jeta la capsule par terre.

Johnny ne ralentit que lorsqu'un gros mur de broussailles sur la gauche de la piste lui masqua l'entrée de la grotte. Quand Drennen le rattrapa, il posa l'AT4 par terre et écarta doucement deux rameaux raides.

— Tu la vois ? demanda-t-il.

— Plus maintenant, dit Drennen, puis il but une longue gorgée qui le fit larmoyer.

— Pose cette bière et prends tes jumelles. C'est à ça qu'elles servent.

— Va te faire foutre, lui renvoya Drennen, mais il s'exécuta et posa la bouteille entre ses bottes.

Puis il porta les jumelles à ses yeux.

Johnny attendit pendant qu'il réglait la mise au point. Il l'observa, tentant de déchiffrer son expression.

— OK, dit finalement Drennen, je l'ai retrouvée.

— Tu vois quoi ?

— Ben, on dirait le haut de la grotte. La moitié du bas est cachée par des buissons, mais le trou est assez grand pour qu'un type puisse entrer et sortir sans se baisser. Je n'arrive pas à voir à l'intérieur : c'est sombre, mais apparemment il y a des couvertures... ou des trucs comme ça... relevés de chaque côté.

Johnny hocha la tête et sortit la carte de sa poche arrière. Il la déplia, la tendit devant lui et compara les traits du dessin au relief du canyon.

— Waouh ! dit-il. Cette ouverture colle avec le X de Patsy !

— Hourrah ! lâcha Drennen en pouffant. On n'a jamais gagné quinze mille dollars aussi facilement.

— Pas encore. Garde les yeux sur la grotte. Vois si tu peux repérer ce salaud. Je vais me préparer et, si tu l'aperçois, tu me le dis. On n'aura peut-être pas d'autre chance.

***

Haute de deux mètres quarante sur un mètre quatre-vingts de large, la fauconnerie de Nate se trouvait à une vingtaine de mètres à l'ouest de l'entrée de la grotte. Elle était formée de branches de saule collectées près de la rivière qui la camouflaient presque à la perfection, bien qu'elle soit en plein air. Après y être entré, Nate commença par le faucon pèlerin, pendant que le pygargue l'observait, impérial. Il fit glisser un capuchon de cuir sur son bec crochu et l'attacha sur la nuque de l'oiseau avec des lacets. Les capuchons empêchaient les rapaces de réagir aux stimuli extérieurs et les aveuglaient pour qu'ils n'essaient pas de s'envoler pendant leur transport. Chacun avait un capuchon personnalisé, taillé pour être bien ajusté.

Nate s'arrêta une fois le pèlerin encapuchonné pour jeter un coup d'œil entre les branches de saule vers la face opposée de l'à-pic. Il ne vit rien bouger, et il savait à quelle fréquence les cerfs ou les lynx errants passaient devant le détecteur de mouvement. Par malchance, certaines parties de la piste étaient masquées par de gros bosquets de genévriers. Il les observa quelques secondes pour voir si quelqu'un – ou quelque chose – en sortait. Rien. Mais son sentiment d'urgence ne faiblit pas et les poils se dressèrent sur sa nuque.

Il se retourna vers les oiseaux et encapuchonna la buse à queue rousse. Elle ne protesta pas et cela prit moins d'une minute. Le pygargue, qui ne s'était pas habitué au capuchon, se débattait souvent.

— Coopère, lui dit Nate, juste cette fois...

Le rapace se balança d'avant en arrière sur la grosse cheville où il était perché. Ses serres étaient noires, longues et diaboliques. Même à travers l'épais gant de soudeur que Nate mettait pour le porter, il pouvait agripper sa main avec une force qui le faisait presque tomber à genoux. *Là*, se dit Nate, *ce n'est pas le moment de faire l'idiot...*

Résolument, il leva le grand capuchon vers la tête de l'oiseau pour qu'il puisse bien voir ce qu'il faisait.

— Allez, dit-il doucement, allez...

De l'extérieur de la volière, Alisha le héla :

— Nate, une autre de ces boîtes s'est déclenchée !

Le deuxième capteur, pensa-t-il. Nom de Dieu...

— Rentre dans la grotte ! lança-t-il en retour. Je serai là dans une seconde. Ne te montre pas, je t'en prie...

— D'accord ! dit-elle humblement.

***

— Oh, merde ! piaula Drennen. Je vois quelqu'un !

Johnny respira un bon coup. Il se sentait à la fois excité et au bord de la nausée.

— Je vérifie, dit-il en levant le lance-roquettes pour le poser sur son épaule droite.

D'un coup sec, il mit le viseur en place, puis appuya sa joue contre le tube. Il repéra la grotte au loin et, là, quand il ajusta la lunette contre son œil, elle surgit soudain sous son nez. Quelque chose remuait, mais il ne put distinguer ce que c'était... La silhouette près de l'ouverture était rentrée à l'intérieur.

— J'ai vu bouger quelqu'un, dit-il.

— Je le vois mieux, renchérit Drennen. Il est dans l'ombre de la grotte, mais je l'aperçois. Des cheveux longs, a dit Patsy. Je vois de longs cheveux noirs. C'est lui !

— T'es sûr ? lança Johnny, brusquement pris de trouille. Putain, t'es sûr ? Elle a pas dit qu'il avait les cheveux blonds ?

— C'était lui, nom de Dieu ! Tire, tire, tire ! Vas-y !

— Merde... J'ai oublié ce fichu levier d'armement.

— Je savais que j'aurais dû le faire, grogna Drennen qui sautait d'un pied sur l'autre, à peine capable de se contenir.

Tout en sautant, il reculait sur la piste, mais gardait ses jumelles braquées.

— OK, dit Johnny en relevant l'AT4.

— Connard, dit Drennen en reculant encore et en se glissant derrière lui par mégarde. N'oublie pas les deux autres boutons.

***

Nate prit alors conscience du silence qui régnait alentour. Les oiseaux et les rongeurs semblaient retenir leur souffle. Et, presque imperceptiblement, il entendit un bruit, un déclic métallique, net, mais lointain.

Il connaissait ce bruit, c'était un bruit de son passé. Aussitôt, en rugissant, il se retourna d'un bond dans la volière tandis que le vacarme et le souffle d'air emplissaient le canyon.

***

Pour Johnny, la poussée musclée de la roquette fut grisante, et l'éclair et le fracas de l'explosion lui coupèrent le souffle. Le lourd grondement résonna dans le canyon, se répercutant de paroi en paroi, sa seule force semblant déferler sur lui, l'engloutir, lui ouvrir les pores. La traînée de vapeur plana dans l'air comme si elle s'était figée dans l'atmosphère, une fumée blanche qui, telle une trace d'escargot, s'étendait à mi-hauteur depuis le bosquet de genévriers jusqu'à l'entrée de la grotte en passant par-dessus une rivière qui bouillonnait loin en contrebas.

***

Nate le vit : un éclair de fumée et de lumière qui filait dans sa direction en partant d'un bosquet de genévriers sur la piste.

La roquette disparut dans l'entrée de la grotte. L'explosion, un quart de seconde plus tard, le projeta en arrière dans la volière et la souffla. Il s'écroula dans un enchevêtrement de branches de saule cassées, de peaux déchirées, d'os brisés et de faucons paniqués.

Johnny se releva d'un bond, jeta le tube sur le côté et hurla :

— Bon sang ! T'as vu ça ? Je l'ai eu, Drennen ! J'ai eu ce fils de pute avec un tir parfait ! Non mais, hé, t'as vu ça ?

Ses oreilles tintaient, ses mains tremblaient et de l'adrénaline chauffée à blanc courait dans ses veines – il se disait que c'était mieux que le sexe, que l'argent, mieux que tout. Il regretta de n'avoir pas d'appareil photo pour capter cette traînée de vapeur qui sortait de la grotte en roulant sur elle-même. Il l'aurait mise sur sa page Facebook.

Puis il se retourna et vit Drennen se tordre sur la piste. Ses habits étaient en feu, tout comme ses cheveux. Une fumée âcre et sombre auréolait sa tête. Son visage, noir et enflé, ressemblait à de la viande carbonisée. Il s'était mis juste dans le souffle arrière.

— Elle t'avait dit de ne pas faire ça ! s'exclama-t-il.

Drennen couina comme une petite fille, le son sortant du plus profond de sa gorge. Johnny le regarda se rouler dans la poussière jusqu'à ce que les flammes s'éteignent.

Derrière lui, un pygargue à tête blanche s'envola des débris fumants, attrapa un courant ascendant et s'élança dans le ciel sans nuages. Johnny se retourna et suivit des yeux sa montée, fasciné.

CHAPITRE 11

Nate gémit et tenta de rouler sur le ventre dans les débris, mais ni ses bras ni ses jambes ne réagirent. Allongé sur le dos, il vit le pygargue s'élever dans le ciel au-dessus de lui et sortir du canyon. Il avait les oreilles qui bourdonnaient, emplies d'une plainte aiguë, et son esprit semblait s'être détaché de son corps comme si ses pensées étaient un gaz libéré sous la pression pour former un nuage autour de lui.

Il ferma les yeux et tenta de se ressaisir, de reprendre le contrôle de ses jambes et d'adjurer ses pensées de rentrer dans sa tête. Oh, comme ses oreilles hurlaient !

***

Il ignorait combien de temps il avait mis à recouvrer ses facultés, mais il prit conscience de les avoir – un peu – récupérées quand il parvint à lever les bras et à se frotter la figure avec les mains. Son visage était recouvert d'une couche de poussière. En se démenant, il réussit à se tourner sur le côté. De fines lattes de bois de la volière détruite craquèrent sous son poids et la tête lui tourna. Il vomit son petit déjeuner et le sentit couplé à la puanteur âcre et familière des explosifs – et ce mélange lui rappela où il était, même s'il ne savait pas très bien ce qui s'était passé.

À travers le bourdonnement dans ses oreilles, il lui sembla entendre un cri de joie de l'autre côté du canyon. Comme celui d'un supporter dont l'équipe vient de marquer un but. Douloureusement, il tourna le cou dans cette direction, mais sa vision était brouillée et il eut du mal à accommoder. Il crut voir deux silhouettes au loin, se fondant presque sur la piste du canyon. Elles étaient si proches l'une de l'autre qu'il pensa un instant qu'elles dansaient ou s'enlaçaient. Mais elles remontaient la piste ensemble, attachées d'une certaine manière, pour une raison obscure.

Malgré sa confusion et sa blessure, il comprit instinctivement qu'elles l'avaient attaqué et qu'elles n'étaient pas hors de portée. Un tir difficile, bien sûr, mais pas impossible. Malheureusement, la coordination entre ses mains et ses yeux était défaillante et il n'avait pas son .454. Il se rappelait vaguement avoir ôté son holster d'épaule et l'avoir accroché à une cheville, mais pas moyen de se rappeler. Ce qu'il avait, il le savait, c'était un choc grave qui l'empêchait de penser droit.

***

Puis soudain, comme un coup de tonnerre, il se rappela ce qui l'avait poussé à ôter son holster : *Alisha*... Le son qui jaillit de sa gorge lui était inconnu, mais ressemblait vaguement au grondement d'un ours.

***

Il passa en chancelant d'un arbre fumant à l'autre en se brûlant la peau des doigts jusqu'à l'entrée de la grotte. Un silence sinistre y planait ; le bourdonnement dans ses oreilles rivalisant avec le battement affolé de son cœur, il embrassa l'horrible scène des yeux.

Des bouts de vêtements et de cheveux. Des lambeaux de couvertures et des bouts d'appareils électroniques. La chaussure d'Alisha, le pied toujours à l'intérieur...

La plainte de l'ours s'éleva à nouveau, faible grognement qui, à la fin, s'étrangla en un sanglot aigu.

Il tendit une main tremblante, saisit une touffe de cheveux noirs collée à la paroi de la grotte, la porta à son visage, la huma... elle sentait comme elle.

Il se retourna lentement, la mèche toujours contre sa joue. Les silhouettes qu'il avait suivies des yeux plus tôt étaient presque en haut du canyon, telles de petites taches dans le lointain. La traînée de vapeur de la roquette, qui ne s'était pas entièrement dissipée, dessinait un arc au-dessus du vide. Tout lui revint avec une clarté atroce.

Il chercha vainement son arme dans la grotte. Il avait du mal à voir à travers la fumée et la poussière qui y flottaient, et ce qu'il pouvait sentir sous ses yeux et ses doigts le mettait en rage et l'écœurait. Alisha avait toujours été beaucoup plus que la somme de ses parties, mais c'était tout ce qu'elle était à présent : des morceaux. Il se sentit vide, comme s'ils l'avaient tué, lui aussi.

Et il se dit que s'il ne les poursuivait pas sur-le-champ, avec ou sans son arme, ils s'enfuiraient.

Il allait les déchiqueter de ses mains.

***

Il dévala le canyon. Sa tête avait beau l'élancer, il plongea dans la rivière, pataugea dans le courant glacé jusqu'aux cuisses, glissa sur des rochers submergés, tomba sous l'eau, se noya presque... avant de remonter à la surface, complètement retourné, vingt mètres en aval de l'endroit où il y était entré.

L'eau froide l'aidant un peu à se réveiller en ravivant un brin ses sens, il monta sur l'autre rive en titubant et se dit que les deux tueurs avaient dû atteindre le bord du canyon. Il les imagina en train de pouffer de rire, de se donner des tapes dans le dos et de se féliciter de leur joli coup sans se douter qu'il allait bientôt se jeter sur eux.

Il monta la piste rocailleuse en tricotant des genoux, le souffle rauque. Il traversa à grands pas les buissons d'où la roquette était sûrement partie, puis s'arrêta pour se retourner et regarder derrière lui. De là, il put voir le haut de sa grotte. Une volute de fumée en sortait, comme un dessin d'enfant. Il remarqua une bouteille de Coors jetée sur le côté et deux capsules dans la poussière. Il allait y avoir des empreintes... Même des traces d'ADN... Cela le rendit perplexe, mais ne le ralentit pas. Il ne comprenait pas que les hommes de son passé qui le cherchaient soient aussi négligents. Les Cinq étaient des professionnels, comme il l'avait été. Ils ne laissaient pas de preuves.

Quand enfin, près du haut du canyon, il put voir le bord de la gorge et le ciel bleu pâle où couraient de gros nuages de pluie, il s'arrêta un instant pour reprendre haleine. Il ne servirait à rien d'être épuisé quand il les trouverait. Il aurait besoin de toute sa vitesse et de toute sa force pour leur arracher la gorge.

***

Ils avaient filé.

Il erra sur la piste d'un pas mal assuré, marchant dans leurs empreintes qui entraient et sortaient du canyon. Une tache de sang perlait dans la poussière et il l'écrasa de son talon. La chaleur tremblant au-dessus de la plaine d'armoise, il vit le pare-chocs arrière de leur pick-up qui s'éloignait à au moins quinze cents mètres de là. La poussière des pneus planait encore dans l'air.

Il se redressa de toute sa taille et se planta sur le sentier. Leva le bras droit et plaça sa main gauche sous son poing qui serrait toujours les cheveux d'Alisha. Tendit l'index, arma son pouce comme le chien d'un revolver et visa le long de son avant-bras. Le pouce tomba.

— Vous êtes morts, gronda-t-il.

***

À mi-chemin du bas du canyon, il s'assit et posa la tête dans ses mains. Un nuage noir isolé s'installa au-dessus de la gorge et la plongea dans l'ombre puis, çà et là, des gouttes de pluie frappèrent la terre sèche et mouchetèrent les cailloux de la piste. Nate Romanowski leva son visage vers la pluie et sut que rien n'effacerait jamais cette journée.

— Je suis désolé ! dit-il à l'esprit d'Alisha.

CHAPITRE 12

Joe achevait sa déposition au bureau de Sollis, au siège du comté, quand Marcus Hand arriva. Le crépuscule colorait les fenêtres et, malgré l'activité frénétique qui avait régné toute la journée, la salle de la brigade était étrangement silencieuse. La plupart des hommes du shérif étaient en train de dîner, excepté l'adjoint Reed, resté sur la scène de crime pour aider l'équipe technico-scientifique du DCI et les grutiers qui, à ce qu'il en savait, n'avaient pas encore trouvé le moyen de descendre le corps d'Earl de l'éolienne sans le faire tomber.

Son portable avait enregistré trois messages de Marybeth, qui devait se demander ce qui se passait. Il le tenait dans sa main comme pour calmer sa culpabilité de n'avoir pas répondu plus tôt. Sollis tapait avec deux doigts, qui étaient aussi gros que son cou. Il avait passé près d'une heure à faire répéter à Joe les circonstances de sa découverte, l'escalade du mât et l'état du corps d'Earl dont il pouvait se souvenir. Un mot sur deux de sa saisie paraissait inexact et mal orthographié, et il revenait sans cesse en arrière dans le texte pour corriger ses fautes. Quand Joe lui proposa de taper sa déposition à sa place, il lui lança un regard meurtrier.

— Vous dites que ses bottes avaient l'air grosses, dit Sollis. Qu'entendez-vous par là ?

— La force centrifuge, répondit Joe. Il est resté à tourner si vite et si longtemps là-haut que les fluides de son corps ont été poussés vers ses extrémités.

— Alors comme ça, vous êtes aussi médecin légiste ! ricana Sollis en levant les yeux au ciel. Je croyais que vous étiez juste garde-chasse. Mais en plus, vous êtes expert en force centrifique !

— Fuge, le corrigea Joe. Je vous suggérerais bien de vérifier, mais vous mettriez une heure à chercher sur Google avec vos doigts gros comme des saucisses.

— Écoutez, mon pote, dit Sollis en se détournant de son écran pour projeter son visage charnu par-dessus le bureau, je commence à en avoir assez des conneries que les types comme vous…

Joe se penchait en avant à son tour, brûlant presque de voir l'adjoint exploser, quand il remarqua qu'il avait tourné son attention ailleurs, ses yeux chafouins lorgnant par-dessus l'épaule du garde-chasse.

— Vous êtes au bureau du shérif, lança-t-il. Que puis-je pour vous ?

La voix qui répondit était grave et onctueuse, comme un sirop épais.

— Je sais très bien où je me trouve. Je sais très bien aussi qu'à l'heure qu'il est, une femme douce, belle et innocente… ma cliente… croupit dans votre prison comme un vulgaire criminel. J'aimerais lui parler immédiatement. Je m'appelle Marcus Hand.

Joe se retourna à moitié et tendit le cou vers l'avocat de la défense qui, par sa simple présence, remplissait non seulement l'encadrement de la porte mais aussi, Dieu sait comment, toute la pièce. Marcus Hand était un grand homme à tous égards. Il mesurait un mètre quatre-vingt-quinze, d'après la toise fixée au mur à gauche de la porte, et avait les épaules larges – encore élargies par les épaulettes de la veste en daim à franges qui lui descendait jusqu'aux cuisses. Cheveux longs, argentés et soigneusement bouclés sur le col de sa chemise, yeux bleus écartés et regard perçant, il avait un visage glabre et robuste, une bouche lippue aux commissures tombantes,

un nez grand et bulbeux. Il portait un jean d'un noir char-
bonneux, des bottes de cow-boy en peau d'autruche à bouts
pointus, une grosse boucle de ceinture en argent, un pull noir
à col roulé et un haut chapeau de cow-boy noir à bord plat,
orné d'une bande de petits conchos en argent et turquoises.
Sa serviette en cuir couleur café ressemblait plus à un sac de
selle qu'à un attaché-case.

Joe avait entendu dire – mais ne pouvait le confirmer –
qu'à son cabinet de Jackson, sur le mur derrière son bureau,
se trouvait un vulgaire panneau taillé dans une planche où
était inscrit au chalumeau :

TARIFS (HORAIRES)
HABITANTS INNOCENTS DU WYOMING : 1 500 $
CLIENTS D'AUTRES ÉTATS : 2 000 $

— Et vous êtes ? demanda Hand en faisant quelques pas
dans la pièce.

— L'adjoint Jake Sollis, répondit aussitôt le policier d'une
voix faible et, trouva Joe, étonnamment soumise.

— Adjoint Sollis, reprit Hand, j'aimerais parler immédiatement à ma cliente. C'est-à-dire, sur-le-champ.

Sollis encaissa en rougissant, intimidé.

— Il faut que je demande au shérif McLanahan…

— Demandez à qui vous voudrez, pourvu que vous le fas-
siez dans les dix secondes qui suivent. Car si vous m'empê-
chez plus longtemps de conférer avec elle, ce sera le premier
des nombreux motifs d'abandon immédiat des poursuites. Mon
Dieu ! ajouta-t-il en levant les bras d'une voix encore plus
grave, si grave qu'elle parut retentir en Joe comme la voix
même du Tout-Puissant. Vous avez poussé le ridicule jusqu'à
placer en garde à vue… en garde à vue ! la veuve éplorée d'un
homme… l'amour de sa vie… sauvagement assassiné, et vous
l'avez donnée en pâture à la presse comme si elle pouvait avoir
le moindre lien avec ce crime ! J'en suis personnellement et

moralement outré. OUTRÉ. Ça ne se passera pas comme ça, monsieur Sollis! lança-t-il en hurlant.

L'adjoint décrocha le téléphone et tapa maladroitement les numéros. Le regard de Joe passa de Sollis à Hand.

— Et vous, qui êtes-vous? lui demanda l'avocat d'un ton encore accusateur mais un peu moins.

— Joe Pickett. Je suis un garde-chasse du Wyoming. C'est moi qui ai trouvé le cadavre.

Hand se calma un instant, le toisant comme un loup jaugerait un wapiti qui vient de naître.

— J'ai déjà entendu votre nom, reprit-il dans un murmure, puis la mémoire lui revint et il claqua des doigts. C'est vous qui avez arrêté le gouverneur Budd parce qu'il avait pêché sans permis! Je ne crois pas avoir jamais autant ri qu'en lisant cette histoire dans le journal. À l'époque, je m'étais dit que vous étiez ou naïf ou fanatique.

— Je ne suis ni l'un ni l'autre. Je faisais juste mon travail.

— Ah, vous êtes un de ces types-là… Mais si je me souviens bien, vous travaillez aujourd'hui pour le gouverneur Spencer Rulon. Vous êtes un peu son agent secret, une sorte de Range Rider[1] officieux chargé d'exécuter ses ordres.

— Plus maintenant, dit Joe.

Il y avait un an qu'il n'avait pas parlé au gouverneur. Rulon s'était pris d'amitié pour lui quelques années plus tôt et avait usé des intrigues de son administration pour agir par la bande, l'affectant dans des secteurs et lui donnant des tâches qui dépassaient largement ses attributions. Joe avait été son mystérieux agent spécial, une espèce de cow-boy. Rulon l'avait soutenu, mais en le tenant toujours à distance, de sorte que, s'il merdait, lui-même puisse clamer l'ignorance.

Mais la sale affaire qui s'était passée dans la Sierra Madre avec les deux jumeaux l'année précédente s'était soldée par un silence total du cabinet du gouverneur. Joe avait rempli

1. Justicier d'une série télévisée américaine du début des années 50.

– plus ou moins – sa mission, mais le résultat avait dû l'irriter. Depuis, il n'était intervenu ni pour l'aider, ni pour manipuler les circonstances à ses dépens. Et Joe s'était réinstallé assez confortablement dans son rôle de garde-chasse du district de Twelve Sleep. Mais quand le téléphone sonnait chez lui ou que son portable vibrait, il frissonnait toujours d'impatience et de crainte, se demandant si le gouverneur serait au bout du fil.

— On s'est accrochés une ou deux fois, reprit Hand. Je ne peux pas prétendre qu'on soit les meilleurs amis du monde. Mais c'est le Wyoming : il n'y a pas assez de gens pour éviter qui que ce soit, alors on se supporte.

— Vous avez défendu plusieurs coupables que je voulais mettre en prison, dit Joe plus calmement qu'il ne s'en serait cru capable. Le nom de Stella Ennis vous dit-il quelque chose ?

— Si je me la rappelle ? dit Hand, la bouche étirée par un léger sourire. Ces jambes ! Ces lèvres ! Elle hante mes rêves. Mais son mari a été jugé innocent.

— Il ne l'était pas.

— Ce n'est pas ce qu'a conclu le jury, Joe Pickett.

— Non. Mais c'est vous qui lui avez permis de s'en tirer bien qu'il ait fait le coup.

— C'est de l'histoire ancienne, dit Hand en balayant le sujet d'un revers de la main. Je ne peux rien faire contre l'incompétence du personnel des forces de l'ordre, ni des procureurs qui n'arrivent pas à monter un dossier solide malgré l'énorme pouvoir coercitif et les ressources de l'État. Ce n'est pas que je suggère que vous soyez incompétent, bien sûr. Juste pas assez persuasif. Alors, poursuivit-il, c'est vous qui avez trouvé le corps ? N'êtes-vous pas un peu apparenté à ma cliente ?

Joe hocha la tête.

— C'est ma belle-mère.

Hand pesa la réponse, et son sourire s'élargit. Sollis reposa le combiné du téléphone et le regarda d'un air de chien battu.

— Le shérif McLanahan sera là dès qu'il aura fini son interview avec CNN.

Hand simula soigneusement sa réaction.

— « CNN » ? articula-t-il à voix basse. Les infos nationales ? Qu'a bien pu leur dire votre shérif ?

— Je n'en sais rien, répondit Sollis en détournant les yeux.

— Rappelez-le, dit Hand d'une voix froide comme l'acier. Dites à votre patron que, s'il passe une seconde de plus à corrompre les jurés, je lui rentrerai dans le cul si profond que je pourrai faire un clin d'œil aux jolies dames, bien planqué derrière ses molaires.

Sollis bégaya, ouvrant et refermant la bouche comme un poisson dans un aquarium.

— Rappelez-le, insista Hand. Répétez-lui ce que je viens de vous dire. Pendant ce temps, je vais traverser cette pièce et entrer dans la cellule pour voir ma cliente.

Il passa devant l'adjoint qui, dérouté, empoignait le téléphone. Puis il posa une large main sur l'épaule de Joe et la pressa.

— Où est le meilleur hôtel dans cette ville ? demanda-t-il. Je vais peut-être y rester quelques jours.

— Saddlestring n'a pas le genre de palaces auxquels vous êtes peut-être habitué, lui renvoya Joe en haussant les épaules. Il y a l'Holiday Inn.

Hand pouffa.

— Et la maison du ranch ?

— Le Thunderhead ?

— Bien sûr. Je me rappelle y être allé l'année dernière pour une vague soirée caritative, où j'ai rencontré Earl et Missy Alden. Des gens charmants. Et la vue du portique était divine : elle m'a rappelé mon propre ranch dans le comté de Teton. C'est que, voyez-vous, j'ai l'habitude de me réveiller face à des montagnes. Les chevaux dans le pré, le mugissement des bovins... Dans ma prochaine vie, je veux statuer sur l'emplacement pittoresque des vaches dans chacune des prairies sur lesquelles donneront mes fenêtres. Je trouve ces décors cucul de western reposants. Beaucoup plus qu'une chambre d'hôtel insipide avec des gobelets en plastique sous Cellophane.

— Faudra sans doute demander à votre cliente si vous pouvez loger chez elle. Et disposer ses vaches à votre guise.

— Certainement, dit Hand en lui donnant une petite tape sur l'épaule. Malgré nos désaccords passés, monsieur Pickett, cette fois, nous sommes dans le même camp.

— N'en soyez pas si sûr.

Un temps, puis Hand rejeta la tête en arrière et éclata de rire.

CHAPITRE 13

Joe arriva chez lui bien après que la vaisselle du dîner eut été rangée et s'assit à table pour mettre sa femme au courant des derniers événements pendant qu'elle réchauffait le reste de spaghettis qu'elle lui avait gardé. Elle l'écouta attentivement en hochant la tête de temps en temps pour exprimer sa déception et son inquiétude, mais attendit qu'il ait fini sa description de Hand pour lui dire :

— Elle ne peut pas avoir fait ça, Joe. Elle est rosse, terrible et sans pitié, mais elle ne peut pas l'avoir tué. Je veux savoir de qui le shérif tient ses informations. Là, on saura ce qui se passe vraiment.

— Ni Dulcie ni McLanahan n'ont voulu me le dire, lui renvoya-t-il. Mais ça ne tardera pas à être révélé. Ils ne peuvent pas empêcher la divulgation des preuves. Hand va exiger qu'ils lui remettent d'urgence tout le dossier, d'autant plus qu'ils ont l'air pressés d'engager des poursuites. Dulcie paraît assez confiante et ça, ça me fait réfléchir. D'après le bruit qui court au siège du comté, les chefs d'inculpation ont déjà été rédigés pour le procès, y compris l'homicide volontaire, et la lecture de l'acte d'accusation aura lieu demain, devant le juge Hewitt.

Marybeth s'assit et posa son menton dans ses mains.

— Moi aussi, ça me fait réfléchir, dit-elle. Et ça m'inquiète. D'après ce que tu m'as dit, il semble que ma mère ait été piégée par quelqu'un qui voulait la mort d'Earl... ou lui nuire à elle de la pire façon possible. Si elle l'avait tué, pourquoi aurait-elle gardé la carabine dans sa voiture ? Pourquoi se serait-elle même servie de cette arme-là puisqu'il était très facile de prouver qu'elle appartenait à la collection d'Earl ? Non, quelqu'un l'a volée, a abattu le Comte, et l'a mise dans la voiture de Missy pour que le shérif l'y trouve.

Joe acquiesça, l'incitant d'un signe de tête à continuer.

— À mon avis, ma mère ne connaît rien aux armes. Est-ce qu'ils insinuent qu'elle a vraiment tiré ? Ils croient réellement qu'elle a porté son corps en haut d'une éolienne et l'a suspendu par une chaîne ? C'est foutrement grotesque !

Joe ne fit pas de commentaire sur ce « foutrement », mais en conclut que ce mot était maintenant acceptable dans la famille.

— Personne ne prétend ça, dit-il. Pour moi, ils se disent qu'elle a engagé un tueur ou qu'elle avait un complice pour faire le sale boulot.

— Qui donc ? demanda-t-elle sèchement. Et surtout, pour quelle raison ? Ma mère a tout ce pour quoi elle a toujours intrigué. Pourquoi le gâcherait-elle comme ça ? Ce n'est pas logique, Joe. Ça n'a pas de sens que le shérif et Dulcie puissent être si sûrs d'eux.

Il acquiesça.

— Ma mère a beaucoup de défauts, reprit-elle. Mais ce n'est pas une meurtrière, pour l'amour du ciel !

— Oui. Elle en a pas mal…

— Joe !

Il s'abîma dans l'absorption de son plat de spaghettis.

— C'est bien calme, ici, dit-il pour changer de sujet. Qu'est-ce qui se passe ?

Sous-entendu : Comment va April ?

— Elle est dans sa chambre, d'humeur massacrante parce que je lui ai confisqué son portable et lui ai interdit de toucher à l'ordinateur, sauf pour faire ses devoirs. Elle se conduit comme si ne pas pouvoir envoyer des textos à ses copines revenait à être mise au mitard. Comme si on l'avait coupée du reste du monde.

Il hocha la tête.

— Lucy essaie d'être prise dans une pièce de théâtre au collège, ajouta-t-elle. La mère d'une amie la ramènera.

— Elles savent ?

— Quoi, pour Missy ?

— Oui.

— Je ne leur ai rien dit, soupira-t-elle en secouant la tête. Je pensais que nous devrions le faire ce soir.

— « Nous » ?

— Nous, oui. En trouvant les mots justes, mais... ça va être dur.

— Et Sheridan ?

Marybeth l'informa qu'elle lui avait envoyé un texto pour lui demander d'appeler à la maison dès qu'elle le pourrait, mais que Sheridan avait répondu aussi par un SMS qui disait : « Je sais, maman. Tout le monde sait. Est-ce qu'elle l'a fait ? »

— Et tu lui as dit quoi ? demanda Joe.

Elle lui jeta un regard noir.

— Que toute cette histoire était une erreur monumentale.

***

April et Lucy s'étaient assises côte à côte sur le divan du salon. April rongeait son frein et, bras croisés et menton baissé, lançait des regards acérés comme des poignards. Joe était distrait par Lucy. Elle n'avait pas ôté son maquillage de répétition, ce qui lui donnait une beauté et un air de maturité saisissants. C'était comme si la jeune fille était devenue femme en une soirée, et il ne s'en réjouit pas, sûr de n'être pas le seul à avoir remarqué cette transformation. En la regardant, il imagina les longues soirées à venir où, assis dans sa véranda son fusil sur les genoux, il tiendrait à distance les garçons du lycée. Il fut content d'avoir déménagé si loin de la ville.

Il se demanda comment elles allaient prendre la nouvelle. April n'avait jamais été proche de Missy, qui la considérait comme une intruse. À ses yeux, elle était à peine plus haut que lui dans la chaîne alimentaire. C'était une alliance qu'il partageait avec sa fille adoptive.

Bien que Lucy se soit éloignée de sa grand-mère depuis un an, il ne faisait pas de doute que Missy la préférait à sa sœur aînée. À un moment donné, quand Lucy était encore vulnérable à ses charmes, Missy était passée par une période où elle achetait des tenues assorties aux deux sœurs et emmenait sa petite-fille favorite faire les boutiques et déjeuner longuement avec elle en tête à tête.

— Aujourd'hui, il s'est passé quelque chose de terrible, dit Marybeth aux filles assises sur le divan.

— Tu m'as pris mon portable, marmonna April.

Marybeth ferma les yeux, réprimant sa colère.

— C'est bien pire qu'une histoire de portable. Votre grand-mère Missy est accusée d'avoir tué Earl. On a retrouvé son corps ce matin. En fait, c'est votre papa qui l'a découvert.

Malgré elle, April ouvrit tout grand la bouche puis, se rendant compte qu'elle montrait ses sentiments, la referma très vite. Joe fut soulagé de voir qu'il y avait encore en elle une fille sensible à une telle nouvelle.

Lucy écarquilla les yeux.

— J'ai reçu des textos au collège, qui demandaient pour grand-mère Missy, mais je n'ai pas su quoi répondre.

— Moi, j'ai pas eu de textos, lança April, parce que vous autres m'avez volé mon portable...

— Toute cette affaire n'est qu'un affreux malentendu, reprit Marybeth, ignorant son interruption.

— Tu veux dire qu'Earl n'est pas mort ? demanda Lucy à voix basse.

— Non. Il est bien... décédé, dit Marybeth, puis elle se tourna vers son mari et ajouta : Joe ?

— Il a été assassiné, dit ce dernier. Ça ne fait pas de doute. Quelqu'un l'a tué.

— Mais ça n'est quand même pas grand-mère Missy ? s'inquiéta Lucy en regardant alternativement ses parents.

— Bien sûr que non, dit Marybeth. Mais elle est accusée du meurtre. On n'a pas encore tous les éléments, mais on pense que quelqu'un veut faire croire qu'elle a quelque chose à voir avec le crime. On ne sait ni qui ni pourquoi. Dès que toutes les pistes auront été explorées, elle reviendra chez elle.

— Je ne peux pas y croire, dit Lucy. Elle l'a poignardé ? Empoisonné ? Quoi ?

— Ni l'un ni l'autre ! lança fougueusement Marybeth.

Joe trouva intéressant que Lucy soit passée directement de la mort du Comte à la manière dont Missy aurait sans doute choisi de le tuer.

— Il a été abattu, répondit-il. Puis accroché à une éolienne.

— Berk ! dit April en faisant la grimace.

— On dirait une blague, dit Lucy. Qu'est-ce que les gens vont dire d'elle ? Et qu'est-ce qu'ils vont penser de nous ?

Tout juste, se dit Joe.

April s'étrangla de rire et se carra sur le divan, les bras toujours croisés sur la poitrine comme un plastron de fer.

— Eh bien, lança-t-elle, faut croire que je ne suis peut-être pas la seule à faire des erreurs dans cette petite famille si parfaite !

Marybeth recula, les larmes aux yeux. Joe tendit le bras et l'attira contre lui.

— Je sais que tu es en colère, dit-il à sa fille adoptive, mais cette pique n'était pas nécessaire.

— Mais c'est vrai, dit-elle en plissant les yeux, l'air mauvais. Peut-être qu'il est temps que vous appreniez à supporter la vérité.

— En fait, dit Joe, je pense qu'on est assez bons dans ce domaine.

April leva les yeux au ciel, soudain lassée.

— La réunion est terminée, dit Joe d'une voix dure et qui fit son effet, car il prenait rarement ce ton.

April se leva d'un bond et partit vers sa chambre d'un pas décidé avec un sourire narquois, l'air contente d'elle. Mais au coup d'œil qu'elle lui lança, Joe vit qu'elle pensait avoir peut-être été trop loin.

Lucy se leva et lui emboîta lentement le pas.

— Si ça intéresse quelqu'un, j'ai eu le rôle, dit-elle avant d'entrer dans sa chambre.

Joe eut l'impression de recevoir un coup de poing. Ils n'avaient même pas pensé à le lui demander. Marybeth s'écarta de lui et lança dans le dos de sa fille :

— Je suis désolée, ma chérie. J'avais tellement de choses en tête...

***

Ils s'étaient couchés, mais ne dormaient pas et gardaient le silence. Joe se remémorait les événements de la journée pour tenter de les comprendre. Pour chercher d'autres hypothèses que la plus convaincante et la plus évidente. Pour essayer d'imaginer pourquoi une femme innocente avait téléphoné à Marcus Hand quelques minutes après avoir appris la mort de son mari.

Il se demandait aussi qui avait averti le shérif.

Marybeth devait penser la même chose. Mais il y avait plus.

— J'espère que ça ne va pas déchirer notre famille, dit-elle à un moment donné en soupirant.

— Et Missy ? demanda Joe.

— Elle aussi, répondit Marybeth, qui ajouta au bout de quelques instants : Sheridan me manque. Ça ne me semble pas bien de subir ça en son absence. Je veux toutes mes filles autour de moi quand il arrive ce genre de choses.

— Elle n'est pas si loin que ça.

— Si, Joe. Très.

***

Le téléphone sonna à deux heures et demie du matin et Joe saisit le combiné. Il était parfaitement réveillé. Sa femme roula sur le côté et arqua les sourcils, l'air de dire : « Qui ça peut bien être ? »

— Je ne trouve pas le bourbon ! tonna Marcus Hand. Du Blanton's vingt ans d'âge, pour être précis. Je vous parle du meilleur bourbon de la planète ! J'en avais offert une bouteille à Earl en lui demandant de garder la deuxième pour ma prochaine visite. J'ai retourné toute la maison sans succès. Où l'a-t-il cachée, d'après vous ?

— Je ne sais pas, dit Joe. Il est mort.

— Je la trouverai avant la fin de la nuit, marmonna Hand comme s'il parlait tout seul. Au fait, la raison de mon appel... Je veux dire, la deuxième. Ce soir, après avoir consulté ma cliente, j'ai rencontré la belle Dulcie Schalk pour passer en revue les chefs d'accusation et tâter le terrain. Il s'avère que le gros de l'affaire tourne autour de tuyaux qui ont été transmis au shérif par un informateur étroitement lié à la préparation et à l'exécution du crime.

— Ça, je le savais, dit Joe en balançant ses jambes hors des couvertures pour s'asseoir au bord du lit.

Il entendit Hand fouiller dans ce qui semblait être une batterie de cuisine.

— Apparemment, reprit Hand, ce type a commencé à parler au shérif il y a deux ou trois mois pour lui dire que le crime allait se produire. McLanahan est obtus, on le sait, et il a plus ou moins écouté le gars sans jamais le croire. Jusqu'à ce matin, quand le type l'a appelé chez lui pour lui décrire le meurtre et l'emplacement du corps. Et, d'après la charmante Dulcie Schalk, cet informateur est prêt à témoigner contre votre belle-mère.

Hand parlait si fort qu'à travers l'appareil sa voix portait dans toute la pièce.

— Comment s'appelle-t-il ? souffla Marybeth.

— Comment s'appelle-t-il ? répéta Joe.

— Merde. Je l'ai noté... (Nouveaux bruits de chocs et de cliquetis.) Où a-t-il planqué mon Blanton's ? Planquer le bourbon... Cela seul justifierait qu'on l'abatte, si vous voulez mon avis.

— Je ne vous l'ai pas demandé, dit Joe en crispant sa main sur le combiné. Vous ne vous rappelez pas son nom ?

— Bud machin-chose, soupira Hand. Une sorte de nom de cow-boy. L'ex-mari de Missy.

Marybeth entendit, et en fut stupéfiée.

— Bud Longbrake ? dit Joe. C'est lui, l'informateur du shérif ?

— Ouais, c'est comme ça qu'il s'appelle.

— Je n'arrive pas à y croire...

— Croyez-moi. Bien sûr, je ne sais rien de la crédibilité de cet homme. Et le nom de Longbrake est très connu ici, dans le comté de Twelve Sleep. J'aurais dû m'en souvenir tout de suite.

— Mon Dieu ! chuchota Marybeth.

— Missy l'a quitté et lui a pris son ranch en divorçant, enchaîna Joe. Elle n'a eu aucun rapport avec lui depuis deux ans. Elle a même obtenu une ordonnance du tribunal lui interdisant de le contacter. Il a passé les deux dernières années au fond d'une bouteille.

— Un peu là où je voudrais être en ce moment...

— Bud a toutes les raisons du monde de monter un coup contre elle, reprit Joe. Elle lui a piqué son ranch, qui appartenait à sa famille depuis trois générations, en lui faisant signer un contrat de mariage ambigu qu'il n'a jamais pris la peine de lire parce qu'il était amoureux fou. Ça pourrait dynamiter l'accusation !

— Peut-être, dit Hand. Et peut-être pas... L'informateur dit aussi qu'elle a voulu le pousser à tuer Earl pour elle. Il prétend avoir accepté pendant un certain temps pour la faire parler.

Joe fit non de la tête alors même que Hand ne pouvait pas le voir. Si c'était le cas, il y aurait des écoutes téléphoniques permettant de relier Bud à Missy. Peut-être même des appels enregistrés si, en fait, Bud avait déjà travaillé avec le shérif depuis quelque temps.

— Autre chose que m'a dite la ravissante Dulcie Schalk, poursuivit Hand. Elle affirme que le Comte était près d'entamer lui-même une procédure de divorce. Vous savez quelque chose là-dessus ?

Joe en resta coi.

Soudain, Hand s'exclama :

— Eurêka ! Je l'ai trouvée. La clé de tous les mystères.

— C'est-à-dire ? fit Joe d'un ton hésitant.

— Le Blanton's ! Earl l'avait caché sur l'étagère du haut de son placard. Bonne nuit, Joe !

***

Encore et encore, ils ressassèrent ce que Hand venait de leur dire. Joe convint avec Marybeth que ce qui avait paru assez clair juste quelques heures plus tôt – une machination imbécile contre Missy – était maintenant beaucoup plus complexe. D'un côté, il y avait un mobile, si Hand avait raison et qu'Earl avait décidé de la quitter. Mais si elle y avait cru et avait voulu le tuer, pourquoi cette mise en scène élaborée ? Pourquoi comploter avec Bud ? Pourquoi Bud lui aurait-il fait confiance ? Et pourquoi aurait-elle laissé la carabine dans sa voiture ?

Et si Bud Longbrake était l'informateur, pourquoi se serait-il compromis en même temps que Missy ? Voulait-il la faire tomber avec lui ? Était-il rancunier à ce point ? Ou tramait-il quelque chose de son côté ?

— Joe, je n'ai pas l'impression de pouvoir me fier complètement à Hand pour la disculper, dit-elle.

— Tu connais sa réputation ?

— Je sais tout là-dessus. Mais Missy n'est pas très aimée et les jurés seront des gens d'ici. Faire appel à Hand pourrait se retourner contre elle. Il passe pour être roublard et pour manipuler les jurés. Il n'a pas écrit un livre là-dessus ?

— En effet, dit Joe. Ça s'intitule *La Règle des huit pour cent. La méthode infaillible d'un avocat prestigieux pour défendre son client.*

La stratégie de Hand consistait à trouver au moins un juré sur douze susceptible de s'associer à lui et prêt à faire chier le système en refusant, envers et contre tous, d'appuyer un verdict de culpabilité devant être rendu à l'unanimité. Joe avait jeté le livre, écœuré.

— Et je ne fais sûrement pas confiance au shérif ni à son équipe, poursuivit Marybeth. Il a tout misé sur la culpabilité de Missy. Et il a rendu l'affaire publique pour se faire valoir. Si elle va en prison, il gagne. Si elle s'en sort, il perd. Non seulement le procès, mais sans doute l'élection avec.

Joe acquiesça.

— Et Dulcie Schalk ?

— Elle est intelligente et coriace, dit Marybeth, mais elle ne s'est jamais mesurée à quelqu'un comme Hand. C'est une obsédée du contrôle, tu le sais. Elle veut que tout soit parfaitement en ordre pour engager des poursuites. Il va donc se donner pour mission de la démonter.

Joe secoua la tête, perplexe.

— Ce n'est pas ce que tu veux, toi ?

— Non.

— Là, je ne comprends pas.

— Joe, dit-elle, les mâchoires serrées, je ne veux pas qu'elle soit déclarée innocente parce que Hand l'aura emporté sur Dulcie au tribunal. Je veux qu'elle soit blanchie parce qu'elle ne l'a pas tué. Tu ne saisis pas ? Je ne veux pas que cette épée de Damoclès reste suspendue au-dessus de la tête de nos filles. Ni de la mienne.

— Humm…

— Dis-moi que tu comprends, Joe.

Il laissa échapper un long souffle d'air.

— Je comprends ce que tu dis…

— Bien. Alors, tu devras faire de ton mieux pour découvrir ce qui s'est passé. Qui a tué Earl, et pourquoi. Le shérif et Dulcie ont des œillères. Tout ce qu'ils font est basé sur l'implication de Missy. Ils n'envisagent même pas d'autres facteurs, j'en suis sûre. Tu es la seule personne en qui j'ai entièrement confiance pour garder l'esprit ouvert.

Il gémit.

— Je ne suis qu'un simple garde-chasse, ma chérie. Je ne suis plus l'agent spécial du gouverneur. Il ne veut plus avoir affaire à moi. Après ce qui s'est passé dans la Sierra Madre, je me suis promis de faire juste mon travail aussi bien que possible. Plus d'enquêtes en franc-tireur.

Un sourire se forma sur les lèvres de Marybeth et ses yeux brillèrent sous un rayon de lune entrant par la fenêtre. Des fois, elle le connaissait mieux que lui.

— OK, dit-il. Entre deux activités quotidiennes, je chercherai ce que je peux et je creuserai. Je ferai ce que je fais le mieux... me cogner partout jusqu'à ce qu'une idée me flanque un coup sur la tête.

Elle pouffa, puis redevint sérieuse.

— Joe, dit-elle, et si tu te faisais un peu aider ?

Il détourna les yeux.

— Joe, reprit-elle, en posant une main sur son épaule nue. Cela fait presque un an. Il est temps que tu le rappelles. Vous deux avez beaucoup trop investi dans votre amitié pour la laisser se déliter.

— Tu sais ce qui s'est passé.

— Oui. Et j'ai conscience que vous valez mieux ensemble que chacun de votre côté. Je te jure, vous vous conduisez comme deux collégiennes ! Aucune ne veut faire le premier pas pour se réconcilier.

— Les hommes ne se réconcilient pas. On fait juste comme si rien n'était arrivé et on passe à autre chose.

Elle continua à le regarder dans les yeux. Elle savait que ça marcherait.

— Je ne sais même pas où il est, bougonna-t-il.

— Mais tu sais où il a été. Tu peux peut-être commencer par là.

Il poussa un profond soupir et se frotta les yeux.

— Si c'était pour te sortir de prison, ou pour sauver Sheridan, April ou Lucy...

— Joe, c'est de ma mère qu'il s'agit.

— Comme si je ne le savais pas !

Elle s'assit dans le lit, emballée.

— On travaillera chacun de notre côté. Moi, j'utiliserai les ressources de la bibliothèque pour glaner le plus d'informations possibles sur Earl. Je pourrai peut-être trouver un indice sur quelqu'un qui voulait le voir mourir de cette façon. C'est étrange quand j'y pense : j'ai vu cet homme une cinquantaine de fois, mais je sais très peu de choses sur lui avant son arrivée ici. Il a gagné beaucoup d'argent au fil des ans. Je parie qu'il s'est aussi fait des ennemis.

— Sans doute.

— Et toi, tu feras ce que tu fais...

— Me cogner partout jusqu'à ce qu'une idée me flanque un coup sur la tête, conclut-il d'un ton aigre.

— Un peu plus d'enthousiasme ne nuirait pas...

Il essaya de sourire.

— Et si on découvrait qui l'a tué, mais qu'on se taisait en la laissant aller en prison ? Comme ça, tu saurais au fond de toi qu'elle est innocente et pourrais dormir la nuit... mais elle ne serait plus dans les parages pour emmerder les autres. Tout le monde y gagnerait.

— Ce n'est pas une bonne solution. Pas du tout.

— Fallait bien que j'essaye, dit-il et il l'embrassa pour lui dire bonne nuit tandis que l'aube, à l'est, commençait à rosir le ciel.

23 AOÛT

« Quand les vents sont contraires, souquez ferme. »

Proverbe latin

CHAPITRE 14

La première comparution de Missy Alden eut lieu devant le juge de paix Tilden Mouton, dans son cabinet aux allures de placard – au fond d'une vieille aile de la mairie (et siège du comté) où ne parvenait pas l'air conditionné.

Joe arriva à l'instant même où l'adjoint Sollis escortait Missy dans la pièce. Hand, à deux pas derrière eux, les dominait de toute sa taille. Joe songea qu'elle avait peut-être encore plus mauvaise mine que la veille. Sa peau était pâle, ses cheveux filasse et ses yeux exorbités. Sa bouche, serrée et striée de rides verticales, lui rappela les têtes réduites d'Amazonie. Il se dit combien elle devait se sentir humiliée dans cette prison du comté où elle n'avait ni son maquillage ni les miroirs de sa vaste salle de bains.

Il n'y avait qu'une douzaine de chaises dans le cabinet, il prit la plus proche de la sortie. Sissy Skanlon, du *Roundup*, en occupait une autre. Ils étaient les seuls spectateurs, ce qui l'étonna. Il n'avait encore jamais assisté à une première comparution et fut dérouté par le caractère informel de cette procédure.

Le comté de Twelve Sleep, comme d'autres petits comtés du Wyoming, avait conservé la fonction de juge de paix. La raison majeure pour laquelle il ne s'était pas modernisé en accueillant un juge itinérant était que personne ne voulait dire à Mouton qu'il n'avait plus de poste. Mouton tenait le plus grand magasin de nourriture pour animaux de Saddlestring dans un immense complexe construit par son père, qu'il avait fait prospérer et agrandir pour y vendre des articles de sport, de la quincaillerie et des vêtements de travail. Le bâtiment était inscrit au registre national des Monuments historiques et les chaises et la seule table, de l'autre côté du comptoir, étaient le lieu de réunion matinal des propriétaires de ranch et des vieux de la vieille. Joe adorait Mouton Feed et avait plus d'une fois dit à sa femme qu'il pouvait y trouver tout ce dont il aurait jamais besoin. La quantité et la variété des outils, des mouches de pêche et le choix impressionnant de rubans adhésifs l'enchantaient.

Du fait de ses activités civiques généreuses – Mouton parrainait presque toutes les équipes sportives, fêtes, voyages scolaires et projets de développement économique, achetait le bœuf et les agneaux primés à la foire du comté et prenait des publicités pleine page dans le *Roundup*, largesse qui maintenait presque sûrement le journal à flot –, priver cet homme d'un poste à temps partiel qu'il chérissait par-dessus tout ne valait, de l'avis général, absolument pas la peine. Tilden était si accommodant et si fier de son deuxième métier de juge de paix qu'il n'y avait aucune raison de le décevoir en lui ôtant son titre. Tout le monde se disait que la fonction s'éteindrait avec lui.

Petit, chauve et le corps en forme de poire, Mouton ressemblait à un personnage de dessin animé. Son ventre grossissant chaque année, sa taille croissait à l'avenant, à tel point que sa boucle de ceinture ne se trouvait que quelques centimètres sous sa poitrine. Il plantait ses lunettes au-dessus de sa tête et Joe ne se rappelait pas l'avoir jamais vu s'en servir. Le regard bienveillant et l'humour grinçant, il se répandait en calembours aussi affreux que les leurres à canard stockés près des rubans adhésifs. Il servait toujours lui-même ses clients et passait autant de temps qu'il fallait avec eux pour qu'ils partent satisfaits.

De sorte que le regard de travers visiblement hostile qu'il jeta à Missy et à Hand alors qu'ils prenaient place derrière une table éraflée fut bien peu caractéristique du bonhomme. Joe se demanda si son ire s'adressait à elle, à lui, ou aux deux.

Dulcie Schalk, elle, se montra efficace. Elle récapitula les chefs d'accusation et énuméra ses preuves d'une voix blanche, comme si elle gardait son mépris pour elle par respect pour la cour. Pendant ce temps, le menton baissé, Missy regardait ailleurs, comme un chiot impuissant cédant son autorité bafouée à un gros chien plus agressif.

L'affaire prit moins de dix minutes. Mouton hocha la tête, remercia Schalk et se tourna vers Hand et Missy pour entendre leur réponse.

Hand parut déconcerté.

— Avec tout le respect que je vous dois, monsieur le juge, dit-il, j'attends encore d'autres informations. Je comptais entendre le shérif qui a arrêté ma cliente, et surtout la déposition du témoin secret cité par Mlle Schalk, qui témoigne contre nous. Tout ce qu'elle vient de nous dire aurait pu s'apprendre en lisant la première page du journal.

Joe était lui aussi perplexe. Il pensait qu'il y aurait peut-être un élément nouveau et révélateur dans les charges ou les preuves.

— Le témoin n'est pas disponible ce matin, répondit Dulcie.

Joe perçut un brin d'agitation dans sa voix.

— N'est pas « disponible » ? répéta Hand, jouant les étonnés. Ces charges reposent presque entièrement sur le témoignage d'un mystérieux individu et cet individu n'est pas « disponible » ?

— Nous avons beaucoup d'autres preuves, répliqua-t-elle très vite. Par exemple, l'arme du crime qui a été trouvée dans le Hummer de l'accusée.

— C'est ridicule ! lança Hand avec force à l'intention d'un jury imaginaire. L'accusation souille la réputation d'un pilier de la communauté et le jette en prison, mais ne juge pas nécessaire de produire le témoin qui l'y a envoyé ?

Joe trouva qu'il avait là un bon argument. Où donc était Bud ?

— Maître Hand, dit Mouton, je vous connais, vous et votre réputation. Je sais que vous pensez pouvoir dicter la suite de la procédure parce que vous êtes un homme important dans cet État et que vous passez à la télévision nationale. Mais ce n'est pas comme ça qu'on agit chez nous. Ce n'est pas ici et maintenant qu'on juge l'affaire. On cherche à établir s'il y en a bien une.

Tilden n'aime pas ce type, se dit Joe. Missy avait peut-être commis une erreur en faisant appel à lui pour la défendre.

Mouton n'en avait pas fini.

— Maître Hand, reprit-il, je vais juste vous donner un petit conseil d'ami alors qu'on n'en est qu'à ce tout premier stade. Des expressions comme « pilier de la communauté » valent seulement si l'accusé en est vraiment un soutien. Si, par exemple, la prévenue a acquis de grands ranchs familiaux dans la région au fil des ans et mis aussitôt des serrures sur des portails que les gens du pays empruntaient depuis des années, ou si elle a quasiment refusé de prendre part à la moindre activité civique dans le comté parce qu'elle les méprise toutes (il s'arrêta pour jeter un coup d'œil à Missy), ou si elle a choisi d'acheter tous ses produits d'épicerie, ses articles de quincaillerie et ses fournitures agricoles à des firmes extérieures à la ville parce que ça lui fait gagner quelques sous, eh bien, il est difficile de la qualifier de « pilier de la communauté ».

Joe se redressa bien droit sur son siège.

— Oui, monsieur le juge, dit Hand.

Joe se dit : *Il leur en veut à tous les deux.*

Mouton donna un coup de marteau sur son bureau, se tourna vers son adjoint et dit à Missy :

— Par la présente, vous êtes mise en liberté provisoire et tenue de comparaître à l'audience préliminaire devant moi ce vendredi. J'ai parlé au juge Hewitt, qui veut que cette affaire avance avec toute la célérité requise. La caution est fixée à un million de dollars.

— Objection, Votre Honneur ! s'écria Hand. Ce montant est punitif et inutile. Cela laisse entendre que ma cliente, une femme merveilleuse qui a des racines profondes dans cette ville, pourrait vraiment s'enfuir.

— Vous n'avez pas à m'appeler « Votre Honneur », dit Mouton avant d'ajouter : objection notée et refusée.

— Monsieur Mouton, j'ai des problèmes avec le montant, mais pour une autre raison, dit Schalk. Vu la possibilité qu'a l'accusée d'acheter sa sortie de prison en se servant de l'argent de son défunt mari, le comté vous supplie de la garder en détention plutôt que de lui accorder la liberté sous caution.

— Nous acceptons le montant de la caution, monsieur le juge, dit Hand d'un air penaud après un bref conciliabule avec Missy, front contre front, et je compte prendre les mesures qui conviennent pour que ma cliente puisse dormir dans son lit ce soir même... Et pleurer décemment son mari assassiné en tentant d'imaginer comment elle pourra jamais retrouver sa vie et sa réputation, ajouta-t-il en baissant la voix, au point que Joe et Sissy durent se pencher en avant pour l'entendre.

Schalk soupira et leva les yeux au ciel pendant que Sissy gribouillait sur son bloc-notes.

Joe se demanda quel effet ça devait faire d'accéder à un million de dollars en un après-midi.

— À vendredi, lâcha Tilden Mouton en faisant un signe de tête à l'attorney du comté.

***

Joe s'approchait de son pick-up dans le parking lorsqu'il entendit quelqu'un le héler. Il regarda par-dessus son épaule et vit Hand marcher vers lui à grandes foulées souples. Il avait l'air perplexe.

— C'était intéressant, dit-il. Je regrette pour notre affaire que les Alden n'aient pas acheté plus de fourrage et de babioles en ville. Mais bon, tout ça, c'est du passé... Je sais que vous êtes un type honorable, ajouta-t-il en le regardant droit dans les yeux. Même Missy le dit.

— C'est gentil de sa part.

— J'ai cru comprendre que vous connaissiez assez bien Bud Longbrake... c'est vrai ?

— Oui.

— J'ai l'impression que notre attorney ignore où il se trouve, à moins qu'elle ne soit plus diabolique qu'elle en a l'air et l'ait fait cacher quelque part.

— Dulcie n'est pas comme ça, lui renvoya Joe en hochant la tête. Elle est franche et directe.

— Écoutez, dit Hand, mon équipe va bientôt arriver de Jackson et j'ai des privés sous contrat qui peuvent déchirer cette petite ville. Mais il faudra quelques jours pour les installer et les rendre opérationnels. On ne peut pas se permettre d'attendre tout ce temps si on veut obtenir l'abandon immédiat des poursuites. Si vous réussissez à trouver Bud avant et si j'ai une chance de l'interroger, eh bien...

Joe feignit de n'avoir pas compris.

— On arrivera peut-être à tuer l'affaire dans l'œuf, poursuivit Hand.

— Je ne sais pas pourquoi vous me dites ça.

Hand posa sa grosse patte sur son épaule et le regarda avec une chaleur et une sincérité qui lui donnèrent des frissons dans toute l'épine dorsale.

— Disons juste que si vous pouvez nous aider, ça compterait beaucoup pour tous les gens que vous aimez. Et ce serait une bonne action. À ce que me dit Missy, c'est important pour vous...

Joe se tournait vers son pick-up lorsque Hand ajouta :

— Sans parler du fait que nous y gagnerions beaucoup, tous les deux... Missy et moi.

Joe monta dans la cabine, baissa la vitre et lança :

— Vous avez failli m'avoir... jusque-là.

— Ben zut alors ! lâcha Hand avec un clin d'œil malicieux.

26 AOÛT

« Le vent vient de l'est. J'éprouve toujours
une sensation pénible quand il souffle de
ce côté. »

Charles DICKENS
La Maison d'Âpre-Vent

Groggy par manque de sommeil et excès de réflexion, Joe fit les treize kilomètres jusqu'à Saddlestring dans la brume et sous une pluie fine. Le matin froid et sombre reflétant son humeur, il espérait que le soleil percerait bientôt. La lecture de l'acte d'accusation de Missy était prévue à 13 heures au siège du comté, et il avait convenu de passer prendre Marybeth à la bibliothèque pour qu'ils puissent y aller ensemble.

La principale raison de son malaise était la gêne qu'il éprouvait à se retrouver de l'autre côté de la barrière dans cette action en justice. D'habitude, il était sur le terrain, ou il allait au tribunal pour aider à mettre à l'ombre de sales types – pas pour chercher le moyen de contourner les procédures d'application de la loi ou les accusations portées par l'attorney du comté. Dans sa chemise d'uniforme et son pick-up de fonction de l'État, il avait l'impression d'être un traître. Et il n'aimait pas ça.

***

Il connaissait Bud Longbrake depuis des années : propriétaire de ranch, bon citoyen et habitant influent du comté, Bud avait été son beau-père et son patron pendant quelque temps avant de devenir tout récemment un alcoolique lamentable et plein d'amertume. La perte de son ranch et, plus encore, celle de Missy qu'il adorait, l'avaient dévasté. Joe avait toujours été ébahi qu'il la vénère et qu'il ne voie rien à ses manipulations et à ses combines. Un jour, alors qu'ils roulaient vers les bureaux du ranch dans un blizzard soudain, Bud s'était tourné vers lui pour lui dire qu'il était l'homme le plus heureux de la terre. Il avait cité son ranch prospère et sa nouvelle et splendide épouse, et avoué que la seule chose – la seule – qu'il désirait encore était amener son fils ou sa fille à s'intéresser assez à ses terres pour les reprendre et conserver l'exploitation sous le nom de Longbrake.

Ça posait pourtant un problème. À trente et un ans, Bud Jr « poursuivait » des études à l'université de Missoula, dans le Montana, et sa plus grande passion était la performance artistique, qu'il pratiquait dans Higgins Street vêtu d'un costume de bouffon inspiré de la cour de Versailles. Il se faisait appeler « Shamazz » et avait obtenu un changement de nom légal. Sa spécialité – et il était assez bon dans ce domaine – était la pantomime satirique. C'était aussi un dealer et un drogué. Après sa deuxième arrestation, le juge avait accepté de le relâcher en le confiant à la garde de son père. Bud avait ramené Junior (qui avait alors repris son nom de baptême) au ranch pendant son temps de liberté surveillée et tenté de le remettre dans le droit chemin. À l'époque, Joe était entre deux périodes de travail pour l'État et avait servi brièvement de contremaître au ranch. La rééducation de Bud Jr lui avait été confiée, mais il n'avait pas réussi à l'intéresser à son patrimoine, au bétail, aux chevaux et aux clôtures. Surtout aux clôtures. Bud Jr avait tenu six mois avant de disparaître par un jour froid de novembre. Trois semaines plus tard, son père avait reçu une carte postale de Santa Fe qui lui demandait de l'argent. Elle était signée « Shamazz ».

Le vieil homme n'arrivait tout simplement pas à renoncer. Il continuait à nourrir l'espoir qu'un jour, rasé de près, en bottes, Stetson et Wrangler aux plis impeccables, son fils revienne et lui demande :

— Qu'est-ce qu'il y a à faire aujourd'hui, papa ?

Joe, lui, n'arrivait pas à comprendre ce que Bud s'imaginait, mais ça, c'était avant l'année qu'il venait de passer avec April. Renoncer à tout espoir pour un enfant était un sujet qu'il ne pouvait plus aborder maintenant.

La fille de Bud avait été gravement blessée dans un accident de voiture à Portland l'année précédente. Trois fois mariée, Sally était une artiste spécialisée dans le fer forgé, mais ses blessures l'avaient empêchée de reprendre sa carrière. La nouvelle de son hospitalisation, arrivée juste quelques mois après que Missy avait fait changer les serrures du ranch pendant qu'il achetait du bétail dans le Nebraska, avait projeté Bud dans une spirale descendante vertigineuse.

Malgré les crasses de Missy, il en pinçait toujours pour elle. Plus elle était vache avec lui, plus elle lui manquait. Non contente d'avoir obtenu une injonction du tribunal lui interdisant tout contact avec elle, elle avait voulu le chasser de la ville pour qu'il cesse de raconter sa triste histoire à qui voulait l'entendre du haut de son tabouret au Stockman's Bar. Furieuse de découvrir qu'elle ne pouvait pas obtenir de décision judiciaire lui interdisant de citer son nom en vain devant des inconnus, elle avait demandé à Joe les coordonnées de Nate afin de payer le fauconnier hors la loi pour qu'il inculque le respect de Dieu à son ex-époux. Joe avait décliné.

Il l'avait vu pour la dernière fois l'année précédente, le jour où Bud avait débarqué dans le jardin de sa maison de Saddlestring, ivre, armé et complètement perdu. Joe et Nate l'avaient ramené chez lui. Bud avait pleuré comme un enfant pendant tout le trajet, et dit qu'il avait honte de ce qu'il était devenu. Joe l'avait cru en pensant qu'il se ressaisirait peut-être un jour.

Et maintenant, à en juger par ce que leur avait dit Hand, il semblait l'avoir fait. Et pas d'une manière positive pour Missy.

***

À sa connaissance, Bud Longbrake habitait toujours dans un deux-pièces qu'il louait au-dessus du Stockman's Bar. Du moins, c'était là-bas qu'ils l'avaient ramené l'an passé.

Le centre-ville de Saddlestring – ses trois pâtés de maisons au complet – était encore endormi lorsqu'il y arriva. Seule boutique ouverte : l'atelier de taxidermie de Matt Sandvick, qui semblait ne jamais fermer. Il y avait toujours quelques pick-up à côté. Joe avait entendu des rumeurs selon lesquelles Matt organisait jour et nuit des parties de poker qui l'aidaient à payer les factures pendant les mois d'été quand il n'avait pas de carcasses à empailler. Toutefois, comme il était artisan et se donnait du mal pour avoir les permis de taxidermie requis, Joe ne l'embêtait pas.

Il descendit lentement la rue principale et dépassa des places de parking vides à hauteur du Stockman's. Il y avait déjà quelques véhicules devant le bar. Il fit le tour du pâté de maisons, remonta l'allée qui courait derrière la rangée des devantures et se gara entre deux bennes à ordures, dans un renfoncement où son pick-up ne pourrait pas être vu des passants.

Il sauta de son véhicule, enfonça son Stetson gris usé sur sa tête et suivit un étroit passage entre les vieux bâtiments de brique abritant le *Roundup* de Saddlestring sur sa gauche et le bar à sa droite. La porte qu'avait franchie Bud la nuit où il l'avait raccompagné était du côté Stockman's. Pour ne pas éveiller l'attention, il évita de donner des coups de pied dans les bouteilles vides par terre, puis il chercha, en vain, un Interphone ou une sonnette sur le mur. Il n'y avait ni l'un ni l'autre. Après avoir regardé autour de lui pour voir si on l'observait – il n'y avait personne –, il avança la main pour essayer le bouton de la porte. Elle n'était pas fermée à clé.

Elle s'ouvrit vers l'intérieur dans un gémissement de charnières rouillées. Il entra et la tira derrière lui. L'escalier était sombre, mal aéré et sentait le renfermé. Il laissa ses yeux s'habituer à l'obscurité, trouva enfin un interrupteur sale, appuya dessus, mais l'ampoule avait dû disparaître ou griller.

Les marches étaient si étroites que ses épaules frôlèrent presque les côtés de la cage d'escalier quand il les monta. Il gardait les yeux sur le palier de l'étage et la main droite sur la crosse de son arme, plaquée sur sa hanche. Il ne savait pas si l'escalier faisait partie de l'appartement. Pour autant qu'il le sache, il n'y avait qu'un logement au-dessus du bar.

Sur le palier, à gauche, il vit une autre porte. Rien n'indiquait si c'était celle de Bud. Elle ne portait ni nom ni numéro. Solide, sans vitre ni œilleton, elle était un peu voilée par les ans. Des bandes de vernis s'écaillaient sur le battant, telles des dizaines de langues tirées. Il s'éclaircit la gorge, tant pour calmer sa nervosité que pour signaler à quelqu'un à l'intérieur qu'il était là. Puis il donna trois coups sur la porte, forts et insistants.

— Bud, c'est Joe. Vous êtes là ?

Il n'entendit ni réponse ni bruits.

— Bud ? Vous êtes là ?

Il frappa à nouveau, sèchement, en se faisant mal aux doigts. Rien.

Il posa les mains sur ses hanches et regarda fixement la porte, comme s'il voulait la forcer à s'ouvrir. Il avait pensé appeler à l'avance pour s'assurer de la présence de Bud, mais s'était ravisé. Il avait appris dans ses enquêtes au fil des ans qu'il est toujours plus efficace d'arriver sans prévenir. Parfois, prendre un suspect de court donnait lieu à des aveux de culpabilité inattendus ou à des élans de dissimulation qui révélaient la vérité. Un de ses trucs consistait tout simplement à frapper à la porte, à se présenter en disant : « J'imagine que vous savez pourquoi je suis là, non ? » puis à laisser parler les gens. Au moins une dizaine de fois, des suspects avaient fait allusion à des crimes dont il ignorait tout avant de poser la question.

Mais cette fois, personne ne lui répondait.

Il se retourna pour s'apprêter à partir, mais ne put s'empêcher d'essayer le bouton de la porte. Sans succès. Ce qui voulait dire que Bud pouvait se trouver à l'intérieur, peut-être à dormir après une longue soirée. Peut-être était-il malade. Ou blessé. Ou...

Il se pencha plus près. Comme il faisait sombre dans le couloir, il distingua un rai de lumière irrégulier entre la porte et son montant. La porte était fermée à clé mais ne fermait pas bien et il vit qu'elle ne comportait pas de verrou intérieur, seulement le pêne dormant du bouton. À cause de cet espace, le pêne atteignait tout juste la gâche. Il n'en fut pas surpris. Les propriétaires de ranch – ou ex-propriétaires, pour Bud – ne se souciaient guère de la sécurité et des serrures. Ils avaient des chiens et des armes pour ça.

D'un seul geste, il saisit la poignée à deux mains, la souleva d'un coup sec et poussa la porte avec son épaule. Elle s'ouvrit. Il recula un peu sur le côté pour glisser un œil par les deux centimètres de l'entrebâillement. Il y avait de la lumière à l'intérieur, mais elle n'était pas très vive. Il aperçut un coin de tapis par terre, une bouteille de bière vide sous le divan et des taches de liquide noir mouchetant le parquet.

Du sang, pensa-t-il, et il poussa la porte du coude, la main sur son arme, prêt à tout...

Rien ne se produisit quand la porte s'ouvrit en grinçant. Bud n'était ni par terre ni sur le divan, même si Joe vit dans les coussins le creux où il avait sans doute passé beaucoup de temps.

Il entra dans l'appartement en plissant les yeux, tous ses sens en alerte. Ça sentait la vieille crasse, la poussière, la bière éventée et le tabac à chiquer Copenhagen.

La lumière tamisée venait du soleil du matin, qui dorait le sol à travers des stores jaunes fins comme du papier et tirés jusqu'en bas. Les fenêtres donnaient sur la rue principale. Il fit quelques pas en avant, s'accroupit pour mieux voir le parquet en veillant à ne pas toucher les taches du bout de ses bottes et poussa un long soupir. Les marques, noires et vieilles, pouvaient être des taches de peinture, d'huile ou de cirage.

Une table basse, en face du canapé, était jonchée de bouteilles de bière, d'un crachoir à jus de tabac et de gros manuels entassés les uns sur les autres. Pas des livres, des documents reliés. Celui du haut était maculé de taches rondes, là où des bouteilles de bière avaient été posées. Il s'intitulait : *Aspect économique des projets éoliens : satisfaire la demande d'énergie mondiale croissante nécessite une gamme équilibrée de choix énergétiques.* Joe le poussa du coude pour en regarder un autre. *Ruée sur les terres du Wyoming due à la présence d'énergie éolienne et au développement de son exploitation commerciale dans cet État.* Le nom *Bob Lee* était griffonné d'une main tremblante sur la couverture du dernier document.

— Hein ? dit Joe, puis il appela à nouveau : Bud ?

Rien. Il jeta un œil dans la cuisine à sa gauche. Des assiettes sales s'empilaient dans l'évier et une moitié de toast traînait sur le plan de travail. Une cafetière à moitié vide était posée sur son socle M. Coffee. Il tendit la main pour tâter le verre : froid. Le frigo contenait une brique de lait de deux litres et quatre bouteilles de bière Miller Lite. Joe ouvrit la brique et la sentit. Pas encore tourné.

Avant, Bud n'était jamais comme ça, pensa-t-il. Il se rappela les cabanons impeccables de son ranch, où chaque instrument était essuyé et rangé dans le tiroir ad hoc de ses coffres à outils industriels. Bud ne permettait même pas qu'on jette des chiffons graisseux par terre ou sur l'établi du garage. Et les pièces de harnachement de ses chevaux étaient accrochées soigneusement et symétriquement dans son écurie, les petites selles à gauche, les grandes à droite.

Il passa dans la salle de bains. Des serviettes sales pendaient à une tringle. La poubelle débordait de Kleenex froissés. Il ouvrit l'armoire à pharmacie. Elle contenait une demi-douzaine de flacons de pilules pour diverses maladies, marqués de l'étiquette *Longbrake*, mais il n'y avait ni brosse à dents ni dentifrice et les autres étagères étaient vides. Ce qui voulait dire que Bud avait dû emballer ses articles de toilette et ses médicaments indispensables pour les prendre avec lui.

La suite de la visite de l'appartement vint confirmer cette hypothèse. Même s'il y avait toujours des vêtements dans le placard, de grands écarts séparaient les habits sur les tringles, comme si Bud en avait emporté plusieurs. Dans la chambre, les couvertures avaient été tirées sur les oreillers, mais pas rentrées sous le matelas, comme s'il avait fait le lit en vitesse.

Joe pensa au lait et au café. Le toast était sec, mais pas dur. Bud n'était pas parti depuis longtemps. Joe se dit que le vieux propriétaire de ranch avait dû quitter son appartement la veille, après le petit déjeuner. À peu près à l'heure où lui escaladait l'éolienne...

***

Soudain, Joe entendit deux portières claquer dans la rue presque en même temps. Il traversa le salon en quelques pas et écarta légèrement le store de la fenêtre pour regarder dehors.

Un SUV du bureau du shérif avait pris une place récemment libérée par un cow-boy matinal, juste sous la fenêtre. McLanahan, campé les mains sur les hanches près de la portière passager, attendait avec impatience que Sollis ait ajusté son chapeau et ses lunettes de soleil dans le rétroviseur côté conducteur. Joe remit doucement le store en place avant que l'un ou l'autre puisse le voir en levant les yeux.

Il marcha le plus doucement possible vers la porte ouverte et l'atteignait déjà quand une série de coups violents ébranla celle du rez-de-chaussée.

— Bud Longbrake ? cria Sollis. Vous êtes là ?

Ils allaient monter...

Il jeta un coup d'œil dans le couloir pour voir s'il ne pouvait pas s'échapper par une autre porte. Non. Il était coincé chez Bud et la seule issue était l'escalier où le shérif et son adjoint allaient s'engager.

L'impression de malaise qu'il avait éprouvée ce matin-là se changea en effroi et en sentiment de culpabilité totale. Théoriquement, il avait pénétré dans un domicile privé sans mandat et, officiellement, il n'avait pas de raison d'être là. On pourrait même l'accuser d'effraction puisqu'il avait forcé la porte. Même s'il ignorait où était Bud et la raison de son départ, il pouvait imaginer que le shérif en rajouterait, présentant l'incident comme une tentative délibérée de cacher ou de détruire des preuves, ou l'accusant d'être venu intimider ou soudoyer le principal témoin à charge.

Ce qui n'était pas tellement loin de la vérité, pensa-t-il. Même si, de son point de vue, il voulait juste demander à Bud si c'était bien lui l'informateur. Et pourquoi.

Il hésita une seconde avant de fermer la porte. Il songea à descendre saluer le shérif en lui disant à la légère qu'il avait essayé de trouver son ex-beau-père. Mais pourquoi, si ce n'était pas lié à l'affaire ? Il était le pire menteur qu'il connaissait et n'était simplement pas capable de raconter des craques.

Au même instant, Sollis ouvrit la porte en bas de l'escalier et Joe commença à fermer lentement celle de Bud. Les charnières se remirent à gémir, mais il espéra que le bruit serait couvert par la voix de l'adjoint, qui disait au shérif :

— Merde, je crois que c'était ouvert ! Bon mais, où est son appart' ? En haut des marches ?

En sentant la sueur perler sous le ruban de son chapeau, Joe ferma doucement la porte et pria le ciel que le pêne se remette en place en glissant sans bruit dans la gâche. Il entendit un déclic sourd quand il s'enclencha, poussa un long soupir haletant et recula.

Il embrassa du regard le deux-pièces de Bud. Allait-il essayer de se cacher ? Le shérif avait-il la permission d'entrer ? Une clé ?

Les voix des deux hommes s'élevaient à mesure qu'ils montaient l'escalier. Dès qu'ils atteignirent le palier, Joe reconnut la respiration laborieuse de McLanahan.

— Eh ben quoi, frappez ! lança-t-il entre deux goulées d'air.

Joe attendit, face à la porte.

Sollis cogna si violemment que son cœur s'emballa. Il se demanda si la simple force de ses coups pourrait rouvrir la porte.

— Bud Longbrake ? cria l'adjoint. Vous êtes là ? C'est l'adjoint Sollis et le shérif McLanahan du comté de Twelve Sleep. L'attorney veut vous transférer en lieu sûr jusqu'à ce que vous témoigniez.

Joe tenta de garder une respiration calme et de ne pas faire de bruit. Avaient-ils un mandat pour entrer ? Si oui, il était fichu…

— Vous parlez trop, grogna McLanahan, houspillant son employé. Dites-lui juste d'ouvrir cette foutue porte.

Nouveau martèlement acharné, qui fit s'entrechoquer les bouteilles vides sur la table basse. Joe regarda la serrure, s'attendant à ce qu'elle cède.

— Bud, ouvrez ! tonna Sollis avant d'ajouter, après un temps, d'un ton moins péremptoire : Je ne pense pas qu'il soit là, patron…

— Alors, il est où, merde ?

— Comment je pourrais le savoir ?

— Nom de Dieu… si on l'a perdu…

— Je pourrais la forcer, dit Sollis. Cette serrure n'a pas l'air bien solide. On pourrait dire qu'on a entendu du bruit chez lui et qu'on a pensé qu'il pourrait être blessé, ou un truc comme ça.

— Ça nous donnerait un motif valable, dit McLanahan, mais le ton de sa voix n'incitait pas son adjoint à passer à l'acte… pas encore.

— Nan, reprit-il quelques secondes plus tard. Si on abîme la porte et qu'il est pas là, ça fera mauvaise impression. On peut revenir l'ouvrir dans une heure avec un mandat. Mais je crois que vous avez raison : il est pas chez lui.

— Alors, il est où ?

— Crétin ! jeta le shérif. Je viens de vous le demander. Vous croyez que j'ai des réponses dans la minute ?

— Non, patron.

— Enfer et damnation !

Joe, soulagé, respira un bon coup et souffla par le nez.

— Je vais vous dire un truc, reprit McLanahan. Vous, vous restez là au cas où il se pointe. Moi, j'appelle l'attorney, je passe prendre le mandat et je le rapporte.

Joe trouva intéressant que Bud soit parti sans en informer le shérif.

Il entendit les bottes de McLanahan qui descendait l'escalier.

— Il faut qu'on trouve ce salaud, et vite ! lança-t-il au bout d'un moment. Sans lui, on est dans la merde jusqu'au cou !

— Message bien reçu, dit Sollis.

***

Joe attendit dix minutes. Il pensait que Sollis désobéirait peut-être aux ordres, se laisserait emporter par la curiosité et forcerait lui-même la porte. Dans ce cas... Il ignorait ce qu'il pourrait bien faire. Par miracle, Sollis resta dehors. Il l'entendit soupirer d'ennui, puis fredonner d'une voix de fausset la mélodie de *I've Got Friends in Low Places*. Il rentra dans la chambre de Bud sur la pointe des pieds et ferma la porte. Il gagna le coin du fond, sortit son portable de sa poche et appela le 911[1].

Quand la dispatcheuse du central des urgences répondit, il marmonna :

— Eh ! Je viens juste de sortir d'une partie de poker chez Sandvick, où y avait un vieux propriétaire de ranch qui faisait

---

1. Équivalent américain de Police Secours.

un raffut de tous les diables. Il doit pas tourner rond, vous devriez envoyer quelqu'un.

— Votre nom, s'il vous plaît, dit froidement la dispatcheuse.

Joe reconnut sa voix. Il espéra bigrement qu'elle n'ait pas reconnu la sienne.

— Peu importe. Dites juste aux flics que Bud Longbrake va se prendre un mauvais coup s'il ne fait pas attention à ce qu'il dit.

Sur quoi, il ferma son portable.

***

Il regagna la porte et écouta. Une minute plus tard, il entendit la radio de Sollis revenir à la vie. La dispatcheuse transmettait son message. En le qualifiant d'« inconnu ».

— Chez Sandvick ? répéta Sollis. C'est juste en haut de la rue où je suis.

— Je vous envoie des renforts ?

— Je peux m'occuper de ce vieux schnock tout seul. Prévenez juste le shérif qu'on a trouvé notre homme.

Joe retourna à la fenêtre et écarta les stores. L'adjoint traversa à pied la rue principale et arrêta une voiture en levant la main et en parlant dans sa radio. Une fois sur le trottoir d'en face, il le remonta à grands pas résolus vers Sandvick's Taxidermy. Il marchait en contemplant son reflet officiel dans la vitrine des détaillants.

Joe sortit de l'appartement et laissa la porte se refermer derrière lui.

CHAPITRE 16

Joe se redressa, ajusta fermement son chapeau, sortit du passage avec nonchalance et gagna le trottoir. Le soleil du matin brûlait la brume et les nuages se dissipaient. Même en ville, après la pluie fine de la matinée, l'air sentait le pin et la sauge odorante. Tout compte fait, la journée promettait d'être belle. Il regretta de se sentir aussi fier de son stratagème.

***

Buck Timberman était derrière le comptoir et, le nez chaussé de lunettes, travaillait sur une commande d'alcools quand Joe entra au Stockman's Bar. Timberman avait plus de quatre-vingts ans, mais une présence toujours imposante. Un mètre quatre-vingts, le corps sec et noueux, c'était un ancien basketteur et entraîneur, maintenant à moitié aveugle, qui avait repris l'établissement à sa retraite vingt-cinq ans plus tôt et qui depuis n'avait pas été un seul jour absent. Avec son air impassible, sa voix calme et posée, il était l'ami de tout le monde parce qu'il n'émettait jamais de jugement en public ni d'opinion sur rien. Quand des clients ferraillaient pour une chose ou une autre – les droits d'accès à l'eau, les armes, les chiens, les voisins, les sports ou la politique –, il hochait légèrement la tête comme s'il était d'accord sans cesser de vaquer à ses occupations. Joe avait toujours admiré cet homme.

— Buck ! dit-il en guise de salut.

Il s'assit sur un tabouret et posa son chapeau à l'envers sur le bar, près du bon de commande de Timberman.

— Bonjour, Joe. Un café ?

— S'il vous plaît.

— Noir ?

— Oui.

Buck lui versa une tasse et retourna à sa commande. Joe jeta un œil à la clientèle de ce début de matinée. Des employés de ranch, pour la plupart, dont quatre groupés au bout du bar, sirotant des *red beers*[1]. Keith Bailey, l'ancien agent de la police routière devenu gardien à temps partiel à l'entrée de l'Eagle Mountain Club – un lieu de villégiature sélect en haut de la colline –, le considéra avec une suspicion née de décennies de rencontres de chauffards. Joe lui fit un signe de tête, Bailey lui rendit son salut. Un vieux couple, au fond de la salle, dans un box à haut dossier, se parlait à voix basse en se tenant la main par-dessus la table, comme pour se réconcilier après une dispute. Le Stockman's Bar ouvrait à 7 heures du matin. La tradition remontait à quatre-vingts ans, à l'époque où les propriétaires de ranch et les cow-boys de la région avaient envie de une ou deux bières au terme d'une longue nuit de vêlage, ou d'une *red beer* pour faire passer la gueule de bois.

— Comment ça va, Buck ? demanda Joe après avoir soufflé sur son café.

Le breuvage était chaud, mais léger, à peine plus que de l'eau colorée. Timberman ne voulait pas particulièrement encourager ses clients à boire du café.

— Je me débrouille.

— Les affaires vont bien ?

— Ça peut aller.

Joe sourit. Le bruit courait que Timberman était un des hommes les plus riches du comté de Twelve Sleep. Il

---

1. Mélange de jus de tomate, de Tabasco et de bière pression.

travaillait dur, dépensait peu, soignait bien ses clients et
achetait et amassait de l'or avec les bénéfices. Une faible
partie de son argent passait en habits neufs. Il portait son
éternelle chemise de cow-boy fanée et des bretelles rouges
effilochées.

— Je me pose des questions sur mon ancien beau-père, Bud
Longbrake. Il est venu ici récemment ?

Buck désigna vaguement un tabouret vide deux places plus
loin.

Joe attendit qu'il continue, mais il retourna à ses comptes.
C'était tout.

— Buck ?

— C'est son tabouret, dit Timberman en montrant le siège
à côté de Bailey. Il aime bien son bourbon.

Joe hocha la tête.

— Je me demandais s'il était venu ces derniers temps.

Buck haussa les épaules, comme s'il n'était pas sûr.

— Presque tous les jours, dit-il enfin.

— Il était là hier ?

Timberman posa le bout de son doigt sur un gribouillis pour
ne pas perdre sa ligne de calcul et leva les yeux.

— Je pense pas. Le jour d'avant, peut-être.

— Il vient quand ? Je veux dire... à quel moment de la journée ?

Le visage de Buck n'indiqua rien de plus que sa réponse :

— D'habitude, il est là à cette heure-ci.

— Donc, vous ne l'avez pas vu ce matin.

Buck secoua la tête. Il fit un signe de menton à Bailey, qui
haussa les épaules à son tour.

— C'est inhabituel, non ?

— Possible.

Joe soupira et sourit. C'était pour ça que tout le monde faisait confiance à Timberman.

— Bud parlait-il beaucoup de son ex-femme, Missy ? dit-il
dans un murmure en se penchant vers lui.

Buck détourna les yeux, mais hocha presque imperceptiblement la tête. Il ne voulait pas que les cow-boys au bout du bar le voient répondre aux questions du garde-chasse. Alors, Joe comprit.

— Vous avez appris ce qui s'est passé, non ?

Nouveau hochement de tête.

— Pensez-vous que Bud la détestait au point de lui mettre un crime sur le dos ?

Timberman eut une moue évasive.

— Je ne vous demande pas de me dire une chose que je vous ferais répéter au tribunal, insista Joe. J'essaie juste de comprendre la situation. Je sais que Bud est un homme doux, mais il peut être têtu comme une mule. Il s'obnubile sur des trucs jusqu'à ce qu'ils soient faits. Je me rappelle quand je travaillais pour lui au ranch, il apportait tous les matins au petit déjeuner le même bout de clôture abîmée à ses employés, jusqu'au jour où je l'ai réparée moi-même juste pour qu'il se taise. Je me demande s'il était obsédé par l'idée de se venger de Missy.

— C'est vrai qu'il lâchait quelques trucs choisis sur elle de temps en temps, admit Timberman.

— Ça m'arrive aussi.

Buck réagit par un léger sourire en retroussant à peine les commissures de ses lèvres.

— Il paraît qu'il serait le témoin principal de l'accusation, reprit Joe.

— Hummm, fit le barman. Je devrais peut-être réduire ma commande de Jim Beam. Je n'en servirai sans doute pas autant dans les semaines qui viennent...

Joe finit son café.

— Ça lui arrivait de parler des éoliennes ?

Buck leva les yeux, perplexe.

— Tout le monde en parle, ces temps-ci.

Joe soupira. Il était vraiment dur de tirer quoi que ce soit de Buck Timberman.

— Il semblait avoir un avis, bon ou mauvais, sur elles ?

— Pas que je me souvienne. Encore un peu ? demanda-t-il en montrant du menton la cafetière par-dessus son épaule.

— Vous pouvez m'en donner plus ? dit Joe, qui ne parlait pas du café.

— Pas vraiment.

— Alors, non merci.

Il glissa au bas de son tabouret et posa cinq dollars sur le bar.

— Vous en faites pas pour ça, dit Timberman en agitant le billet comme pour le faire disparaître.

Joe laissa l'argent.

— Si vous le voyez, appelez-moi, voulez-vous ? Ce qui se passe inquiète beaucoup ma femme.

Même léger hochement de tête. Puis :

— Il habite en haut. Ça fait un moment que je lui loue l'appartement. Il paye recta, en liquide, et je n'ai pas eu de plaintes.

— Il reçoit des invités ?

— Pas que j'aie jamais remarqué.

— Personne récemment ?

— Non, monsieur.

— Merci pour le café, Buck.

— Revenez quand vous voulez.

Joe hésita avant d'ouvrir la porte pour se risquer dehors. Il jeta un coup d'œil dans la rue et vit Sollis revenir de Sandvick's Taxidermy d'un pas qui montrait son irritation. Il aboyait dans sa radio.

— Juste une chose, dit Timberman à voix basse, et Joe s'aperçut qu'il s'adressait à lui.

Il se retourna et haussa les sourcils, surpris. Buck avait laissé sa commande sur le comptoir et se tenait près de lui dans l'angle du bar, aussi loin des quatre cow-boys que possible.

— Une jolie dame est venue ici il y a une semaine. Elle et Bud ont paru assez bien s'entendre. Elle a dit qu'elle s'appelait Patsy. Je ne me souviens pas d'un nom de famille.

Joe secoua la tête, ne voyant pas où il voulait en venir.

— Avant de rencontrer Bud, elle m'a demandé si je savais où elle pourrait trouver votre ami.

Joe sentit son cuir chevelu se crisper.

— Nate Romanowski ?

— C'est ça, dit le barman.

— Et vous lui avez dit quoi ?

— Rien. Il n'y a rien à dire, pour autant que je sache.

Joe hocha la tête. Puis il comprit.

— Vous avez quand même dit qu'elle s'entendait bien avec Bud. Vous pensez qu'elle lui a posé des questions sur Nate ?

— Je pourrais pas l'affirmer, répondit Buck, mais Joe sut lire entre les lignes.

— Intéressant, conclut-il. Vous me tenez au courant si Patsy revient ?

Buck refit son léger hochement de tête avant de retourner à son bon de commande. Pour réduire sa commande de Jim Beam.

***

Le juge de paix Tilden Mouton ouvrit l'audience préliminaire. Après un récapitulatif des charges et du témoignage probant cité par le shérif McLanahan, mais sans que Bud ait comparu, il remit Missy en liberté sous réserve qu'elle se présente à la lecture de l'acte d'accusation devant le juge Hewitt le lundi suivant.

27 AOÛT

« Un enterrement après l'autre, la théorie avance. »

Paul SAMUELSON

L'enterrement d'Earl Alden eut lieu au cimetière du comté de Twelve Sleep par un chaud matin calme. Il n'y avait pas grand monde.

Joe avait mis son complet noir et se tenait au soleil avec Marybeth, April et Lucy. Tandis que le révérend Maury Brown lisait l'éloge funèbre d'un homme qu'il n'avait jamais vu, Joe sentit une goutte de sueur serpenter vers le bas de son dos sous sa chemise. Il leva les yeux et embrassa du regard la scène autour de lui.

Le cimetière occupait cinq hectares au sommet d'une colline, à l'ouest de Saddlestring. De l'endroit où il se tenait, il pouvait voir la rivière engorgée par les peupliers de Virginie, la ville proprement dite et l'Eagle Mountain Club perché sur un promontoire, au-delà du cours d'eau. Des insectes bourdonnaient dans le gazon et, à l'instant où il regardait le cercueil, une grande sauterelle atterrit lourdement sur le couvercle. L'air était saturé de pollen et de l'odeur humide de la terre retournée. Un vaste monument en granit avait été livré au cimetière sur une palette. Il était presque aussi haut que le monticule de terre fraîche, recouverte d'une bâche, près de laquelle on l'avait placé.

Missy se tenait de l'autre côté du cercueil et du trou de la tombe. Petite, en noir et voilée, elle était entourée de Marcus Hand d'un côté et du shérif de l'autre. Après l'enterrement, elle serait ramenée chez elle pour sa période de liberté sous caution. Un petit groupe d'employés du ranch et d'ouvriers du bâtiment se serrait à l'écart de l'assistance. Joe se demanda s'ils étaient là pour rendre un dernier hommage au défunt ou pour chercher à savoir s'ils recevraient leur dernière paye.

Il n'écouta pas beaucoup ce que disait le révérend Brown. Au lieu de ça, il observait Missy. Son voile lui cachant le visage, il ne put voir si elle pleurait tant elle était immobile.

Quand le révérend Brown se tourna vers elle et lui fit signe de verser une poignée de terre sur le cercueil placé en équilibre au-dessus du trou, Joe l'entendit murmurer :

— Non, merci.

***

Tandis qu'ils regagnaient le parking par un chemin de terre, Marybeth dit qu'il lui avait semblé très étrange d'assister aux obsèques d'un homme qu'elle connaissait à peine, et elle se demanda à voix haute pourquoi les membres de la famille étendue d'Earl n'étaient pas venus.

Joe haussa les épaules. Il se posait la même question.

— J'aimerais savoir combien ce monument a coûté à Missy, dit-il. Ce sera le plus haut du cimetière.

April et Lucy, qui avaient été poussées à venir à l'enterrement par la promesse d'un déjeuner au restaurant, se disputèrent sur l'endroit où elles voulaient aller manger.

— Je n'ai pas bien pu voir. Est-ce que ta mère pleurait ? demanda Joe à Marybeth.

— Qui sait ?

Il tendit la main, trouva la sienne et la serra. Au même instant, il entendit un moteur démarrer dans le parking.

Il leva les yeux et vit une vieille camionnette jaune toute carrée sortir d'une place à vive allure en marche arrière et partir sur les chapeaux de roues.

— C'était qui ? demanda Marybeth.

— Je ne sais pas trop. J'ai cru voir deux personnes à l'avant, mais je n'ai pas pu distinguer leurs visages.

— Je me demande si elles sont venues en retard à l'enterrement. Ç'aurait été bien qu'il y ait un peu plus de monde.

— Oui, dit Joe en regardant la camionnette descendre la colline comme si elle était poursuivie par un essaim d'abeilles.

29 AOÛT

« On ne peut pas faire marcher un moulin
à vent avec un soufflet. »

George HERBERT

Joe accompagna sa femme en haut des marches de pierre du tribunal du comté de Twelve Sleep pour la lecture de l'acte d'accusation de sa mère dans la salle d'audience du juge Hewitt, affecté au district du Wyoming. L'édifice, construit en blocs de granit brut et coiffé d'un dôme de marbre dans les années 1880, reflétait la grandeur à laquelle la ville avait été destinée, mais qu'elle n'avait jamais acquise. Joe ouvrit la lourde porte pour Marybeth.

— Ta mère n'est pas la première célébrité à être jugée ici, dit-il. Big Nose Bart[1] a été condamné dans ce même tribunal. Beaucoup de hors-la-loi du Far West y ont été traduits. La plupart ont été innocentés.

— Joe, dit-elle, exaspérée, ma mère n'est pas une hors-la-loi !

— Excuse-moi. J'essayais juste de te donner un brin de contexte historique.

— Eh bien, ça n'aide pas. Mes collègues à la bibliothèque marchent sur la pointe des pieds autour de moi comme s'il y avait eu un décès dans la famille.

— Ce qui est vrai, dit-il avant de pouvoir se rattraper.

Elle se tourna vers lui.

— Tu ne m'aides pas du tout ! Ce que je veux dire, c'est que des gens bien ne savent pas comment se conduire devant

---

1. George Parrott, hors-la-loi et voleur de bétail, pendu en 1881 pour avoir tué deux membres des forces de l'ordre.

moi. Moi-même, je ne sais pas quelle attitude prendre : je vaque à mes activités comme si ma mère n'était pas accusée de meurtre, ou je me promène la tête basse ?

Joe lui caressa la joue.

— Garde la tête haute, dit-il. Il n'y a rien dont tu puisses avoir honte.

Elle hocha la tête et le remercia des yeux.

— C'est par où ? demanda-t-elle. Je ne suis encore jamais venue ici.

***

Le juge Hewitt était petit, sombre et nerveux. Il exerçait sa charge depuis dix-sept ans et Joe appréciait sa simplicité et son acharnement quasi maniaque à mener les procès à un rythme rapide et raisonnable dans sa salle d'audience. Il était connu pour interrompre les questions et les déclarations interminables, et ordonner aux avocats d'en venir au fait. Il demandait souvent aux magistrats verbeux, devant le jury et leurs clients :

— Vous êtes payés au mot ?

Joe et Marybeth pénétrèrent dans la salle. Vieille et étroite, elle était garnie d'un plafond en étain embossé, et affligée d'une acoustique caverneuse. Les murs lambrissés de pin étaient couverts de vieux tableaux représentant l'histoire locale de l'Ouest selon la vision des années 40 : on y voyait des versions politiquement incorrectes de massacres commis par les Indiens avec scalps ruisselants de sang et peintures de guerre, des charges de cavalerie, des scènes de chasse au grizzli, des *pow-wow* et des chariots bâchés pleins d'enfants au visage angélique. Joe connaissait par cœur chacune de ces toiles pour avoir passé beaucoup de temps dans cette pièce au fil des ans, à attendre de témoigner dans des affaires d'infraction aux règles de chasse et de pêche. Il détestait presque autant se trouver dans les salles d'audience que dans les hôpitaux. Il s'y sentait toujours mal à l'aise, gêné et emprunté.

— La voilà, chuchota Marybeth, presque pour elle-même.

Il leva les yeux. Assise au premier rang sur la gauche, à côté des épaules larges et vêtues de daim de Marcus Hand, Missy leur tournait le dos. Elle avait relevé ses cheveux en un chignon de matrone et portait une légère robe imprimée. Ce qui la faisait paraître, se dit-il, plus vieille que son âge. Cela lui fit un choc.

Il se demanda si Hand l'avait coachée. Après tout, elle était restée une semaine au ranch depuis sa libération sous caution, à partager sa vaste demeure avec lui et son équipe d'avocats, de détectives privés et d'auxiliaires juridiques. Depuis son arrestation, elle avait eu beaucoup de temps pour se ressaisir, travailler son apparence et exercer sa magie. Mais pour les non-avertis, elle semblait avoir passé une robe en vitesse dans sa cellule quelques minutes avant d'aller au tribunal et s'être vu refuser tout maquillage, ou même un miroir.

De l'autre côté de l'allée, Dulcie Schalk relisait ses notes. Elle portait un tailleur sombre et des chaussures noires à talons plats. McLanahan était assis paresseusement à côté d'elle, un bras rejeté par-dessus le dossier du banc et le menton levé avec un air de lassitude vantarde.

Quatre personnes se tenaient debout devant la cour sous le regard furieux du juge Hewitt. Les deux hommes au centre étaient en combinaison orange et chaussures bateau. Ils avaient de longs cheveux noirs et le teint mat. Joe reconnut Eddie et Brent Many Horses, des Shoshones de l'Est vivant dans la réserve. Ils avaient été coureurs de fond au lycée et il avait contrôlé plus d'une fois leurs permis de pêche. Ils étaient encadrés sur la gauche par l'avocat commis d'office Duane Patterson, et sur la droite par l'adjoint de Dulcie Schalk : l'attorney du comté Jack Pym.

— Qu'est-ce qui se passe ? chuchota Marybeth quand ils eurent trouvé un siège plusieurs rangs derrière sa mère.

— C'est le jour de lecture des actes d'accusation, souffla Joe. Hewitt aime les lire, l'un après l'autre, tous les lundis.

Les frères Many Horses sont accusés de vol de voiture et de trafic de méthamphétamine. Ta mère passera après.

— Mon Dieu, murmura Marybeth en secouant la tête. C'est vraiment incroyable...

Joe se carra sur le banc et contempla la scène. Tout le monde, sauf les frères Many Horses et leur avocat, attendait l'affaire suivante. Jim Parmenter et Sissy Skanlon étaient assis au milieu d'une demi-douzaine de reporters de divers médias – journaux, chaînes de radio et de télévision. Plusieurs adjoints de McLanahan, dont Sollis, occupaient les sièges juste derrière l'attorney et le shérif, assis à la table de l'accusation. Environ une dizaine de fouineurs, que Joe voyait d'habitude groupés autour de leur café au Burg-O-Pardner et au *diner*, parsemaient le tribunal, venus par pure curiosité, se dit-il. L'ambiance était très différente de celle de la première comparution, et la gravité de la situation le frappa. Sans doute Missy l'avait-elle remarquée, elle aussi.

— Elle regarde derrière elle, chuchota Marybeth.

Missy s'était retournée pour scruter la foule, et elle fouilla lentement des yeux chaque rangée de spectateurs jusqu'à trouver les Pickett.

— Elle nous voit, dit Marybeth.

Avec ses cernes noirs sous les yeux et sa peau parcheminée, elle avait l'air vraiment malheureuse, vraiment petite, vraiment... meurtrie.

Sa fille brandit un poing serré, l'air de dire « reste forte ». Missy sourit tristement et hocha la tête.

— Je ne lui ai jamais vu une mine aussi affreuse, dit Marybeth quand sa mère se retourna. Comment peut-on penser qu'elle ait pu faire ce dont on l'accuse ?

Exactement, se dit Joe.

***

Le juge Hewitt abattit son marteau et fixa une date de procès pour les frères Many Horses. Les deux hommes sortirent avec leurs avocats en traînant les pieds, tout en jetant des regards soupçonneux à la foule de plus en plus nombreuse qui n'était pas venue pour eux.

— Affaire suivante, dit le juge en baissant les yeux sur sa liste. Le comté de Twelve Sleep contre Missy Alden, inculpée de conspiration et de meurtre avec préméditation.

À ces mots, Marybeth serra à deux mains le bras de Joe.

— Le spectacle commence, marmonna-t-il.

Dulcie Schalk avait l'air jeune, vive, athlétique et compétente, se dit-il quand elle récapitula les charges pour le juge Hewitt. Elle exposa les preuves de l'accusation avec une brièveté accablante.

— Monsieur le juge, dit-elle quand elle se leva en tenant son bloc-notes devant elle, mais le regardant à peine, le comté accuse la prévenue, Mme Alden, d'avoir délibérément assassiné son cinquième mari, Earl Alden. Ce dernier était sur le point d'entamer une procédure de divorce, qui l'aurait dépossédée de presque tout l'empire financier qu'elle avait travaillé si longuement et si durement à bâtir. Nous prouverons au-delà de tout doute raisonnable qu'en apprenant la nouvelle, Mme Alden s'est impliquée activement dans la recherche d'un tueur pour exécuter son plan. Et nous le savons parce qu'un homme à qui elle a demandé de presser la détente nous l'a dit et en témoignera ici. Il révélera aussi que lorsqu'il a exprimé des réticences à l'idée de commettre le crime pour elle, la prévenue l'a accompli elle-même. Cet homme travaille étroitement avec le comté et s'est montré entièrement coopératif. Il a accepté de témoigner contre elle pour le ministère public. Nous avons des enregistrements téléphoniques prouvant l'existence de communications entre Mme Alden et le tueur à gages. Nous avons l'arme du crime et des preuves médico-légales pour le démontrer. Nous établirons, qui plus est, l'occasion et le mobile.

Schalk marqua une pause pour tendre le doigt vers Missy assise à la table voisine. Joe suivit son geste et trouva que la réaction de sa belle-mère tranchait avec cet éreintement. Elle regardait sobrement l'attorney du comté, les yeux embués. Ses lèvres tremblaient. Malgré son peu d'amour pour elle, il la plaignit.

— Le comté demande donc, reprit Schalk, que l'accusée (elle baissa les yeux sur son bloc-notes) Missy Wilson Cunningham Vankueren Longbrake Alden soit jugée pour ces chefs d'inculpation et subisse toute la rigueur de la loi.

Il y eut plusieurs hoquets dans la salle, et un sifflement de satisfaction. Joe doutait fort que la plupart des assistants connaissent tous les antécédents de Missy, et lui-même n'avait jamais entendu les noms de tous ses ex-maris dévidés ainsi. C'était un effet théâtral qui semblait marcher. McLanahan se retourna sur son siège, rayonnant, et savoura cette réaction en s'en attribuant le mérite. La poigne de Marybeth s'était changée en étau sur le bras de Joe, qui ne sentait plus les doigts de sa main gauche.

— Commençons par le commencement, maître Schalk, dit froidement Hewitt en se montrant un peu irrité. Vous avez l'air de brûler les étapes.

Il haussa les sourcils, puis regarda Hand et Missy. Joe remarqua que les traits du juge s'adoucissaient à la vue de celle-ci, et il s'étonna que l'apparence et l'attitude de sa belle-mère aient créé l'effet désiré, même sur lui.

— Madame Alden, chuchota Hewitt, comment comptez-vous plaider ?

Un instant, la question plana dans la salle et ni Missy ni Hand ne répondirent. Puis, comme s'il était si écœuré que le simple effort de se lever paraisse l'humilier, l'avocat se mit debout et tourna lentement sa tête de bison hirsute vers Dulcie Schalk. Joe le voyait de profil : la peau de son visage semblait tirée par une rage folle.

— Madame Alden ? répéta le juge, l'incitant à parler. Que répondez-vous ?

Missy leva les yeux vers Hand, attendant qu'il s'exprime. L'avocat continua à regarder l'attorney avec colère. Schalk réagit en détournant les yeux, mais Joe vit bien qu'elle était un peu démontée. *C'est là que Hand commence à gagner son fric*, pensa-t-il.

Finalement, après une minute de silence crispé, alors qu'Hewitt tendait le cou et plissait les yeux avec contrariété, la voix de Hand s'éleva en grondant, grave et méprisante.

— Nous rejetons cet infâme coup monté et plaidons non coupable pour chacun des chefs d'inculpation que l'attorney du comté vient d'énoncer, ainsi que pour toutes les accusations qu'elle et le shérif pourraient songer à porter plus tard contre ma cliente.

Le juge cligna des yeux, puis reprit contenance.

— Maître Hand, dit-il, ce sera votre dernier moment de théâtre du procès.

— Monsieur le ju…, avança Hand sur la défensive.

— La ferme, répliqua Hewitt. Gardez ça pour les jurés. Madame Alden, êtes-vous d'accord avec la déclaration de votre avocat ?

— Oui, monsieur le juge, dit-elle de la voix puérile qu'elle prenait pour parler à Sheridan et Lucy quand elles étaient petites. Je ne suis coupable de rien. J'adorais Earl.

Hewitt rejeta cette réponse et abattit son marteau. Il plissa les yeux et les fixa sur l'attorney.

— Maître Schalk, le comté a l'air de maîtriser la situation et vous semblez impatiente de poursuivre. Y a-t-il quelque motif valable de ne pas prendre date à ce stade ?

— Monsieur le juge ? dit-elle d'une voix entrecoupée.

— Vous m'avez très bien entendu, reprit le juge. Et moi, je vous ai assez entendue. Vous avez l'air de penser que vous avez des preuves et des témoins fin prêts. Je ne vois pas de raison de faire traîner cette affaire, et vous ?

— Non, monsieur le juge…

— Je demande pardon à la cour, dit Hand en regardant autour de lui comme s'il ne pouvait pas croire ce qui se passait. Mais une fois de plus, maître Schalk et le comté avancent des allégations accablantes contre ma cliente, allégations fondées sur un homme mystérieux qu'ils n'ont pas présenté. Même si je ne doute pas que maître Schalk soit l'attorney le plus honorable du pays, j'ai du mal à croire qu'on puisse vouloir accélérer la procédure quand le principal témoin ne s'est pas encore montré, qu'il n'a pas encore prêté serment ni tenté de faire condamner ma cliente à croupir dans la prison de Lusk, voire à être mise à mort par injection létale.

Schalk leva les yeux au ciel quand il lâcha « injection létale ».

— Maître Schalk ? lança le juge. Maître Hand a raison.

— Il viendra, le témoin, dit-elle d'une voix mal assurée. Il viendra témoigner. Et, pour mémoire, nous n'avons pas annoncé que nous demandions la peine de mort.

— Donc, où est-il à présent ? demanda Hewitt.

— Il vaque à des affaires personnelles, répondit-elle. Nous attendons son retour dans quelques jours.

— Des « affaires personnelles » ? répéta Hand en jetant un regard à Joe avant de se tourner vers le juge. C'est la première fois qu'on entend parler de ça. Si on était soupçonneux ou cynique, on pourrait en conclure que l'accusation cache le témoin jusqu'à ce qu'elle puisse le sortir de son chapeau à l'improviste.

Schalk devint cramoisie.

— Je peux vous assurer que ce n'est pas le cas. Nous sommes prêts à poursuivre !

Hewitt hocha la tête et souligna son approbation en frappant son bureau du talon de la main.

— C'est parfait, dit-il. C'est ce que je voulais entendre. Le procès commencera donc le 12 septembre, à savoir dans quinze jours. La sélection du jury débutera ce lundi matin.

Hand se croisa aussitôt les bras sur la poitrine, comme pour empêcher ses mains de se tendre vers lui pour l'étrangler.

— Dans quinze jours, monsieur le juge ? dit-il. Est-ce vraiment le procès d'un crime majeur, ou en sommes-nous à programmer une rencontre d'athlétisme ?

Le juge laissa cette phrase faire écho dans la salle – il y eut deux ou trois ricanements –, puis retourna pleinement son attention sur lui.

— Non, maître Hand, célèbre avocat criminaliste et auteur de best-sellers, ce n'est pas une compétition sportive et nous ne sommes ni dans le comté de Teton ni à Denver, Hollywood ou Georgetown. Nous sommes dans le comté de Twelve Sleep, et dans ma salle d'audience.

Hand respira profondément et laissa tomber ses bras, pleinement conscient d'avoir irrité le juge. Il traîna les pieds, récalcitrant, et baissa les yeux.

— Il me semble, maître Hand, que si votre cliente est aussi accusée à tort que vous le prétendez et aussi innocente que vous l'affirmez, vous devriez avoir envie de la disculper au plus vite pour qu'elle rentre définitivement chez elle. La raison pour laquelle vous voulez la voir tourner à tous les vents judiciaires pendant des mois et des semaines ne tend pas à renforcer votre position. Et si les accusations sont aussi creuses et méprisables que vous l'indiquez, vous ne devriez rien souhaiter de plus qu'une occasion rapide de les réfuter. Aurais-je mal compris quelque chose ?

— Non, monsieur le juge. C'est juste que j'entends présenter la meilleure défense possible. Nous n'avons pas encore vu toutes les preuves réunies par l'attorney, ni pu interroger son prétendu témoin principal...

— Vous l'avez entendue... tout cela, vous l'aurez, répliqua Hewitt. Maître Schalk, remettez-nous tous ces éléments sans plus tarder et communiquez les dépositions de votre témoin à la défense. Compris ? Des motions ? lança-t-il à Hand.

L'avocat présenta une requête de non-lieu. Hewitt rit, la rejeta et lui demanda s'il en avait d'autres. Joe s'attendait à voir Hand ouvrir sa serviette et sortir une douzaine de motions pour réclamer l'ajournement du procès ou faire de la vie de Schalk un enfer sur terre.

— Non, monsieur le juge, dit-il.

Joe se carra sur son banc, perplexe.

— Donc, voilà qui est réglé, dit Hewitt.

Schalk acquiesça d'un hochement de tête, suivi d'un faible : « Oui, monsieur le juge. »

***

Marybeth parla brièvement avec Hand et Missy lors de la suspension de séance, pendant que Joe allait attendre dans le couloir. L'huissier, un ex-cow-boy de rodéo surnommé Stovepipe[1], quitta d'un pas nonchalant son poste près du détecteur de métaux de la salle d'audience et lui sourit.

— Sacré bonhomme, hein ? dit-il.

— Il mène rondement la procédure, admit Joe.

D'un geste habile, Stovepipe fit passer un cure-dents de gauche à droite dans sa bouche.

— J'ai l'impression que ce fameux avocat de Jackson ne sait pas très bien ce qui lui est arrivé.

— Il le sait parfaitement, dit Joe. Il n'en est pas à son premier procès.

— Vous croyez ?

***

— Qu'est-ce qui s'est passé ? demanda Marybeth alors qu'ils approchaient du pick-up de Joe. Maman est en état de choc.

— Il mène son monde à la baguette, répondit-il. Le juge Hewitt ne perd pas de temps. Hand devra être exceptionnel. Bien sûr, sa spécialité, c'est la manipulation des jurés, pas des juges.

— Ça ne sera pas nécessaire pour une femme innocente.

1. « Tuyau de poêle ».

Il acquiesça en silence.

— Je sais assez bien cerner les gens, dit-elle en montant dans la cabine, mais je n'ai pas compris le juge. Il avait l'air d'être en colère contre tout le monde.

— Il est pressé, dit Joe en mettant le moteur en marche.

— Pourquoi donc ? demanda-t-elle en hochant la tête.

— J'ai parlé à Stovepipe. Hewitt a gagné un permis de chasse[1] au mouflon de Dall en Alaska. S'il peut en tuer un, il aura son grand chelem : mouflon de Stone, mouflon canadien, mouflon du désert... et mouflon de Dall. Les chasseurs de trophée comme lui feraient n'importe quoi pour remporter un grand chelem, et c'est peut-être sa seule chance. La saison, là-bas, ouvre et s'achève le mois prochain. Je vérifierai auprès de quelques copains au service Chasse et Pêche d'Alaska pour en savoir plus.

— Il accélère les choses pour pouvoir aller à la chasse ? gémit Marybeth. Alors que la vie de ma mère est en jeu ?

— Ce type a ses priorités. Il faut que Hand comprenne qu'il devra faire avec. Un permis de chasse au mouflon de Dall est une occasion unique.

— Ce qu'elle avait l'air... seule là-bas ! Pour la première fois de ma vie, je me suis rendu compte qu'elle n'avait personne pour la soutenir. Elle n'a pas d'amis, Joe.

Il obliqua vers la bibliothèque.

— Pour ça, elle ne peut s'en prendre qu'à elle.

— Mais c'est triste... Là, elle est vraiment seule.

— Elle peut quand même compter sur toi.

— Mais pas sur toi, riposta-t-elle.

— Je n'ai pas dit ça.

***

1. Par souci d'égalité, les permis de chasse font l'objet d'un tirage au sort dans les divers États de l'Union.

— Ne soyez pas si sombre, jolie dame.

Hand sourit à Marybeth en s'approchant d'eux sur la pelouse du tribunal.

— Pourquoi ? demanda-t-elle.

Joe regarda cet échange en silence.

— Parce qu'on les a conduits exactement où on voulait.

Marybeth se tourna vers Joe pour avoir une explication, mais il haussa les épaules.

— Je croyais que vous aviez protesté contre ces deux semaines, reprit-elle. J'ai été surprise que vous n'ayez absolument rien fait pour gagner plus de temps.

Hand pouffa. Il regarda Joe, qui haussa les sourcils, curieux lui aussi.

— D'accord, dit Hand, mais c'est la dernière fois que je parle stratégie avec vous deux. Pas parce que je ne vous fais pas confiance, mais parce que... enfin, parce que. La nouvelle concernant Bud était inattendue, mais excellente. Soit ils le cachent, soit ils ne savent pas où il est. Nous allons travailler sur chacune de ces possibilités. Mais l'important, c'est que toute leur accusation repose presque entièrement sur la crédibilité de leur principal témoin. S'ils le cachent, c'est pour une bonne raison... du genre : ils ne peuvent pas se fier à ce qu'il dira en public, ou l'interrogatoire auquel je le soumettrai démolira leurs preuves. Ça, c'est bon aussi. S'ils ne savent pas où il se trouve, ça veut dire qu'il pourrait même ne pas se présenter du tout. Ou alors que s'il comparaît, sa crédibilité est déjà ruinée du fait de sa nature excentrique. Tout ça, c'est bon. Donc, plus vite on ira au procès, mieux ce sera pour nous.

Hand prit appui sur les talons de ses bottes et sourit.

— Autre chose, dit Marybeth. Ma mère est innocente.

— Bien sûr ! s'exclama Hand.

30 AOÛT

« Être heureux dans son foyer est le résultat
ultime de toute ambition. »

Samuel JOHNSON

— Je ne supporte pas que ça nous pourrisse autant la vie, dit Marybeth en reposant bruyamment sa fourchette à côté de sa salade à moitié mangée sur la table de pique-nique, devant le Burg-O-Pardner.

Joe terminait son hamburger accompagné d'huîtres des Rocheuses[1]. Il ignorait pourquoi il en avait commandé autant : il savait qu'il se sentirait léthargique dans l'après-midi.

— On n'est pas obligés de se laisser accaparer par ça, dit-il après avoir avalé une bouchée.

On servait du bœuf haché maigre élevé dans les hautes plaines du Wyoming au Burg-O-Pardner, et le patron enfreignait une loi de l'État en le cuisant saignant. Joe regretta d'aimer autant les hamburgers.

— Nos filles se sentent déboussolées et négligées, reprit-elle. April mijote sans doute quelque chose pendant qu'on a l'esprit ailleurs, et Lucy est vexée qu'on se soit si peu intéressés à sa pièce. Elle a le rôle principal, Joe ! Elle chante ! Notre fille est douée, mais tu sais ce qu'elle m'a dit ce matin avant d'aller au collège ?

— Non, quoi ?

— « Les vedettes féminines préfèrent dire qu'elles sont acteurs, pas actrices. Donc, si une vieille femme tue quelqu'un, c'est un meurtrier ou une meurtrière ? »

---

1. Nom donné à un plat de testicules de taureau frits.

Joe posa le reste de son sandwich.

— Elle a dit ça ?

— Oui. Cette histoire la travaille beaucoup. Elle a dû entendre des choses au collège.

— Comment April gère-t-elle tout ça ? Je veux dire... au lycée. Les lycéens sont les pires.

— Oh oui, soupira Marybeth. Et c'est plus grave encore parce qu'à l'entendre, certains des gosses qui ont la cote trouvent maintenant assez génial d'avoir une grand-mère accusée de meurtre. Tu imagines ?

— Très bien, dit-il d'un ton maussade.

— En plus, il se passe beaucoup de choses qui nous échappent. J'ai failli oublier de t'en parler. Eleanor Sees Everything a dit à la bibliothèque qu'Alisha Whiteplume n'était pas venue travailler lundi dernier et personne ne sait où elle est. Le personnel du lycée commence à s'inquiéter. Apparemment, elle n'est pas chez elle et sa fille adoptive est toujours chez sa mère. Et sa mère n'a aucune nouvelle.

Joe eut soudain la bouche sèche. Il but une grande gorgée de son thé glacé.

— Alisha a disparu ?

— Ça ne lui ressemble pas. Tu sais comme elle est responsable.

Joe se frotta la mâchoire.

— Tu crois que Nate est au courant ? demanda Marybeth, essayant de prendre un air détaché. Il devrait vouloir le savoir, non ?

Il grommela.

— Je sais ce que tu penses, reprit-elle. Qu'Alisha est avec lui. Mais elle ne laisserait pas sa fille sans avertir sa mère.

— Quelqu'un a contacté le shérif ?

Elle leva les yeux au ciel.

— Eleanor dit l'avoir appelé hier. Un de ses larbins a répondu qu'Alisha n'avait pas disparu depuis assez longtemps pour qu'on fasse quoi que ce soit. Il a insinué que surveiller les Indiens de la région n'était pas leur priorité parce qu'ils finissent toujours par se montrer.

— Il a dit ça ? demanda Joe.

— Je ne sais pas s'il l'a dit comme ça. En tout cas, Eleanor était furieuse. Peu importe. Si Alisha a disparu, c'est grave.

Elle laissa sa phrase en suspens.

— Chérie, dit Joe en rompant le silence, je ne sais pas très bien si tu me demandes d'essayer de trouver Bud, d'innocenter ta mère, de chercher Alisha, d'appeler Nate, d'aller voir la pièce du collège, de sermonner April, ou de faire tout à la fois. Je ne peux pas me démultiplier et j'ai un boulot à côté.

Elle plissa les yeux, ce qui le fit taire. Il regretta immédiatement d'avoir laissé percer sa frustration. Il lui pressa la main. Celle qui n'était pas armée d'une fourchette.

— Des fois, dit-il, je pense que si on échangeait nos esprits pendant une heure, il se passerait tellement de choses dans le tien que je me jetterais du haut d'une falaise parce que je ne pourrais pas supporter toutes ces voix. Toi, par contre, tu arriverais sans doute à te détendre parce que c'est si calme chez moi qu'il ne se passe pas grand-chose : ça te donnerait peut-être envie de faire une petite sieste.

Elle le dévisagea un instant, avant d'éclater de rire.

— C'est ce que je voulais voir, dit-il en risquant un sourire.

Mais sur la liste désordonnée qu'il avait créée dans son esprit, il rajouta une tâche : retrouver Alisha.

**

Il s'arrêta sur le parking de la bibliothèque, et ils restèrent assis une minute avant que Marybeth ne sorte du pick-up. Il voyait bien qu'elle réfléchissait aux derniers événements et essayait d'y voir plus clair. Il la mit au courant de l'absence de Bud la semaine précédente et lui avoua en hésitant qu'il avait forcé la serrure. Elle ne parut pas tiquer.

— Alors, ils ne savent pas non plus où est Bud ? demanda-t-elle.

— Je ne pense pas. Je peux seulement imaginer la scène où le shérif dit à Dulcie qu'il a égaré le principal témoin...

— Mais qu'est-ce qu'ils ont s'ils n'ont pas Bud ?

Il haussa les épaules.

— Peut-être pas le dossier en béton qu'ils pensaient avoir. Je verrais bien Hand le réduire en miettes.

— Mais ils ont quand même ses dépositions, non ?

— J'imagine. On ne sait pas ce qu'il a dit, mais on peut présumer que c'est très mauvais pour Missy. Seulement, sans Bud...

— Dulcie ne le cacherait pas, si ? demanda-t-elle. D'après ta description, il semble qu'il ait fait ses bagages pour quelques jours. Ce n'est pas comme si quelqu'un l'avait kidnappé, hein ?

— Il n'y avait pas de traces de lutte. Je doute que des ravisseurs lui aient demandé de prendre sa brosse à dents avant de l'emmener.

— Je parie que Dulcie va complètement paniquer, dit-elle. Le shérif aussi.

Il acquiesça.

— Et si on le trouvait avant eux ? suggéra-t-elle.

Joe ne dit rien. Il n'était pas sûr de vouloir la suivre sur ce terrain.

— Qu'est-ce qui se passerait ? demanda-t-il.

Elle hocha la tête.

— Je ne sais pas trop. Mais peut-être qu'il s'est enfui parce qu'il a inventé ça de toutes pièces et a fini par avoir des remords. Peut-être qu'il aimerait avoir une chance de renoncer à son rôle dans ce coup monté ?

— Marybeth, dit Joe en lui touchant la main. Il y a toujours la carabine. Et si Earl avait vraiment entamé une procédure de divorce... enfin... ça ne se présente toujours pas très bien.

— Comment savent-ils qu'il allait la quitter ? C'est aussi par Bud ?

Il haussa les épaules. Il n'avait pas pensé à ça.

— Où Bud irait-il se cacher ? demanda-t-elle. Nous le connaissons assez bien. Toi, en tout cas. Où irait-il ?

31 AOÛT

« La vérité est irréfutable.
La perfidie peut l'attaquer, l'ignorance la railler,
mais à la fin, elle demeure. »

Winston CHURCHILL

CHAPITRE 20

Le lendemain, après avoir contrôlé les permis et les timbres d'un groupe de chasseurs d'antilopes du Texas, Joe traversa les Breaklands pour gagner la maison des propriétaires du Ranch Lee, qui bordait les terres d'Earl et de Missy. Des cumulus couraient à travers le ciel pour échapper à un front froid, comme s'ils fuyaient l'État pour des climats plus chauds. En approchant du siège du ranch, Joe aperçut les éoliennes qui pointaient au sud par-dessus l'horizon, avec leurs trois pales en rotation. Un froid automnal régnait dans l'air et, ce matin-là, il avait dû gratter du givre sur son pare-brise avant de quitter la maison endormie.

Après la lecture de l'acte d'accusation et le dépôt de la caution, Hand avait ramené Missy chez elle. D'après Marybeth, il avait fait venir une grosse équipe d'auxiliaires juridiques et d'avocats supplémentaires de son bureau de Jackson Hole. L'« équipe Missy », comme il l'avait baptisée, occuperait la plupart des chambres de la maison du ranch pour se préparer à la prochaine étape du procès. Des camions satellites de chaînes d'information câblées sillonnaient Saddlestring en grondant et une demi-douzaine de reporters judiciaires, venus de médias basés aussi loin que New York et Los Angeles, réservaient des chambres à l'Holiday Inn.

On n'avait aucune nouvelle de Bud Longbrake ni d'Alisha Whiteplume. En appelant le bureau du shérif pour voir ce qu'il faisait pour Alisha, Joe était tombé sur Sollis, qui avait dit attendre encore un jour ou deux avant d'ouvrir une enquête. Quand Joe lui avait demandé pourquoi, il avait répliqué qu'il n'appréciait pas ses insinuations et lui avait raccroché au nez.

***

Contrairement à la demeure en pierre spectaculaire du Ranch Thunderhead voisin, occupé avant par le couple Alden et servant à présent de centre de commandement à l'équipe Missy, la maison des Lee était en planches à clin, fatiguée et utilitaire. Blanche à l'origine, la ferme avait maintenant bien besoin d'une couche de peinture et les vieux bardeaux gris du toit étaient voilés et fendillés par le soleil et les intempéries. La maison se trouvait sur les hautes plaines, au bout d'une route accidentée, dans un bouquet de pins noirs d'Autriche battus par les vents – les seuls arbres qui tenaient debout à des kilomètres à la ronde. Tous s'inclinaient vers le sud. Les côtés orientés au vent étaient rasés et les flancs opposés, touffus et ratatinés, comme s'ils avaient reçu des balles dans le dos et tendaient leurs branches telles des mains pour amortir leur chute. Joe se dit que le mot « misérable », s'il n'avait pas déjà existé, aurait dû être inventé pour qualifier ce ranch.

L'enceinte de l'exploitation comprenait la maison, trois hangars Quonset en tôle ondulée qui servaient de garages, une vaste écurie en bois à l'écorce pelée, et un labyrinthe de corrals et de glissières formé de poteaux tordus plantés dans la terre dure et joints par des barreaux irréguliers. Des vaches Hereford et des chevaux maigres broutant du foin répandu par terre dans les corrals levèrent la tête vers son pick-up vert quand il arriva.

Joe ne connaissait pas bien les Lee. Ce n'était pas le genre de propriétaires de ranch qui participaient à la vie locale, aux réunions publiques, à la politique ni même aux coopératives de producteurs de bétail du Wyoming. Ils préféraient rester entre eux et ne faisaient d'ailleurs pas de réclamations en cas de problème avec les chasseurs ou le gibier. Joe avait entendu dire que, un jour, Bob Lee se serait débarrassé de wapitis qui mangeaient son foin en les fauchant avec une carabine .30-06 et en enterrant les carcasses avec sa pelleteuse, mais il n'avait jamais reçu de plaintes ni de rapports sur lui.

Des corniauds du ranch aux yeux caves jaillirent, surexcités, de sous la véranda quand il descendit de son pick-up. Il y remonta d'un bond près d'un Tube apeuré, pas vraiment motivé pour le protéger de la meute qui grondait férocement. Les chiens encerclèrent son pick-up comme un arbre où il aurait grimpé pour leur échapper, et donnèrent des coups de dents en l'air en jappant. À l'évidence, il y avait des gens dans la maison ; les lumières étaient allumées et cinq véhicules – deux pick-up cabossés, une Jeep Cherokee plus récente et deux voitures gonflées des années 70, surbaissées et restaurées – étaient garés alentour. Il attendit que quelqu'un sorte de la maison et rappelle les chiens.

Finalement, une femme poussa la porte moustiquaire et la garda ouverte comme si elle ne savait pas trop si elle voulait sortir ou rentrer. Elle était vieille, lourde, et portait une robe fanée et informe, des Crocs en plastique jaune vif et des bigoudis dans ses cheveux teints couleur fer. Elle loucha vers le pick-up sans desserrer les dents et Joe baissa sa vitre.

— Madame Lee, pouvez-vous rappeler vos chiens pour que je puisse vous parler, à Bob et à vous ?

Il vit Dode Lee se tourner vers quelqu'un dans la maison et souffler « garde-chasse » comme si elle répondait à une question.

— Ils vous feront pas de mal, ces chiens, lui renvoya-t-elle. Ça fait des années qu'ils ont mordu personne.

— Je vous crois ! lança-t-il gaiement, pas très convaincu mais se rappelant qu'un tiers de la description de son poste figurait dans la rubrique *Relations avec les propriétaires fonciers*. Mais je vous serais reconnaissant si vous les rappeliez.

À nouveau, la femme se tourna pour s'adresser à quelqu'un à l'intérieur.

— Il a peur des chiens, dit-elle en levant les yeux au ciel. C'est quoi que vous voulez ? ajouta-t-elle en se retournant vers lui.

— Juste vous parler une minute. Ça ne sera pas long.

— Il dit qu'il veut nous parler, rapporta Dode. De quoi ? demanda-t-elle au garde-chasse.

Un grand gaillard – cheveux noirs longs jusqu'aux épaules et ventre de buveur de bière de la taille d'un ballon de basket – écarta Dode d'un coup d'épaule et cria rageusement après les chiens. Il portait un jean graisseux, une chemise noire Aerosmith – et des Crocs, lui aussi, ce que Joe trouva étrange. Les chiens reculèrent au son de sa voix, l'un jappa comme s'il avait été frappé et les autres rentrèrent dans la maison en rampant. Joe savait comment les chiens réagissent devant quelqu'un qui les bat comme plâtre, et cette meute en était un exemple type. Il sauta de son pick-up et ferma la portière sur Tube qui, bien à l'abri maintenant que les chiens étaient partis, se mit à aboyer contre eux. C'était sa moitié corgi, se dit Joe avec regret.

— Merci, dit-il au type. Ils ont visiblement peur de vous.

— C'est pas pour rien.

Le grand costaud était beaucoup plus jeune que Dode, mais Joe vit une certaine ressemblance avec elle dans son visage large, fruste et son air hostile. Ce devait être son fils.

— Vous êtes Wes Lee ?

— Ouais.

— Moi, c'est Joe Pickett.

— Je sais. J'ai entendu parler de vous, dit l'homme d'un ton qui suggérait qu'il n'était pas du tout impressionné.

— Ça vous ennuie si je parle deux ou trois minutes avec vos parents ?

Wes jeta un coup d'œil à sa mère, qui lui renvoya un regard sans expression.

— Faites vite, dit-il. On est assez occupés aujourd'hui.

Joe acquiesça d'un hochement de tête, sans demander à quoi ils étaient aussi occupés.

— Ça vous dérange si j'entre ?

— Si c'est pour Earl Alden, dit Dode, on n'a pas grand-chose de bon à en dire.

— Il s'agit bien de lui, de votre voisin.

Joe tenta de regarder derrière Wes, qui n'avait pas bougé sa grosse carcasse du haut des marches de la véranda pour le laisser passer.

— Il l'a bien mérité, renchérit Dode.

— Maman, dit Wes en considérant Joe d'un air soupçonneux. Moins tu parles aux membres des forces de l'ordre, mieux c'est. Ils peuvent déformer tes paroles et les retourner contre toi.

— J'en conclus que vous avez un peu d'expérience en la matière, dit Joe d'un ton désinvolte en le contournant tout en cherchant à ne pas montrer qu'il se méfiait de sa corpulence, de sa carrure et de son attitude.

— C'était il y a des années ! répondit Wes, bien conscient de l'impressionner et le laissant passer seulement à contre-cœur.

Joe hocha la tête et prit bonne note de consulter le casier judiciaire de Wes Lee après cet entretien. Il avait passé des années à tenter de jauger les gens la première fois qu'il les croisait sur le terrain, et il lui semblait bien que Wes avait un grand fond de méchanceté.

***

La maison, sombre et encombrée, sentait la fumée de cigarette, les chiens et l'huile de moteur. L'origine de cette dernière odeur était évidente. Un bloc-moteur reposait sur une bâche souillée au milieu du salon, des outils éparpillés tout autour. Joe se demanda pourquoi ce travail n'était pas effectué dans une des trois dépendances, mais ne posa pas de question là-dessus. Les maisons des gens étaient les maisons des gens.

Bob Lee était vautré dans une chaise longue usée au fond de la pièce, près d'une haute bouteille d'oxygène verte. Malgré le tube jauni courant du réservoir à un respirateur fixé sous son nez, il tenait une cigarette allumée entre deux doigts tachés. Joe jeta un coup d'œil à la décalcomanie sur le flanc du réservoir et lut :

ATTENTION : NE PAS FUMER
OXYGÈNE EN COURS D'UTILISATION
PAS DE FLAMMES DÉCOUVERTES

L'émission *Le Juste prix* passait à la télévision. Bob Lee avait une ossature large, mais semblait tassé sur lui-même comme si ses chairs s'étaient affaissées sur son squelette. Il avait de grands yeux chassieux, des lèvres minces, et des plis de peau flasques se chevauchaient sur le col de sa chemise.

— Que nous veut le garde-chasse ? demanda-t-il d'une voix à la fois éraillée et provocatrice.

Joe ôta son chapeau et le garda dans ses mains. Wes rentra dans la pièce et s'assit sur son bloc-moteur, ses grosses mains sur les genoux, puis il leva les yeux vers Joe, dans l'expectative. Dode resta en arrière, pas loin de la porte, comme s'il lui fallait se tenir là au cas où elle devrait s'échapper.

— Je me demandais juste si vous étiez tous là la semaine dernière, leur dit Joe. Dimanche et lundi, pour être précis. Et si vous aviez vu quelque chose d'inhabituel le jour où Earl Alden a été tué. Comme sa propriété est près de la vôtre...

Bob commença à tousser. Il fallut un moment à Joe pour comprendre que le vieil homme s'était mis à rire, mais que les mucosités dans sa gorge l'en avaient empêché en le faisant expectorer. Wes jeta un coup d'œil à son père, sans s'alarmer de sa réaction.

— Allons, allons !..., lança Dode, de son poste près de la porte.

Joe trouva intéressant que la femme comme le fils s'en remettent entièrement au vieil homme et attendent qu'il parle. Surtout Wes.

— Inhabituel comme quoi ? demanda Bob.

— Vous savez bien, dit Joe, des véhicules que vous n'auriez jamais vus sur les routes du comté. Des étrangers dans la région, ou même des gens que vous connaissez, qui étaient dehors un dimanche.

— Comme des camions de matériel et des véhicules de construction ? glissa Bob d'un ton lourd de sarcasmes. Comme des centaines de maudits ouvriers du parc éolien qui traversent notre ranch en soulevant la poussière et en dispersant notre bétail ? Comme des ingénieurs et des politiciens qui roulent sur nos terres comme si elles leur appartenaient ? Ce genre de choses ?

Joe garda le silence.

— Ça, c'est juste un jour normal par ici, reprit Bob. C'est comme ça depuis un an. Et maintenant, on a le bruit.

— Le bruit ?

— Ouvre la fenêtre de la cuisine, Dode, ordonna Bob.

Mme Lee quitta son poste près de la porte pour passer dans la cuisine. Elle déverrouilla la grande fenêtre qui donnait au sud, puis l'ouvrit en poussant la vitre.

Là, Joe l'entendit : la plainte stridente, lointaine mais distincte des pales des éoliennes qui fendaient le ciel, ponctuée par les grincements et les gémissements du métal frottant contre le métal.

— Cette saloperie de bruit, grogna Bob. Il rend les chiens fous. Et nous avec. Ça me donne des migraines, je vous jure, et Dode, ça la met totalement à cran. Ce truc bizarre que vous entendez, ça veut dire que les roulements sont en train de lâcher sur une éolienne. Je pense qu'à la fin, ils devront y monter pour les remplacer. Mais en attendant, on doit se taper ça vingt-quatre heures sur vingt-quatre.

Joe hocha la tête. Il était surpris de n'avoir pas remarqué ce gémissement aigu, mais constant, avant d'entrer dans la maison, mais conclut finalement qu'il avait été couvert par l'aboiement des chiens et les rafales du vent.

— C'est ce qu'on est condamnés à entendre toute notre vie grâce à Earl Alden ! lança Bob. Sans compter tous les grands convois sur nos routes. J'imagine que vous avez vu le chantier des lignes à haute tension en arrivant, non ?

— Si, si.

Des pylônes et des pylônes d'acier brillant couraient à travers l'armoise, des câbles électriques pendant entre eux comme de gigantesques cordes à linge.

— C'est à Earl qu'on le doit. Comme il avait la société d'exploitation des éoliennes, il était considéré comme une espèce de service public, ce qui lui a donné le droit de faire condamner le couloir qui passe dans notre ranch pour pouvoir construire ces trucs-là. Ça lui permettait d'expédier son énergie au réseau.

— Mais vous avez été dédommagés, non ? On a dû vous payer au juste prix du marché.

— C'est-à-dire presque rien ! ricana Bob. Un pâturage de terre sèche n'a pas beaucoup de valeur, à ce qu'ils prétendaient. Diviser le ranch qui était dans ma famille depuis quatre générations ne veut rien dire quand l'État et les Fédéraux se lancent dans une maudite croisade pour l'énergie éolienne.

— Saloperies de machines ! dit Wes en crachant pratiquement ces mots.

Joe lui jeta un coup d'œil, surpris par sa véhémence. *Vraiment un mauvais fond*, pensa-t-il. Un grand gaillard comme ça pouvait facilement hisser un corps à l'intérieur d'une éolienne.

— Ce comté repose directement sur des gisements de gaz naturel, de pétrole, de charbon et d'uranium. Je possède les droits d'exploitation minière, mais personne ne s'y intéresse parce que, par les temps qui courent, tout le monde pense que c'est sale et mauvais. Mais pour je ne sais quelle raison merdique, ils trouvent que l'énergie éolienne est bonne. Alors, ils ont eu plein d'argent fédéral, des crédits d'impôts et toutes ces conneries ! Tout ce qui est lié à l'énergie éolienne écrase le reste. Je vais vous demander un truc, monsieur le garde-chasse…

— Allez-y, dit Joe, espérant mettre fin à sa diatribe pour pouvoir reprendre ses questions.

— Quand vous regardez une éolienne, vous voyez quelque chose de beau ? C'est plus beau qu'un puits de pétrole ou une plate-forme de forage ?

— Je vois une éolienne. Ni plus ni moins.

— Ah ! lança Bob en inclinant la tête. Vous avez pas encore compris ce fichu programme, fiston. Putain ! Vous êtes censé contempler la chose la plus belle que vous avez jamais vue. Ça doit vous rendre tout chose, tout chaud à l'intérieur. Sa seule vue doit vous faire bander !

Wes se tapa les genoux en glapissant de rire.

— Bob Lee ! cria Dode.

Joe haussa les épaules.

— Alden prétendait aimer ses éoliennes, reprit Bob. Il se vantait toujours de son parc quand il recevait ses chèques du gouvernement et qu'il poussait les pontes du Wyoming à condamner mes terres pour construire ses pylônes. Et vous avez remarqué où il les a placées, non ? Juste devant ma fenêtre sur cette grande crête. Il les a mises là où il n'aurait pas à les voir ni à les entendre toute la sainte journée, là, sur une crête où le vent ne cesse jamais de souffler. Juste à côté de mes terres ! Elles me gâchent mon ciel, fiston, elles bousillent mon silence ! Je ne le supporte pas ! On ne devrait pas avoir à subir ça juste pour qu'un troupeau de politiciens, là-bas dans l'Est, puisse avoir bonne conscience !

— Je comprends, dit Joe. Mais ce n'est pas là-dessus que je voulais vous interroger.

Bob se pencha en avant, ôta d'une main le tube d'oxygène de son nez et leva la cigarette de l'autre dans un geste bien rodé. Puis il inspira profondément, se carra dans sa chaise longue et rebrancha le respirateur. Joe observa l'échange en retenant son souffle, s'attendant à une explosion et à une boule de feu qui n'arrivèrent pas.

— Donc, si vous voulez nous demander si ça nous attriste qu'Alden ait été tué et accroché à une de ses éoliennes comme un quartier de viande, la réponse est : bordel, non ! jeta Bob.

— Bordel, non ! répéta gaiement Dode de la cuisine en refermant la fenêtre.

— Mais vous n'avez rien vu de bizarre dimanche ? redemanda Joe en cherchant à leur raviver la mémoire. Un truc que vous auriez dit au shérif, ou à quoi vous n'auriez pas pensé jusqu'ici ?

— Le shérif ? répéta Bob. Il est pas venu chez nous. Vous êtes le premier. C'est pas que ç'ait de l'importance, pas que je regarde plus dehors. J'les entends, les camions de matériel et tous les véhicules de Rope the Wind, mais je les regarde même pas parce que ça me rend trop dingue.

— Et vous, Dode ? Wes ? Vous avez vu ou entendu quelque chose ?

Dode fit non de la tête.

— La plupart du temps, on garde les rideaux tirés. Avant, on faisait jamais ça, mais là, on est forcés. Et on laisse les fenêtres fermées à cause de la poussière que soulèvent ces camions.

— Wes ?

Il avait un drôle de sourire, se dit Joe. Presque narquois.

— Je crois que j'ai juste travaillé sur mon moteur toute la journée, dit-il sur un ton peu convaincant. J'essaye de ressortir cette Pontiac GTO Judge de 1969 pour la refaire courir. Vous avez dû la voir en arrivant. Elle date du temps où on faisait de vraies voitures et où les Américains n'avaient pas peur de les conduire.

Joe ne dit rien. Il se leva et laissa le silence devenir oppressant, dans l'espoir qu'un des Lee se dépêcherait de le remplir avec quelque chose qui pourrait s'avérer utile. Mais Dode resta debout à se pétrir les mains, Wes regarda fixement un point sur le mur et Bob refit son tour de passe-passe entre l'oxygène et la cigarette.

— Savez-vous qui aurait pu avoir une dent contre Earl Alden ? demanda enfin Joe. Et assez grosse pour le tuer ?

Bob grogna, comme pour dire : *Qui n'en a pas ?*

— Eh bien, dit Joe en sortant une carte de sa chemise d'uniforme, merci de m'avoir consacré du temps. Si quelqu'un pense à quelque chose, qu'il n'hésite pas à m'appeler.

Il traversa la pièce et offrit la carte à Bob, qui refusa de tendre la main pour la prendre. Humilié, Joe la plaça sur un bout de la table encombrée, près de la chaise longue.

— J'ai entendu dire que Missy Alden l'avait tué, dit Dode, son visage s'éclairant tout à coup. Ça m'étonnerait pas de cette bêcheuse, de cette... enfin, je peux pas dire le mot, mais ça rime avec « escalope ».

Malgré lui, Joe réprima un sourire. Il planta son chapeau sur sa tête et marcha vers la porte. Puis l'ouvrit et se retourna. Aucun des trois n'avait bougé. Il y avait quelque chose qu'ils ne lui disaient pas, il en était sûr.

— Je me demandais pourquoi vous n'avez pas pu tirer vous-même parti des possibilités du vent que vous avez citées. Vous avez la terre, vous avez certainement le vent, et il semble que ça puisse rapporter beaucoup d'argent.

— Vous voulez vraiment savoir ce qui se passe ? demanda Bob.

— Ça m'intéresse.

— Alors, revenez ici et posez-vous, fiston. Wes, dégage une place sur ce maudit bloc-moteur pour le garde-chasse.

CHAPITRE 21

Nate se tenait tout au fond d'un bouquet de trembles, sur un flanc de montagne de la Salt River Range. C'était une fraîche journée d'automne, et une brise légère agitait les feuilles sèches et en forme de cœur de ces arbres, en créant un son pareil à celui d'un shaker musical. Au nord se trouvaient la ville d'Alpine et, au-delà, Jackson Hole. Au sud s'étendait Afton. De l'endroit où il se tenait parmi les ombres, il pouvait voir un lointain coude argenté de la Grays River, et quand il se tournait vers l'ouest, il apercevait Freedom, juste à cheval sur la frontière du Wyoming et de l'Idaho. Il avait caché sa Jeep dans un renfoncement du bois sombre au-dessus de lui, et descendu à pied la piste usée par les intempéries jusqu'au lieu du rendez-vous.

Il attendait qu'on vienne lui livrer un revolver.

***

Il jeta un œil à sa montre gousset. Large Merle avait une heure de retard. Beaucoup de choses, il le savait, avaient pu différer son arrivée, mais il recula de quelques pas parmi les trembles et s'accroupit, juste au cas où Merle aurait été intercepté par quelqu'un qui le cherchait dans les parages. Dieu sait qu'il y avait assez de gens qui le cherchaient ces derniers temps.

Un bruit de moteur s'éleva, porté par une rafale de vent. Une volée de feuilles dorées se détacha des branches et flotta vers le sol, comme des oiseaux ayant reçu une balle dans l'aile. En quelques minutes, le bruit devint plus prononcé, ponctué par les grincements de la boîte de vitesses quand le chauffeur n'arrivait pas à rétrograder dans la montée. Merle conduisait comme ça : mal. Alors, Nate se leva.

La calandre agressive du pick-up de Merle – un Dodge Power Wagon de 1978 – se fraya un passage dans les broussailles en contrebas, mais Nate ne bougea pas d'un pouce avant d'avoir pu voir qu'il n'y avait qu'un occupant dans la cabine. Un très gros occupant.

Il leva la main et émergea des arbres. Les feuilles mortes craquèrent sous ses pas comme des pétales de maïs. Merle, en le reconnaissant, le salua de la tête à travers le pare-brise et força encore plus le Dodge dans la montée. Arrivé à sa hauteur, il coupa le moteur, serra le frein à main et sauta dehors. Nate l'observa attentivement, cherchant un signe suspect.

Large Merle mesurait deux mètres dix et devait peser dans les deux cents kilos, se dit Nate. Il avait de quoi s'offrir un véhicule plus récent, mais il avait fait adapter le Dodge à un homme de son gabarit en demandant à ce que le siège soit reculé contre la paroi de la cabine et les leviers de frein et d'embrayage raccourcis. Il laissait toujours ses clés dedans car, avait-il expliqué un jour à Nate, aucun voleur de voiture n'était assez grand pour le lui faucher.

Ce que Nate cherchait sur son visage était un tic nerveux ou un refus de le regarder dans les yeux. Ou une envie de débiter des banalités sans rapport avec l'objet de sa venue. Le moindre de ces trucs serait une preuve de culpabilité – et signerait son arrêt de mort.

Nate avait toujours cru en la justice, même s'il ne croyait pas à beaucoup de lois. Si Merle laissait voir autre chose que des remords ou une bêtise crasse, il veillerait à ce que justice soit faite.

— Tu as une tête à faire peur ! lança Merle en descendant de son pick-up. Pardon pour le retard.

— Je commençais à me poser des questions, dit Nate en le regardant avec circonspection.

Jusque-là, ça allait.

— Ils ont mis plus de temps qu'ils pensaient à monter le viseur. On a fini par choisir un Leupold 4X.

— Bon modèle, dit Nate en hochant la tête.

— C'est ce qu'ils ont dit.

Merle examinait le bout de ses bottes. Sans lever les yeux. Nate sentit quelque chose commencer à gronder en lui.

— Bon sang, lâcha-t-il enfin, je suis si triste de ce qui est arrivé ! Je m'en veux que ces pignoufs aient réussi à franchir mon barrage, je suis tellement désolé...

Nate laissa ces mots planer dans l'air jusqu'à ce que la brise les emporte. Il avait l'air sincère.

— C'est une fille qui m'a fait merder, Nate, reprit Merle en levant la tête pour implorer des yeux sa compréhension. Une femme, je devrais dire. Elle est venue dans le café il y a deux soirs de ça. Elle a dit qu'elle venait d'East Texas et qu'elle allait voir sa sœur quelque part dans le Montana. À Ekalaka, je crois. Merde, elle avait de beaux yeux, un joli corps, et elle m'a proposé de l'accompagner.

Nate le scruta d'un regard pénétrant.

— Y a pas beaucoup de filles qui aiment les types comme moi, poursuivit Merle. Tu sais, j'ai pas toujours été comme ça. Du temps où je pesais quatre-vingt-dix et même cent dix kilos, j'avais pas tant de problèmes. Plein de filles pensaient que je jouais au basket, ajouta-t-il avec un petit rire.

— Je me rappelle, dit Nate. J'étais là.

Merle avait fait partie de son unité dans les opérations secrètes. Ils avaient servi ensemble en Afrique, en Amérique du Sud et au Moyen-Orient. Il était là quand tout avait volé en éclats.

Il baissa à nouveau les yeux sur ses bottes.

— Ouais. Mais ça faisait longtemps qu'une fille m'avait pas regardé comme ça. Quand elle m'a dit de venir avec elle pour rencontrer sa sœur... merde, j'ai enlevé mon tablier tout de suite, là, devant le gril, pour la suivre dehors. Je crois que j'ai même pas fermé la porte à clé et, une chose est sûre, c'est que j'ai oublié de te dire que je partais. J'espère que tu peux juste un peu me comprendre...

— Hummm, dit Nate.

Merle respira un bon coup et risqua un sourire. Il se comportait comme si un poids énorme lui avait été ôté du cou et des épaules.

— Tout ce que je veux, c'est un brin de compréhension, reprit-il. Et je te jure, ici et maintenant, que je t'aiderai à les trouver. Je resterai avec toi jusqu'à ce qu'on ait coincé ces salauds.

Nate hocha la tête.

— Merci de l'avoir proposé, Merle, mais ça ne regarde que moi.

— Vraiment, j'ai envie de t'aider. Tu crois que c'est les Cinq ? Ils ont fini par te repérer ?

Nate se gratta le menton.

— Ce n'était pas professionnel. C'étaient pas les Cinq, Merle. Seulement des amateurs négligents qui ont laissé des preuves derrière eux. Ça ne fait qu'aggraver les choses. Les retrouver est juste une question de temps.

— T'as des noms ? demanda Merle. Des lieux ?

— Pas encore, mais j'ai des empreintes digitales et de l'ADN. Je dois les faire analyser et je confierai ça à mes gars. Ce que je ne sais pas encore, c'est qui les a poussés à tuer et pourquoi. Et qui leur a indiqué ma planque. Ça me préoccupe.

— C'est pas moi, Nate. Si c'était moi, je serais sûrement pas là.

Nate acquiesça d'un hochement de tête.

— Merde, cette fille a profité de moi. Quelle déception, tu sais..., gémit Merle. En fait, elle voulait juste m'avoir comme armoire à glace pour intimider sa sœur et la forcer à lui céder le ranch familial. C'était compliqué, mais ma nana l'avait quitté il y a longtemps et voulait y revenir pour faire valoir ses droits sur la propriété. Dès que j'ai compris le plan, je suis rentré en douce à Kaycee, la queue entre les jambes. Quand j'ai vu les décombres... j'ai cru qu'on t'avait tué. Putain, ce que j'ai été heureux quand tu m'as appelé ! Les femmes, conclut-il tristement. On peut pas vivre sans elles et on peut pas les flinguer.

— Enfin... pas toutes, dit Nate.

Merle leva brusquement la tête.

— Y avait une femme ?

— C'est ce que me disent mes sources. C'est pas elle qui a tiré, mais elle les y a peut-être poussés.

— Pas de nom pour elle non plus ?

— J'ai une assez bonne idée de qui ça peut être.

***

Ils montèrent à flanc de montagne dans le Power Wagon de Merle, la caisse entre eux sur la banquette. La route s'aplanissait sur un long plateau d'herbe rase et de nœuds de roche, qui s'étalait sur plusieurs kilomètres, comme si le terrain reprenait des forces avant de s'élancer dans la Salt River Range. Une vieille clôture de barbelés courait le long de la route.

Nate prit la caisse et la soupesa. Lourde, et pas tout à fait comme il l'avait imaginée.

— Ce n'est pas un Casull .454, dit-il en jetant un coup d'œil à Merle. Je croyais qu'on s'était bien entendus sur l'arme.

— Bon sang ! Tu le sens au poids ?

— Cinquante à soixante-quinze grammes de moins. Ce revolver est plus léger.

Merle poussa un sifflement.

— Tu me sidères... Tu as raison ; ce n'est pas un .454. Freedom Arms a un nouveau modèle, et je me suis dit que tu voudrais peut-être l'essayer.

Troublé, Nate répondit par un froncement de sourcils.

— Je vais te dire un truc, reprit Merle. S'il te plaît pas, j'irai l'échanger contre un .454 et un autre viseur cet après-midi. Mais au moins, prends une décision en connaissance de cause.

— Quel nouveau modèle ?

— C'est un .500 Wyoming Express, répondit Merle. Revolver à cinq coups, acier inoxydable, juste comme celui dont tu avais l'habitude, mais en plus gros. Un peu plus d'un kilo trois, sans le viseur. Chassis de modèle 83, comme le .454, donc tu devrais l'avoir pareil en main. Canon de 19 cm. Tire des douilles chemisées de 4,5 cm à 35 000 psi. Deux fois la puissance d'un .44 magnum. La douille chemisée leur permet de réduire un peu le poids du barillet.

Nate haussa un sourcil approbateur.

— C'est pas aussi rapide que ton .454, ajouta Merle, mais la puissance de destruction est plus grande. Le .454 a un impact de 30, alors que le .500 va jusqu'à 39. Et, d'après le type qui me l'a vendu, c'est comme si on était frappé par un train de marchandises au lieu d'une voiture. Il n'a pas son pareil pour défoncer un élan, un buffle d'Afrique ou un grizzly. La pénétration est incroyable. Les balles traversent la chair et les os, et il est rare qu'on les retrouve après… Je me suis dit que tu pourrais apprécier ces qualités…

Nate hocha la tête. Ça lui plaisait.

— Portée ?

— Cinq cents mètres, répondit Merle, mais il est plus efficace à cent. Dans de bonnes mains, ajouta-t-il avec un clin d'œil, un tir précis à mille mètres n'est pas impossible. En plus, de près, il pourrait, tu sais… flinguer un bulldozer… Merde, conclut-il, tu es Nate Romanowski. Ta réputation te précède. Il te faut l'arme la plus terrible connue de l'homme ou de la bête…

— Ça commence à m'intéresser, dit Nate.

***

Il aima la sensation dans sa main, adora son équilibre et son poids. Merle resta debout derrière lui, en silence, le laissant se familiariser avec l'arme. Nate la pétrit, la fit tourner autour de son doigt par le pontet, contrôla le viseur, puis ouvrit le barillet.

Il avait une bonne expérience du modèle. Il glissa une grosse cartouche à l'intérieur, fit tourner le barillet au-delà d'un trou vide, puis inséra les trois autres munitions. L'idée était de laisser reposer le percuteur sur le trou du cylindre sauté par sécurité. Puis il leva le revolver comme une extension de son bras et soutint sa main droite de sa main gauche, garda les deux yeux ouverts et arma le revolver avec le pouce gauche. Il trouva le cliquetis de rotation du barillet doux et régulier.

La clôture près de laquelle ils se trouvaient comportait des poteaux en bois tordus, plantés tous les trois mètres. Il en compta quinze depuis l'endroit où il se tenait − soit quarante-cinq mètres −, et tira. La secousse fut énorme : il sembla que l'air autour d'eux avait été aspiré pendant une seconde.

— Bon sang ! s'écria Merle. Mes oreilles ! Tu pourrais prévenir !

Le poteau était coupé en deux, nettement, en plein milieu. Les brins du barbelé chantèrent du haut en bas de la clôture sous l'impact.

Nate eut un sourire amer.

— Tout autre attitude que le .454, dit-il plus pour lui-même que pour Merle. Le .454 est nerveux à côté. Le .500 rue droit comme une mule.

Sur ce, il compta à nouveau quinze poteaux et fit sauter le haut du dernier à quatre-vingt-dix mètres. Il laissa le revolver reculer sur son épaule gauche près de son oreille, pointa, arma le chien avec le pouce et pressa la détente. Deuxième énorme détonation et, à cent trente-cinq mètres de là, un autre poteau vola en éclats. Il calcula, visa plus loin sur la clôture et tira son ultime cartouche.

— Putain ! cria Merle en sortant ses doigts de ses oreilles. Mais tu as raté le dernier.

— Non, dit Nate. Regarde un peu plus loin. À deux cent trente mètres.

Le poteau qu'il montrait était parfaitement coupé en deux, la moitié du haut pendant près de celle du bas, soutenue par les brins de barbelés agrafés sur le bois.

— Inutile de le dire, mais tu tires comme un chef.

— Alors pourquoi le dis-tu ? Tu as bien choisi, Merle. Celui-là fera l'affaire. Combien ?

— Le .500 WE coûte deux mille trois cents dollars sans le viseur. Les cartouches à elles seules valent trois dollars pièce, donc garde ça en tête. Mais vu les circonstances, tu ne me dois rien.

— Je n'aime pas me sentir redevable.

— Vu les circonstances, répéta Merle, c'est le moins que je puisse faire. J'aimais vraiment beaucoup Alisha. Et je sais quels étaient tes sentiments pour elle.

— Ne parlons pas d'elle, s'il te plaît.

Nate leva son arme et le visa entre les deux yeux.

— Redis-moi que tu ne savais rien des types qui l'ont tuée, dit-il d'une voix atone.

Merle écarquilla les yeux. Il était assez près pour voir le reflet couleur bronze du bout de la cartouche de 12 mm au fond du tube sombre du canon et imaginer ce qu'elle ferait à sa tête.

— Je n'en savais rien, répéta-t-il dans un murmure.

— OK, dit Nate en baissant doucement le chien du revolver avant de glisser l'arme dans son nouveau holster. Je devais juste m'en assurer.

Merle s'effondra sur la calandre de son pick-up comme si ses jambes avaient perdu leur force. Il posa une grosse patte sur son cœur.

— J'aimerais bien que tu ne fasses pas des trucs pareils, balbutia-t-il.

***

Avant de quitter le plateau herbeux, Nate sortit deux billets de cent dollars de son portefeuille, les roula étroitement et les fourra dans l'une des douilles en laiton vides du revolver... qu'il coinça dans une fente de la première cible qu'il avait détruite.

— Pour que le propriétaire du ranch puisse se racheter des poteaux neufs, expliqua-t-il à Merle.

***

— Tu sais comment Diane Shober se débrouille dans l'Idaho ? demanda Nate tandis qu'ils roulaient lentement vers le bas de la montagne.

Diane avait été transférée via le réseau clandestin grandissant, après ce qui s'était passé l'année précédente dans la Sierra Madre avec Joe Pickett. Nate n'était pas resté en contact avec elle, ni avec ses amis qui l'avaient recueillie.

— Elle a changé de nom et de couleur de cheveux, répondit Merle. Elle a pris un peu de poids parce qu'elle a arrêté la course à pied[1]. Mais à ma connaissance, elle s'est adaptée.

Nate poussa un grognement approbateur.

— Elle a appris à tirer, ajouta Merle. Elle attend juste la révolution, à ce qu'ils m'ont dit. Nate, qu'est-ce que t'en penses ? Il va y en avoir une ? Ils vont essayer de nous prendre nos armes et notre liberté ?

— Je ne sais pas. J'ai une seule chose en tête pour l'instant, et c'est pas ça.

— Je suis inquiet, dit Merle. Tout le monde l'est. Mais on va pas se laisser faire sans se battre. Ce que ces salauds

1. Cf. *Fin de course*, publié dans cette même collection.

comprennent pas vraiment, c'est ce que ça implique d'avoir une population armée.

Nate poussa un nouveau grognement.

***

— Comment tu vas identifier les empreintes et l'ADN dont tu m'as parlé ? demanda Merle tandis qu'ils approchaient de la Jeep de Nate.

— Je connais un type dans les forces de l'ordre, dit Nate en détournant les yeux. Je suis assez sûr qu'il m'aidera.

— C'est celui auquel je pense ? Avec qui tu t'es brouillé à cause de Diane Shober ? Le garde-chasse ?

Nate lui jeta un coup d'œil qui le fit taire.

— Tu veux que je descende dans le canyon pour nettoyer un peu ? Pour le rendre à nouveau habitable ? reprit Merle au bout de quelques instants.

— Non.

— Donc, tu vas pas revenir.

Nate hocha la tête.

— Si une femme en colère et deux pignoufs peuvent trouver où je suis, ça ne devrait poser aucun problème aux Cinq. Non, je pars.

— Tu vas habiter où ?

— Pour l'instant, dit Nate en tapotant le holster et le revolver, je me mets en chasse.

— Fais-moi savoir si t'as besoin de quelque chose, dit Merle en s'arrêtant près de la Jeep. D'argent, de munitions, d'un repas fait maison. De n'importe quoi. Juste, préviens-moi. Et reste en contact.

Nate le regarda.

— Pourquoi ?

— Au cas où on aurait besoin de toi. Si les choses tournaient vraiment mal, tu comprends… Ou si les Cinq décidaient de descendre tous les membres encore vivants de notre ancienne équipe. Je sais qu'il n'en reste pas beaucoup, mais tant qu'on respirera, on sera une menace pour eux.

Nate hocha la tête, lui dit au revoir des yeux et descendit du Power Wagon.

***

Tandis que Merle s'éloignait sur la route, Nate ôta son holster d'épaule et le posa sur le capot de sa Jeep. Il en sortit le .500 WE et plongea la main dans la poche de son jean.

Il avait natté les sept centimètres de la mèche de cheveux d'Alisha en un rouleau serré, puis en avait fixé un bout à un jet en cuir souple qui lui avait servi pour son faucon pèlerin assassiné. Il prit les extrémités de la courroie et les noua au bout de la gueule de son arme, juste derrière le guidon.

Il leva le revolver et visa. La mèche de cheveux s'inclina légèrement sous la brise. Elle l'aiderait s'il devait jauger la vitesse du vent pour les tirs à longue portée. Et elle lui rappellerait – comme s'il en avait besoin – la seule chose dont il se souciait pour l'instant.

2 SEPTEMBRE

« Ne dites pas de mal les uns des autres, mes frères [...] Il n'est qu'un seul législateur, celui qui peut sauver et perdre. Qui es-tu pour juger ton prochain ? »

Épître de saint Jacques,
IV, 11-12

CHAPITRE 22

Le vendredi soir, Joe et Marybeth prirent le pick-up Chasse et Pêche pour aller dîner au Ranch Thunderhead. Missy les avait invités, et Joe avait redouté cette soirée toute la semaine. Lucy ne pouvait pas les accompagner à cause d'une répétition théâtrale, et quand ils évoquèrent la question avec April, elle répliqua :

— Si je n'ai pas le droit de sortir, je n'ai foutrement pas le droit de sortir.

— Les réunions familiales peuvent être une exception, suggéra Marybeth.

— Un des problèmes avec vous autres, c'est que vous changez tout le temps les règles, lui renvoya-t-elle avant de partir dans sa chambre d'un air digne, et de claquer la porte.

Sa nouvelle formule préférée, en plus de « foutrement », était l'expression accusatrice « vous autres ».

Joe tint la porte d'entrée pour sa femme.

— Hand ferait bien d'être aussi bon qu'on le dit, dit-elle en passant devant lui. Sinon, April va gagner en pouvoir.

— Aïe ! dit-il en faisant la grimace.

***

— Je n'ai pas envie d'y aller, dit Joe quand ils obliquèrent sur la grand-route.

— Je sais. Je ne peux pas dire que je sois très enthousiaste moi-même. Mais ma mère a besoin de se savoir un peu soutenue. Tu imagines ce qu'elle ressent ?

Il continua à conduire en se mordant la langue. Si cette femme avait fait le moindre effort pour se lier avec les gens de la région, voire pour leur montrer un peu de respect, elle aurait peut-être eu quelques alliés.

— Je sais ce que tu penses, reprit Marybeth.

— Je ne peux pas m'en empêcher.

Il avait pris une douche, passé un jean propre et une chemise Cinch, mais son visage brûlait encore d'avoir été au vent et au soleil toute la journée. La saison de la tourterelle triste avait ouvert le 1er septembre et il avait passé les deux jours précédents sur le terrain, à contrôler les chasseurs et les limites. Il n'y avait pas d'autre saison où le seul trophée qu'un chasseur pouvait montrer était un petit sac d'oiseaux doux et gris qui suffirait tout juste à faire un repas... fût-il délicieux. Mais comme les tourterelles migraient hors de la région aussi vite qu'elles y étaient arrivées, il avait dû faire face à quelques jours de chasse et de travail acharné et n'avait pas pu poursuivre son enquête.

***

Joe et sa femme ne s'étaient pas tenus au courant pendant ce temps-là car ils s'étaient à peine croisés, avec ses longues journées à lui et les horaires du soir de Marybeth à la bibliothèque.

— Ça devrait me donner l'occasion de poser à Missy quelques questions qui me turlupinent depuis ma discussion avec Bob Lee, dit-il quand ils quittèrent la grand-route pour passer sous les splendides arches en bois de wapiti qui marquaient l'entrée du Ranch Thunderhead.

— Comme quoi ? demanda Marybeth.

Il tendit le menton vers le nord et le projet de Rope the Wind.

— Le vent, dit-il. Il souffle.

***

Le dîner fut servi à la longue table monumentale de la salle à manger rarement utilisée. José Maria, dégagé de ses obligations auprès des vaches, avait passé une veste noire pour servir du filet de bœuf élevé au ranch, des asperges sauce hollandaise, des tétras à queue fine rôtis à l'ail et des pommes de terre nouvelles à peau rouge. Missy était assise à un bout de la table et grignotait, comme d'habitude, de tout petits morceaux. Elle portait un rang de perles et une robe de cocktail noire qui mettait en valeur sa ligne svelte et ses jambes juvéniles. Joe se demanda si elle pouvait vraiment être la femme blafarde qu'il avait vue dans la salle d'audience.

Hand occupait l'autre bout de la table. Il portait une ample chemise guayabera sur un jean et des bottes de cow-boy, et ses lunettes pendaient à une chaîne autour de son cou. Il mangeait d'énormes portions qu'il savourait bruyamment en faisant descendre chaque bouchée avec des gorgées de vin tour à tour blanc et rouge. Bien connu pour sa gloutonnerie, Hand avait écrit des dizaines d'articles impénitents sur la dégustation immodérée de la bonne chère. Dans un de ces papiers, que Joe avait lu dans un magazine national, il déplorait que le poulet frit soit rarement servi dans les restaurants régionaux et déclarait que les élites devraient cesser de mépriser les gros mangeurs. Hand déchira un tétras et rongea la viande à même la carcasse. Puis il cassa les os des cuisses et suça la moelle.

Joe et Marybeth, assis face à face au milieu de la table, se lançaient des coups d'œil perplexes lorsque leurs regards se croisaient. Joe s'était attendu à ce que l'angoisse et la gravité accompagnent ce repas, mais pas à ça. Il ne pouvait s'empêcher de regarder avec insistance l'avocat, qui dégustait la nourriture avec des râles passionnés. Joe avait presque l'impression d'être un voyeur.

— Ce tétras, s'extasia Hand en se carrant sur sa chaise et en roulant les yeux, une cuisse dépassant de sa bouche comme un gros cigare, est peut-être un des plats les plus succulents que j'aie jamais goûtés. Et j'ai bien mangé partout dans le monde, comme vous le savez...

— Il est bon, en effet, dit Missy à l'autre bout de la table.

Elle rayonnait et avait l'air étrangement détendue. Marybeth, qui pensait à l'évidence la même chose que Joe, avait du mal à cacher son agitation.

— Le tétras frais, poursuivit Hand, est comme le bon vin. On peut vraiment sentir dans sa chair les pignons de pin et la sauge qu'il a mangés, comme si des chefs cuisiniers l'en avaient truffé. Rares sont les artistes culinaires qui savent reproduire au plus près la saveur délectable du tétras fraîchement rôti, quelles que soient les sauces alambiquées dont ils couvrent la volaille, ou la farce dont ils la garnissent.

— Pendant toutes ces années, dit Missy à voix basse en parlant à l'avocat comme si Joe et Marybeth n'étaient pas dans la pièce, j'ignorais à quel point ces oiseaux peuvent être merveilleux. Alors qu'ils étaient là, à voler autour de moi. Je ne savais même pas que c'étaient des tétras. Pour moi, c'étaient juste de gros petits oiseaux.

Hand rit et secoua ses cheveux frisés. Il était charmé par elle, ou c'était très bien imité.

— C'est comme cette salle à manger, reprit Missy. Earl ne voulait jamais dîner ici. Il disait que c'était trop sombre, il n'aimait pas savourer le bon vin et les mets fins. Pour lui, la nourriture n'était qu'un carburant. Mais cette salle est belle, n'est-ce pas ? C'est une pièce charmante où manger d'excellents tétras frais.

— Maman, dit Marybeth d'un ton sec, ça va ?

— Merveilleusement bien, ma chérie, répondit Missy avec un léger accent chantant du Sud que Joe ne lui avait jamais entendu.

Il remarqua qu'il faisait naître un sourire appréciateur sur le visage de Hand, comme si Missy avait ranimé en lui un souvenir de jeunesse qu'eux deux étaient seuls à comprendre.

Joe sentit un frisson parcourir son cuir chevelu. Elle était en train de flirter avec lui...

— C'est Marcus qui les a tués, expliqua Missy. Il me les a rapportés cet après-midi en disant qu'ils seraient aussi somptueux qu'on peut le constater.

— Je trouve la chasse sur les hautes terres relaxante, dit Hand, qui ne cessait de la regarder. Je prends mon Purdey à double canon avec moi où que j'aille, à tout hasard. Chasser et tirer m'aide à m'éclaircir les idées et à me concentrer sur les choses importantes.

Missy tourna légèrement la tête pour cacher son sourire et ses joues empourprées.

— La saison du tétras n'ouvre pas avant deux semaines, lâcha Joe.

— Je vous demande pardon ? dit Hand.

— Vous braconnez.

Soudain, un grand silence se fit dans la pièce. Du coin de l'œil, Joe vit José Maria, debout près de Missy, reculer dans un coin sombre.

— Ce sont mes oiseaux à moi, dit Missy. C'est dans mon ranch qu'ils volent.

— Non, répliqua Joe. Ils sont sauvages et contrôlés par l'État.

— Je ne m'étais pas rendu compte que nous vivions en Chine communiste !

Joe haussa les épaules.

— Marybeth, dit Missy, ton mari est un rebat-joie.

— On dit « rabat »-joie, rectifia Joe avant de dire à Hand : Je vous déposerai le P-V plus tard. Ne vous inquiétez pas. Vous avez les moyens de payer l'amende.

Hand lui sourit, mais ses yeux ne purent pas tout à fait cacher sa colère et son ressentiment.

***

Le reste du dîner se passa dans une atmosphère empruntée.
Joe feignit de ne pas le remarquer. Les tétras étaient réellement
délicieux. Marybeth et Missy remplirent le vide par des banalités sur la bibliothèque, les filles, le temps qu'il faisait. Tout,
sauf des allusions au procès.

***

Hand contemplait ses verres de vin et les remplissait fré-
quemment. Joe pouvait entendre le reste de son équipe de
Jackson Hole dans le petit coin repas derrière la porte. Six ou
sept personnes devaient dîner dans la cuisine, se dit-il, comme
à la table des enfants pour Thanksgiving. Il doutait qu'on leur
ait servi des tétras.

Quand José Maria apporta de petites coupes de glace à la
vanille nappée de sauce au bourbon, Joe se tourna vers Missy.

— Dans quelle mesure étiez-vous associée au parc éolien
d'Earl ?

Le sourire de Missy se durcit.

— Pourquoi me demandez-vous ça ?

— C'est l'un des plus gros du Wyoming et sa construction a coûté des dizaines de millions de dollars. Ce n'est pas
comme un nouveau corral. Je suis sûr que vous en avez dis-
cuté.

— Et alors ? dit-elle en se tournant vers le bout de la table
pour que son avocat intervienne.

Mais il était si absorbé par l'ouverture d'une bouteille de vin
rare trouvée au fond de la cave qu'il ne réagit pas. Marybeth
non plus.

— Vous m'avez demandé d'aider à enquêter sur le meurtre,
répondit Joe. Or j'avance en terrain miné car, vu ma situation, je suis théoriquement dans l'autre camp. Donc, si je veux

apporter une aide quelconque, j'ai besoin d'éclaircir certains points. Je ne peux pas voler sans visibilité.

— Je croyais que c'était votre spécialité ! dit-elle, puis, voyant sa fille lui jeter un regard noir, elle ajouta très vite : Ce n'est pas que je n'apprécie pas ce que vous faites, Joe. Je sais que vous n'avez pas ménagé votre temps pour essayer d'établir que je n'ai rien à voir avec tout ça.

Elle remplit le bout de sa cuiller d'un peu de glace et y planta la pointe de sa langue. Ce faisant, elle ferma légèrement les yeux, comme Hand quand il se pâmait devant la nourriture, mais de façon plus délicate. Elle avait l'air de savoir que ça attirerait son attention – et ce fut le cas : il leva les yeux, la vit et parut enchanté.

— Il veut savoir jusqu'où j'étais associée aux affaires d'Earl, lui dit-elle.

— En quoi est-ce important ? demanda-t-il à Joe.

— Parce que j'ai parlé à Bob Lee dans la propriété voisine, dit Joe en tendant vaguement un pouce par-dessus son épaule vers le Ranch Lee. Il dit que le Comte l'a approché il y a deux ans pour acheter son exploitation, mais qu'il n'a pas voulu la vendre en totalité. Earl a donc négocié un prix, juste pour la crête limitrophe. Ça n'a pas dérangé Bob de céder cette partie parce qu'il ne pouvait pas y faire pousser du foin ni paître du bétail, et il a cru faire une bonne affaire parce que Earl lui a payé le double de l'estimation. Puis, moins d'un mois après la transaction, Earl a rencontré un type de Cheyenne et lui a acheté sa société : Rope the Wind.

Joe laissa la chute faire son effet. Il jeta un coup d'œil à Missy, s'attendant à une réaction, mais elle avait revêtu son plus beau masque de porcelaine.

— Là, Bob s'est aperçu que cette crête battue par les vents était tout ce qu'Earl avait vraiment voulu, conclut-il.

— Vous me posez des questions sur des choses qui se sont passées avant notre mariage, dit Missy.

— À peu près au moment où vous avez commencé à fréquenter Earl dans le dos de Bud, rétorqua-t-il. Je pensais qu'il vous avait peut-être parlé de son entrée dans le marché de l'énergie éolienne.

Le regard de Missy se fit dur et froid et elle remua à peine les lèvres pour lâcher :

— Nous avions d'autres sujets de conversation.

Il hocha la tête.

— Rope the Wind était une société établie à l'époque, reprit-il, à ce que m'a dit Bob Lee. Elle avait été lancée avant que le gouvernement actuel soit aux affaires et provoque le grand boom de l'énergie renouvelable. Mais, apparemment, Earl a su l'anticiper et a tout mis en place avant cette explosion. Il a acheté la société parce qu'elle était opérationnelle et a pu la développer rapidement.

— Earl Alden était une sorte de génie à cet égard, déclara Hand. Il avait acheté des fermes sur le déclin dans l'Iowa avant que les autorités fédérales ne commencent à donner des subventions aux producteurs d'éthanol, et il semble qu'il ait eu le même instinct pour le vent. C'est une chose que j'ai apprise sur le génie de cet homme, ajouta-t-il en hochant la tête, et sur une des trois catégories courantes de riches clients que j'ai servis au fil des ans. Ce sont des gens qui vivent dans une autre stratosphère que la nôtre, même si on pourrait dire que, grâce à eux, j'y ai accédé, pouffa-t-il. Mais je digresse... J'ai donc appris au fil des ans qu'il y a trois, et seulement trois sortes de nantis. Les premiers sont ceux à qui la richesse a été donnée. Ces types-là finissent en général par avoir des problèmes parce qu'ils n'ont pas gagné leur fortune, même s'ils en jouissent, bien sûr. Ça leur donne une sorte de droit faussé sur elle, et ils vont souvent trop loin parce qu'ils se croient, hélas, au-dessus des lois. Nombre d'entre eux ont eu recours à mes services. Même s'ils évitent la prison... et cela grâce à moi... ils finissent par partir en vrille. Beaucoup ont un tel dégoût d'eux-mêmes qu'il en est contagieux.

Joe se redressa sur sa chaise pour l'écouter. Pendant que Hand parlait, l'os de la cuisse du tétras dansait dans sa bouche.

— Le deuxième type, reprit l'avocat, est ce que j'appellerais les « innovateurs ». Ce sont les entrepreneurs, les preneurs de risques. La plupart ont commencé modestement, puis ils ont trouvé un moyen d'inventer un produit ou un service qui séduit les clients. Ceux-là sont les vrais créateurs, les génies délirants. Ils sont typiquement américains. Ils fabriquent de vraies choses... des gadgets, des idées, des appareils, des inventions, etc. Beaucoup ont démarré au niveau le plus bas dans leur domaine, puis ils se sont élevés. Même s'ils ne sont pas autodestructeurs comme les bébés rentiers, ils se battent pour ce qu'ils ont gagné. Ils aiment mieux aller devant les tribunaux pour prouver leur innocence que négocier et payer une amende, ou que laisser tomber. Par exemple, ils en viennent très souvent à pinailler sur mes honoraires, dit-il en souriant.

Il marqua une pause.

— Earl Alden est un des modèles de la troisième sorte, poursuivit-il. Earl est... était... un profiteur. Il était comme ces nombreux types de Wall Street et des grandes entreprises dont on a beaucoup entendu parler ces dernières années. Il avait commencé avec un peu d'argent, mais avait très vite appris à exploiter le système et à prendre une part du gâteau. Il n'a rien produit de notable ni rien fait d'éminent. Mais il a tiré parti de la politique et trouvé le moyen d'être là quand l'argent affluait. Il ne se souciait pas de savoir si la mine d'or était morale. Il se concentrait juste sur le filon. Et, apparemment, il avait vu la valeur de l'éthanol avant les fermiers. La production d'éthanol demande plus d'énergie qu'elle n'en crée et prive le tiers-monde de maïs alimentaire, mais elle bénéficie aux politiciens et à l'agro-industrie. Et il a prévu l'énergie éolienne avant que les propriétaires de ranch ignorants puissent le faire. Earl était le meilleur profiteur que j'aie jamais observé.

— Je trouve ça répugnant, dit Marybeth à voix basse.

— Si ça n'avait pas été Earl, objecta Hand, ç'aurait été quelqu'un d'autre. Au moins, il était là pour prendre soin de votre mère... et de votre famille, dans une certaine mesure. Qui plus est, pour une fois, il créait vraiment quelque chose au lieu de se borner à profiter.

Missy n'intervint pas. Le mode d'acquisition de la richesse ne l'avait jamais intéressée, pensa Joe, seulement l'homme qui la possédait. Elle était pareille à son ex-mari en ce qu'elle ne pouvait pas voir au-delà du filon.

— J'ai appris beaucoup par Bob Lee, déclara Joe, et ça m'a donné quelques pistes. C'est un homme amer. Il ne pleure pas vraiment la mort prématurée d'Earl Alden. Il pense qu'Earl l'a escroqué pour le déposséder de cette crête venteuse... ce qui n'est pas vrai. Le Comte lui a trouvé un meilleur usage qu'une pâture à vaches.

— Quand vous dites qu'il est amer, dit Hand en se penchant en avant et en arrachant la cuisse de sa bouche, la question est : jusqu'à quel point ? Assez pour que je doive envoyer mes enquêteurs tailler une petite bavette avec lui ?

Joe haussa les épaules.

— C'est un vieux renard coriace. Ça ne tournerait peut-être pas en votre faveur. En plus, il n'est pas en bonne santé. Il est sous oxygène et peut à peine se déplacer. Il est impossible qu'il ait hissé le corps d'Earl sur cette éolienne.

— Y a-t-il quelqu'un dans son entourage qui pourrait l'avoir fait ? demanda Hand en arquant les sourcils.

— Eh bien, dit Joe, il a un fils.

— Wes, précisa Missy en plissant les yeux. C'est un grand costaud. Une sorte de motard ou de fou des bolides. Je crois que nous avons chassé plus d'une fois ce plouc de nos terres.

Joe leva les mains.

— Ne vous y trompez pas. Je n'accuse personne. Les Lee sont des gens solides... ne vous avisez pas de les salir sans preuves substantielles, ce que nous n'avons pas. Ce que je veux dire, c'est qu'Earl avait d'autres ennemis que sa ravissante femme.

— Vous devriez avoir honte ! s'écria Missy. Bien sûr qu'il en avait !

— Le shérif et l'attorney ont-ils interrogé la famille Lee ? demanda Hand, qui poussa doucement son assiette du bras pour réfléchir à voix haute en joignant le bout de ses doigts, les coudes sur la table.

— Non. Ils ont des œillères, dit Joe en montrant Missy d'un signe de tête. Ils ont une suspecte et ils sont sûrs de la juger coupable quoi qu'il arrive.

— Grâce à Bud, dit Marybeth.

Joe se tourna vers sa belle-mère.

— Comment la carabine s'est-elle retrouvée dans votre voiture ?

Les yeux de Missy étincelèrent et elle reprit son souffle avant de parler. Joe s'attendait à ce que Marybeth intervienne, mais elle n'en fit rien. La réponse l'intéressait autant que lui.

— Peu importe, dit soudain Hand. Missy, ne répondez pas. C'est du passé. De toute évidence, dit-il à Joe, elle y a été mise par la personne qui a monté le coup contre elle.

— Vous ne voulez pas l'entendre de la bouche de votre cliente ?

Hand s'adossa à sa chaise, incrédule.

— Non, dit-il finalement comme si Joe avait posé la question la plus ridicule du monde, puis il balaya le sujet d'un revers de main. Tout cela devient très intéressant, dit-il, rayonnant. Vous vous rendez compte de ce que vous venez de faire, monsieur Pickett ?

Joe et Marybeth le dévisagèrent.

— Quoi ?

— Vous avez établi une autre théorie, dit Hand en posant son menton sur le bout de ses doigts. Vous avez introduit un doute raisonnable dans la logique de l'accusation.

— Joe ! s'exclama Marybeth, surprise. Mais ça ne prouve rien, dit-elle à Hand. En tout cas, pas l'innocence de ma mère.

— Ça n'est pas nécessaire, dit-il, soudain professoral. Notre tâche ne consiste pas à démasquer le meurtrier. C'est le travail des forces de l'ordre et de l'accusation. On n'est pas dans un épisode de Perry Mason. Les aveux à la barre n'arrivent pas comme ça. Tout ce qu'il nous faut… et c'est ce que votre mari futé nous a peut-être donné… ce sont les huit pour cent de doute sur lesquels je peux m'appuyer pour gagner.

Missy garda le silence. Joe ne s'attendait pas à ce qu'elle le remercie profusément. Elle se détendit juste sur sa chaise avec son expression la plus aimable. Comme si elle l'avait prévu et que tout ça lui était dû.

***

Joe et Marybeth partirent vers leur pick-up tandis que Hand restait dans la maison pour donner une nouvelle feuille de route à son équipe. Joe en avait entendu assez pour savoir que l'avocat se fonderait sur la nouvelle théorie et enverrait une partie de ses hommes couvrir le comté de Twelve Sleep, et d'autres commencer à recueillir des interrogatoires et des dépositions sous serment.

Marybeth marchait près de lui en silence.

— J'espérais qu'il s'agirait juste de prouver son innocence, dit-elle quand il lui ouvrit sa portière. De quelque chose de propre.

— C'est rarement le cas dans une affaire de meurtre très médiatisée, ou quand l'argent et l'ambition y sont mêlés des deux côtés. Ou bien quand l'accusé…

Il se mordit la langue.

— Je vais appeler pour savoir ce que font Lucy et April et vérifier qu'elles ne se sont pas entretuées, dit-elle en sortant son portable de son sac.

Joe tendit le bras par-dessus les genoux de sa femme et trouva son carnet de P-V dans la caisse de documents et de réglementations qu'il gardait sur le plancher de son pick-up.

— Je reviens dans une seconde, dit-il.

Il trouva Missy à la porte d'entrée. Au fil des ans, tous deux avaient fait des efforts conscients pour n'être jamais seuls ensemble, par peur de ce qu'ils pourraient dire. En la voyant debout dans l'ombre, il s'arrêta un instant avant de continuer. Elle l'attendit en silence. Il s'aperçut qu'elle fumait en cachette, le bout de sa cigarette rougeoyant dans l'obscurité.

— Voici le P-V de Hand pour avoir braconné ces tétras, dit-il. Veillez à ce qu'il l'ait.

Elle le prit sans un regard.

— Vous ne manquez jamais de me décevoir, dit-elle en soufflant la fumée, à voix basse pour que sa fille ne l'entende pas de la cour du ranch.

— Merci de me le rappeler.

— Je sais que vous vous occupez de mon affaire plus pour votre femme et vos filles que pour moi. Je comprends.

Joe ne le contesta pas.

— Vous pensez que je suis une garce insensible, reprit-elle. Je le vois dans vos yeux. Vous n'avez que mépris pour moi. Regardez autour de vous et pensez-y plus tard. Vous croyez que ç'a été facile, n'est-ce pas ? Je suis la dernière d'une famille de onze enfants, dit-elle avant qu'il ait pu répondre. Mes parents n'ont jamais manqué de me rappeler que j'étais une « erreur », selon leur expression. Nous déménagions chaque année dans une nouvelle ferme, au Missouri ou dans l'Arkansas, partout où mon père pouvait se faire embaucher. Je n'ai jamais eu de foyer. Nous dormions à deux ou trois par lit. Les vêtements que je mettais avaient déjà été portés par six autres filles, donc, quand j'en héritais, ils étaient en loques. Un jour, on m'a forcée à aller à l'école avec des bottes que mon frère avait fabriquées avec du ruban adhésif.

Elle s'interrompit, et il traîna les pieds en baissant les yeux.

— Ma première robe neuve, poursuivit-elle, je ne l'ai eue que deux ans après le lycée. Et je l'ai achetée moi-même. À l'époque, mes parents étaient si vieux et cassés qu'ils pouvaient à peine se rappeler mon nom. Mes sœurs et mes frères aînés s'étaient tous dispersés et je ne sais pas... et je m'en moque... où est maintenant un seul d'entre eux, voire s'ils sont encore en vie. Vous pensez que je plaisante, mais ce n'est pas le cas.

— Il faut que j'y aille, dit-il.

— Vous n'avez vu en moi que l'aventurière qui est la mère de votre femme. Vous n'avez jamais compris ni même imaginé ce qui a fait de moi ce que je suis, ni que je m'en suis sortie à coups de griffes. Et vous n'avez jamais pensé une seule seconde à tout le mal que j'ai eu pour bien élever Marybeth... pour lui inculquer les bonnes valeurs après avoir rampé hors de ce trou.

— Non, dit-il. J'imagine que je n'y ai jamais beaucoup pensé.

Elle eut un sourire triomphant, qui se changea en ricanement.

— Si les gens croient qu'on va m'enlever tout ça, eux non plus ne me connaissent pas.

— L'avez-vous tué, Missy ? demanda-t-il soudain.

L'air sarcastique persista. Elle ne broncha pas. Elle tira une longue bouffée de sa cigarette, souffla la fumée sur lui et dit :

— À votre avis ?

Puis elle tourna les talons et rentra dans la maison. Le P-V qu'il lui avait donné voltigea jusqu'au sol.

***

— Qu'est-ce qui s'est passé ? demanda Marybeth quand il monta dans le pick-up.

— Elle m'a parlé de son enfance. De certains détails que je ne connaissais pas.

Marybeth s'affaissa sur son siège et lui jeta un regard perplexe.

— Comment ça, de son enfance ?

— Du fait qu'elle n'arrêtait pas de déménager, de tous ses frères et sœurs, de ses parents, de la pauvreté et du reste. Comme si ça expliquait un peu ce qu'elle est, j'imagine.

— Elle a dit ça ? lança Marybeth, stupéfaite.

— Oui.

— Elle ne t'a quand même pas parlé de ses chaussures en Scotch ?

— Si. Je n'avais encore jamais entendu cette anecdote.

— Joe, tu sais que mon grand-père possédait une douzaine de concessions automobiles en Californie du Sud et que ma grand-mère était actrice. Maman est fille unique, elle a eu tout ce qu'elle voulait. C'était une enfant gâtée, elle invente.

— Tout ça, je le sais. Elle ment comme elle respire.

— Et la manière dont elle flirtait avec Hand au dîner, reprit-elle. C'était dégoûtant. Earl est à peine froid.

— Il ne le sera jamais autant que ta mère.

***

Sur le chemin du retour, ils se partagèrent les tâches. L'avocat et son équipe avaient beau développer la nouvelle théorie, Marybeth jugeait impératif de savoir avec certitude ce qui s'était passé : qui avait tué Earl, même si ça n'intéressait pas Hand tant qu'il pourrait établir un doute raisonnable.

Joe était de son avis.

— Je suis curieux d'apprendre ce que tu vas trouver sur Rope the Wind, lui dit-il. Comment la boîte a été créée. Qui sont... ou qui étaient ses fondateurs.

— Je trouverai ce que je peux sur eux, dit-elle.

— De plus, si Earl était un si grand profiteur que le dit Hand, pourquoi a-t-il placé autant d'argent à lui dans la construction d'un parc éolien ? Ça ne lui ressemble pas. Comme Missy n'a pas l'air de savoir grand-chose sur le financement initial... et je pense qu'elle aurait été au courant... je me demande si quelqu'un d'autre a pu fournir les fonds. Ce serait plus dans le style d'Earl. Et si oui, qui ?

— Je n'ai jamais pensé à ça, dit-elle. Je vais faire mon possible pour le découvrir. L'État a des registres d'immatriculation de sociétés, des trucs comme ça. Ce sont des documents publics.

— Moi, je vais continuer à chercher Bud. J'ai l'impression qu'il n'est pas loin. Et malgré ce dont on a parlé ce soir, Hand sait que c'est toujours lui la clé du procès. Si Bud vient à la barre et qu'il a l'air crédible, c'est fini. Il faut donc que je parle à Dulcie. Elle doit avoir plus d'éléments sur Missy qu'on l'imagine, sinon elle ne l'aurait pas poursuivie avec tant d'énergie. Elle ne peut pas avoir tout fondé sur le témoignage de Bud.

— Peut-être qu'elle veut se payer Marcus Hand.

— Ça se peut.

— Ou envoyer ma mère en prison.

— Possible.

— On connaît la motivation de McLanahan. Se faire réélire.

— Oui.

— Joe, dit-elle quand ils passèrent sous les arches. Tu penses vraiment que les Lee ont quelque chose à voir là-dedans ?

Il roula cinq minutes avant de répondre.

— Non.

— Alors pourquoi fait-on ça ? Juste pour aider Hand à créer un doute suffisant ?

— Oui.

— Je veux au moins avoir l'assurance que Bob Lee n'est pas lié au crime pour qu'on puisse chercher ailleurs. Si Earl a laissé une vie de combines derrière lui, il a pu se faire des ennemis dont on ne sait rien. Je ne peux pas rester à me tourner les pouces en laissant Hand la faire acquitter sans lever tous les soupçons. Ça me donne l'impression d'être sale. Il n'y a pas d'autre moyen ?

Il haussa les épaules.

— Tu ne m'as pas demandé de faire tout ce que je pouvais pour la tirer de ce mauvais pas ? Pour nous sortir de là ?

— Si, reconnut-elle en soupirant, mais je voulais dire qu'on devait aider à prouver son innocence. Pas juste brouiller les pistes au point que le juge et les jurés ne puissent pas trancher. Il y a une différence entre être innocent et bénéficier d'un acquittement.

— Pas pour Hand. Et peut-être pas non plus pour ta mère.

— Mais nous, nous ne sommes pas comme ça, dit Marybeth.

Il ne trouva aucune réponse qui ne lui vaudrait pas un retour de bâton.

— Joe, dit-elle, il serait temps de se faire aider. Le procès commence dans dix jours.

Il hocha la tête.

— Joe ?

— J'ai tenté de le joindre aujourd'hui, avoua-t-il. L'appel n'est pas passé et il n'y avait aucun moyen de lui laisser un message. Il a peut-être changé de téléphone. Du coup, je devrais peut-être aller où il se cache d'habitude et tâcher de le trouver.

— Alors, vas-y. Et oublie le reste.

5 SEPTEMBRE

« Toutes les vérités sont faciles à comprendre une fois qu'elles sont découvertes.
Le problème, c'est de les découvrir. »

GALILÉE

CHAPITRE 23

Joe avait passé le week-end du Labor Day[1] sur le terrain, à patrouiller dans son district depuis les berges de la Twelve Sleep jusqu'aux routes de haute montagne des Bighorn en passant par les rues principales de Saddlestring et de Winchester. Suivant son habitude lors des deux week-ends les plus chargés de l'année, celui-là et celui du Memorial Day[2], il avait veillé à se faire remarquer le plus possible dans sa chemise rouge et son pick-up vert. Il avait noté une différence d'attitude entre les pêcheurs, chasseurs, randonneurs et campeurs du Labor Day et ceux du premier congé de trois jours de la saison. Le week-end du Memorial Day, il faisait souvent frais, mais l'humeur des gens qu'il croisait débordait d'optimisme dans l'attente des beaux jours. Le week-end du Labor Day, bien que jouissant presque toujours d'un temps agréable et de bonnes conditions, s'accompagnait d'un sentiment de perte et de crainte que l'été soit fini. Davantage de bagarres et d'infractions avaient lieu ces jours-là, et les gens semblaient se mettre plus facilement en rogne.

Il avait verbalisé des pêcheurs sans permis quand ils avaient débarqué à l'embouchure d'une rivière, et donné un

1. Fête du Travail qui a lieu le premier lundi de septembre.
2. Jour des soldats tombés au champ d'honneur, le dernier lundi de mai.

avertissement à des touristes naviguant sur un radeau pour avoir oublié leurs gilets de sauvetage. Bien qu'il ait fait son devoir et appliqué la loi, il était extrêmement distrait. La tête lui tournait à force de penser à Missy, à Earl, à Bud, à Hand... et à ce qu'il avait découvert sur Nate Romanowski.

***

Ce samedi-là, en allant vers le canyon de Hole in the Wall, il s'inquiéta en voyant la maison de Large Merle abandonnée. La journée était chaude et venteuse, et des tourbillons de poussière balayaient le plateau à l'avant de la gorge. Des gravillons sableux tambourinaient comme des gouttes de pluie sur le capot de son pick-up et s'infiltraient par les bouches d'aération sur le tableau de bord. Plus il approchait du début de la piste qui s'enfonçait dans le canyon, plus son sentiment de crainte augmentait.

Cette impression se confirma avant même qu'il ne descende la piste. Il sentit un vide palpable dans l'air, et ce fut comme s'il recevait un coup en pleine poitrine lorsqu'il vit avec horreur l'entrée de la grotte de Nate, béante, marquée par des langues noires de suie qui léchaient la paroi. Il poussa du bout de sa botte les débris dans la grotte et reconnut des affaires qu'il avait déjà vues. Les radios et les écrans de Nate étaient brisés, la table et les chaises presque désintégrées et son téléphone satellite éventré. La panique s'installa tandis qu'il foulait les décombres. Si Nate avait été surpris par l'explosion – *bon sang, qu'est-ce qui s'est passé ?* –, il n'y avait aucune trace d'un corps. Ce qui voulait dire que le criminel l'avait emporté. Ou que Nate avait survécu, *d'une façon ou d'une autre*. Mais quand il examina les parois roussies et donna un coup de pied dans les gravats, il ne put imaginer que quelqu'un ait survécu à ça.

Il ne s'était jamais attendu à une chose pareille. Nate s'entourait d'une prudence touchant à la paranoïa et avait les moyens de repérer tous ceux qui se risquaient dans le canyon. Ce qui voulait dire que celui qui l'avait attaqué s'était glissé entre les fils de fer, les détecteurs et les caméras cachés sur la piste et s'était approché assez près pour lancer une grenade ou un explosif dans l'entrée de la grotte. Ou bien il avait agi de loin. Un missile ?

C'est alors qu'il vit un objet fendu et noirci dans la pile. Sa première pensée fut : *de la chair brûlée*. En déglutissant fermement pour ne pas vomir, il prit un bâton cassé pour écarter les débris qui l'entouraient. À sa grande horreur, il vit que ce n'était ni de la peau ni une partie d'un corps, mais la moitié inférieure de la botte de cuir noir d'Alisha.

— Oh non ! murmura-t-il.

Sachant mieux que personne comment Nate réfléchissait, il sortit de la grotte et monta par-dessus les volières brisées jusqu'à une clairière que son ami lui avait montrée un jour. Celle-ci était petite, mais bucolique. Nate avait dit qu'il aimait s'asseoir nu sur le seul gros rocher rond de la trouée, pour lire ou réfléchir. Il trouvait l'endroit plein de spiritualité et l'avait invité à y venir quand il en aurait besoin. Joe avait refusé.

Alisha était là, ce qui restait de son corps en tout cas. Nate avait posé son cadavre sur un échafaudage construit à la va-vite pour l'exposer au soleil et aux oiseaux, selon l'usage traditionnel des Indiens d'Amérique avant que les Jésuites n'interdisent cette pratique. Des fragments de vêtements et de cheveux attachés aux poteaux d'angle flottaient sous une petite brise. Son crâne était penché sur le côté, et Joe reconnut ses dents blanches, qui lui lançaient un sourire halluciné. Les corbeaux qui avaient rongé son corps l'avaient presque entièrement dépouillé. Avec leurs petits yeux noirs sans âme, ils l'observaient du haut des branches qui le surplombaient, et attendaient qu'il parte.

Joe savait que Nate détestait les corbeaux.

Alors, en hommage à son ami, il en abattit un avec son fusil de chasse. Des plumes noires filtrèrent entre les branches et se posèrent sur un tapis d'aiguilles de pin. Les autres corbeaux s'égaillèrent avec de brusques croassements et de lourds battements d'aile.

Il savait qu'ils reviendraient après son départ pour finir leur besogne. Mais il était sûr de ne jamais retourner dans cet endroit et il doutait que Nate y remette les pieds.

À condition qu'il soit, il ne savait comment, encore vivant.

Et s'il avait survécu miraculeusement à une attaque qui avait tué sa compagne et détruit son refuge, ça allait barder.

***

En apprenant la nouvelle le samedi soir, Marybeth s'assit sur le divan et ferma les yeux.

— Pauvre, pauvre Alisha…, dit-elle. Elle a toujours su qu'en restant avec Nate, il risquait d'arriver quelque chose. Mais elle ne méritait pas de mourir. Sa pauvre famille… Ses élèves et tous ceux qui la connaissaient…

Sa voix s'éteignit dans un murmure.

Au bout d'une minute, elle rouvrit les yeux et regarda Joe.

— Nous ne saurons jamais avec certitude ce qui s'est passé, si ?

— Peut-être pas. Sauf si Nate revient pour nous le dire. Ou si celui qui l'a tuée s'en vante.

— C'est le prix à payer quand on vit en dehors de la société, dit-elle. Quand il arrive des choses horribles, personne n'est au courant. C'est le prix à payer quand on vit comme Nate.

— C'est ça ou croupir en prison. Nate avait fait son choix.

— Et tu l'as aidé, dit-elle non sans indulgence.

— Oui.

— Tu as une idée de l'endroit où il est ?

— Non.

— Mais tu penses qu'il est vivant ?

Il hocha la tête.

— Quelqu'un a bâti cet échafaudage. Je suis sûr que ce n'est pas le type qui l'a attaqué. Il y a Large Merle, mais il semble avoir disparu lui aussi.

Elle enserra sa poitrine de ses bras et réfléchit.

— Pauvre Nate... Il était très amoureux d'Alisha. Que crois-tu qu'il va faire ?

Il n'hésita pas.

— Pour moi, les choses vont virer au western total.

Il fut surpris qu'elle ne lui demande pas d'essayer de l'empêcher.

***

Tôt le lendemain matin, Joe quitta la ville pour gagner le cœur de la réserve indienne de Wind River. Son pick-up vert de garde-chasse attirant toujours beaucoup de regards hors de ce territoire, il se dit que la plupart des Indiens devaient se demander qui avait commis une faute à l'extérieur car il n'avait aucun pouvoir au sein de ces frontières souveraines. Il inclina son chapeau pour saluer deux femmes petites et grosses qui trottinaient le long de la route et un groupe de garçons jouant à la balle dans la cour de l'école. Il remarqua les carcasses d'antilopes pronghorns accrochées aux branches des arbres et surtout à des paniers de basket fixés aux portes de presque tous les garages. Trois hommes en train d'écorcher une pronghorn le regardèrent du coin de l'œil quand il passa, se demandant s'il allait s'arrêter.

La maison d'Alice Thunder était un pavillon préfabriqué bien entretenu et planté au centre d'un terrain grand comme un timbre-poste. Sa voiture était garée dehors, dans l'allée menant au garage. Joe se demandait pourquoi les Indiens ne mettaient jamais leurs voitures dans leurs garages, mais il laissait ce mystère irrésolu.

Dans la réserve, avait-il appris, les lignées avaient des racines vastes et profondes et tout le monde était plus ou moins apparenté. Alice Thunder était la réceptionniste du lycée Indien du Wyoming. Elle avait été une amie proche d'Alisha et, peut-être aussi, un peu de la même famille. Elle avait le visage ovale, un air bienveillant, et des yeux montrant qu'elle avait vu beaucoup de choses dans cet établissement au fil des ans. Point d'ancrage dans la communauté, c'était quelqu'un à qui chacun se confiait et sur qui l'on comptait, la Femme Qui Savait Tout, Mais Ne Bavardait Pas.

Joe se gara derrière sa voiture, respira un bon coup avant d'ouvrir sa portière et dit à Tube de rester dans le pick-up. Il ôta son chapeau en traversant la pelouse brillante de rosée pour gagner la porte d'entrée.

Elle l'ouvrit juste au moment où il levait la main pour frapper.

— Madame Thunder, dit-il.

Elle ne sourit pas, ne le salua pas, ne lui adressa pas un signe de reconnaissance. Son visage était calme, stoïque. Il suivit son regard, qui passa de son pick-up au chapeau dans ses mains et à son expression, puis elle dit :

— Elle est morte, n'est-ce pas ?

— Je suis navré, dit Joe.

Une lueur ténue s'alluma dans ses yeux, mais ses lèvres ne se plissèrent pas et il n'y eut pas de larmes.

— Je l'ai su dès que je vous ai vu arriver dans votre pick-up. Ça fait plusieurs jours que j'en avais l'intuition.

Il regarda ses bottes.

— Comment ? demanda-t-elle.

— Je ne sais pas très bien ce qui s'est passé. Elle était avec Nate lorsque des gens l'ont attaqué. J'ignore qui et comment ils sont arrivés jusqu'à eux. Je suis sûr qu'elle n'était pas visée.

Alice hocha légèrement la tête comme si cela ne la surprenait pas.

— Nate est vivant ?

— Je l'espère, mais je ne le sais pas non plus. Je n'ai pas de nouvelles de lui. À propos, ajouta-t-il en levant les yeux, les forces de l'ordre du comté de Johnson ne sont pas au courant. Je ne l'ai pas signalé. Vous, ma femme et moi sommes les seuls à le savoir. Je peux vous dire où est son corps si vous voulez le rapporter ou lui rendre un dernier hommage.

— Il va falloir que j'y réfléchisse. L'a-t-on traité avec respect ?

Il acquiesça en silence.

— Donc, ce n'est pas nécessaire pour l'instant. Merci d'être venu m'avertir. Je vous en suis reconnaissante, Joe.

— OK.

— Vous allez trouver qui l'a tuée et les punir ?

— Je pense que Nate est déjà parti à leur recherche. Si je peux le rattraper, je ferai mon possible.

Elle hocha la tête en signe d'approbation.

— J'espère que vous ne m'en voudrez pas si je vous ferme la porte au nez. J'ai besoin d'un moment de solitude.

Elle le fit aussitôt.

Joe resta un instant sous le porche, puis il fit demi-tour et regagna son pick-up.

Pour une femme comme Alice Thunder, qui avait vu tant de tragédies dues au taux de criminalité dans la réserve, et tant de jeunes gens disparaître, la mort faisait partie de la vie.

***

Pendant les deux jours suivants, la scène dans la grotte – et surtout le corps d'Alisha sur l'échafaudage – resta gravée dans son esprit au cours de ses patrouilles, et ne cessa de reparaître dès qu'il fermait les yeux la nuit. En pensant à la topologie du canyon et au système de sécurité de Nate, il penchait pour un explosif tiré à distance. Peut-être de si loin que Nate ne s'était pas rendu compte que quelqu'un avait trouvé son repaire.

Ça le poussa à se demander qui, à part Large Merle et lui, savait où se cachait son ami. Sheridan était au courant parce qu'elle était allée une fois dans sa grotte. Marybeth avait vaguement connaissance de sa planque, mais n'y avait jamais mis les pieds et n'aurait pas pu la situer sur une carte. Joe, bien sûr, n'avait aucune idée de qui, parmi les contacts de Nate, aurait pu savoir où il se trouvait. Il y avait tant de choses sur lui qu'il ignorait et n'avait pas voulu savoir, et brûlait maintenant de découvrir !

Pendant qu'il patrouillait, Marybeth profita du pont pour faire quelques recherches à la bibliothèque. À mesure qu'elle trouvait des informations sur l'industrie de l'énergie éolienne, elle l'appelait sur son portable. Plus elle en apprenait, et plus elle s'agitait.

— J'ai toujours pensé qu'on construisait toutes ces éoliennes parce que l'énergie qu'elles produisent est propre et rentable, dit-elle. Mais ce n'est pas du tout le cas. On les construit pour des raisons politiques, et la demande du courant qu'elles génèrent vient du fait que des villes et des États sont tenus d'avoir un certain pourcentage d'électricité issu d'énergies renouvelables, comme celles du vent et du soleil.

— Minute, dit Joe. Si cet État a quelque chose, c'est bien du vent.

— Je sais, dit-elle. Je suis tout excitée. Trop de café et d'informations nouvelles. C'est vrai, il y a des endroits où il souffle assez fort pour que des éoliennes créent vraiment assez d'électricité et soient rentables. Presque toutes les plus anciennes ont été placées sur des sites où elles ont été peu utiles. Mais il n'y a pas un seul secteur du Wyoming ni du pays où le vent souffle en permanence. D'après ce que j'ai trouvé, un bon projet éolien ne fonctionne qu'à quarante-cinq pour cent de sa capacité. C'est tout. Et il n'y a pas d'endroits pour stocker l'énergie si le réseau électrique n'en a pas besoin quand le vent souffle très fort. Ce que je veux dire, c'est qu'il n'y a pas de grosses batteries quelque part. Une grande quantité de cette énergie est tout bêtement gâchée.

— OK, dit Joe, mais qu'est-ce que ça a à voir avec le projet d'Earl Alden ?

— Je ne sais pas très bien pour l'instant, mais tout ce contexte pourrait cadrer parfaitement avec ce que Hand a dit de lui, qu'Earl était un profiteur, pas un « innovateur ».

— C'est ça que je ne comprends pas. Combien coûte l'implantation d'une éolienne ?

Elle dit avoir trouvé les chiffres, et les lui lut d'un trait. Environ trois à six millions de dollars pièce avec l'équipement, les travaux sur les routes et les frais généraux. Les coûts variaient suivant que l'éolienne comportait un générateur d'1,5 mégawatt ou de 3 mégawatts si elle était plus grande et plus récente.

— Waouh, dit Joe. Donc, une centaine d'éoliennes dans le parc d'Earl...

— J'ai fait le calcul, dit-elle, poursuivant sa lecture, et je trouve un investissement de quatre cents millions de dollars.

Joe poussa un sifflement.

— Pour un parc aussi grand que celui du Comte, reprit-elle, Bob Lee aurait perçu, au minimum, un million cinq cent mille dollars par an. Avec toutes les rémunérations, l'exploitation aurait pu générer quarante-cinq millions de dollars pendant le premier bail de trente ans.

— Eh ben !

— Des tas de gens tueraient pour ça. Ou si on les escroquait pour s'en emparer.

— Il n'a pas l'air du genre tueur. Donc, parle-moi de Rope the Wind.

— Je n'ai pas fini ma recherche, dit-elle. Ce que j'ai trouvé est assez intéressant. Donne-moi un peu plus de temps pour creuser.

***

Comme s'il y avait été en quelque sorte attiré, Joe se retrouva sur la route frappée d'un droit de passage public qui menait à la crête venteuse et au parc éolien du Ranch Thunderhead. Il reprit le trajet qu'il avait suivi deux semaines plus tôt, quand il avait vu les chasseurs d'antilopes et trouvé plus tard le corps d'Earl Alden. Les pales des éoliennes sifflaient en fendant comme des faux le ciel sans nuages. Il roula jusqu'à la lisière du Ranch Lee, puis il quitta la route pour monter sur un promontoire.

Il fut surpris de trouver un autre véhicule en haut, un break rouge Subaru. La voiture de l'attorney du comté, Dulcie Schalk.

Elle ne l'avait apparemment pas entendu venir, car elle ne se retourna pas quand il arriva derrière elle dans son pick-up. Elle était sortie de sa voiture et, adossée au capot, regardait le parc éolien bras croisés. Elle portait un pull rouge sans manches, un short blanc ajusté, et une queue-de-cheval cascadait par le trou arrière d'une casquette de base-ball King Ropes.

Joe ne l'avait encore jamais vue en congé. Elle avait croisé ses longues jambes bronzées et était jeune, athlétique et indéniablement séduisante.

Pour ne pas l'effrayer en surgissant soudain à ses côtés, il donna un coup de Klaxon en garant son pick-up derrière sa voiture. Elle sursauta et se retourna d'un bond, l'air inquiète et furieuse, avant de le reconnaître. Elle donnait l'impression d'avoir été surprise à faire quelque chose de honteux, et il se demanda ce que ça pouvait être.

Il ordonna à Tube de rester à l'intérieur et descendit.

— Je ne m'attendais pas à vous trouver ici, dit-il en posant son Stetson sur sa tête et en marchant vers elle sans se presser. Je m'excuse de vous avoir fait peur.

— J'étais absorbée par le spectacle des éoliennes, déclara-t-elle, et par leur bruit aigu. C'est comme si on ne pouvait entendre que lui.

— Vous devriez venir quand le vent souffle vraiment. Vous croiriez qu'un camion vous arrive droit dessus.

— Il y a toujours un inconvénient, j'imagine, dit-elle en se retournant pour reprendre la pose qu'elle avait à l'arrivée de Joe.

Il s'adossa à la calandre de la Subaru à côté d'elle et regarda le paysage pour tenter de voir ce qui la fascinait.

— Un inconvénient à quoi ?

— À toutes les formes d'exploitation énergétique, j'imagine.

Il pensa à ce qu'il avait appris par Marybeth, mais décida que ce n'était pas le moment d'aborder le sujet.

— Je mets juste tout ça au clair dans mon esprit, dit-elle en guise d'explication, parce que les choses étaient assez dingues le jour où vous avez trouvé le corps. Je veux être sûre de bien comprendre où Alden a été abattu, à quelle distance le cadavre a été transporté et à quelle éolienne il a été hissé.

— À celle qui ne tourne pas, dit-il. On l'a désactivée pour que les gars de l'équipe médico-légale puissent faire leur travail.

Elle lui jeta un coup d'œil, un peu vexée.

— Ça, je le sais. Je me demande juste pourquoi Missy a choisi cette éolienne-là. Ce n'est pas la plus proche du lieu où il a été tué. Il y a huit mâts entre elle et cet endroit.

Joe se frotta le menton.

— Je n'ai jamais pensé à ça. Peut-être parce que celle à laquelle il a été suspendu était la plus visible d'ici ? Pour s'assurer qu'on voie le corps ?

— Mais pourquoi ?

— Ça, je ne pourrais pas vous le dire.

— On ne devrait vraiment pas se parler comme ça, dit-elle au bout d'un moment. Si quelqu'un nous voyait ?

Joe haussa les épaules. Il se le demandait aussi.

— Ce que je veux dire, c'est que vous êtes en porte-à-faux dans cette affaire. Je vous ai déjà expliqué que je ne peux pas vous faire de confidences.

— Je sais. Et je le respecte.

— Je n'en ai jamais douté. Mais je préférerais que vous soyez de notre côté.

— Je ne suis d'aucun côté, répliqua-t-il. J'essaie juste de comprendre ce qui s'est passé. Où est la vérité. Ça ne me place pas dans un camp.

Elle hocha la tête et fronça les sourcils.

— Je ne suis pas d'accord, Joe. Je suis l'attorney du comté et j'expose des arguments fondés sur des preuves. Vous, vous cherchez à les réfuter.

Il allait discuter, mais il croisa les bras sur sa poitrine et détourna les yeux. Il s'aperçut qu'ils adoptaient exactement la même position tous les deux.

— Ça me rappelle une question que Bob Lee m'a posée, reprit-il. Que voyez-vous quand vous regardez un parc éolien ?

Elle s'apprêtait à lui donner une réponse cavalière, mais jugea que c'était une question sérieuse.

— Je vois l'avenir de l'Amérique. Pour le meilleur ou pour le pire. Je sais que ça a l'air bébête...

Il pinça les lèvres et détourna la tête, réfléchissant à ce qu'elle venait de dire.

— Vous les trouvez belles ? demanda-t-il.

— Les éoliennes ?

— Oui.

— Je suppose... Elles sont gracieuses. Elles brillent au soleil, même si elles font ce bruit agaçant.

Il hocha la tête.

— Si ces mêmes machines, là-bas, extrayaient du pétrole ou du gaz, ou si c'étaient des générateurs nucléaires, seraient-elles toujours aussi belles à vos yeux ?

— Joe, où voulez-vous en venir ? demanda-t-elle, un peu irritée.

— Comme vous, j'essaye de mettre tout ça au clair dans mon esprit. Je me demande si les choses sont belles suivant la position qu'on a.

Elle lui jeta un regard noir.

— Je ne veux pas me laisser distraire en ce moment. J'ai un procès pour meurtre à gagner et je ne veux pas parler de ça.

— Je sais, dit-il. Je suggère simplement qu'il est facile de regarder quelque chose et de voir ce qu'on a envie de voir quand quelqu'un d'autre, disons... pourrait regarder la même chose et en avoir une autre image.

— Où voulez-vous en venir ? insista-t-elle.

Il haussa les épaules.

— Vous parlez des éoliennes, ou vous êtes en train de dire que je pourrais avoir des œillères quant à la culpabilité de votre belle-mère ? Que peut-être on devrait chercher ailleurs l'assassin d'Earl Alden ?

Joe ne répondit pas directement, mais montra le parc éolien d'un signe de tête.

— Un peu les deux, je pense.

— Non ! dit-elle farouchement. C'est pour ça que vous n'auriez pas dû venir ici. Qu'on n'aurait pas dû se parler. Vous essayez de m'entraîner sur un terrain où je ne veux pas aller.

— Dulcie, je veux juste essayer de comprendre ce qui s'est passé...

— Vous me mettez mal à l'aise. On devrait partir.

— OK, dit-il.

***

En début de soirée, alors qu'il rentrait chez lui par les sentiers et les petites routes, Joe remonta lentement la rue principale de Saddlestring vers le pont de la rivière. L'air était lourd et immobile, et quelques fêtards sortaient du Stockman's bar, des bouteilles de bière à la main, quand il passa devant. Il leur jeta un coup d'œil pour voir de qui il s'agissait, mais ils ne semblaient pas être de la région. Ils étaient âgés d'une trentaine d'années, trois hommes et deux femmes. Les premiers n'étaient pas rasés et portaient des pantalons amples, les secondes des bermudas et des sandales plates.

L'un des hommes, en polo noir trop grand et coiffé d'une casquette de base-ball tirée bas sur les yeux, leva la tête quand Joe passa à sa hauteur et, l'espace d'un instant, leurs regards se croisèrent.

Joe le reconnut en un éclair et écrasa la pédale de frein.

L'homme s'arrêta et baissa les yeux aussitôt. Ses compagnons l'appelèrent, il se retourna brusquement et rentra dans le bar, les jambes raides.

— Shamazz, qu'est-ce qu'il y a, bordel ? lança une des femmes. T'as l'air d'avoir vu un fantôme !

CHAPITRE 24

Près de Farson et Eden, dans le centre ouest du Wyoming, Johnny et Drennen s'envoyaient en l'air et fumaient de la meth. Ils avaient été là presque toute la semaine. Ils avaient pensé quelque temps partir dans l'Ouest jusqu'en Californie ou, au moins, aussi loin que Vegas. Mais ils n'avaient même pas atteint la frontière de l'Utah.

C'était ce panneau vert disant qu'ils étaient entrés dans la minuscule ville d'Eden qui les avait retenus. Qui, avait demandé Johnny, ne voudrait pas s'arrêter prendre une bière dans un bled qui s'appelle Eden ?

***

Johnny faisait une pause. Avachi dans un fauteuil directorial que quelqu'un avait installé dehors entre les touffes d'armoise, à une cinquantaine de mètres des mobile homes, il fumait une cigarette et buvait une canette. Même si le soleil déclinait au sommet des Wind River Mountains au loin, dehors il faisait encore chaud et, comme il ignorait où se trouvaient sa chemise et son pantalon, dans quel mobile home, il restait là en caleçon, bottes et chapeau de cow-boy en paille, un pistolet sur les genoux. Il savait qu'il était super beau torse nu, alors il s'en fichait.

De temps en temps, il levait le pistolet – un Ruger Mark III .22 long rifle – pour tirer sur des spermophiles qui sortaient la tête d'un trou. Il en avait touché deux ou trois. Quand il le faisait, il lançait « Brume Rouge[1] ! » à la face du ciel. Il regardait d'autres spermophiles se ruer sur eux pour manger les restes et, chaque fois, il les flinguait pour être des amis aussi dégueulasses. À un moment donné, il avait eu une révélation sur la nature de l'amitié dans ce monde très cruel, mais là, il ne pouvait plus se rappeler ce que c'était.

Il frissonna malgré le temps lourd. Le tremblement traversa tout son corps jusqu'à ce que ses avant-bras en aient la chair de poule. Aussitôt après, il eut une bouffée de chaleur et sentit la sueur picoter son cuir chevelu. *Saloperie de meth*, pensa-t-il, cherchant à se rappeler la dernière fois qu'il avait mangé quelque chose. Deux jours avant, peut-être. Il avait un vague souvenir d'avoir bouffé un paquet entier de hot dogs froids, trempés un par un dans un bocal de mayonnaise chaude. Mais il l'avait peut-être rêvé, reconnut-il.

Un cri de joie s'éleva derrière lui et, en tournant la tête, il vit Drennen sortir d'un mobile home. Il disait quelques mots à une des filles à l'intérieur, et il entendit rire la nana.

— Ne va nulle part et n'en profite pas ! lança Drennen à la fille. Je recharge les accus et je reviens tout de suite.

— Bon sang, quel chat sauvage ! dit-il en rejoignant Johnny en traînant les pieds dans la poussière. Et mignonne ! Je ne me lasse pas de celle-là. Lisa, je crois qu'elle s'appelle. Lisa…

Johnny hocha la tête.

— Une brune ? Un peu indienne ?

— C'est ça, dit Drennen. Elle aime bien m'allumer.

Johnny se dit que son pote avait bien de la chance qu'une fille accepte de passer du temps avec lui, même pour de l'argent. Il trouvait affreuses ses brûlures au visage et au cou laissées par le souffle arrière du lance-roquettes. Toutes rouges, à

1. Certains chasseurs qui tirent au gros calibre aiment se dire membres du Club de la Brume Rouge et c'est ce qu'ils crient lorsqu'ils « explosent » un petit animal du genre spermophile.

vif et toujours suppurantes. Drennen oubliait qu'il avait l'air merdique parce qu'il était camé en permanence, mais personne d'autre ne pouvait l'oublier. Il se remettrait au bout d'un moment – les blessures n'étaient pas incurables –, mais en attendant, il n'était pas beau à voir.

Drennen s'écroula dans la poussière à côté de Johnny, puis s'appuya sur un coude. En tendant le bras, il cueillit le pistolet sur les genoux de son ami et tira au hasard sur un spermophile, puis le lui rendit.

— Loupé, dit-il. Où t'as mis la pipe ?

— Et même loupé de loin, dit Johnny, qui ajouta, en lui montrant leur pick-up : Là-dedans, je crois. Fais-moi savoir si tu vois ma chemise ou mon pantalon quelque part.

— Je me demandais où ils étaient, dit Drennen en se mettant lentement à quatre pattes. On a encore plein de meth ?

— Je crois, répondit Johnny, distrait. Je peux rien me rappeler du tout, donc c'est pas sûr.

Drennen rit, se leva et tituba vers le pick-up pour reprendre sa dose.

— Mec, dit-il, j'adore cette vie de western.

***

La série de mobile homes double cellule n'était pas là depuis longtemps. Ils n'étaient absolument pas disposés de façon logique et, pour Johnny, ils semblaient avoir été jetés sur les plateaux désertiques du haut des airs. Les pistes en terre qui y menaient étaient vieilles et mauvaises, et aucun panneau n'indiquait le nom de l'endroit. Un ancien employé des compagnies de production d'énergie, surnommé Gasbag[1] Jim, dirigeait l'entreprise et il avait un petit bureau dans un mobile home où il encaissait l'argent, attribuait les filles et s'endormait parfois comme une masse quand il buvait trop de Stoli ou fumait trop de meth.

1. « Sac de pets ».

Drennen et Johnny avaient appris l'existence de cet endroit à l'Eden Saloon par un type qui cherchait des gisements de gaz naturel. Ils s'étaient arrêtés pour prendre « quelques » bières au bord de l'énorme gisement de gaz de Jonah, avant de continuer vers la Californie. Quand ils avaient découvert que le petit business de Gasbag Jim n'était qu'à une trentaine de kilomètres de Farson et Eden dans l'armoise, ils s'étaient dit : *Et pourquoi pas ?*

C'était il y a quatre jours. Ou du moins, c'était ce que pensait Johnny. Il faudrait demander à Drennen…

La boîte de Gasbag Jim ne prenait que du liquide, ce qui leur allait très bien. Ça voulait dire qu'il n'y aurait pas de traces : pas de reçus de carte bleue, pas de papiers d'identité et pas besoin de donner leurs vrais noms. Ils avaient décidé de s'appeler « Marshall » et « Mathers » parce que Drennen était un fan du rappeur Eminem, qui se nommait en réalité Marshall Mathers. Mais une fois, Johnny avait cafouillé et dit à son pote « Drennen » quand ils étaient au lit avec trois femmes en même temps. Une des filles, Lisa Rich, la beauté à gros seins et aux cheveux noir corbeau, les avait entortillés pour leur soutirer leurs vrais noms la nuit précédente. Leurs vrais noms semblaient beaucoup l'intéresser pour une raison qu'ils ne connaissaient pas.

***

— Merde, dit Drennen en revenant du pick-up avec la pipe de meth. Le fric nous a fondu dans les mains comme si c'était… de l'argent.

— Je sais, gémit Johnny en se frottant la figure énergiquement.

Il avait l'impression que son visage n'était pas le sien, comme si quelqu'un l'avait cousu sur le vrai pour lui faire une farce.

— T'as l'air normal pour un queutard halluciné sans pantalon, dit Drennen en lui jetant un coup d'œil.

La blague les fit bien rire. Mais Johnny se méfiait toujours de son visage. Il palpa son menton du bout des doigts, s'attendant à trouver des points de suture.

— J'ai parlé à Gasbag Jim tout à l'heure, reprit Drennen. Je vois bien où tout ça va mener : en un rien de temps, on sera fauchés comme les blés. Alors, je lui ai fait une proposition.

— Ouais ?

— Ouais, répéta Drennen en ôtant la capsule d'une Coors fraîche.

Il baissa le couvercle de la glacière et s'assit dessus pour faire face à Johnny. Ils étaient si près que leurs genoux se touchaient presque.

— Tu vois, poursuivit-il, tous ses habitués, sauf toi et moi, bossent dans le gisement de Jonah, entre ici et Pinedale. Tu les as vus le week-end dernier.

Johnny s'en souvenait. Des douzaines d'hommes, un vrai défilé, dans des pick-up 4 × 4 dernier modèle. La plupart des clients vivaient dans des bivouacs construits par les compagnies de production d'énergie. Les femmes étaient rares dans le secteur. Ils avaient trois grands sujets de conversation : les prostituées, la chasse et le prix du gaz naturel qui chutait comme une pierre et menaçait tellement leurs postes qu'ils se retrouveraient peut-être au chômage comme tous les autres. Ils voulaient dépenser leur argent pendant qu'ils en avaient.

— Il va y avoir plein d'autres licenciements, dit Drennen. Ce coin ressemblera bientôt à une ville fantôme. Ces types vont recevoir leur avis de licenciement et repartir d'où ils sont venus. Gasbag Jim devra renvoyer ses filles et vendre ses mobile homes, voilà ce que je pense.

— Et alors ? dit Johnny en changeant de position pour mieux voir la prairie par-dessus l'épaule de Drennen.

Un spermophile surgit à une vingtaine de mètres, il leva son pistolet et tira. Raté. La balle était passée juste à quelques centimètres de l'oreille de Drennen, qui tressaillit et lança :

— Bordel, t'as failli me toucher, trouduc !

— Pardon, dit Johnny en cherchant des yeux d'autres bestioles derrière son ami.

— Bref, reprit Drennen en se frottant l'oreille et reprenant son souffle. Il y a toujours un besoin de putes quelque part. Mais peut-être plus ici, dans quelques mois. Alors, ce que j'ai offert à Gasbag Jim, c'est que toi et moi, on prenne un camping-car, on y mette une demi-douzaine de poules et on les emmène partout où ça boume. Comme là où on a découvert un grand gisement de pétrole dans le Dakota du Nord. Gasbag Jim dit qu'on a aussi trouvé du pétrole et du gaz dans le sud du Wyoming. Là-bas et dans le nord du Colorado, quelque part. Et toutes ces foutues éoliennes qu'on installe partout, il faut bien que quelqu'un les construise. Ça veut dire qu'il y aura plein de mecs désespérés dans des coins paumés comme celui-là.

Johnny se frotta les yeux. Ils le brûlaient et il se disait qu'ils devaient ressembler à des briquettes de charbon de bois rougeoyantes, parce que c'était la sensation qu'il avait. Bientôt, il aurait aussi besoin d'aller dans le pick-up reprendre sa dose pour éviter la descente qui arrivait. Il avait l'impression qu'un million d'araignées lui rampaient à travers le corps, juste sous la peau. Le caillou les rendormirait.

— Comme un bordel sur roues ? lança-t-il.

— Exactement, dit Drennen. Exactement. On monte au puits avec le camping-car, on fait circuler la nouvelle parmi les ouvriers, on s'installe quelque part dans un terrain public ou dans le pré d'un connard de propriétaire de ranch, et on prend notre part. Bien sûr, faudra protéger les putes et veiller à ce qu'elles soient productives et donc être sur place, vigilants et tout ça. Je m'occuperai des comptes et de la paperasse, et toi, t'auras qu'à rester planté là avec l'air tendu et menaçant. Je sais que t'en es capable.

— Fait soif ! dit Johnny en montrant la glacière du doigt.

Drennen se leva et lui sortit une autre bière.

— Faut qu'on se fasse un peu de fric, dit-il. On est presque à sec et là, on a aucun travail. On pourrait même pas rebosser dans le ranch d'un mec parce qu'on est en septembre et que c'est la fin de la saison. Merde, on a claqué tout notre fric en deux ou trois semaines.

— Peut-être qu'on pourrait tuer quelqu'un d'autre, dit Johnny en tapotant son pistolet et en baissant la voix. C'est plus facile que de tailler la route dans un camping-car.

— On connaît personne qu'a besoin de faire buter quelqu'un, grommela Drennen. Donc, y a pas de business non plus de ce côté-là.

— Peut-être qu'on pourrait toucher le chômage. J'ai entendu un type du gisement de gaz dire qu'on pouvait percevoir des allocs pendant deux ans avant même d'avoir à chercher du boulot. Moi, ça me paraît une super bonne affaire.

Drennen leva les yeux au ciel.

— C'est le minimum vital, mec ! On peut pas faire ça. Faut qu'on vive un peu plus haut sur la chaîne alimentaire.

— Alors, d'où on le sort, le camping-car ? dit Johnny. C'est cher, ces saloperies.

— J'ai pas encore réfléchi à ça, dit Drennen en écartant l'inquiétude de son ami.

— Et si on arrive à en trouver un, pourquoi Gasbag Jim nous ferait assez confiance pour nous prêter ses putes et qu'on lui donne sa part ? Il nous connaît ni d'Eve ni d'Adam. Pareil, si c'est une idée tellement géniale, pourquoi lui et ses potes le font pas à notre place ? Pourquoi ils auraient besoin de nous ?

Gasbag Jim était toujours suivi par deux énormes Mexicains, Luis et Jesus. Luis portait ouvertement un holster d'épaule. Il avait un AR-15 accessoirisé à crosse tactique, dont il se servait parfois pour tirer sur des spermophiles avec son viseur laser. Le Ruger lui appartenait aussi.

Drennen avait le regard vide, où finit par percer une pointe d'irritation.

— Je n'ai pas dit que j'avais tout calculé, grogna-t-il en faisant la moue. Mais que j'étudiais un concept. Faut bien qu'un de nous deux pense plus loin que le bout de sa queue.

Johnny jeta un œil entre ses cuisses et sourit. Ça au moins, il sentait que c'était à lui.

— J'aimerais vraiment savoir où j'ai laissé mon pantalon, dit-il. D'ailleurs, moi aussi, j'ai réfléchi. Et cette Patsy ? Je parie qu'elle lâcherait beaucoup plus d'argent si on allait la voir pour lui dire qu'on risque de parler. Merde, elle a bien dû prendre ce tas de fric quelque part ! Je suis sûr qu'il y en a encore plus là-bas.

Drennen hocha la tête.

— J'ai une longueur d'avance sur toi sur ce coup-là. Tout ce qu'on sait, c'est qu'elle est de Chicago. On n'a pas d'adresse, on sait même pas si c'était son vrai nom. C'est pas comme si elle nous avait donné une carte de visite, mon pote.

— Je suis allé une fois à Chicago, dit Johnny. T'as raison, c'est grand. Et je pense que Patsy connaît du monde, si tu vois ce que je veux dire.

Comme Drennen ne répondait pas, il se retourna vers lui. Drennen était assis par terre, jambes croisées à l'indienne, la tête penchée en arrière. Il lorgnait quelque chose dans le ciel.

— Quoi ? dit Johnny. Tu vas pas encore me demander à quelle bête ressemble un nuage ? Parce que j'en ai rien à branler.

— Regarde ! dit Drennen en tendant sa canette de bière vers le ciel.

Johnny soupira et leva les yeux. C'eut l'air de lui coûter un gros effort.

— Tu le vois ? reprit Drennen.

— Quoi ?

— L'oiseau. L'aigle ou je ne sais quoi qui fait des ronds.

Johnny plissa les yeux et le trouva enfin. Il était loin, là-haut.

— Tu te rappelles quand on a fait ce coup dans le canyon ? Tu t'souviens qu'on avait vu un oiseau comme ça ?

— Ouais.

Tous deux pensèrent la même chose en même temps et se regardèrent.

— Impossiiible..., fit Drennen avec un sourire forcé.

— Merde, non, dit Johnny, qui se sentit un peu patraque après l'avoir regardé en face.

CHAPITRE 25

Joe entra dans le bar sombre et sans fenêtres. Après avoir passé toute la journée dehors au brillant soleil de septembre, il lui fallut du temps pour s'adapter à l'obscurité soudaine du Stockman's Bar derrière la porte. Pendant qu'il attendait que ses yeux accommodent, ses autres sens prirent le relais : il entendit le cliquetis des billes de billard sur les tables du fond, le bruit sourd d'une chope de bière reposée pour une deuxième tournée quand l'employé du ranch commanda un « re-ride[1] », et il sentit le mélange âcre de sueur, de poussière et de fumée de cigarette. La bande-son de la scène qui se révélait sous ses yeux était celle du juke-box passant « Can't Let Go[2] » de Lucinda Williams.

Moi non plus, pensa Joe.

Presque tous les tabourets étaient occupés. La moitié par des habitués plongés dans les derniers stades d'une cuite de trois jours, avant de s'offrir une énième bouffée de nostalgie des vacances. Keith Bailey, le vigile à temps partiel de l'Eagle Mountain Club, avait repris sa place habituelle et tenait délicatement une tasse de café entre ses grosses mains. Quelques touristes qu'il ne reconnut pas s'étaient mêlés aux gens du coin,

1. En langage cow-boy, faire un nouveau tour à cheval pour chercher le bétail qui n'a pas été rassemblé la première fois.
2. « Je ne peux pas laisser tomber. »

mais tranchaient sur eux quand même, et un troupeau arrogant de jeunes en âge d'aller à la fac, qui jouaient les cow-boys et les cow-girls, bouchaient le fond du bar. Mais l'homme qu'il voulait n'était pas là. Il plaignit ces gens qui cherchaient le sombre réconfort d'une grotte alors qu'une journée lumineuse, fraîche et multicolore – déjà presque d'automne – explosait dehors partout autour d'eux.

Timberman émergea de l'obscurité lorsque, enfin, Joe vit quelque chose. Les deux mains à plat sur le comptoir, le barman se dressa au-dessus des clients assis et pencha la tête en avant en arquant un sourcil vers lui, l'air de dire « Qu'est-ce que je vous sers ? »

— Y a pas quelqu'un qu'est passé ici en trombe, là, tout de suite ? demanda Joe. Un type d'environ trente-cinq ans ? Mince, avec une barbe de trois jours à la mode ? Chemise noire et casquette de base-ball ? Et l'air niais ?

— Désolé, je ne peux pas vous aider, lui dit Buck à voix haute, mais en jetant un coup d'œil le long du bar vers le fond de la salle.

Il l'avait fait de telle sorte qu'aucun de ses clients ne puisse le voir. Joe hocha la tête pour le remercier, et suivit sans se presser le vieux plancher en pin, comme de sa propre initiative. Il s'excusa en traversant le groupe de frimeurs à coups d'épaules, longea le mur des box et contourna les tables de billard.

— Il est parti par là ? demanda-t-il quand l'un des joueurs leva la tête – comme s'il connaissait cet habitué.

De sa queue de billard, le type lui montra le fond de la salle.

— Par cette porte.

— Merci beaucoup.

La porte coincée entre celles des « cow-boys » et des « cow-girls » conduisait à une réserve exiguë, puis à une porte de derrière qui s'ouvrait dans la contre-allée. La pièce servait aux livraisons. Des caisses et des tonnelets de bière s'y entassaient jusqu'au plafond, mais un couloir, entre les piles, menait à la porte en acier du fond. Des boîtiers électriques, des robinets et des conduites d'eau encombraient le mur près de la sortie. Joe chercha un interrupteur, n'en trouva pas, et renonça.

Il poussa la porte pour sortir et regarda rapidement des deux côtés. Pas de Shamazz.

Les mains sur les hanches, il tenta de réfléchir. Où était-il passé ?

Il contourna le bâtiment à petites foulées jusqu'au trottoir pour voir si le groupe des collègues de Bud Jr était toujours dehors devant le bar et les interroger. Mais eux aussi avaient filé.

Il aurait bien aimé pouvoir appeler des renforts, mais une fois de plus, il agissait entièrement seul. Shamazz était-il en ville pour le procès ? Si oui, pourquoi s'était-il enfui quand il l'avait reconnu ? Il n'y avait rien de mal à assister à un procès dont son père était l'acteur vedette.

Comme le jeune homme n'était ni dans la rue ni dans la contre-allée et qu'il n'avait pas entendu de voiture démarrer ni de porte claquer, Joe resta. Puis il se rappela avoir vu dans la contre-allée une échelle rouillée menant au toit du bar et se maudit de n'avoir pas levé les yeux en sortant. Peut-être Shamazz y avait-il grimpé et l'avait-il vu tourner sous lui comme un lapin déboussolé.

De plus, était-il vraiment sûr qu'il s'agissait de Bud Jr ? Si oui, le jeune homme avait mis ce qu'il fallait considérer comme sa tenue civile. Pas de chemise blanche bouffante, pas de bonnet à grelots pour un spectacle de rue, aucune tartine de maquillage de mime. Il portait même sa casquette de base-ball comme on devait la porter, la visière arrondie sur le devant – et pas à l'arrière, sur le côté, ou redressée avec l'étiquette apparente selon la mode des rues. Et il se promenait sans faire rebondir une balle de jonglage sur son pied, l'une de ses caractéristiques. Mais Joe se rappelait ses yeux vides parce qu'il les avait vus bien des fois – des yeux bleu pâle qui voyaient le monde autrement que le garde-chasse, comme un endroit qui opprimait les esprits libres tels que lui – et pas juste parce que leurs pupilles étaient presque toujours dilatées. C'étaient des yeux qui disaient : « Merde, pourquoi moi ? » chaque fois

que Joe lui avait demandé quelque chose au ranch, du genre :
« Pourrais-tu aller chercher la tarière, s'il te plaît ? »

***

L'échelle ne menait nulle part, Joe s'en aperçut quand il
retourna dans la contre-allée, leva les yeux et vit qu'elle ne
touchait pas les briques en haut du mur. Si quelqu'un avait
tenté de s'en servir, elle serait tombée en arrière et se serait
écrasée par terre. Joe regretta que Bud Jr ne l'ait pas fait parce
que là, il le tiendrait.

Puis il pinça les lèvres et comprit exactement où il se cachait.

***

La porte donnant sur l'escalier qui menait au deux-pièces
vide de son père était ouverte comme la dernière fois. Il monta
lentement les marches en faisant le moins de bruit possible,
tendit l'oreille, guetta un mouvement et un fredonnement au
premier. Shamazz fredonnait tout le temps, ou chantait des
bribes de chansons jouées par des groupes dont Joe n'avait jamais
entendu parler et qu'il n'aurait sûrement pas aimés. Des chansons sur l'angoisse, le destin, la perte et le manque de diversité…

Il gagna le palier. La lumière était éteinte comme l'autre fois,
mais il put voir que les scellés collés autour du cadre de la porte
par les hommes du shérif avaient été brisés. En respirant doucement, il ôta son chapeau et se pencha en avant pour pouvoir
coller l'oreille contre le battant. Une vibration grave montait
de l'intérieur, soit du réfrigérateur, soit… d'un climatiseur. Il
devait faire très chaud au dernier étage du vieux bâtiment avec
toutes ces fenêtres et, sans doute, une mauvaise isolation.

Il entendit alors fredonner… Puis chanter d'une voix dis-
cordante : *You gotta spend some time, love…*

Là, il leva les yeux au ciel et se dit : *Je t'ai trouvé, Shamazz.*

Il ne pouvait pas juste frapper et s'attendre à ce que le jeune homme le laisse entrer. Bud Jr avait eu une raison de s'enfuir, quelle qu'elle soit. Il ne pouvait pas non plus défoncer la porte, car il n'était pas habilité à le faire et n'avait pas de motif légitime d'agir de la sorte. Il connaissait assez bien Shamazz pour savoir qu'il ferait aussitôt valoir ses droits constitutionnels, même s'il n'avait que mépris pour le pays. Comme il le lui avait expliqué un jour, les flics ne cessaient de le harceler ou de le flanquer en taule, juste parce qu'il vendait de la drogue qui rendait les gens heureux ou qu'il faisait du théâtre de rue pour décoincer les constipés.

Alors, comment le pousser à sortir de lui-même ?

Il se rappela le plan de la réserve du bar en dessous de l'appartement, celle où se trouvaient les conduites d'eau et le tableau électrique, et il sourit.

Il fallut vingt minutes de manque d'eau et d'électricité pour qu'il sorte. Joe attendait en bas, juste devant la porte, dans le passage entre le bar et le drugstore. Il entendit la porte s'ouvrir en haut, puis compta deux bonnes minutes pendant que Bud Jr cherchait un tableau électrique ou un robinet d'arrêt dans la cage d'escalier.

Finalement, il entendit une série de jurons et de pas lourds qui descendaient les marches. Shamazz maudissait Timberman pour la coupure d'eau et de courant. Joe fit un pas de côté.

La porte s'ouvrit, et Bud Jr sortit sans regarder par-dessus son épaule, à l'endroit même où Joe était adossé au mur de brique.

— Shamazz…

Le jeune homme se figea, puis il poussa un cri et se retourna si brusquement qu'il perdit pied et tomba sur le ciment sale.

— Bordel, vous m'avez fait peur ! s'écria-t-il. C'est vous qui m'avez coupé le courant ?

— Ça fait un moment qu'on ne s'est pas vus, dit Joe en tendant la main pour l'aider à se relever.

Le jeune homme ne l'accepta pas tout de suite. Puis il soupira et se laissa remettre debout. Comme toujours, il avait l'air amer et irrité. Il mesurait dix centimètres de plus que Joe et était solidement bâti. Malgré ça, Joe se tenait entre la rue et lui. Le passage était si étroit qu'il aurait du mal à le contourner pour gagner le trottoir.

— Comment ça va, depuis le temps ? insista Joe.

— Très bien. Impeccable. Hé, c'est super de vous revoir, Joe, mais je dois filer.

Il fit un pas vers lui pour voir s'il allait s'écarter, mais Joe ne bougea pas. Shamazz lui jeta un regard noir et serra les dents.

— Où as-tu eu la clé de l'appartement de ton père ? demanda Joe.

— À'votre avis ? Je ne suis pas entré par effraction, si c'est ce dont vous m'accusez, dit-il, sur la défensive. Et qu'est-ce qui vous donne le droit de couper les services publics ? C'est vraiment cruel, mec.

— Alors, il t'a donné une clé, hein ?

Du revers de la main, Shamazz essuya la poussière laissée par sa chute sur sa chemise et son pantalon.

— Pourquoi pas ? Je suis son fils, après tout.

— Je croyais que tu le détestais. Tu me l'as dit, oh, un bon millier de fois.

Bud Jr n'eut pas de réponse à ça.

— C'était toi à l'enterrement, dans la camionnette jaune ?

— Peut-être, dit Shamazz sans le regarder en face.

— Je ne peux pas croire que tu y sois allé pour rendre un dernier hommage à Earl.

— J'aimerais mieux cracher sur sa tombe.

— Où est Bud ?

— Qui ça ?

— Je le cherche, dit Joe. Juste pour lui parler. Tu dois être au courant du procès de Missy et du fait que ton père en est le principal témoin. Tu peux me dire où il est ? Où tu as eu la clé ?

Bud Jr regarda derrière Joe vers la rue principale.

— Il faut vraiment que j'y aille, dit-il. Pardon de ne pas pouvoir rester pour, vous savez... reparler du bon vieux temps avec vous.

Joe n'aima pas sa façon de l'envoyer balader et d'éviter son regard. Quand Shamazz tenta de l'écarter d'un coup d'épaule, il fit un pas en avant.

— Tu m'énerves, dit-il. Qu'est-ce que t'essaies de me cacher ?

— Rien. Écartez-vous de mon chemin. J'ai des droits. Arrêtez-moi ou poussez-vous, putain !

— Tu détestais ton père, le ranch, cette ville et le Wyoming. Alors, pourquoi es-tu là ?

— Les gens changent.

— Pas toi.

— Non, vraiment..., dit Bud Jr d'un ton geignard. Faut que j'y aille. Je connais mes droits. Je sais que vous ne pouvez ni me retenir ni m'obliger à répondre à vos fichues questions.

— Qui es-tu sous ce déguisement ? Pourquoi as-tu un peu l'air d'un homme normal ?

— C'est cruel, mec. Vraiment sadique ! Je vous détestais, vous aussi, dit-il en braquant ses yeux sur lui. Un super Dudley-Do-Right[1] et sa petite famille de poupées Barbie... Les types comme vous...

Il s'arrêta, les lèvres tremblantes.

— Continue, dit Joe, impassible.

Il l'avait entendu dire tant de choses ignobles et inconsidérées par le passé qu'il était choqué de n'être pas choqué. Le

1. Personnage d'une série de dessins animés, Dudley-Do-Right est un membre de la police montée canadienne caractérisé par un esprit obtus, mais gai et consciencieux.

fils de Bud Longbrake ne semblait pas avoir de mécanisme de frein intégré entre ses émotions et sa bouche. Il disait tout ce qu'il pensait. Joe avait appris à ne pas l'écouter, à ne pas y prêter attention et à ne pas répondre. Son incapacité à se taire lui avait donné beaucoup de maux de tête au fil des ans, mais ce type ne semblait jamais pouvoir associer ses paroles à la réaction qu'elles causaient chez les autres. Il n'en était toujours pas capable, pensa-t-il.

— Vous autres, vous habitiez là-bas, dans le ranch de mon père, en profitant de lui comme cette vieille garce de Missy. Vous nous avez exclus, ma sœur et moi, vous m'avez tenu à l'écart.

— J'ai essayé de t'aider, lui renvoya Joe, les dents serrées. J'ai rendu service à ton père en tâchant de t'apprendre à travailler pour gagner ta vie.

— Sans blague ! cracha Shamazz, les yeux exorbités. Ben, ça n'a pas marché !

Joe avait du mal à le voir à travers le filtre de la rage qui était tombée sur lui comme un capot rouge.

— Qui chante la chanson que tu fredonnais là-haut ?

— Quoi ? Vous voulez dire Death Cab for Cutie[1] ?

— Death Cab for Cutie ?

— Ouais.

— Je savais que je n'aimais pas ce groupe..., dit Joe, puis il lui saisit l'oreille. Dis-moi pourquoi tu es ici, ordonna-t-il en la serrant violemment.

Dans un coin de sa tête, il dressa la liste des charges qui pourraient être portées contre lui. Il y en avait beaucoup. Mais il avait l'impression que, pour une raison ou pour une autre, Shamazz ferait tout son possible pour éviter de parler à la police.

— Aïe ! hurla-t-il en tendant le bras pour attraper sa main.

Du bout de sa botte, Joe le frappa brutalement au tibia. Bud Jr poussa un cri perçant et tomba à genoux.

1. « Taxi de la mort pour une jolie fille », nom d'un groupe américain, formé en 1997.

— C'est un ami qui m'a appris ce coup-là, dit Joe. Tu te souviens de Nate Romanowski ? Maintenant, dis-moi ce que je veux savoir ou je t'arrache l'oreille. J'en ai déjà vu quelques-unes se détacher. Ça fait un petit craquement sec, comme quand on casse une aile de poulet. Tu connais ce bruit ? Ça doit être bien pire de l'intérieur, tu sais ?

— Je vous en prie, Joe... Ça ne vous ressemble pas, dit-il, les larmes aux yeux.

Joe hocha la tête. C'était vrai. Qu'importe. Il ne lâcha pas. Bud Jr ouvrit la bouche pour pousser un hurlement.

— Ne crie pas ! Tu brailles, tu perds ton oreille. Et dans ce cas, tu en as une autre que je peux arracher. Et après, ce sera vraiment dur d'écouter Death Cab for Cutie.

Shamazz ferma la bouche, mais des sons gutturaux sortirent du fond de sa poitrine.

— Dis-moi pourquoi tu es là.

— Je voulais rentrer à la maison ! cracha-t-il. Je voulais juste rentrer à la maison !

Joe était dérouté.

— Mais tu n'as pas de maison ! Ton père a perdu le ranch. Tu le savais.

— *Ouille-ouille-ouille...*

— Nous n'avons jamais profité de ton père. Missy, oui. Toi aussi. Moi, j'ai travaillé pour lui.

— *Ouille-ouille-ouille...*

— Alors, où je peux trouver ton père ? reprit Joe en maintenant la pression.

— Vous ne savez vraiment pas ? Pas du tout ?

— Dis-moi pourquoi tu es là.

— Pour récupérer ce qui est à moi ! glapit-il.

— Y a plus rien à toi.

Mais quand il vit la passion dans les yeux écarquillés de Shamazz – une passion qu'il n'y avait jamais vue –, il se demanda s'il était capable de meurtre ou, du moins, prêt à donner un coup de main à son père. Avant, il n'avait jamais pensé ça du gamin.

— Raconte-moi tout, dit-il.

Juste à ce moment-là, il nota un mouvement du coin de l'œil et, en levant la tête, il vit un SUV du bureau du shérif passer par la trouée entre le bar et le drugstore. Sollis était au volant. L'avait-il vu ?

Malgré lui, il desserra sa prise sur l'oreille de Shamazz, qui profita pleinement de l'occasion. Bien qu'il fût à genoux dans l'allée jonchée de détritus, il parvint à tendre le bras vers l'arrière pour lancer un crochet, qui s'abattit de toute sa force sur la tempe de Joe. Ce dernier, sous le coup, lâcha prise et chancela. Bud Jr se releva tant bien que mal et frappa à nouveau, lui envoyant son poing en travers de la mâchoire, ce qui le fit tomber. Joe tenta de protéger sa tête contre la fureur de pieds rodés au lancer des balles de jonglage, mais Bud Jr était excité par la colère et le désespoir, et plusieurs coups firent mouche. Joe s'écarta en roulant sur lui-même, sentit deux grands coups le long de sa colonne vertébrale et un près de ses reins, et lorsqu'il put enfin se redresser et se mettre à quatre pattes avec peine, Shamazz s'était enfui.

Joe resta longtemps ainsi. Il avait très mal à la tête et au visage et, quand le choc se dissipa, les coups qu'il avait reçus aux épaules, au cou et aux bras se mirent à l'élancer.

En gémissant, il parvint à s'appuyer au mur de brique et à se hisser en crabe à la verticale, jusqu'au moment où il put à nouveau tenir sur ses pieds. Il se tâta la tête pour chercher du sang, mais n'en trouva pas. Il espérait sacrément que Sollis ne repasserait pas. Il ne voulait être vu de personne.

***

En clopinant vers son pick-up, il regarda sa main droite – celle qui avait failli arracher l'oreille de Bud Jr – comme si elle appartenait à quelqu'un d'autre. Du genre de Nate, peut-être…

Shamazz s'était débattu comme un beau diable. En partie par légitime défense, en partie à cause d'une chose en lui qui était plus forte que l'instinct de protection de Joe. D'une certaine manière, il l'admira et il eut honte d'avoir fait pression sur le jeune homme et d'avoir prêté le flanc à son attaque.

Furieux contre lui-même, il monta dans son pick-up et examina ses yeux dans le rétroviseur en se demandant qui lui renvoyait son regard.

***

Dix minutes plus tard, quand il pensa avoir assez récupéré pour retrouver sa voix, il repêcha son portable – intact – dans sa poche et l'appareil sonna avant qu'il ait pu contacter sa femme. L'écran indiquait que l'appel venait justement d'elle.

— Salut, dit-il d'une voix rauque.

Elle hésita.

— Joe, ça va ?

— Bien.

— Ta voix n'est pas comme d'habitude.

Il grommela.

— Écoute, dit-elle, je devais t'appeler tout de suite. Il y a certaines choses sur la société Rope the Wind que je trouve vraiment louches. J'ai passé tout l'après-midi sur Internet et je ne peux pas trouver de réponse à des questions qui sautent aux yeux.

— Comme quoi ? demanda-t-il.

Il changea de position sur son siège parce qu'il avait mal au dos aux endroits où Shamazz l'avait frappé. Il avait déjà eu les côtes brisées, et il savait qu'elles n'avaient pas été fracturées. Dans l'ensemble, ça allait, mais il lui faudrait un moment pour savoir s'il avait quelque chose de meurtri ou d'abîmé.

— J'ai trouvé les articles originaux de sa demande d'immatriculation en ligne au bureau du Secrétaire d'État. Earl n'était pas au conseil d'administration à sa création, il y a cinq ans. Cinq ans, c'est une éternité dans l'histoire des compagnies d'énergie éolienne. C'est de l'histoire ancienne. Le P-DG et président du conseil d'administration est un certain Orin Smith. À l'époque, il avait donné comme adresse une boîte postale à Cheyenne. Donc, bien sûr, l'étape suivante a été de trouver le plus de choses possibles sur ce Smith, et de voir si je pouvais le relier à Earl.

Joe fit *hummmmm* pour l'inciter à continuer.

— Je suis tombée sur des milliers de connexions. Et c'est là que ça devient bizarre. Orin Smith est apparemment le P-DG et le président du conseil d'administration de centaines de sociétés immatriculées dans le Wyoming. De toutes sortes de boîtes, depuis des compagnies de production d'énergie comme Rope the Wind jusqu'à des firmes délirantes comme « Prairie Enterprises », « Bighorn Manufacturing », « Rocky Mountain Internet » ou « Cowboy Cookies »…

— Deux ou trois me disent quelque chose, grommela Joe.

— À moi aussi, mais c'est ça qui est vraiment étrange. Ce sont juste des noms. On dirait des compagnies dont on a entendu parler, mais elles n'existent pas en réalité.

Joe hocha la tête.

— Quoi ?

— Aucune n'a l'air de produire quoi que ce soit. Il n'y en a aucune trace à part leur nom et leur immatriculation ; ces firmes ont l'air totalement inactives.

— Là, je suis paumé, dit-il.

— Moi aussi. Je ne comprends pas. Et je ne vois pas du tout comment Earl est arrivé dans ce tableau.

— On se trompe peut-être complètement de direction, dit-il. Ça ne cadre avec aucune combine que je peux imaginer.

— Je sais, dit-elle, mais j'ai découvert un truc intéressant.

— Oui ?

— Je pense savoir où est cet Orin Smith.

— Dis-moi.

— Dans une prison fédérale à Cheyenne. C'est incroyable tout ce qu'on peut trouver rien qu'en cherchant un nom sur Google.

— Pour quels motifs ?

— Voyons voir…, dit-elle, et il l'entendit taper sur des touches. Fraude boursière, escroquerie à l'investissement, courriers frauduleux, blanchiment d'argent, etc. Il y en a onze en tout.

— Quel organisme l'a coincé ?

— Le FBI.

— Bien, dit-il en posant son stylo. Quelqu'un me doit une faveur là-bas.

***

— Demande à ta mère ce qu'elle sait sur le retour de Bud Jr en ville, dit-il avant de raccrocher. Je pense qu'elle cache quelque chose.

— Bud Jr ? Tu veux dire… Shamazz ?

— Oui. Je viens d'avoir une prise de bec avec lui. Je n'ai pas eu le dessus et il m'a échappé.

Il décida de lui donner les détails de l'affrontement plus tard. Beaucoup plus tard.

— Rappelle-moi pour me dire ce qu'elle t'aura répondu.

— Tu reviens quand ?

— Je ne rentre pas, dit-il en regardant dans le pare-soleil les bosses et les bleus naissants sur sa pommette et sa mâchoire. Je vais rouler toute la nuit jusqu'à Cheyenne pour parler à Orin Smith.

***

En sortant de Saddlestring, il fit défiler sa liste de contacts sur son portable jusqu'à ce qu'il ait trouvé le nom de l'agent spécial Chuck Coon.

CHAPITRE 26

— Et maintenant, courez ! lança Nate à Johnny et Drennen.

— Mec, gémit Drennen, vous pouvez pas nous faire faire ça. C'est cruel.

— Vous pouvez pas, répéta Johnny.

Nate arqua les sourcils et dit d'une voix basse et voilée :

— Je ne peux pas ?

Il les avait forcés à faire quinze cents mètres à pied dans un silence total, depuis le bordel de Gasbag Jim vers la Wind River Range, avec son informatrice dans son sillage : Lisa, la fille aux cheveux noirs qui les avait identifiés. Elle avait le teint café crème, des yeux noirs et des pommettes hautes. Ses gros seins tendaient son pull blanc sans manches et ses jambes courtes, musclées mais bien faites la propulsaient à travers l'armoise. Elle faisait tourner des sandales à hauts talons autour de son doigt, parce que ça lui faisait mal de marcher avec.

Nate montrait le chemin à Johnny et Drennen avec la gueule du .500 Wyoming Express, comme un dresseur donne des ordres aux chiens de chasse à l'aide de signes de la main. Le soleil derrière eux allait se coucher dans quelques minutes, et tous les quatre projetaient de longues ombres dans l'armoise et les touffes sèches de brome des toits. Johnny était toujours en bottes et en caleçon.

— Comment ça, courez ? s'inquiéta Drennen. Vous allez nous tirer dans le dos ?

Nate haussa les épaules.

— Je vous donne plus de chances que vous n'en méritez. C'est une vieille ruse indienne. Vous avez déjà entendu parler de la course de Colter ?

— La course de qui ? demanda Johnny.

— Moi oui, dit Lisa. Il était poursuivi par les Blackfeet, non ?

— Exact, lança Nate par-dessus son épaule, puis il retourna son attention vers les deux hommes. C'était en 1808, dans le Montana, sur le site de la ville actuelle de Three Forks. Les Blackfeet avaient capturé John Colter, le premier Blanc à avoir exploré la région du futur parc de Yellowstone. Ils ne savaient pas quoi faire de lui : le tuer comme son camarade John Potts qu'ils venaient d'abattre, ou le déshabiller et le laisser courir. Ils ont opté pour la vieille ruse indienne, en lui donnant quelques longueurs d'avance avant de le poursuivre. Ce qu'ils ne savaient pas, c'est que le trappeur était très rapide. Il a réussi à distancer tous les guerriers, sauf un. Quand il est arrivé près de la rivière, le Blackfoot qui avait réussi à le suivre a jeté sa lance sur lui, mais l'a raté et Colter l'a saisie, l'a retournée contre le pauvre type et l'a tué. Puis il a sauté dans la rivière et, pendant plusieurs jours, il a réussi à échapper aux recherches de toute la bande en se cachant dans des enchevêtrements de bois flotté. Finalement, il s'en est sorti et s'est fait une place au soleil dans l'Est. À la fin, il a épousé une certaine Sallie. Donc, conclut-il, ça s'est bien terminé pour lui.

— Une belle histoire, dit Drennen. Mais c'est stupide. Je vais courir nulle part.

Nate lui sourit et ne dit rien.

— Oh, merde…, gémit Johnny en lisant la malveillance dans son sourire cruel, puis il leva les yeux vers le ciel bleu pastel, où les nuages rougeoyants en forme de vesses-de-loup étaient illuminés par le soleil du soir. J'ai compris quand j'ai vu ce maudit oiseau…

— Ce n'était pas le mien. Mais ça a marché plutôt bien, non ?

— Moi, je croyais que c'était le tien, dit Lisa. Comme si c'était ton esprit, ou un truc comme ça. Nous, on croit à ce genre de choses, tu sais ?

Sa voix avait une certaine cadence musicale, qui rappela à Nate pourquoi il était là. Comme s'il avait besoin de s'en souvenir.

Il sourit à la jeune femme.

— Continue à le croire si tu veux.

— Ouais, dit Drennen en serrant les poings avant de faire un pas vers elle. Crois ce que tu veux, espèce de moucharde ! Sale putain !

Nate leva son revolver, Drennen tourna la tête et vit le gros O de sa gueule. Il s'arrêta net.

— Pour toi, elle s'appelle Lisa Rich, dit Nate à voix basse. Moi, je la connais sous le nom de Lisa Whiteplume. Elle vient de la réserve, c'est la belle-sœur de ma compagne. Elle s'appelait Alisha. Vous deux l'avez tuée.

Identifiée, Lisa leva le menton et posa ses mains sur ses hanches, fièrement, d'un air de défi. Drennen recula d'un pas.

— Tu vois ce que je t'avais dit sur les types comme lui, dit Nate à Lisa. Même quand tu es là à te démener pour le faire jouir, il te méprise pour ça. Plus tu lui donnes du plaisir, plus tu le dégoûtes, ce qui est un assez bon indicateur de ce qu'il pense de lui en son for intérieur. Tu retiendras la leçon ?

Elle soupira, mais détourna les yeux.

— Je pense...

— Oh, merde ! répéta Johnny, avec plus de force que la première fois. Drennen, là, faut la fermer...

— Mais, mec, il peut rien prouver. Il dit qu'on a fait quelque chose à sa copine, mais il peut pas prouver que c'était nous.

— Tu ne comprends pas, dit Nate. Je n'ai pas besoin de prouver quoi que ce soit. Ça ne marche pas comme ça avec moi.

— Alors, comment vous pouvez être sûr que c'était nous ? demanda Johnny. Et si c'était quelqu'un d'autre ?

— Vous tuer est un bienfait dans les deux cas, répondit Nate. Franchement, je me sens insulté que quelqu'un ait envoyé deux imbéciles comme vous à ma poursuite, et je suis furieux que vous soyez arrivé aussi près. Et pour votre gouverne, vous avez laissé sur place des empreintes et de l'ADN. J'ai fait analyser la bouteille de bière que vous avez jetée par des amis dans les forces de l'ordre. Ils ont trouvé une connexion avec le nom « Drennen O'Melia ». Et il n'a pas fallu longtemps pour découvrir qu'il traîne avec un raté nommé Johnny Cook.

Johnny se tourna vers Drennen, accusateur, comme s'il se rappelait maintenant la bouteille qu'ils avaient laissée sur la piste.

Puis, en regardant Nate du coin de l'œil, il dit :

— C'est vous, le type, pas vrai ? Comment vous vous en êtes sorti ?

— Je n'étais pas dans la grotte. Mais quelqu'un que j'aimais, si.

Johnny l'écoutait, le visage tordu par la colère d'avoir été trahi. Il pensa aux spermophiles.

— C'était pas notre idée, dit-il. On était ivres et cette dame qu'on a rencontrée à Saddlestring nous y a poussés. Elle nous a engagés, nous a conduits là-bas, nous a donné le lance-roquettes, et elle nous a payés pour faire le coup. On était comme... ses marionnettes, conclut-il après avoir cherché le mot juste.

— Des « marionnettes », répéta Nate dans un murmure, puis : Elle était grande, belle, environ trente-cinq ans ? Avec l'accent de Chicago ? (Il leva sa main libre et traça une ligne en travers de son front avec son index, juste au-dessus des sourcils.) Une frange noire comme ça ?

— Voilà ! s'empressa de crier Drennen. Elle nous a dit qu'elle s'appelait Patsy.

— Ouais, renchérit Johnny, visiblement furieux contre lui, mais donnant la priorité à un moyen possible de rester en vie. Patsy.

— Comme Patsy Cline ? demanda Nate.

— Ouais ! lança Drennen. C'est ça.

— Crétins, grommela Nate, puis il dit à Lisa : Elle s'appelle Laurie Talich. J'ai eu une altercation avec son mari il y a quelques années. J'ai appris qu'elle avait l'intention de boucler la boucle, donc je m'attendais un peu à entendre parler d'elle, d'une manière ou d'une autre. Mais je n'arrive toujours pas à comprendre comment elle a su où j'étais, ni comment elle a trouvé un moyen d'arriver jusqu'à nous...

— On le sait pas non plus ! hurla Drennen pour créer une complicité avec Nate en partageant ses interrogations. Elle nous l'a jamais dit. Elle nous a juste conduits là-bas, puis elle a fait : « Voilà le lance-roquettes, les gars. La grotte est en bas de la piste. Allez-y ! »

Nate tourna son arme vers Johnny.

— Combien vous a-t-elle payé ?

— Pas tant que ça, en fin de compte, marmonna Johnny. À peine assez pour une semaine chez Gasbag Jim.

— Combien ?

— Juste quinze mille dollars, dit Drennen comme si la faiblesse du montant les dédouanait et rejetait leur responsabilité sur la pingrerie de Laurie Talich.

Nate respira un bon coup et ferma les yeux un instant. Puis il parla si doucement que Drennen et Johnny se penchèrent en avant pour l'entendre.

— Vous avez tué mon Alisha pour seulement quinze mille dollars...

— On savait même pas qu'elle était là, plaida Drennen. Cette Patsy nous a dit que vous étiez un dur à cuire... que les flics vous poursuivaient, mais qu'ils savaient pas où vous vous cachiez. Elle a dit que vous aviez assassiné son mari et que vous buter, c'était comme faire une bonne action pour la société.

— Quinze mille dollars, répéta Nate.

— Écoutez, dit Drennen, on peut vous aider à la retrouver. On lui doit plus rien. Elle nous a menti, c'est clair. Tout le monde peut voir que vous êtes un type bien. On vous donnera même une part dans notre nouvelle affaire. Merde, comme a dit Johnny, on était que ses marionnettes.

Nate laissa ces paroles en suspens. Les ombres étaient plus longues à présent, étirées à un point presque grotesque. Le soleil se trouvait juste derrière lui, et Johnny et Drennen devaient garder une main en visière pour le voir.

— Intéressant que de si petits hommes projettent des ombres aussi longues, dit-il. Bon, j'en ai assez entendu. Maintenant, courez.

— Mec, dit Drennen en voûtant les épaules.

— Courez !

— On fera tout ce que vous voulez. En tout cas, moi...

— Courez.

Drennen gémissait toujours quand Johnny se retourna soudain et fila. Il était si rapide qu'il mit très vite dix mètres entre Drennen et lui. Drennen hésita, lui jeta un coup d'œil et regarda à nouveau Nate, puis commença à reculer. Après cinq mètres de marche arrière, il fit volte-face et s'enfuit aussi vite qu'il put.

Nate les regarda partir. Ils soulevaient de petits nuages de poussière beige, illuminés par les derniers rayons du soleil. Il pouvait entendre leurs pas cogner sur la terre sèche et leur respiration bruyante et paniquée.

Drennen dévia légèrement à gauche de la trajectoire de Johnny, mais il était encore vingt mètres derrière lui. Nate l'entendit crier :

— Attends, Johnny, attends !

Mais Johnny ne ralentit pas.

Au bout d'une minute, Lisa tira Nate par le bras.

— Tu ne vas pas les poursuivre ? Tu les laisses partir ?

Les deux silhouettes devenaient plus petites et plus sombres ; la chaîne des Wind River, baignée de soleil, se dressait au-dessus d'elles, menaçante.

— Johnny est rapide, dit Nate, mais pas autant que Colter.

— Quoi ?

Soudain, en quelques pas vers la gauche, il passa devant elle. Au loin, un espace séparait encore les deux coureurs. Il fit d'autres enjambées dans la même direction jusqu'à ce qu'ils se fondent en une seule silhouette, malgré l'écart maintenu par l'avance de Johnny.

Là, il leva son arme et plaça sa main droite, qui tenait le revolver, dans le creux de la gauche. Il regarda dans le viseur avec les deux yeux et arma le chien avec le pouce.

Un seul coup de feu. Deux bulles de brume rouge là où la balle ressortit.

Les deux corps s'effondrèrent comme frappés par une mule et ne bougèrent plus, leur chute soulevant encore plus de poussière autour d'eux. Les gros nuages roses restèrent suspendus dans l'air léger du soir.

Lisa en resta bouche bée, les yeux écarquillés.

Nate regarda soigneusement dans le viseur pour s'assurer qu'il était inutile d'aller voir.

— Comme des marionnettes aux ficelles coupées, dit-il.

Il fit tourner le barillet, prit la douille en laiton et la jeta dans sa poche, puis il inséra une cartouche neuve, grande comme une saucisse, dans la chambre vide. Et glissa le revolver dans son holster d'épaule sous son bras gauche.

— Ces cartouches coûtent trois dollars pièce, dit-il à Lisa. Une, ça suffit bien pour des hommes qui ne valent rien.

Elle hocha la tête, sans voix.

— Je vais chercher une pelle, puis je me tire, ajouta-t-il. Je peux te ramener chez toi en allant à Chicago.

Elle allait discuter, mais quand elle vit son regard, elle trouva que ce n'était pas une bonne idée.

6 SEPTEMBRE

« Celui qui n'empêche pas un crime alors qu'il le pourrait, l'encourage. »

SÉNÈQUE

CHAPITRE 27

L'aube pointait lorsque Joe atteignit les limites nord de Cheyenne. Il avait suivi l'I-25 tout du long vers le sud, s'arrêtant juste pour prendre de l'essence et dormir deux heures dans son pick-up aux abords de Casper, sur la berge de la North Platte River. L'activité de la radio ayant été faible durant la nuit – surtout des appels de membres des forces de l'ordre signalant qu'ils prenaient ou quittaient leur service –, il avait eu beaucoup de temps pour réfléchir. Il tenta d'associer les faits qu'il connaissait sur la mort d'Earl Alden et l'arrestation de Missy dans une sorte de scénario logique, en espérant que les éléments disparates – le projet éolien, Bob Lee, la soudaine apparition de Bud Jr – finiraient par s'imbriquer. Il n'arrivait pas à tout comprendre et commençait à se dire qu'il tournait en rond.

Il se demandait si, comme McLanahan et Dulcie Schalk, il ne poursuivait pas une théorie aux dépens d'autres hypothèses plausibles. Avait-il des œillères ? Comme toujours depuis la découverte du corps d'Earl, il se sentait désagréablement déphasé. Il opérait en marge d'une enquête légitime – mais peut-être trop restreinte – et cherchait à mettre en échec des accusations portées de bonne foi. Il avait l'habitude de travailler sans renfort presque chaque jour où il était sur le terrain. Mais là, il doutait davantage qu'à l'accoutumée. Il avait l'impression d'avancer sans filet, avec des spectateurs qui le huaient.

Mais il avait fait une promesse à sa femme, et il la tiendrait. Beaucoup de choses lui échappaient dans l'histoire d'Earl Alden, et sûrement plus encore à l'attorney du comté. Et si suivre son instinct chancelant allait jeter le doute sur la culpabilité de Missy... qui sait ?

Il avait besoin de café.

***

Comme il était trop tôt pour que les bureaux du FBI soient ouverts en ville, il longea le nouveau siège du service Chasse et Pêche du Wyoming – lui-même encore fermé –, prit Central Avenue après le Frontier Park, puis s'enfonça dans le cœur du vieux Cheyenne. Il avait petit-déjeuné d'un café dans un gobelet en polystyrène et d'un burrito passé au micro-ondes trouvés dans une épicerie Kum & Go, tenue par une gothique obèse arborant au moins une douzaine de piercings et aux bras entièrement tatoués. Le café était amer.

La coupole dorée du capitole était éblouissante sous la première salve du soleil de septembre. Il prit la 24e Rue, se gara au bord d'un trottoir et fut surpris de voir le gouverneur Spencer Rulon traverser à grands pas la pelouse brillante de rosée pour gagner l'entrée latérale de son bureau. Rulon était seul et, semblait-il, plongé dans ses pensées car il baissait la tête et chargeait résolument vers l'entrée comme un wapiti en rut. Joe consulta sa montre : 6 heures.

Il sortit de son pick-up, plaqua son chapeau sur sa tête et le suivit. La porte qu'avait poussée le gouverneur n'étant pas verrouillée, il pénétra dans le capitole et la laissa se fermer en chuintant derrière lui. *Il n'y a qu'au Wyoming*, se dit-il, *que le gouverneur se déplace sans gardes du corps et que les portes du siège de l'État sont ouvertes sans personnel de sécurité pour les surveiller.*

Il ôta son chapeau dans le couloir silencieux et mal éclairé et le garda dans sa main gauche pour frapper à une porte anonyme.

— Bonjour, dit-il.

Il entendit jurer à voix basse de l'autre côté, mais un instant plus tard, Rulon ouvrit la porte, apparut, imposant, et regarda son visiteur en plissant les yeux. Rougeaud et de haute taille, le gouverneur avait une tignasse de cheveux roux ondulés virant à l'argenté. Il était brusque, insolent et doté d'un torse puissant. Ancien attorney fédéral, il était au milieu de son deuxième mandat et connaissait des milliers de ses électeurs par leur nom. Eux l'appelaient « Gouv. Spence » et lui téléphonaient souvent le soir chez lui (son numéro figurait dans l'annuaire) pour se plaindre ou tempêter.

Joe lui devait sa réintégration et une petite hausse de salaire et, malgré les méthodes parfois retorses de Rulon et leurs désaccords, il éprouvait une loyauté profonde envers lui.

— Bonjour, monsieur, dit-il.

— Qu'est-ce qui est arrivé à votre figure ?

— Quelqu'un m'a cogné.

— Je vois.

— Vous vous y mettez tôt.

— Je suis dans la merde jusqu'au cou, c'est pour ça, dit Rulon en lui montrant une chaise de l'autre côté de son bureau. Qu'est-ce qui vous amène ici, au cœur des ténèbres ?

Joe s'assit et le remercia d'un signe de tête quand Rulon, prenant une carafe M. Coffee sur un buffet, lui en servit une tasse.

— Je suis là pour interroger un détenu, dit-il. Orin Smith. Il est dans une prison fédérale. Le FBI et notre ami Chuck Coon l'y ont envoyé. Je vous ai vu par hasard, alors j'ai eu envie de vous faire un petit salut.

— Alors, salut, dit Rulon d'un ton aigre. J'espère que ça ne prendra pas longtemps. Je viens tôt ces jours-ci parce que avec le décalage horaire, on a deux heures de retard sur l'Est, de sorte que ces salauds de Washington ont une longueur d'avance sur nous dans leur éternel effort pour nous baiser ou nous dire comment vivre nos vies. J'ai besoin de ces heures supplémentaires juste pour engueuler des connards de DC. Six heures par jour ne me suffisent plus pour le faire.

Il montra les dents en une sorte de lamentable sourire pour indiquer qu'il plaisantait... un peu.

— Lorsque les gens de cet État m'ont engagé, c'était pour que je travaille pour eux, pas pour nos chefs suprêmes à DC. Mais c'est comme ça que ça a tourné et je commence à en avoir plus qu'assez.

— Je vois, dit Joe.

Il l'avait déjà entendu plusieurs fois s'étendre sur le sujet. Tout le monde l'avait entendu. C'était pour ça, entre autres, que la popularité de Rulon restait à des niveaux records dans le Wyoming. Ça, et sa tendance à défier les hauts fonctionnaires dans des combats à main nue ou des concours de tir pour régler des conflits.

— Là, vous me trouvez dans un très mauvais jour, reprit Rulon. Des tas de nouvelles réglementations fédérales viennent de nous tomber sur la tête... sur des jachères obligatoires, des quotas d'embauche pour les minorités et des conneries environnementales. Je dois décrocher le téléphone pour crier après ces salauds.

— Je comprends, dit Joe.

— Je veux juste gouverner mon État. Pas passer tout mon temps à hurler après ces crétins et leur intenter des procès. Merde, je sais ce que c'est qu'une minorité... ils n'ont pas besoin de me le dire. Une minorité, c'est être un gouverneur démocrate dans le Wyoming, nom de Dieu ! Alors, pourquoi font-ils de ma vie un véritable enfer ?

Joe pouffa malgré lui.

— Bon, qu'est-ce que vous voulez ? enchaîna Rulon. Vous savez que je n'ai pas aimé la façon dont l'opération avec les frères dans les montagnes a capoté l'an dernier. Ni la manière dont vous l'avez menée.

— Je sais, dit Joe. J'ai fait du mieux que j'ai pu, vu les circonstances.

— Ça, c'est ce que vous pensez. Mais ce n'est pas ce que je voulais, dit Rulon, qui balaya le problème d'un geste de sa main replète. Il me faut plus de béni-oui-oui. Je le mérite bien. Et moins de penseurs indépendants comme vous, ajouta-t-il dans un sourire. Merde, je suis le gouverneur ! Où, Seigneur, sont mes courtisans ? lança-t-il en regardant le plafond et en ouvrant les bras. Dois-je me présenter au Sénat pour en avoir ?

Joe eut un petit rire.

— Vous aurez bientôt un nouveau directeur au service Chasse et Pêche, dit Rulon en changeant de sujet, comme toujours, à la vitesse fulgurante d'une télécommande. J'espère que vous pourrez vous entendre avec lui. Ou elle. On ne vous laissera peut-être pas agir avec l'espèce d'autonomie que vous avez l'air d'avoir. Parce que... on est mardi matin et vous, vous êtes à Cheyenne. Vous ne devriez pas être au travail ?

— Je viens de bosser les trois jours du week-end. La dernière fois que j'ai vérifié, l'État me devait vingt-cinq jours de récupération.

— Que vous ne prendrez jamais.

— Sauf aujourd'hui et peut-être encore quelques-uns cette semaine. Je suis sur quelque chose d'autre en ce moment.

— Bon, dit Rulon. Vous avez une raison de venir me voir. Laquelle ?

— Le vent. Quels sont les dessous de l'histoire ?

Rulon grogna et leva les yeux au ciel.

— Ils sont partout, hein ? dit-il. Ces parcs éoliens ? Je ne suis pas contre l'idée, en principe, et il y a quelques sites où ils peuvent vraiment être utiles et rentables. Mais leurs exploitants doivent jouer à la régulière, comme tout le monde. Beaucoup de ces types ne me laissent pas en paix, comme si je n'avais pas assez d'ennuis. Ils veulent construire leurs éoliennes à perte de vue, en haut de toutes les crêtes et de toutes les collines. Il faut qu'ils ralentissent, bordel, jusqu'à ce qu'on puisse y comprendre quelque chose ! dit-il en secouant la tête. On se croyait maudits d'avoir des vents de classe cinq, six et sept dans cet État, et maintenant, on découvre que c'est une bénédiction ! Mais pour l'amour du ciel, il faut contrôler cette expansion !

Tout le monde n'a pas envie de voir ces trucs par sa fenêtre. Ces dernières années, on a tous appris le terme « cône de vue ». Mais ce qu'il faut qu'on m'explique, c'est pourquoi on installe toutes ces éoliennes alors que, juste en dessous, il y a tout le pétrole, le gaz, le charbon et l'uranium dont on aura jamais besoin, mais qu'on n'a pas le droit d'extraire ! Si ces machines ne satisfont que des vœux pieux, la politique politicienne et non un vrai besoin, mais qu'est-ce qu'on fait, putain ?

Joe lui servit son classique haussement d'épaules « Je-suis-juste-un-garde-chasse ».

— C'est ce que vous voulez savoir ? demanda Rulon.

— En partie. Mais surtout, je m'interrogeais sur le projet Rope the Wind, par chez moi.

Rulon se cala dans son fauteuil et croisa les doigts sur son ventre, qui était bien plus gros qu'à leur dernière rencontre.

— Maintenant, je comprends... Ça concerne votre beau-père.

— Pas seulement.

— Il était vraiment enchaîné à une pale d'éolienne ?

— Oui. C'est moi qui ai trouvé le corps.

— Nom de Dieu ! dit Rulon comme s'il était parcouru d'un frisson. Quelle mort terrible ! J'espère que ça ne va pas lancer une mode.

— Trop fatigant. La plupart des criminels ne veulent pas se donner tant de peine.

— Transmettez mon bon souvenir à votre belle-mère, dit Rulon en haussant les sourcils. J'aurais horreur de perdre une de mes plus grosses donatrices pour une accusation de meurtre. Ces choses-là font mauvaise impression. Grâce à Dieu, je suis presque au terme de mon mandat et je n'aurai pas de crétin de républicain pour retourner ça plus tard contre moi. Mais je m'égare. D'après ce que j'ai compris, ç'allait être le plus gros projet éolien privé du Wyoming. Cent éoliennes ! Mais peut-être que ce crime l'a fait dérailler. Et vous pensez que ce n'est pas aussi simple qu'il y paraît ?

— C'est possible.

Rulon inclina la tête.

— Je croyais que vous ne vous entendiez pas très bien avec votre belle-mère ? Pourquoi essayez-vous de la sauver ?

— Ce n'est pas pour elle, enfin si... Ma femme...

— N'en dites pas plus ! s'esclaffa Rulon. Je ne peux pas vous apprendre grand-chose sur le projet. L'État n'y a pas pris part. Ça s'est fait seulement entre le propriétaire, les sociétés éoliennes et les Fédéraux. Aucun terrain de l'État n'est concerné : on est resté en dehors.

— Je le craignais, dit Joe. Vous voyez, le procès commence lundi prochain...

Rulon se figea.

— C'est un procès éclair.

— Le juge Hewitt...

— Hewitt ! dit Rulon en l'interrompant. J'ai plaidé quelques fois devant lui du temps où j'étais attorney du comté. Une fois, il m'a fait chanter. Réellement : chanter une chanson. Mais c'est une autre histoire, que je vous raconterai une autre fois. Ce type ne perd pas de temps...

— Il a gagné un permis de chasse au mouflon de Dall en Alaska. Il veut boucler le procès avant la fin de la saison. (Rulon gloussa.) J'ai donc moins d'une semaine pour comprendre ce qui se passe, si tant est qu'il se passe quelque chose, dit amèrement Joe.

— Ça ressemble à toute cette ruée sur l'énergie éolienne. Elle tourne en roue libre, si vite que personne ne peut la suivre. Personne n'a pris le temps de regarder ce qui s'est passé dans les autres pays qui ont décidé, inconsidérément, de changer de politique énergétique pour adopter des projets optimistes délirants. Des emplois ont disparu et leur économie a coulé, et ils ont totalement abandonné. Mais pas nous, bon sang ! cria-t-il en bondissant presque par-dessus son bureau. L'énergie éolienne a créé de drôles de tandems. Les tenants du combustible fossile traditionnel la détestent et se liguent avec leurs ennemis traditionnels, les verts. Certains propriétaires terriens aiment les éoliennes, d'autres les haïssent... ça dépend qui reçoit des subsides. Les types de Washington passent par-dessus nos têtes parce que c'est une nouvelle politique et qu'ils se fichent complètement que ça se tienne économiquement ou que les États y participent. Et il y a tant de maudit fric fédéral en jeu... On sait juste que ça va devenir dingue.

— Merci de m'avoir consacré du temps, dit Joe en se levant. Je vous suis reconnaissant vu le contexte, mais je sais que vous êtes occupé.

Rulon le jaugea de ses yeux aux paupières tombantes.

— Ça m'a fait plaisir de vous voir, Joe. Je pense toujours que vous êtes un homme sur qui je peux compter, malgré tout.

— Merci.

— Vous et moi, on n'en a pas fini. J'ai encore deux ans à tirer et je devrai peut-être encore faire appel à vous. J'arrangerai ça avec le nouveau directeur, quand il... ou elle... sera engagé. Vous seriez partant si je vous le demande ?

Joe hésita.

— Bien sûr, dit-il enfin.

— Du moment que c'est dans vos capacités, glissa Rulon d'un ton sarcastique. Vous devriez avoir un autocollant qui proclame : « Que ferait Dudley-Do-Right ? » Appelez-ça Q-F-D-D-R. Ça sonne bien.

Joe hocha la tête.

— C'est la deuxième fois en deux jours qu'on m'appelle comme ça.

— Ce n'est peut-être pas pour rien. Merde, c'est une des raisons pour lesquelles je vous aime bien, Joe.

Joe haussa les épaules.

— Mais comme j'ai dit, je vais avoir besoin de plus de béni-oui-oui.

— Désolé.

— Passez une bonne journée, et mes amitiés à votre charmante famille.

Il terminait toujours comme ça, pensa Joe. Comme s'ils avaient parlé de la pluie et du beau temps.

— Vous aussi, monsieur le gouverneur.

— Dites à Coon de coopérer avec vous, ou il entendra parler de moi. Et il n'aime pas entendre parler de moi.

— Merci, dit Joe.

***

— Oui, on l'a, déclara l'agent spécial du FBI Chuck Coon. Mais pourquoi je devrais vous laisser parler à Orin Smith ?

— Je vous l'ai dit, insista Joe. Il pourra peut-être m'aider à éclaircir une affaire sur laquelle je travaille. À ma connaissance, elle n'est pas liée à la raison pour laquelle vous le détenez ici.

Ils étaient assis à une longue table de conférence, au troisième étage du Centre fédéral, à Cheyenne. Pour y pénétrer, Joe avait dû laisser ses armes, son portable, ses clés et tous ses objets métalliques dans un casier au contrôle de l'entrée au rez-de-chaussée. Il ne put s'empêcher de comparer la différence entre l'accès au FBI pour voir Coon et sa rencontre du matin avec le gouverneur.

— Qu'est-il arrivé à votre visage ? demanda Coon.

— Je me suis cogné dans un fainéant motivé.

— Je ne savais pas que ça existait.

— Moi non plus.

— Quand avez-vous vu Nate Romanowski pour la dernière fois ?

Joe réprima un sourire en voyant comme il avait glissé ça dans la discussion.

— Pas depuis un an. En fait, j'aimerais bien savoir où il est en ce moment.

— Ne me dites pas ça. Bon sang, Joe ! On le recherche toujours, vous savez.

Joe hocha la tête.

Coon n'avait pas perdu ses traits puérils, même si ses cheveux bruns coupés ras commençaient à grisonner maintenant qu'il dirigeait le bureau de Cheyenne depuis la promotion de son prédécesseur. Coon était incapable de ne pas avoir l'air d'un agent fédéral. Il portait une veste sport qui lui allait mal, par-dessus une chemise blanche et une cravate. Il avait l'air du genre à garder ses plaques d'identité accrochées à un cordon sous la douche et en jouant avec ses gamins. D'après son expérience et ce qu'il avait entendu dire par d'autres membres des forces de l'ordre à travers l'État, c'était un homme honorable et professionnel. Il servait indéniablement un lointain maître fédéral, mais depuis deux ans qu'il dirigeait le bureau de Cheyenne, il avait construit des ponts entre la myriade d'agences du FBI, de l'État, des comtés et des villes, dont les attributions se recouvraient de manière déroutante et conflictuelle dans le Wyoming. Joe l'aimait bien et quand ils ne s'affrontaient pas, ils parlaient de leurs familles et de l'intérêt récent de Coon pour le tir à l'arc.

— Alors, pourquoi Smith est-il en prison ? demanda Joe.

— Une chaîne de Ponzi, répondit Coon. Ça m'étonne que vous n'en ayez pas entendu parler. Il en avait monté une bonne ces deux dernières années, juste ici, depuis Cheyenne. Une sorte de système pyramidal d'avant-garde, par lequel il avait convaincu des investisseurs qui voulaient mettre leur argent à l'abri du fisc d'investir dans son opération. Il prétendait avoir trouvé un moyen d'acheter des actifs sûrs, comme l'or et l'immobilier, via une société offshore réglo. Comme ça, leur disait-il, ils pouvaient préserver leurs espèces pour qu'elles ne soient pas imposables et, en même temps, protéger leur fortune contre des baisses du dollar. C'était assez sophistiqué.

Joe hocha la tête.

— Il y a beaucoup plus d'arnaques de ce type aujourd'hui, reprit Coon. Les riches commencent à s'affoler. Certains feraient presque n'importe quoi pour ne pas payer jusqu'à cinquante pour cent d'impôts sur leurs revenus. De sorte que lorsqu'ils entendent parler d'une boîte comme celle de Smith, ils perdent toute prudence alors qu'ils devraient se méfier.

— Donc, il leur a vraiment versé des dividendes ?

— Au début. C'était une chaîne de Ponzi classique comme celle de Madoff, mais avec une astuce. Les premiers riches qui lui ont donné de l'argent à protéger ont bien reçu des intérêts fondés sur la hausse du prix de l'or… ou je ne sais quoi. Et ils ont fait de la pub auprès de leurs amis pour des commissions de prospection reversées par Smith. Mais plus le nombre de gens qui lui confiaient de l'argent augmentait, plus les dividendes des premiers investisseurs diminuaient, et se réduisaient à néant pour les derniers.

— C'était quoi, l'astuce ? demanda Joe.

Coon hocha la tête, moitié de dégoût, moitié d'admiration.

— Contrairement à Madoff, il n'a jamais prétendu être honnête. Il se vantait sur son site Web et dans ses e-mails d'opérer en dehors du système. Comme ça, affirmait-il, ses investisseurs et lui défendaient noblement la libre entreprise. Il appelait ça la « grève du capital ». Les gens qui lui envoyaient de l'argent savaient qu'il n'allait pas le révéler à la SEC[1] ni à personne d'autre. Ce qui pouvait siffler la fin de la partie, c'était que si jamais les taux d'imposition baissaient, les investisseurs lui demandent de vendre leurs actifs et de rendre leur mise. Pour Smith, ça a assez bien marché pendant un certain temps.

— Comment l'avez-vous coincé ? Si aucun de ses clients n'était prêt à le livrer à la police parce que ç'aurait été avouer leurs propres magouilles…

— Devinez.

Joe réfléchit un moment.

— Un divorce, dit-il enfin.

— Bingo ! Au Montana, une femme trophée et son mari de soixante-dix ans se sont séparés. Ils possédaient, entre autres,

1. Securities and Exchange Commission. Commission des opérations de Bourse.

une station de ski haut de gamme seulement fréquentée par des millionnaires, et elle voulait la moitié de leurs biens. Quand elle a découvert qu'il avait investi presque tous leurs avoirs dans l'entreprise de Smith, elle a piqué une crise et l'a dénoncé au bureau du Montana. Pour nous, ç'a été un jeu d'enfant de suivre les adresses IP et de percer tous les pare-feu jusqu'ici, à Cheyenne. Et il ne nous a pas fallu longtemps pour deviner qui était le coupable, car Smith pratiquait des escroqueries dans cette ville depuis des années.

Joe s'adossa à sa chaise.

— Je ne comprends pas, dit-il. Ce même type était aussi le patron d'une compagnie d'énergie éolienne légale qui valait des millions ? Et vous l'aviez repéré depuis un moment ?

— Alors, dit Coon, vous voulez le rencontrer ?

— C'est pour ça que je suis là.

— Je vais assister à l'entretien. S'il dit qu'il ne veut pas parler, ça n'ira pas plus loin. Et il réclamera peut-être la présence de son avocat. Dans ce cas, vous devrez patienter. Et si votre interrogatoire part dans une direction qu'il ne devrait pas prendre, je vous arrête. C'est clair ?

Joe grimaça, mais il voyait bien qu'il n'avait pas le choix.

— D'accord, dit-il.

CHAPITRE 28

Nate gara sa Jeep dans le parking longue durée de l'aéroport de Jackson Hole et consulta sa montre : 10 h 30.

La ligne en dents de scie des sommets de Grand Teton dominait l'horizon à l'ouest. La journée était claire et fraîche, l'air piquant, et une légère neige saupoudrait deux des pics, Teewinot et le Grand. Les peupliers de Virginie et les sorbiers, qui se disputaient les berges de la Snake River dans la vallée, commençaient déjà à prendre des teintes mordorées. Plus loin, sur la grand-route, deux élans descendus des plateaux d'armoise erraient au hasard sur l'asphalte, créant un bouchon dans la circulation qu'il avait simplement contourné en roulant dans le fossé. C'était le seul aéroport du pays situé dans un parc national, et la route qui y menait offrait un spectacle somptueux, mais il l'avait déjà vu bien des fois et il avait autre chose en tête.

Il baissa le pare-soleil et se contempla dans le petit miroir, comme un peintre examine son œuvre pour voir si elle est achevée ou a besoin d'autres retouches. Il se reconnut à peine. Ses cheveux étaient noirs, coupés court, ses yeux bruns grâce à des lentilles de contact teintées. Il regarda le paysage à travers des lunettes branchées, à fine monture noire. Il portait un polo sous une veste chocolat (avec un ruban rose de rigueur épinglé au revers), un pantalon en coton et des chaussures de marche légères, à peine sorties de la boîte. Il avait tout à fait le look Jackson, se dit-il. Il aurait l'air parfaitement chez lui dans les rues de Jackson, d'Aspen, de Vail ou Sun Valley. Comme tous les politicards, les gestionnaires de fonds spéculatifs et les acteurs d'Hollywood qui avaient une deuxième ou une troisième résidence dans les stations de montagne de l'Ouest.

Après avoir caché son revolver dans un coffre-fort sous le siège, glissé un nouveau portefeuille à l'arrière de son pantalon et un passeport en cuir noir dans la poche de poitrine de sa veste, il se coiffa d'un chapeau à large bord de style australien : là, il avait l'air si authentique, pensa-t-il, qu'il réprima l'envie de se donner un coup de poing.

***

La guichetière aux dreadlocks blonds, derrière le comptoir, leva à peine les yeux quand il dit qu'il voulait se rendre à Chicago par le prochain vol.

— M. Abbey, dit-elle après avoir regardé sa pièce d'identité, il reste une place sur l'United 426, à 13 h 36. Ce vol vous amènera à Chicago à 19 h 14, avec un changement à Denver.

— Parfait, dit-il.

— Vous avez des valises à enregistrer ?

— Non, juste ce bagage à main.

— Paierez-vous avec une carte de crédit aujourd'hui ?

— En espèces.

Elle ne broncha pas quand il lui tendit huit billets de cent dollars et elle lui rendit quarante dollars de monnaie.

L'imprimante bourdonna. Elle lui tendit un billet d'avion et une carte d'embarquement au nom de Phillip Abbey, 2934 West Sunnyside Avenue, Chicago, Illinois.

Il se dirigea nonchalamment vers la sécurité et les agents de la TSA[1] vêtus de blanc, qui semblaient s'ennuyer autant dans leur métier que cette fille. C'était une attitude qu'il avait souvent

---

1. Transportation Security Administration : Agence nationale de sécurité dans les transports.

remarquée dans les villes de villégiature : tous les gens qui devaient travailler étaient impatients de quitter leur service pour s'adonner à l'activité récréative de leur choix – randonnée, vélo tout-terrain, ski, etc. Ils attendaient l'heure de la sortie, et leur métier servait seulement à financer leurs loisirs. Ils ne s'investissaient pas affectivement dans les boîtes qui les employaient ni dans la localité où ils habitaient. La guichetière n'ambitionnait pas de s'élever dans l'industrie aérienne, et les agents de la TSA étaient là parce que tous les emplois de la poste étaient pourvus.

Personne ne s'intéressait à ce qu'il était ni à son aspect, et la foule des élites qui transitait chaque jour par l'aéroport n'avait aucune envie de tisser des relations durables avec le petit personnel au sol. C'était, se dit-il, le parfait aéroport de la région pour arriver ou s'envoler sans que personne ne hausse un sourcil.

En plus, il serait très vite à Chicago.

Il avait choisi Phillip pour Phillip Glasier, l'auteur d'un ouvrage culte sur la fauconnerie, un des dix textes qu'il avait un jour placés dans sa liste de livres à emporter sur une île déserte. Abbey venait d'Edward Abbey, qui avait écrit *Le Gang de la clé à molette*, autre titre qu'il avait choisi jadis, mais qu'il remplacerait par autre chose maintenant que ses voyages avaient affûté sa vision du monde. Peut-être *L'Art de la guerre*, de Sun Tzu, même si ce n'était pas le meilleur nom à mettre sur un faux passeport.

Il se rappela deux des enseignements de Sun Tzu :

Attaque-le quand il n'est pas prêt, apparais où on ne t'attend pas.

Et...

Emporte du matériel de guerre, mais pour les vivres, compte sur l'ennemi.

Quant à son adresse, West Sunnyside Avenue, c'était celle de l'ex-gouverneur de l'Ilinois, Rod Blagojevich, ce qui le fit sourire[1].

---

1. Rod Blagojevich a été arrêté en 2008 par le FBI et condamné à douze ans de prison pour tentative de fraude et de corruption.

***

Nate n'avait pas pris de vol commercial depuis qu'il avait été placé sur la liste de suspects du FBI, et il s'était juré de ne jamais plus recommencer. Averti des mesures de sécurité agaçantes tant vantées des aéroports américains, il avait veillé à ne pas emporter d'objets métalliques ni de récipients de liquides de plus de dix décilitres. Il franchit le contrôle de sécurité d'un air dégagé après que son passeport eut été comparé à son billet, un vestige du bon vieux temps qui ne tarderait pas à disparaître. On lui en avait délivré dix sous des noms différents et il lui en restait encore deux en réserve. Il était curieux de savoir si les agents l'interrogeraient parce qu'il avait acheté son billet en espèces, et il fut surpris qu'ils ne le fassent pas. Par chance, ils étaient absorbés par une octogénaire qui, partant rendre visite à ses petits-enfants, avait tenté de faire passer en cachette un grand flacon de shampoing dans son vanity-case.

Il s'assit à l'écart dans la salle d'embarquement, son sac de voyage sur les genoux et un écouteur Bluetooth dans l'oreille – ç'avait l'air d'être le genre de Phillip Abbey – et regarda le soleil rehausser divers aspects de la chaîne des Teton. Quand l'avion qu'il devait prendre atterrit, il observa les arrivants qui franchissaient la porte en file indienne. Des gens riches, blancs et bronzés, qui bavardaient gaiement, montraient à leurs voisins de siège par les grandes baies vitrées l'endroit où ils vivaient dans la vallée, et discutaient des élans qu'ils avaient vus au loin sur l'autoroute en atterrissant. Plusieurs parlaient déjà sur leurs portables ou dans leurs engins Bluetooth.

Il soupira et continua à jouer les Phillip Abbey en route pour Chicago.

CHAPITRE 29

— Je ne peux rien vous promettre, dit Joe à Orin Smith assis en face de lui à une petite table dans la salle d'interrogatoire du sous-sol de l'immeuble du FBI.

— Alors, pourquoi suis-je ici ? demanda doucement Smith. L'agent Coon n'a pas été clair avec moi... il m'a dit juste qu'à votre avis, je pourrais savoir quelque chose sur votre affaire, quelle qu'elle soit.

La pièce était petite, mal aérée, couleur vert hôpital et trop brillamment éclairée. Joe et Smith y étaient seuls, mais tous deux avaient bien conscience de la présence invisible de Coon derrière la glace sans tain sur le mur sud, et de deux caméras en circuit fermé aux lumières rouges, montées au plafond dans des angles opposés.

Smith considéra Joe d'un air sceptique.

— Je n'ai jamais chassé ni pêché de ma vie. Je n'aime même pas la nature. Je ne vois pas l'intérêt de me passer de douches chaudes, de chasses d'eau et de cocktails frais. Pour moi, ajouta-t-il, camper est juste un moyen naturel de nourrir les moustiques.

— Je suis content qu'on ait éclairci ce point, dit Joe. Mais ça n'a rien à voir avec la chasse et la pêche.

— Vous êtes quoi, pourtant ? Garde-chasse ? demanda Smith après avoir lu le bandeau cousu sur sa manche d'uniforme.

— Oui.

— Je crois que vous vous êtes trompé d'endroit.

— Non.

Smith devait avoir soixante-cinq ans et ne respirait ni le charisme ni la confiance, se dit Joe. Il était petit et doux, avec un nez en lame de couteau et des yeux au regard blessé qui ne restaient jamais longtemps en place. Il avait la peau fine, pâle et parcheminée. De vieilles cicatrices d'acné creusaient ses joues et son cou charnu. Il portait une combinaison de prison orange et des chaussures bateau sans lacets. Deux choses seulement le différenciaient de n'importe quel détenu, remarqua Joe : ses cheveux longs tirés vers l'arrière, taillés en diverses épaisseurs par une coupe de prix pour cacher des oreilles anormalement grandes, et ses dents parfaites coiffées de couronnes, qui lui firent penser à deux rangs de perles.

— Mes questions n'ont rien à voir avec les raisons de votre détention. Je m'intéresse bien plus à votre vie d'avant. À l'époque où vous possédiez une société nommée Rope the Wind.

En entendant ce nom, Smith réagit comme s'il avait reçu un léger choc électrique, mais se reprit très vite.

— J'ai eu beaucoup de sociétés, dit-il finalement.

— Commençons par ça, dit Joe en tirant un petit carnet à spirale de sa poche de poitrine. Ce que je peux faire, si vous coopérez en répondant à mes questions, c'est transmettre un mot en votre faveur au juge fédéral du district. Et, franchement, je peux demander au gouverneur de faire pareil. Je ne cherche pas du tout à vous incriminer.

— Le gouverneur ? demanda Smith. Vous le connaissez ?

Sa manière de pencher un peu la tête sur le côté, comme les chiens, montrait qu'il en doutait.

— Je travaille pour lui de temps en temps. Si vous le connaissez, vous savez qu'il n'y a pas une personne dans cet État qui puisse garantir ce qu'il fera, moi compris. Mais si vous me racontez la vérité et si vous m'aidez, je le lui dirai, tout simplement.

— Intéressant, dit Smith. Vous le mettriez par écrit pour l'envoyer à mon avocat ?

— Non. Vous avez ma parole. C'est à prendre ou à laisser.

— Il faut que j'appelle mon avocat. Je ne devrais pas vous parler sans lui dans cette pièce.

— Comme vous voudrez, dit Joe. J'attendrai jusqu'à ce qu'il soit là. Mais gardez à l'esprit que j'ai des contraintes de temps et que je n'habite pas ici, à Cheyenne. Je ne peux pas promettre que mon offre tiendra toujours si vous et votre avocat mettez du temps à prendre la décision de me parler ou non. Je ne serai peut-être pas en mesure de revenir quand vous le déciderez et je n'en aurai peut-être pas envie, dit-il en pensant : *S'il vous plaît, ne l'appelez pas et ne reportez pas cet entretien.* J'ai roulé toute la nuit pour venir ici.

— C'est votre problème, pas le mien.

Smith le jaugea en silence, le regardant d'un air tranquille et détaché qui faisait penser à un joueur de poker cherchant à deviner si son adversaire bluffait.

— Il faudra que je vous recontacte, dit-il enfin en se levant.

Il traversa la pièce et donna un petit coup sur le miroir sans tain.

— On en a fini pour l'instant, dit-il.

Joe se maudit quand un marshal ouvrit la porte pour faire sortir le prisonnier.

***

— Il est rusé, dit Coon tandis qu'ils suivaient le couloir vers l'ascenseur. Ça ne m'étonnerait pas qu'il vous balade un moment et finisse par ne rien vous dire.

— Je ne plaisantais pas sur les contraintes de temps. Je peux peut-être rester cette nuit, mais pas plus.

— Qu'est-ce que vous allez faire en attendant ?

Joe haussa les épaules.

— S'il ne vous a pas recontacté ce soir, ça vous dit de venir dîner chez moi ? offrit Coon. Je peux vous faire griller un steak, un hamburger ou un truc comme ça. Apportez de la bière.

— Je veux bien un steak, dit Joe. Je sais que vous gagnez sacrément plus d'argent, vous les Feds, que les humbles employés de l'État.

Coon pouffa en entendant ça. À la porte du contrôle de sécurité, il tapa le code et la porte s'ouvrit aussitôt.

— Je vous appelle s'il décide de vous parler, promit-il. Gardez votre portable allumé.

Joe hocha la tête d'un air sombre.

***

Son portable sonna pendant qu'il achetait une luxueuse montre neuve pour sa femme dans une boutique de vêtements de western en centre-ville. Elle avait malencontreusement fait tomber la dernière dans un abreuvoir en pansant ses chevaux. Elle aimait les montres Brighton. Il s'écarta du comptoir, sortit son portable de sa poche de poitrine et vit que l'appel ne venait pas de Coon, mais d'elle.

— Comment ça va ? dit Marybeth.

Il coinça l'appareil entre son cou et son épaule pendant qu'il sortait son portefeuille de sa poche arrière pour tendre une carte Visa au vendeur.

— Pas bien. Je suis coincé à Cheyenne… j'attends de parler à Smith.

— Je suis désolée. Tu es où ?

— Dans un magasin.

— D'articles de sport ?

— Non.

— Joe, tu ne vas pas dans les magasins…

— Je ne le referai plus. J'ai besoin de campagne, de tas de prés sous des ciels étoilés…

Elle pouffa, un son agréable, mais qui s'arrêta net.

— Lorsque ma mère sera blanchie de cette stupide accusation de meurtre, dit-elle, je crois que je vais la tuer.

— Ça me paraît une bonne idée, marmonna-t-il, distrait, quand le vendeur, derrière le comptoir, lui rendit sa carte de crédit en disant : « Pardon, monsieur, mais elle a été refusée. Pouvez-vous essayer avec une autre carte ? »

Il se sentit rougir quand il remplaça la Visa par une carte à débit immédiat. Il aurait préféré ne pas se servir de celle-là : sa femme suivait de près le solde de leur compte courant, et elle risquait de savoir qu'il lui avait acheté un cadeau avant qu'il ait pu le lui donner.

— Tu sais pourquoi la carte Visa ne marche pas ? demanda-t-il. C'est un peu gênant...

— J'ai du retard dans le paiement des factures ce mois-ci. Tu sais que ç'a été difficile. Je suis désolée. Au fait, qu'est-ce que tu achètes ?

— Ne me le demande pas.

— Joe, ne prends rien pour moi. Je n'ai besoin de rien et on est serrés en ce moment.

— Ne t'inquiète pas pour ça, dit-il en tentant de changer de sujet.

Il fut soulagé quand le vendeur fit passer la carte de débit dans la machine et qu'elle parut marcher.

— Tu as au moins entendu ce que je t'ai dit ? lança-t-elle, agacée.

— Oui. Eh bien, tuons ta mère...

Le vendeur leva les yeux à ces mots et Joe se détourna, à nouveau gêné.

— Elle parade en ville au bras de Marcus Hand comme une collégienne, reprit Marybeth. Elle ne cesse de glousser bêtement et claque son argent comme s'il allait se démoder. Joe, elle a pris le Hummer... la voiture même où on a trouvé la carabine... pour aller acheter à son avocat un lustre en bois de wapiti à quinze mille dollars ! En plus, elle l'a payé comptant et elle a demandé à le faire livrer au ranch. Puis elle a emmené Hand au country club et graissé la patte au professeur de golf afin qu'il écarte tous les joueurs du parcours pour s'offrir une partie en privé. Elle se conduit comme si elle n'avait aucun problème et les gens cancanent !

— Ne fais pas attention à eux, dit-il.

— Ce n'est pas pour moi. C'est pour elle. Elle se comporte comme si elle était au-dessus de tout... des lois en particulier... avec son grand avocat de Jackson Hole. Si elle avait cherché sciemment à faire mauvaise impression en ville pour s'aliéner ses jurés, elle n'aurait pas pu mieux faire.

Il soupira.

— Je ne la comprends pas, dit-il.

— Moi non plus. Là, même le cercle de son country club s'est retourné contre elle. Elle ne réfléchit pas.

— N'en sois pas si sûre. Ta mère ne fait jamais rien qui ne lui profite pas d'une certaine façon. Elle mijote quelque chose... c'est juste qu'on ne sait pas encore quoi.

— Ça, c'est cruel.

— Mais vrai. Tu sais, ajouta-t-il, je pourrais juste rentrer à la maison et, enfin... laisser les choses suivre leur cours. (Silence.) Je ne pensais pas ce que j'ai dit. C'était par frustration... J'ai conduit toute la nuit et j'en suis réduit à attendre un coup de fil. Et pendant ce temps-là, ta mère achète des lustres à son avocat...

— Je sais, dit-elle. Elle peut être son pire ennemi, des fois.

— Je croyais que c'était moi, dit-il tandis que le vendeur lui faisait signe pour lui demander s'il voulait un paquet-cadeau.

Il acquiesça d'un hochement de tête.

— Non, dit Marybeth. Toi, tu vas lui sauver son vieux cul, malgré elle.

***

Joe réfléchit pendant les soixante-dix kilomètres de routes de montagne entre Cheyenne et Laramie et regarda sa montre.

Il ne connaissait pas les horaires de cours de Sheridan, mais se surprit à obliquer au sud sur le Lincolnway pour gagner une bretelle de sortie donnant sur le tronçon ouest de l'I-80. Une fois sur l'inter-États, il tapa le numéro abrégé du portable de sa fille.

— Papa ?

Elle était visiblement surprise. Il entendit du vent et d'autres voix à l'arrière-plan, comme si elle se promenait au milieu d'un groupe d'étudiants.

— Salut, ma puce.

— Papa, tout va bien ?

— Oui. Tu as l'air affolée.

— Tu ne m'appelles jamais, tu sais ?

Il allait protester, mais il dut s'avouer qu'elle avait raison.

— Je suis à Cheyenne, dit-il. Qu'est-ce qui se passe ?

— Juste une minute. J'arrive, l'entendit-il dire à quelqu'un avant de revenir en ligne : Oh, rien… J'essaye encore de m'habituer. C'est un peu déroutant et je suis tout le temps fatiguée.

— Est-ce que tu dors assez ?

Elle rit.

— À ton avis ?

Il laissa tomber.

— Quels sont tes projets pour l'après-midi ?

Son hésitation lui fit croire un instant que la communication avait été coupée.

— J'ai un cours et après, je vais prendre un café avec des amis. Pourquoi ? Tu pensais venir ?

— Tu bois du café ?

— *Papaaaa*, dit-elle en étirant le mot.

— Bien sûr, pardon, dit-il en se sentant rougir. Non, j'avais juste un peu de temps à tuer et j'ai eu envie de savoir ce que tu faisais. Et comment tu allais.

Une autre hésitation. Quand elle reprit la parole, elle le fit à voix basse, comme pour ne pas être entendue de ses camarades.

— Ce n'est pas que je n'aimerais pas te voir, papa, mais...
c'est difficile. Je commence juste à avoir l'impression d'être vraiment à la fac, et plus à la maison. Ce serait un peu dur, là, tout
de suite, de changer mes projets. Ça retarderait mon intégration.

— Je comprends, dit-il. Vraiment.

— Rappelle-toi ce qu'a dit la conseillère d'orientation. Six
semaines. Essayez de tenir six semaines avant de voir vos parents
et ce sera plus facile.

— Je me rappelle.

— Tu es sur la route de Laramie ?

— Pas du tout, dit-il en s'arrêtant sur le bas-côté. Alors,
tu t'en sors bien ? reprit-il après s'être éclairci la gorge. Tu
manges assez ? Tu t'entends avec les gens ?

— Oui, oui, oui, dit-elle.

Elle semblait soulagée.

— Tu sais ce qui se passe avec ta grand-mère ?

— Maman me tient au courant.

— Tu nous manques, dit-il.

— Vous aussi.

— N'oublie pas. Reste en contact avec ta mère.

— Promis, papa. Merci d'avoir appelé.

Il plissa les yeux et laissa tomber son portable dans sa poche,
puis il roula doucement sur le bas-côté pour trouver un endroit
où faire demi-tour vers Cheyenne. Il s'imagina sa fille en train
de boire du café avec des étudiants de son âge.

Il n'avait pas le cœur brisé, mais il était certainement fendu.

***

Après avoir pris un steak et bu trois bières avec Coon et sa
famille, Joe, assis au bureau de sa chambre d'hôtel, dressa la
chronologie des événements depuis le meurtre d'Earl jusqu'au
moment présent, en listant point par point les faits tels qu'il
les connaissait. Il espérait que s'il notait tout, quelque chose
lui sauterait aux yeux.

Il se trompait.

Pour la cinquième fois de la journée, il consulta son portable pour voir s'il avait raté un appel de Coon ou de l'avocat de Smith. Non.

Au moment où il tapait pour la énième fois le numéro du téléphone satellite de Nate, juste au cas où, il eut un appel entrant.

— Surprise ! lança Coon. Smith veut vous parler demain matin à la première heure.

CHAPITRE 30

À bord d'une voiture de location, Nate descendait lentement la South State Street du South Side de Chicago, les
vitres baissées et son sac à portée de main sur le siège passager. L'air était comme un bouillon chaud, mélange de vapeurs
d'essence, d'odeurs de cuisine et de relents fétides montant des
bennes à ordures. Le soleil avait disparu à l'horizon et ses derniers rayons dansaient sur les vagues du lac Michigan, embra-
sant le ciel et les façades ouest des immeubles du centre-ville.
Il faisait déjà assez sombre pour que les lumières s'allument.
Des choses simples, pensait-il. Qui, là, étaient bien différentes.
Primo, il ne faisait pas plus frais parce que la nuit était tombée.
L'air était toujours aussi chaud et moite que lorsqu'il avait
atterri à l'aéroport d'O'Hare. Et il avait vécu si longtemps
dans le vaste silence imposant du canyon de Hole in the Wall
que la cacophonie du bruit blanc urbain émoussait ses sens et
agressait ses oreilles. Ici, il y avait toujours des canyons, mais
avec des parois de brique et d'acier, et les trottoirs grouillaient
de monde. En plus, remarqua-t-il en levant les yeux, le ciel
était sale et brouillé par les lumières de la ville, au point qu'il
ne pouvait pas voir les étoiles.
Des choses simples. Comme prendre le *Chicago Tribune* du
jour en traversant le terminal et s'asseoir dans un bar bondé
pour le feuilleter jusqu'à ce qu'il trouve :

DEUX MORTS ET DEUX BLESSÉS ATTEINTS PAR LES TIRS
D'UNE VOITURE EN MARCHE DANS LE SOUTH SIDE

6 septembre 2010, 17 h 13

Deux hommes ont été tués – dont un futur père – et deux autres blessés tôt lundi matin par des coups de feu tirés d'une voiture en marche dans le quartier de Stony Island Park, South Side, d'après la police et un membre de la famille de l'une des victimes.

Une personne a été interrogée sur la fusillade, mais aucune charge n'a été retenue contre elle.

À 2 h 40 du matin, quatre hommes se trouvaient au croisement de la 84ᵉ Rue Est et de la South State quand ils ont reçu des balles tirées d'un véhicule passant sur la chaussée.

J. D. Farr, 22 ans, du block 9000 de South Evans Avenue, a été touché et plus tard déclaré mort à l'Advocate Christ Medical Center d'Oak Lawn, selon le service du médecin légiste du comté de Cook.

C'était donc là qu'il allait.

***

Et il commençait à attirer les regards. Il apercevait des types entre les ombres, derrière les immeubles et massés dans les ruelles. Plus le ciel s'assombrissait, plus ils sortaient sous les lampadaires, et des membres de gangs se rassemblaient dans certains endroits : épiceries ouvertes vingt-quatre heures sur vingt-quatre, bars, cafés-restaurants. Les hommes d'affaires habillés classe qui se hâtaient de descendre Chicago Avenue avaient été remplacés par la faune de la nuit en chemise, veste et pantalon extralarges à mesure qu'il roulait vers le sud, et il se demanda si les uns et les autres se croisaient jamais.

Et il était là, Blanc en tenue sport chic de Jackson Hole qui conduisait très lentement une voiture neuve de location et regardait sur le côté, pas droit devant lui, avec les vitres baissées. Il envoyait un signal, et certains le captaient.

Le croisement de South State Street et de la 71ᵉ semblait être le bon, pensa-t-il. Il y avait là une station BP bien éclairée, aux lumières si vives et éclatantes dans le quartier sombre qu'on ne voyait qu'elle. Il jaugea la clientèle jeune de la supérette BP, les hauts comptoirs et les panneaux en Plexiglas dressés à l'intérieur pour servir de barrières entre les clients et les vendeurs. Il entra en marche arrière sur le côté de la station, loin des lumières crues. Il ne pouvait pas voir dans la boutique et il échappait aux regards des employés. Il parcourut des yeux les lampadaires et les toits des bâtiments voisins, cherchant des caméras de sécurité. Elles étaient là, d'accord, mais il savait que tant qu'il resterait dans sa voiture sous la lumière ténue, on ne pourrait pas l'identifier.

C'était un carrefour bruyant. Les véhicules filaient sous l'autopont à toute allure et il entendait des martèlements de basse monter par les vitres ouvertes. Mais au-dessus, l'obscurité et l'atmosphère étaient bien différentes.

Des commerces de détail bordaient la 71ᵉ Rue : des salons de tatouage, de coiffure, des boutiques d'articles à un dollar. De hautes grilles articulées barricadaient les portes, et toutes les fenêtres qu'il pouvait voir étaient munies de barreaux. Les lumières, dans les commerces fermés, étaient voilées.

Sur le trottoir opposé à la station BP se trouvait un bâtiment bas en parpaings, peint en jaune vif. Sa façade annonçait dans un angle : *State Street Grill, ouvert vingt-quatre heures sur vingt-quatre*. La liste des plats offerts à l'intérieur était peinte sur le côté des parpaings.

Côte de bœuf & œufs : 9,95 $
Poulet à la jamaïcaine
Porc sauce barbecue
Petit déjeuner servi toute la journée

Le quartier semblait correspondre exactement à ce qu'il recherchait. Il était vieux, sombre (la station-service exceptée) et délabré. Les bâtiments n'étaient pas trop entassés, de sorte qu'il y avait plein d'endroits pour se rassembler, se cacher ou filer. Avec toutes leurs issues, il serait difficile d'y coincer un fuyard, et un automobiliste mettrait moins d'une minute à dévaler la bretelle de sortie pour rejoindre le flot de la circulation vers le nord et le centre-ville étincelant.

Il regardait dehors, vers la rue et le grill, quand quelque chose bougea dans son rétroviseur. Ils arrivaient derrière lui, de part et d'autre de la voiture.

Deux yeux blancs, mornes, dans un visage noir et rond, surgirent soudain par la vitre passager.

— Vous-faites-quoi ? dit le garçon d'une seule traite.

Il avait quatorze ou quinze ans, se dit Nate, peut-être moins. L'éclaireur. Cheveux ras et bouche ne montrant aucune expression. Il portait des vêtements amples sous un manteau matelassé, si énorme qu'il lui rappela la robe d'un bison de la frontière.

À quelques centimètres de Nate, par la vitre conducteur, une fille lui lança :

— Tu cherches quoi, m'sieur l'homme ?

Le regard de Nate passa de l'un à l'autre. Ils s'étaient approchés de sa voiture d'une façon prudente, bien rodée – comme des flics. La fille avait la peau plus pâle, des cheveux tirés en arrière et semés de perles. Elle ne manquait pas de charme malgré son masque hargneux de la rue.

— Tu-fais-quoi-ici ? demanda le garçon d'une voie aiguë, comme stupéfait par la naïveté de Nate.

— J'aime bien ça, dit Nate à la fille. « M'sieur l'homme. »

— Et alors ?

— J'espère que vous pouvez m'aider, dit-il en baissant la voix. Je cherche une certaine protection. J'espérais que vous pourriez me guider dans la bonne direction.

— Pro-*tection* ? répéta le garçon, railleur, d'une voix toujours perçante. Comme des capotes ? Y en a à l'intérieur.

Il pointa son pouce par-dessus son épaule vers le mur de la station BP. En riant de sa blague, il jeta un coup d'œil à la fille, espérant qu'elle rirait elle aussi.

— Vous voyez ce que je veux dire, reprit Nate.

— T'es de la pô-lice ? demanda la fille en prononçant *pooh-lise*. T'as intérêt à le dire. T'as l'air d'un flic.

— Non.

— Tu mens ! lança-t-elle. M'sieur l'homme, t'es un menteur, enculé !

— Quel langage ! soupira Nate. Écoutez, j'ai besoin d'acheter un revolver. Si vous deux ne pouvez pas m'aider, je trouverai quelqu'un d'autre. J'ai du fric et je commence à perdre ma vision optimiste de la vie.

Un instant, il eut envie d'empoigner les ados et de les tirer à l'intérieur pour bien se faire comprendre. Il avait fait pire.

La fille le dévisagea de son air le plus hostile. Il la plaignit en voyant dans ses yeux qu'elle n'était pas encore perdue, mais qu'elle y travaillait.

— Attendez une minute, dit-elle, puis elle disparut.

Le garçon le regarda en hochant la tête, condescendant, et il allait dire quelque chose quand Nate serra les dents et grinça :

— Tais-toi...

Les mots portèrent et le gosse fila.

***

Dix minutes plus tard, Nate descendait la bretelle de sortie dans sa voiture de location. Le gangster que lui avaient envoyé les deux ados avait un faible pour les 9 mm, comme la plupart des truands, et plein de modèles d'occasion en stock, mais Nate acheta le seul revolver qu'il fourguait : un Taurus Bulldog à cinq coups double action en acier inoxydable, calibre 44 avec canon court.

— Çui-là f'ra un gros putain d'trou, gloussa-t-il quand Nate le choisit.

— Inutile de faire l'article, je m'y connais en armes, répondit Nate en lui tendant huit billets de cent dollars.

Le gangster lui offrit une demi-boîte de cartouches en rab. Nate ne passa guère de temps à se demander à quoi avaient servi les dix balles qui manquaient.

***

En roulant vers la ville sur la cinq voies, Nate se dit à nouveau : *Des choses simples.*

Comme la simplicité avec laquelle on pouvait acheter une arme de poing non déclarée dans une ville qui faisait de son mieux pour les interdire. Cela voulait dire qu'il pouvait en trouver à peu près partout, et à n'importe quelle heure. Pas la peine de s'embêter avec les armuriers, les horaires d'ouverture, les formulaires, les pièces d'identité et les vérifications de casier judiciaire.

Tant qu'il était porté par un désir, un objectif et un tas de billets de cent dollars, il pouvait faire affaire.

Instinctivement, il tâta le gros contour en acier du calibre 44 dans son sac de voyage. Il songea à Sun Tzu.

Et pensa qu'au matin, il se mettrait en chasse.

7 SEPTEMBRE

« Qui sème le vent récolte la tempête. »

Osée, viii, 7

CHAPITRE 31

— Que voulez-vous savoir sur Rope the Wind ? demanda Smith.

Comme la plupart des gens ayant une haute opinion d'eux-mêmes que Joe avait interrogés, Smith n'avait pas tardé à se déboutonner. Il expliqua comment il avait fini par acquérir et posséder autant de sociétés. Tandis qu'il exposait la stratégie et l'essor de son ancienne entreprise, Joe hochait la tête d'un air approbateur, en disant par moments : « Ouah... C'est une blague ? » ou « Ça, c'est vraiment malin ! », ce qui le poussait à en dire encore plus.

Smith était fier de ses réussites professionnelles, et heureux que quelqu'un veuille enfin en entendre parler.

***

Il expliqua comment il avait – légalement – profité d'une initiative du Wyoming en faveur du développement des entreprises lors de la dernière pénurie énergétique des années 90. La législature de l'État avait voté des lois qui avaient rendu très simple et bon marché l'enregistrement des sociétés à responsabilité limitée. L'idée, précisa-t-il, était non seulement d'inciter de nouvelles entreprises à se monter dans le Wyoming, mais aussi d'amener des firmes existantes à y transférer éventuellement leur siège pour profiter d'une réglementation peu contraignante et d'une imposition faible. Il avait appris les tenants et les aboutissants de la procédure et servi un certain temps de courtier entre les créateurs de sociétés et les instances gouvernementales de l'État qui traitaient les demandes et octroyaient le statut de SARL.

— J'ai mis des publicités dans les journaux et les revues d'affaires du monde entier, déclara-t-il. *Enregistrez votre société dans le Wyoming : c'est bon marché, facile et sans problème !* Contre rémunération, je m'assurais que mes clients remplissaient les papiers administratifs et je portais même leurs demandes au bureau des enregistrements. Vous seriez étonné du nombre de gens qui ont profité de ces nouvelles réglementations !

Mais après avoir servi d'intermédiaire pendant de nombreuses années, poursuivit-il, il s'était heurté à une concurrence croissante dans ce domaine. Il avait pris conscience qu'un nouveau marché se développait pour les sociétés clés en main déjà « établies », du moins sur le papier.

— Songez-y ! lança-t-il. Disons que vous êtes un entrepreneur ou que vous venez d'hériter d'un peu de fric. Quelle est la meilleure idée ? Mettre l'argent à la banque et déclarer le revenu pour qu'il soit imposé, ou l'« investir » dans la possession d'une société, avec tous les avantages qu'avaient alors les propriétaires des petites entreprises, comme les notes de frais, les voyages, les crédits d'impôt, etc. ?

— Exactement, dit Joe en hochant la tête.

Il avait appris dans ses interrogatoires au fil des ans que dire « exactement » semblait inciter les gens à continuer.

— Alors, ça a fait *tilt* ! s'exclama Smith. Comme il était très facile de créer des sociétés-écrans et de les soustraire aux tracasseries bancaires, pourquoi ne pas voir plus loin dans l'économie en fondant des SARL que les investisseurs et les entrepreneurs auraient envie d'acheter ? Je veux dire, un type n'est-il pas mieux accueilli dans une banque s'il vient d'acquérir une entreprise qui a déjà deux ou trois ans et des résultats sur le papier, que s'il s'y rend avec toutes sortes d'idées prétentieuses pour lancer une nouvelle boîte ?

— Exactement, répéta Joe.

— C'est donc ce que j'ai fait, déclara fièrement Smith. J'ai commencé à inventer des noms de sociétés qui sonnaient bien, à faire des demandes d'immatriculation et à les stocker. J'ai essayé d'imaginer ce qui était très recherché, ce qui serait bientôt dans l'air, et j'ai trouvé des noms sur mesure pour ces boîtes. J'ai toujours eu le génie des noms, vous savez.

Joe opina.

— Certains d'entre eux étaient des jeux de mots : « Gestion de bas de laine » ou « Poussée des pouces verts », enchaîna Smith en s'animant de plus en plus. Puis je me suis aperçu que beaucoup de gens aimaient les noms de sociétés qui faisaient sympa et moderne, mais qui ne voulaient pas dire grand-chose, comme : « Industries Techno-Plus », « Actifs des Montagnes », « Techno-Terre », « Techno-Vert », « Terra-Vert »... tout ce qui avait « techno » ou « vert » dedans valait de l'or, mec...

Il lui cita des dizaines de noms et Joe se rappela la courte liste que sa femme lui avait lue au téléphone. Il n'avait pas vraiment entendu parler d'aucune de ces boîtes, mais il en avait l'impression. Il reconnut au fond de lui que Smith avait bien un don pour les noms.

— Donc, vous étiez un peu comme ces types qui ont acheté toutes sortes de noms de sites Web au début d'Internet, dit-il. Vous avez protégé des noms courants pour qu'au moment où des gens voudraient s'en servir, ils doivent vous payer une reprise ?

— Voilà, mais après, tout s'est arrêté net, dit Smith, dont les commissures des lèvres s'affaissèrent.

— Que voulez-vous dire ?

— Apparemment, des gens pas très honnêtes ont trouvé un moyen d'acheter et d'utiliser ces sociétés à des fins peu recommandables.

— Comme quoi ? demanda Joe.

Smith jeta un coup d'œil vers le miroir sans tain, derrière lequel Coon devait écouter avec attention.

— Il semble, dit Smith en choisissant ses mots avec soin, qu'il soit bien plus facile de blanchir de l'argent sale via une société que par d'autres moyens.

— Comme l'argent de la drogue ?

— Peut-être… Ou d'autres trafics. À ce que j'ai entendu dire, la mafia russe et les cartels de la drogue mexicains ont découvert qu'ils pouvaient, eux aussi, monter des sociétés bon marché dans le Wyoming et s'en servir de façade, pour des transactions financières.

— Ce n'est pas que vous y soyez pour quelque chose ou que vous ayez été au courant ?

— Bien sûr que non ! s'exclama Smith, jouant les indignés. Pas avant que le gouverneur adjoint n'ait lancé une campagne pour fermer mon entreprise en imposant toutes sortes de conditions restrictives au statut des SARL du Wyoming : des adresses physiques, des conseils d'administration et des conneries comme ça. Ce n'était pas juste !

— Exactement ! dit Joe une fois de plus.

— Donc, j'ai dû vendre tout ce que j'avais, et vite. Si le gouverneur adjoint ne s'était pas mêlé de mes affaires, ma société serait encore prospère. Je ne me serais jamais impliqué dans cette histoire que m'attribue le FBI. Ce n'est pas que je l'aie fait, comprenez-moi, précisa-t-il en jetant un nouveau coup d'œil vers la glace.

— Rope the Wind, glissa Joe aussitôt.

Smith marqua un temps et se recula contre le dossier de sa chaise.

— Une de mes plus belles trouvailles…, soupira-t-il. Ce nom aurait pu servir à des dizaines d'industries ou de produits. Je dois dire en toute honnêteté que je ne pensais pas à l'énergie éolienne quand je l'ai inventé. Personne n'y pensait.

— Donc, c'est comme ça que vous avez rencontré Earl Alden, dit Joe, l'incitant à continuer.

— Pas tout de suite. C'est arrivé plus tard.

— Plus tard que quoi ?

Smith se tortilla sur sa chaise et se frotta les mains.

— J'ai lu sur un mur le slogan *Un nouveau président, un nouveau gouvernement*. Tous ces grands discours sur la « rupture de la dépendance au pétrole », l'énergie renouvelable, éolienne et solaire... J'ai pu voir venir son essor parce que c'était juste là, sous nos yeux. On en parlait tout le temps pendant la campagne présidentielle. À ce moment-là, je ne pouvais plus créer de nouvelles entreprises sans tracasseries, mais je possédais toujours les noms de sociétés que j'avais déposés. J'ai donc fait quelques recherches et découvert l'emplacement des sites les plus venteux de l'État. Alors, au lieu d'attendre que des entrepreneurs frappent à ma porte, j'ai décidé de prendre des initiatives. D'aller trouver des propriétaires terriens et des hommes d'affaires pour leur vanter les créneaux d'avenir. Vous voyez, pour moi, c'était clair comme le jour. Ces crétins de Washington avaient affecté quatre-vingt-six milliards de dollars aux « initiatives vertes », dont quarante en garanties de prêts et en subventions pour des projets d'énergie renouvelable. Mais convaincre quelqu'un... c'est là où j'ai simplement... *échoué* ! cracha-t-il.

Il laissa tomber sa tête pour regarder fixement quelque chose entre ses mains sur la table.

Joe le considéra, dérouté.

— Mais Rope The Wind...

— Un type, en fait, s'est montré un peu intéressé, mais c'était juste un propriétaire de ranch ignorant qui n'a pas pu se décider. Il m'a baladé pendant des mois, puis il ne m'a plus pris au téléphone. Je n'ai plus entendu parler de lui pendant deux ou trois ans et, soudain, il m'appelle il y a quelques semaines pour me dire qu'il regrette de ne pas s'être lancé là-dedans. Il dit qu'il est malade... il ressasse ce qu'il a fait dans sa vie... dit qu'il s'est rendu compte que ç'avait été une erreur de ne pas donner le coup d'envoi au projet éolien... Et c'est maintenant qu'il s'en aperçoit, le fils de pute !

— Il s'appelle Bob Lee ?

Smith hocha la tête.

— Je me souviens de Lee. Ça ne le tentait pas à l'époque…
il m'a dit de foutre le camp de chez lui.

— Qui était-ce ? demanda Joe.

— Il s'appelait Bud, répondit Smith. Longstreet, ou un nom
comme ça.

— *Bud Longbrake* ?

— Oui, je crois.

Joe secoua la tête, pantois.

— D'où vous appelait-il ?

Smith balaya sa question d'un geste.

— C'est Calvin Coolidge qui a dit que la grande affaire de
l'Amérique, ce sont les affaires. Vous avez déjà entendu ça ?

Joe acquiesça.

— Plus maintenant, reprit Smith. Tout ça, c'est révolu.
C'est ce que j'ai découvert quand j'ai promené mon idée sur
la route. Personne ne veut courir de risques ni travailler dur.
Personne ne veut plus avoir d'entreprise parce que, s'il réussit, il devient une cible pour les politiciens. Tout le monde se
croise les bras, fait profil bas et attend patiemment que l'orage
soit passé. Si jamais il passe…

— Donc, reprit Joe en cherchant à revenir à ses moutons,
personne n'avait plus envie d'investir dans vos sociétés ?

— C'est ce que je viens de vous dire ! jeta Smith, agacé.

— Alors pourquoi ne pas l'avoir fait vous-même ? Pourquoi
n'avez-vous pas exploité directement Rope the Wind ? Pourquoi
n'avez-vous pas lancé votre propre société et fourni quelque
chose que les gens aient envie d'acheter ? Vous semblez avoir
un don pour tous ces trucs-là.

Smith lui jeta un regard noir.

— Ne soyez pas si naïf. Vous sortez d'où ? Ça, c'est pour
les gogos. Employer des gens, c'est juste pour les idiots. Gagner
de l'argent dans l'économie de marché veut dire qu'on est une
poire, qu'on est prêt à se faire plumer.

Joe garda le silence, perplexe.

— Aujourd'hui, reprit Smith, tout tourne autour des gagnants et des perdants choisis par les gens de Washington. Les gagnants... que Dieu les bénisse... font le ménage. Si vous en faites partie, vous canalisez l'argent vers vous et vous ne pouvez pas vous planter. Et si vous échouez, on vous renfloue. Mais si vous êtes un loser, eh bien, vous vous retrouvez en taule et vous perdez votre temps à bavasser avec un garde-chasse.

— Bud Longbrake, insista Joe. Celui qui vous a dit qu'il était malade ? D'où a-t-il dit qu'il appelait ?

***

Les questions et les réponses – beaucoup liées au Comte – se poursuivirent tout au long de la matinée, puis Joe s'absenta en disant à Smith de « garder cette idée en tête ».

Il trouva Coon dans le couloir, d'où il avait observé l'entretien, assis sur un tabouret.

— Je peux vous emprunter un bloc ou un truc comme ça ? demanda-t-il. J'ai rempli tout mon carnet.

— Je ne l'ai jamais entendu parler autant, dit Coon en hochant la tête. Vous êtes vraiment bon pour tirer les vers du nez...

— Il est fier de ses réussites. Il veut que quelqu'un les connaisse. C'est une sorte de génie tordu à sa manière. Il a fait beaucoup de choses, et il est frustré de n'être interrogé que sur la chaîne de Ponzi qui l'a fait tomber.

— Il vous donne ce que vous cherchez ?

Joe se frotta les tempes du bout des doigts.

— Je n'en attendais pas tant.

— Cet Earl Alden dont il parle constamment, reprit Coon. C'est votre beau-père qui a été assassiné ?

Joe fit oui de la tête.

— J'en ai entendu parler. Mince, il détestait vraiment ce type !

— Pas autant que le gouverneur adjoint. Vous étiez au courant de ce qu'il a dit… qu'il y a eu un moment où il était légal d'enregistrer des sociétés par dizaines dans le Wyoming ?

— Oui, dit Coon. C'est comme ça qu'on a commencé à le repérer. On a transmis l'affaire à l'État parce que c'était de son ressort, mais oui, on le savait.

Joe poussa un sifflement.

— Je ne m'attendais pas à ce que ça prenne une ampleur pareille…

— J'imagine que vous connaissez ce Bud Longbrake ?

— C'est mon ex-beau-père.

— Vous avez une sacrée famille ! dit Coon en sifflant à son tour. Je vais vous chercher un bloc-notes. Mais n'oubliez pas que Smith a une audition devant le juge cet après-midi. Vous devrez tout boucler après le déjeuner. À propos de déjeuner…

— Merci, grommela Joe, mais je n'ai pas faim.

***

— OK, dit-il en rentrant dans la salle d'interrogatoire avec un nouveau bloc. Vous commenciez à me parler de vos relations avec le rénovateur d'éoliennes du Texas…

***

Au début, il ne fit pas attention aux petits coups frappés à la porte de la salle d'interrogatoire. Il était occupé à griffonner et à tenter d'analyser ce que lui disait Smith. Finalement, l'homme cessa de parler et lui fit un signe du menton.

Coon et un marshal se tenaient derrière Joe.

— M. Smith a rendez-vous avec le juge à l'étage, dit le marshal.

— Je pense en avoir fini avec lui, dit Joe.

Il remercia Coon de lui avoir donné l'occasion de parler à Smith et serra la main du prisonnier avant que le marshal ne l'escorte hors de la salle.

— J'apprécie que vous ayez coopéré, dit-il.

Smith hocha la tête.

— Veillez juste à passer ce mot en ma faveur... et à le faire savoir au gouverneur Spence.

— Promis.

En quittant la pièce, Smith s'arrêta et se retourna.

— Si vous trouvez le salaud qui a fait ça, donnez-lui un grand baiser mouillé de ma part.

D'un signe de tête, Joe montra qu'il comprenait.

***

Il s'assit dans son pick-up devant l'immeuble du FBI et feuilleta ses notes page par page, relisant sa sténo et mémorisant les noms, les dates et les protagonistes. Il secoua la tête et regarda distraitement l'écran de son portable. Marybeth avait appelé deux fois, mais sans laisser de message. Son seul texto disait : « Tout va bien ? Appelle quand tu pourras. »

Elle décrocha à la deuxième sonnerie. Il sentit, à sa voix étouffée, qu'elle travaillait à son bureau à la bibliothèque et ne pourrait pas parler longtemps.

— Joe... Qu'est-ce qui se passe ?

— C'est compliqué, dit-il. J'essaye encore de démêler tout ça et il me faudra du temps pour bien comprendre. J'espère que tu es assise ?

— Oui. Dis-moi juste une chose. Tu sais qui a tué Earl ?

— Non. Mais la liste des gens qui voulaient sa mort s'est beaucoup allongée. Enfin... si on peut se fier à ce que Smith vient de me dire.

Il la mit au courant et elle écouta sans commentaire.

— Earl était un vrai salaud, n'est-ce pas ? dit-elle quand il eut terminé.

— Apparemment. Et si tout ça est vrai, il faudra repenser entièrement le procès.

— Tu crois que Dulcie laissera tomber les charges ?

— Ce serait trop demander à ce stade. Mais elle voudra peut-être faire reporter le procès pour enquêter là-dessus.

— Ma mère…, soupira Marybeth. Elle va être récompensée pour sa mauvaise conduite. Encore…

— N'allons pas trop vite. Rien ne se passera peut-être comme nous le pensons. Pour l'instant, il faut annoncer à tout le monde ce que Smith affirme. Si tu appelles Hand pour lui dire ce que j'ai découvert, j'appellerai Dulcie Schalk.

Marybeth hésita.

— Pourquoi les deux parties ?

— Parce que, ne l'oublie pas, j'appartiens aux forces de l'ordre. J'ai prêté serment. Je l'enfreins de temps en temps, mais il n'est pas question de ne pas informer les deux camps de ce que nous savons.

— C'est vraiment pour ça ? Ou tu ne veux pas trop te mouiller ?

— Peut-être un peu pour ça aussi, admit Joe.

— Tu es en route pour la maison ?

— Non.

— Où tu vas ?

— Tu le croiras ou pas, dit Joe, mais Smith prétend savoir où je pourrais trouver Bud Longbrake.

CHAPITRE 32

Laurie Talich arrêta son Audi Q7 dans la cour ombragée du studio de danse d'Oak Park, la mit en position parking pour laisser la clim et le moteur en marche, releva ses grandes lunettes de soleil sur sa tête et se retourna sur son siège pour parler à ses filles. Melissa avait douze ans et Aimée dix. Toutes deux en justaucorps noir et collant rose, elles empoignèrent leur sac de chaussons. Melissa avait le teint mat et les cheveux noirs comme elle, Aimée était châtain et avait les yeux un peu cruels de son père, mais pas son tempérament, Dieu merci.

— Je serai de retour dans deux heures, leur dit Laurie. Ne traînez pas, cette fois. Je ne sais pas pourquoi il vous faut si longtemps pour quitter vos chaussons de danse, mais aujourd'hui, il faudra vous magner.

— C'est Aimée ! lança Melissa.

— C'est pas vrai !

— Je me fiche de savoir qui est la fautive. Je ne veux pas devoir entrer pour vous chercher ce soir. J'attendrai juste ici.

Aimée était en danse contemporaine, premier niveau, Melissa au deuxième. Ni l'une ni l'autre n'étaient encore très bonnes et n'avaient montré de passion pour la danse, mais Laurie gardait toujours espoir pour Aimée.

— On peut aller dîner au McDonald ? demanda Melissa.

— On verra, dit Laurie.

C'était toujours toute une histoire de rentrer mettre le dîner en route après un cours de danse parce que les filles étaient affamées et ronchonnes, si bien qu'en général, elles mangeaient dehors.

— Ça dépendra si vous vous grouillez de sortir ou pas.

Laurie tenait beaucoup aux deux heures de solitude dont elle jouissait pendant que ses filles étaient à la danse. D'habitude, elle lisait ou tricotait dans un café en gardant un œil sur l'horloge.

— Dis-lui, dit Melissa en plantant un doigt dans les côtes de sa cadette.

— Aïe ! Elle m'a fait mal ! s'écria Aimée.

— Je l'ai à peine touchée, dit Melissa pour se défendre.

— Les filles ! gronda Laurie. C'est l'heure !

Toutes deux débouclèrent leur ceinture de sécurité et Melissa poussa la portière. L'air chaud et humide envahit l'Audi.

— Bon cours de danse, les filles ! Donnez-moi un baiser.

Melissa le lui envoya du bout des doigts parce qu'elle voyait son amie Sarah sortir de la voiture de son père et voulait la rejoindre. Aimée l'embrassa et souffla :

— C'est Melissa qui nous met en retard. Elle parle tout le temps.

— Ça n'est pas bien de cafeter. Maintenant, va. À tout à l'heure ! Et ferme la portière. Tu laisses entrer tout l'air chaud.

Elle attendit dans la voiture jusqu'à ce qu'elle voie les gamines entrer dans le studio sans encombre. Les enfants de l'élite de la ville fréquentaient cette école de danse et il était difficile d'y accéder. Elle aurait bien aimé que ses filles soient meilleures danseuses et se distinguent, mais...

Elle suffoqua quand la portière passager s'ouvrit soudain et qu'un homme grand et élancé monta d'un bond à côté d'elle, puis claqua la portière. D'instinct, elle tendit le bras vers son sac de tricot, mais il posa sa main sur la sienne.

— Pas question.

Paralysée de peur, Laurie tenta d'attraper la poignée de la portière, mais l'homme colla sous son bras droit la gueule froide d'une grosse arme de poing.

— Ne faites pas ça non plus. Prenez juste le volant.

— Mes filles...

— Vont bien, dit-il.

Il avait la voix grave et voilée, et les paupières un peu tombantes. Il était si calme que ça l'énerva. Son visage lui disait quelque chose, mais au début, elle ne put le situer.

— Démarrez, ordonna-t-il. Allez au parc en face du Navy Pier[1]. Ça prendra moins de vingt minutes.

— Je sais où c'est.

— Bien. Et ne pensez qu'à rouler calmement, prudemment, et au fait que si vous n'obéissez pas, je vous descends.

***

Il fouilla dans le sac de tricot et trouva le revolver – un Smith & Wesson de calibre 38, modèle 36 Lady Smith – pendant qu'ils longeaient Columbus Park. Il vérifia s'il était chargé – il l'était –, puis il remit le barillet en place d'un coup sec et le passa à sa ceinture.

— Vous n'en aurez pas besoin, dit-il.

Elle s'engagea dans le flot de la circulation sur la voie express Dwight D. Eisenhower, vers le Navy Pier.

— Maintenant, vous savez qui je suis ? demanda-t-il alors.

— Oui. Je croyais que vous étiez blond, dit-elle après s'être risquée à lui jeter un œil en conduisant.

— Je l'étais, dit Nate. Avant de partir à votre recherche.

— Comment vous en êtes-vous... sorti ?

— Je n'étais pas là quand vos deux sagouins ont tiré avec le lance-roquettes.

1. Jetée sur les rives du lac Michigan.

Elle sentait ses yeux sur elle, captant chaque tressaillement, chaque contraction. Elle savait qu'elle avait réagi à ce qu'il avait dit.

— Ma compagne était là-bas. Elle s'appelait Alisha.

— Mon mari s'appelait Chase.

Il garda le silence plusieurs minutes. Cela effraya encore plus Laurie que lorsqu'il parlait. Mais elle trouvait un certain réconfort dans le fait qu'il veuille aller sur la jetée. Par une soirée aussi chaude, pensait-elle, il y aurait des tas de gens alentour. C'était un endroit public. Quelqu'un pourrait les voir. Ou peut-être aurait-elle une chance de s'enfuir.

***

Ils approchaient de la jetée. Il l'orienta vers le parking le plus isolé. Elle fut consternée de voir qu'il était presque désert.

— Ici, dit Nate.

Elle se gara sur une place libre. Le lac Michigan s'étalait à perte de vue derrière le pare-brise. La jetée se prolongeait sur leur droite, de petites vagues clapotant contre ses piles, et la ville s'étendait derrière eux. Elle comprit à quel point il lui serait facile de l'abattre dans la voiture, d'abandonner son corps et de filer à pied. Il y avait peut-être des caméras – il y en avait partout aujourd'hui –, mais même si elles le repéraient, elle serait déjà morte. Elle pensa à Aimée et Melissa, s'imagina leur tête quand elles sortiraient du studio de danse en espérant aller au McDonald. Elle ne put s'empêcher de fondre en larmes.

— Comment m'avez-vous trouvée ? demanda-t-elle. Comment saviez-vous pour les cours de danse ?

— Ce n'était pas difficile. Par Google. Votre nom y est partout. Vous figurez parmi les clientes du studio et les heures des cours sont postées. Et il y avait deux ou trois lettres d'information qui listaient les élèves de chaque niveau. Aimée et Melissa, c'est ça ? J'ai pensé que vous iriez les déposer ou que vous passeriez les chercher.

Elle le dévisagea.

— Mais comment avez-vous su que c'était moi ?

— J'ai tué votre mari, mais ça n'avait rien de personnel. Je ne savais même pas à qui j'avais affaire à ce moment-là. C'était juste un type qui s'en prenait à moi, avec une arme qu'il avait braquée l'instant d'avant sur une fille blessée dont je suivais la trace. Je ne doutais pas qu'il l'aurait achevée. Je n'ai pas hésité à l'époque et je referais exactement pareil dans les mêmes circonstances.

Elle hocha la tête.

— Chase n'aurait pas...

— Bien sûr que si, dit-il. Ne jouez pas les imbéciles. Vous savez quel genre d'homme c'était et vous n'êtes pas idiote. Vous l'avez épousé, après tout.

Elle chercha à trouver les mots justes pour créer une sorte de relation avec lui, dans l'espoir qu'il la laisse partir. Mais il était impénétrable et incompréhensible. Un peu comme Chase.

— Vous avez trouvé Johnny et Drennen ? demanda-t-elle.

— Oui. Je peux trouver n'importe qui.

À la manière dont il l'avait dit, elle sut qu'ils étaient morts.

— Ils ne m'ont pas parlé de votre femme, avança-t-elle. Ils n'ont jamais dit qu'il y avait quelqu'un d'autre.

— Voilà ce qui arrive quand on travaille avec des amateurs.

— Les professionnels sont durs à trouver.

— À Chicago ?

— Je n'étais pas ici. Vous non plus. Vous étiez à Trou-du-cul, Wyoming.

— Attention à ce que vous dites...

Pour la première fois, elle crut voir un léger sourire, une ouverture...

Puis il la ferma.

— Donc, c'était œil pour œil, dit-il.

— Mon père... mon père m'a dit que la vengeance purifiait. J'avais besoin, ajouta-t-elle en cherchant ses mots – et il la laissa faire –, de me montrer à moi-même que je ne pouvais pas le tolérer. Je ne pouvais pas laisser quelqu'un tuer mon mari comme ça, sans qu'il y ait des conséquences. Et si la loi ne voulait ou ne pouvait pas s'en charger, quelqu'un devait le faire.

, Il hocha la tête, comme s'il était d'accord. Son revolver se trouvait sur ses genoux, mais toujours pointé sur elle, presque nonchalamment.

— Vous comprenez pourtant que si vous jouez à ce niveau, la notion de pitié n'existe pas ? dit-il. Ça, vous le comprenez ?

Elle eut soudain la bouche si sèche qu'elle ne put pas parler. Elle serra les mains entre ses jambes pour les empêcher de trembler. Elle avait bien tenu le coup, pensa-t-elle, jusque-là. Maintenant, elle craquait.

— Mes filles…, dit-elle, d'une voix rauque.

— Vous auriez dû penser à elles avant de partir dans l'Ouest, lui renvoya-t-il. Ç'aurait été le bon moment de réfléchir aux conséquences si le coup foirait.

— Je sais, dit-elle, et sa tête s'affaissa.

Des larmes tombèrent et se groupèrent sur les verres de ses lunettes de soleil.

— Il y a des gens qui veulent me voir mort, reprit Nate. Ils m'ont envoyé deux ou trois professionnels au fil des ans, mais je les ai tués. Et je croyais avoir si bien disparu du paysage qu'ils ne me retrouveraient jamais. Mais vous, vous l'avez fait. Une gentille maman de Chicago… S'il n'y avait pas eu ce qui est arrivé à Alisha, je pourrais presque l'admirer.

Des sanglots commencèrent à secouer sa poitrine. Elle avait beau vouloir les refréner, elle ne réussit pas.

— De toute évidence, vous avez rencontré quelqu'un au Wyoming qui vous a dit comment me trouver, reprit Nate. Et il ou elle a dû vous aider à mettre la main sur un lance-roquettes. Je ne peux pas imaginer qu'il soit aussi facile d'en acheter un là-bas dans la rue, qu'un revolver ici, à Chicago.

— Oui, j'ai rencontré quelqu'un.

— Comment s'appelait-il ?

Elle lui donna son nom, mais ajouta qu'elle n'était pas sûre qu'il ne lui avait pas raconté des craques. Après tout, elle avait bien dit à tout le monde qu'elle s'appelait Patsy.

Il lui décrivit l'homme, elle confirma qu'il s'agissait bien de lui. Mais elle avait du mal à entendre sa voix à travers le grondement dans ses oreilles.

— N'en parlez à personne, dit-il finalement. Vous ne m'avez jamais rencontré. C'est fini. Tous les deux, nous avons perdu l'être que nous aimions. Mais n'oubliez jamais que je vous ai trouvée et que je peux recommencer. Cette fois, pensez à vos deux filles.

Là-dessus, il disparut.

**

Lorsqu'elle crut s'être assez ressaisie, elle sortit de la voiture en titubant, sans trop savoir si elle tiendrait sur ses jambes. Elle tomba en avant et se rattrapa de justesse au capot, mais le métal était si chaud qu'il lui brûla les mains. Malgré la chaleur, le soleil et l'humidité, elle frissonna de tout son corps.

Elle leva les yeux et le chercha. Elle ne savait pas très bien vers où il était parti. Sur la colline herbeuse entre elle et la ville, quelques couples étaient assis sur des couvertures, inconscients de ce qui s'était passé. Ou de ce qui avait failli arriver.

Puis elle se tourna vers la jetée. Elle grouillait de touristes, mais un homme grand aux cheveux noirs se trouvait parmi eux. Il s'arrêta à la rambarde, et elle vit deux objets tomber à l'eau dans une éclaboussure. Les revolvers.

Elle regarda sa montre. Il lui restait une heure avant d'aller chercher les filles. Assez pour prendre un verre, peut-être deux. Elle en avait besoin plus que jamais.

**

Nate s'adossa à la rambarde de la jetée, loin de la foule. Il ne jeta pas les armes dans le lac, mais les laissa tomber de ses mains pour que personne ne le voie faire.

Le nom qu'elle lui avait donné l'avait d'abord choqué, mais plus il y réfléchissait, plus il comprenait. Ça se tenait.

Il consulta sa montre. Il avait le temps de rendre la voiture qu'il avait louée et d'attraper un vol de nuit pour revenir à Jackson Hole, à sa Jeep, à son .500.

Il n'en avait pas fini, après tout.

CHAPITRE 33

En roulant vers le nord sur l'I-25 aux abords de Chugwater, Joe fit défiler la liste des appels sur son portable pour chercher un numéro enregistré quelques semaines plus tôt, quand Dulcie Schalk lui avait téléphoné de son mobile pour se renseigner sur une affaire de braconnage. Il mit le numéro en surbrillance et tapa *envoi*. Elle décrocha à la troisième sonnerie.

— Joe ? dit-elle, visiblement surprise.

— Comme les heures de bureau sont passées, je ne savais pas si je devais appeler au cabinet et je ne pouvais pas attendre jusqu'à demain, lança-t-il.

— On est dans le travail jusqu'au cou. On se prépare pour les déclarations préliminaires de la semaine prochaine. Je n'ai vraiment pas beaucoup de temps maintenant, je le crains…

— Je vous crois, dit-il, mais il y a de nouvelles informations que je dois vous transmettre. Sinon, je n'aurais jamais appelé.

— C'est donc bien pour l'affaire Alden.

C'était une affirmation, pas une question, et elle semblait déçue.

— Oui.

Profond soupir.

— Joe, vous connaissez la situation. Vous êtes impliqué personnellement dans toute cette histoire, et c'est déplacé de me contacter le soir pour faire pression en faveur de votre camp.

Joe se rabattit doucement sur le bas-côté de la grand-route et se gara. Les rares lumières de Chugwater brillaient dans son rétroviseur. À l'ouest, à l'horizon, deux gros nuages étaient suspendus au-dessus des à-pics, leurs ventres roses éclairés par le soleil couchant. Quand il coupa le contact, l'odeur sucrée de la sauge du désert emplit la cabine.

— Je ne vous appelle pas pour faire pression sur vous, dit-il d'un ton égal, et je n'ai pas de camp.

Son calme parut ébranler Schalk.

— Mais je pensais...

— Écoutez-moi cinq minutes. Si après vous pensez que je fais pression sur vous, je raccroche et j'attends que vous perdiez le procès. C'est comme ça que vous voulez que ça se passe ?

— Non, dit-elle avec une légère hésitation. D'accord, je vous donne cinq minutes.

Il la mit au courant de sa discussion avec Bob Lee et des éléments que Marybeth avait trouvés en ligne sur Rope the Wind, lesquels l'avaient conduit à Orin Smith.

— Il est dans une prison fédérale, dit-il. Je l'ai interrogé dans l'immeuble du FBI à Cheyenne.

Elle se hérissa.

— De quel droit ?

— Du mien, répliqua-t-il. Mais je vous signale que le gouverneur et l'agent fédéral responsable savaient que j'étais là et ce que je faisais. Le FBI a même écouté l'interrogatoire.

Il sentit à son silence qu'elle ne connaissait pas l'existence d'Orin Smith, ni ses rapports avec Rope the Wind, ni, du coup, ses tentatives antérieures pour pousser des propriétaires terriens du comté de Twelve Sleep à monter une société d'énergie éolienne. Il n'en fut pas surpris, car l'enquête du shérif ne l'avait pas menée plus loin que Missy. Il espéra qu'elle ne se mettrait pas sur la défensive, n'essaierait pas de défendre son territoire et ne l'arrêterait pas avant de l'avoir entendu jusqu'au bout. Il savait qu'elle n'aimait pas les surprises, et il avait vu combien elle s'irritait quand des gens émettaient des hypothèses sans fondement. Et comme tous les attorneys de comté avec qui il avait jamais travaillé, elle détestait voir des enquêteurs voler de leurs propres ailes.

— Cet homme, dit-elle, cet Orin Smith, il est dans une prison fédérale ? Et je suppose que ce témoignage pourrait l'aider à faire réduire sa peine ? Pourquoi devrais-je le considérer comme un témoin crédible ?

— Très juste, dit Joe. Vous n'avez pas de raison de croire un mot de ses allégations. Après tout, il est sous le coup de onze accusations de fraude. Je ne suis pas sûr non plus de croire tout ce qu'il m'a dit. Mais je vous en prie, notez ce que je vais vous raconter, vérifiez-le de votre côté et prenez une décision. Et rappelez-vous que McLanahan veut une grande victoire toute simple sur une femme riche qui n'est aimée de personne. Il n'a jamais voulu chercher plus loin et ne s'est jamais intéressé à un autre suspect. Vous non plus, Dulcie.

— Continuez, dit-elle d'un ton glacial.

— L'autre soir, j'ai entendu Earl Alden qualifié de profiteur. Je ne savais pas très bien alors ce que ça voulait dire ni pourquoi c'était important. Mais maintenant, je comprends mieux. Alden avait beaucoup de relations politiques et professionnelles et, apparemment, c'est comme ça qu'on réussit de nos jours. Le succès n'a rien à voir avec les idées, les inventions ni le travail acharné. Il dépend des gens qu'on connaît et des politiciens qui peuvent vous mettre sur orbite. Le Comte était un profiteur sans idéologie personnelle. Il donnait de grosses sommes aux membres des deux partis et il veillait à ce qu'ils le sachent. Comme ça, il était toujours couvert, quel que soit le gagnant. Pour lui, c'était comme investir dans la recherche et le développement. Il ne savait jamais qui lui rapporterait. Si une occasion se présentait, il était juste là, la main tendue. Et quand cette grande campagne pour le développement de l'énergie éolienne a été lancée, il était déjà prêt à danser avec le nouveau gouvernement de Washington et toutes ses initiatives écologiques.

— Vous allez bientôt en venir au fait ?

— Croyez-moi, je n'aime pas non plus parler autant. Mais je dois vous donner ses antécédents pour que vous compreniez ce qu'il a fait et qui en a subi les conséquences.

— OK, dit-elle, sceptique.

— Bref, reprit-il, quand le marché de l'énergie éolienne a explosé, Earl a vu un moyen d'en tirer parti. Il y avait des sommes colossales en jeu et il a trouvé une combine pour les faire affluer vers lui à jet continu de tous côtés. D'abord, il a entendu parler de Smith et de Rope The Wind. Je ne sais pas qui l'a mis au courant, ou s'il l'a découvert tout seul. Vous savez comme les bruits courent vite dans le comté, et certains des propriétaires de ranch que Smith avait contactés ont dû se parler au magasin d'alimentation ou en prenant un café. Il a peut-être même appris quelque chose par Missy ou par Bud, qui sait ? Quelle que soit la manière dont il l'a su, Earl a rencontré Smith après que tous les autres propriétaires de ranch du comté avaient refusé son offre. Donc, il a proposé à Smith non pas de lui acheter Rope the Wind, mais de l'associer au projet. En fait, il lui a promis quarante pour cent des bénéfices une fois que le parc éolien serait construit et produirait de l'électricité. Comme Smith avait échoué partout ailleurs et qu'il savait qu'Earl était une poule aux œufs d'or légendaire, il a accepté le marché.

— Je ne comprends pas, dit Schalk. Pourquoi Earl a-t-il voulu lui donner une part des bénéfices ? N'aurait-il pas pu acheter juste le nom de la boîte à bas prix et tout faire lui-même ? Ou monter sa propre société sans lui ?

— Si, admit Joe, mais il était déjà à dix lieues devant lui et devant tous les autres. Vous voyez, Smith avait aussi un contact avec une firme du Texas qu'il avait aidée à se constituer plusieurs années plus tôt. Cette boîte n'était pas très grande, mais elle se spécialisait dans l'achat et la rénovation d'éoliennes ancien modèle ou tombées en panne. Je pense qu'il y avait eu un marché pour ce genre de machines pendant des années. Ces types étaient des sortes de ferrailleurs qui réparaient les éoliennes et les remettaient dans le circuit. Mais du fait des sommes gigantesques soudain disponibles pour les nouveaux parcs éoliens, les sociétés récentes qui avaient surfé sur cette vague n'étaient pas intéressées par l'achat de vieilles structures au rabais. Il faut oublier les choses comme l'offre et la demande et les marchés libres en matière d'énergie éolienne. Toutes les incitations fiscales étaient destinées à des sociétés nouvelles construisant des éoliennes neuves et créant des emplois pour que les politiciens puissent se vanter de ce qu'ils avaient fait pour la planète et l'économie. Du coup, cette boîte du Texas battait de l'aile et se retrouvait avec une centaine de vieilleries dont elle ne pouvait pas se débarrasser.

— D'a... ccord, dit-elle en étirant le mot, au point que Joe se sentit pris pour un farfelu.

— Écoutez, dit-il, vous ne connaissez pas encore toutes les pièces du puzzle.

— Continuez. Alors, quand est-ce qu'on en vient aux Cubains sur le tertre herbeux[1] ?

Il ne releva pas.

— Avec les informations que Smith lui a données sur cette grande crête où le vent soufflait tout le temps en bordure de son ranch, Earl a acheté la parcelle des Lee. Ces pauvres Lee se sont fait avoir dans les grandes largeurs. Earl a donc acquis l'endroit le plus venteux du comté et le seul site parfait pour un gros projet éolien. Ça a été la première pièce à se mettre en place. Dès qu'il s'est procuré cette crête, il a bétonné son accord avec Smith et s'est vite retrouvé avec une société d'énergie éolienne forte de trois ans d'exercice et un terrain où des vents de classe cinq à sept soufflaient presque en permanence. Or, ces deux choses étaient essentielles pour commencer à profiter du système... pour donner le coup d'envoi à une fraude à grande échelle.

---

1. Allusion au tertre où un second tireur aurait été posté lors de l'assassinat du président Kennedy.

— Pour spolier qui ? demanda Schalk.

— Vous, moi, tous les contribuables. Voilà comment ça marchait, d'après Smith. Le Comte, je l'ai dit, avait des relations. Il savait quelles banques, partout dans le pays, allaient être renflouées par le gouvernement fédéral parce que certains politiciens ne voulaient pas les voir couler. Earl a pris contact avec elles pour leur demander de financer un immense parc éolien, Rope the Wind. Il savait qu'au moins l'une d'entre elles accepterait, car les banques étaient incitées à prêter à des projets d'énergie renouvelable par des garanties fédérales... c'est-à-dire que, même si les boîtes faisaient faillite, elles seraient soutenues par le gouvernement. Donc pour les banques, pas besoin de prudence : elles avaient juste à ouvrir la porte à l'argent de l'État, à prendre leurs commissions et à renvoyer le fric directement au type de société ad hoc. En particulier, et vous aurez peut-être envie de noter ça, Smith a dit qu'Earl avait eu presque tout son financement par la First Great Lakes Bank de Chicago. Vous en avez entendu parler ?

— Vous plaisantez ? dit Schalk. Tout le monde la connaît. C'est celle qu'on appelle la banque de la mafia. Celle dont tous les prêts douteux se sont évanouis dans la nature. Elle n'a pas été fermée ?

— Si. Mais pas avant que tout le monde ait reçu des pots-de-vin. Ces gens-là avaient des relations, eux aussi.

— Mais ce n'est pas de la faute d'Earl, dit-elle.

— Non. Mais c'est comme ça qu'il a financé sa société. Et il venait juste de la monter.

Il l'entendit respirer longuement à l'autre bout du fil.

— Earl a pris le prêt... garanti par le gouvernement fédéral... pour acheter cent vieilles éoliennes à la boîte de rénovation du Texas. Il les a payées un million de dollars chaque, m'a dit Smith, mais il a fait une demande de crédit d'impôts et d'avantages fiscaux pour des neuves, qui valent quatre à cinq millions de dollars pièce.

— Bon sang ! s'écria Schalk. Mais c'est de la fraude caractérisée ! Ça fait quoi ? Trois ou quatre millions par éolienne ? Soit quatre cents millions de dollars détournés ?

— Et voilà, dit Joe. Mais qui contrôle ces choses-là de nos jours ? Il y a tellement de dossiers et de rouages dans la bureaucratie qu'on n'y retrouve pas ses petits. Parce que en fait... quel est le risque que le gouvernement envoie un inspecteur s'assurer que les éoliennes étaient flambant neuves ? Et rappelez-vous, à ce stade, les bénéfices ne sont que sur le papier. Ils figurent sur un bilan, c'est tout. Voilà comment un type comme Earl peut frauder. Tout est dissimulé.

— Je vois ce que vous voulez dire.

— Or, le Comte ne s'arrête pas là, reprit Joe après avoir consulté ses notes. C'est comme un drogué à la fraude. Il a touché une subvention de cinquante millions de dollars dans le cadre d'un plan de relance du ministère de l'Énergie, parce que son projet était lié au vent. C'est pour ça qu'il a acheté Rope the Wind... parce que la firme existait depuis trois ans sur le papier et que c'était un des critères pour recevoir la subvention : le fait que la boîte avait fait ses preuves. Après, il a envoyé ses sous-fifres passer des contrats avec une tripotée de villes et d'États qui avaient voté des lois les engageant à avoir certains pourcentages d'électricité issus des énergies renouvelables. Avec son parc en construction et ses contrats en place, Earl possède maintenant un vrai service de fourniture d'énergie qui lui donne le droit de faire condamner une parcelle des Lee pour y créer un couloir de lignes à haute tension. Même si ces États et ces villes achètent de l'électricité à perte et qu'il n'y a pas moyen d'acheminer le courant jusqu'à eux pour l'instant, ça leur donne bonne conscience. Du coup, il en profite.

— Je m'y perds, dit-elle.

— Voilà comment Smith me l'a expliqué, dit Joe en regardant ses gribouillis. C'est comme si Earl avait trouvé un moyen de faire extraire de l'or par un type avec l'argent et l'équipement minier du gars, mais qu'il vendait toutes les pépites en gonflant ses frais, qui sont garantis par le gouvernement. Puis il se sert des subventions et des nouveaux programmes fédéraux pour garantir que la mine gagnera toujours de l'argent ou, du moins, n'en perdra jamais. Enfin, il passe des contrats avec des gens pour qu'ils achètent son or à un tarif préétabli, car ce sont de bonnes âmes pour qui les prix du marché ne comptent pas. Il a utilisé tous les crédits d'impôts, toutes les incitations fiscales et les subventions pour éponger les pertes de ses autres investissements.

— Joe…, dit-elle sans doute pour protester contre l'énormité et la complexité de ce qu'il lui disait.

— Je sais. Mais pour comprendre ça, vous devez oublier tout ce que vous savez sur le mode de fonctionnement du vrai capitalisme. C'est comme ça que pensait le Comte. À ses yeux, l'économie était un grand jeu de poker, dont les jetons étaient gratuits pour lui parce qu'il faisait partie des joueurs privilégiés. Et avec tous ces jetons, il a réussi à créer une entreprise à plusieurs étages parfaitement à l'abri de toute sorte de risque ou de perte. Il a pu ainsi protéger tous ses autres avoirs, comme ses vastes ranchs ou ses résidences dans le monde entier, parce que les contrats, les crédits d'impôts et les garanties liés à Rope the Wind compensaient toutes ses pertes et limitaient son imposition.

Joe fit une pause pour examiner ses notes, la laisser tout assimiler et voir s'il n'avait rien oublié.

— Mais pourquoi Smith dénoncerait-il son associé s'il avait des chances de se remplir les poches ? Pourquoi vous raconter tout ça ?

— Je me le suis demandé aussi, dit Joe. Le fait est que toutes ces transactions et ces formalités ont profité à Earl personnellement, mais que le projet éolien lui-même ne fera pas de vrais bénéfices avant des années. Il sert à aspirer des subventions et des crédits d'impôts, pas à créer de l'électricité dans le monde réel pour des gens réels. Amener des lignes à haute tension jusqu'à cette crête pour qu'elles transmettent vraiment du courant au réseau électrique prendra des années. Et rappelez-vous : il n'y aura pas de profits avant que tous les frais généraux soient payés, ce qui prendra des décennies. Construire ces trucs est cher, même avec des éoliennes d'occasion qu'on a eues au rabais.

— Donc, Smith s'est fait évincer, dit-elle.

— C'est ce qu'il prétend. Il dit qu'il ne vivra jamais assez longtemps pour voir le moindre sou. Et ça me paraît crédible parce qu'il avait si désespérément besoin d'argent liquide qu'il a créé la chaîne de Ponzi qui l'a mené en prison.

— Croyez-vous qu'il ait quelque chose à voir avec la mort d'Alden ? C'est à ça que vous voulez en venir ?

— Non. Je ne pense pas, même si je suis sûr qu'il ne l'aurait pas empêchée s'il avait su qu'on voulait le tuer. Mais ce que vous devez prendre en compte, maintenant qu'on sait tout ça, c'est le nombre de gens qui ont bénéficié de la mort d'Earl Alden. Je veux dire... en dehors de Missy.

— De qui voulez-vous parler ? demanda-t-elle, circonspecte.

— Réfléchissez. Si cette combine était rendue publique... ce qui pourrait bientôt arriver... tout le château de cartes s'écroulerait et des dizaines de gens seraient impliqués dans la fraude. Vous voulez que je vous les cite tous ?

— Pas la peine, dit-elle d'un ton maussade. Il y a les propriétaires de la boîte du Texas, qui devaient savoir ce qu'Alden mijotait parce que personne ne leur avait jamais acheté tout leur stock avant. Il y a le bureau directeur, les actionnaires et les contrôleurs de gestion de la First Great Lakes Bank, qui ont tous profité du financement d'une société louche. Il y a la mafia de Chicago, qui a soudain perdu sa banque attitrée où l'on ne pose pas de questions. Il y a les villes et les États qui ont signé des contrats sans chercher à savoir si Rope the Wind était vraiment capable de produire l'électricité qu'elle prétendait pouvoir fournir. Il y a les autres sociétés éoliennes... celles qui sont légitimes... qui n'ont obtenu aucune subvention parce qu'Earl est passé avant elles. Il y a les Lee, qui ont été spoliés de leur parcelle. Et les politiciens de Washington qui ont conçu le mécanisme pour permettre et encourager la fraude à ce niveau.

— Pour commencer, dit-il.

— Mais vous n'avez pas de suspect précis, n'est-ce pas ? Vous ne savez pas qui, de tous ces gens, avait besoin de le faire taire au point de passer à l'acte ?

— Non. C'est comme le mystère d'une vaste chambre jaune. Elle contient peut-être quarante, cinquante, soixante personnes qui ont été flouées, mais qui ne veulent pas que la combine soit révélée parce que ça rejaillirait sur elles. La seule façon d'empêcher la bombe d'exploser était donc de tuer le roi.

Elle resta un long moment silencieuse. Il put seulement imaginer ce qu'elle pensait.

— Je ne sais vraiment pas qui aurait pu faire ça, dit-il. Et il faudra du temps et beaucoup d'investigations pour le découvrir. Je ne pense pas que la ville, l'État ou les membres du gouvernement soient impliqués. Ils ne résoudraient pas le problème comme ça. Je penche soit pour la mafia, soit pour un actionnaire en colère. Peut-être même pour un gars de la région qui s'est aperçu qu'Earl l'avait exploité, ou un type fou de rage parce qu'il a été supplanté. Nous devrions absolument demander l'aide du FBI : Coon a entendu cette histoire et il commence peut-être à passer des appels à l'heure où nous parlons. Mais vu les enjeux et les suspects, il n'est pas impossible d'imaginer que quelqu'un ait trouvé un moyen de tuer Earl et de faire porter le chapeau à Missy.

— C'est un peu tiré par les cheveux, dit-elle.

— Je sais que ça en a l'air, soupira-t-il. Mais que dire du mode opératoire ? Pourquoi quelqu'un se donnerait-il autant de mal pour abattre Earl et l'accrocher à une éolienne, sinon pour envoyer une sorte de message ? Si Missi a agi seule, pourquoi ne l'a-t-elle pas tué en bouchant le tuyau d'échappement de sa voiture, en l'empoisonnant ou quelque chose comme ça ? Pourquoi ne l'a-t-elle pas étouffé dans son sommeil ?

— À moins qu'elle n'ait voulu détourner les soupçons, dit Schalk.

Joe réfléchit.

— Elle est assez retorse, d'accord. Mais je ne sais pas si elle est capable de ce genre de préméditation.

En disant cela, il pensait à la façon dont Missy avait, au fil des ans, trouvé son prochain riche mari bien avant que l'époux en passe d'être plaqué l'ait sentie le moins du monde insatisfaite. Et à celle dont elle avait maîtrisé l'art des formules ambiguës, mais décisives, dans son contrat de mariage avec Bud Sr., celui qui lui avait permis de spolier le sexagénaire de son ranch de troisième génération.

À présent, les nuages roses avaient perdu leur lumière et ressemblaient à de gros rouleaux de paille de fer se découpant sur le ciel qui virait au gris.

— Eh bien, dit Schalk, tout ça est très intéressant...

— Ce truc dont je viens de vous parler, dit Joe, c'est du nouveau pour vous, non ?

— Presque entièrement.

— Donc, ça mérite d'être examiné ?

— À un détail près, dit-elle.

— Bud Longbrake...

— Cet aspect de l'affaire est toujours très solide, reprit-elle. Vous pouvez me jeter toutes les conspirations à la figure et mettre en évidence les conséquences des manigances d'Alden à travers tout le pays, il n'en reste pas moins que nous avons un homme qui affirme avoir été engagé par votre belle-mère pour tuer son mari, et qui est prêt à en témoigner. Nous avons des enregistrements téléphoniques prouvant qu'ils se parlaient, même si Missy prétend ne pas avoir vu Bud ni entendu parler de son ex-mari depuis qu'elle a obtenu une injonction contre lui. Et Joe, nous avons le mobile. J'ai des gens qui pourront attester qu'Alden demandait le divorce.

Joe grimaça.

— Pourtant...

— Les faits sont têtus, Joe. Et je vous promets qu'un jury comprendra bien plus facilement que Missy ait voulu tuer son mari qu'une conspiration extravagante associant l'énergie éolienne, les crédits d'impôts, la mafia, etc.

— Vous avez sans doute raison là-dessus. Mais ça en vaut-il la peine ? Feriez-vous de votre mieux pour obtenir la condamnation d'une femme qui peut être innocente, parce que c'est plus facile que d'élargir l'enquête ?

— Ne remettez plus jamais en doute mon intégrité, lança-t-elle d'une voix tendue. Si je ne croyais pas qu'elle l'a tué, nous ne l'aurions pas inculpée.

— Je m'excuse, dit Joe en rougissant. J'ai été trop loin.

— En effet.

Ils ne prononcèrent pas un mot pendant une bonne minute.

— Mais il va falloir que vous pensiez à ce que Hand va faire de tout ça, finit-il par dire.

— J'y pense déjà. Il s'en servira sûrement pour embrouiller l'affaire et troubler le jury.

— Il trouvera un juré ou deux... peut-être plus... pour croire à sa théorie. Vous le savez comme moi. Donc, vu ce qu'il fera de ces informations, vous devriez envisager un report du procès jusqu'à ce que vous soyez sûre de pouvoir le contrer.

— Quand avez-vous eu votre diplôme de droit ? lui renvoya-t-elle. Depuis quand avez-vous été élu dans le comté de Twelve Sleep pour faire appliquer la loi ?

— J'ai vu Hand à l'œuvre, objecta-t-il. Je l'ai vu gagner avec moins que ça.

— En plus, reprit-elle d'un ton plus léger, qui dit qu'il a besoin de tout savoir d'avance ?

Joe regarda son portable avec méfiance avant de le porter à nouveau à son oreille.

— Dulcie, vous n'avez pas dit ça...

Silence.

— Dulcie, là, je mets en doute votre intégrité...

— J'avançais une hypothèse, c'est tout, dit-elle d'une voix un peu désespérée.

— Il sait, dit Joe. Marybeth est en train de lui parler.

— Joe, vous êtes un salaud !

Il en resta sans voix.

— Et votre femme aussi, ajouta-t-elle.

Il respira un bon coup.

— Dulcie, ce n'est pas vous qui dites ça... C'est quelqu'un qui veut battre Marcus Hand au point d'en perdre le jugement... Dulcie, il faut que je parle à Bud.

Silence.

— Vous ne savez toujours pas où il est, n'est-ce pas ?

— On se verra au tribunal, Joe.

— Dulcie, je vous en prie...

Elle lui raccrocha au nez.

— Vous ignorez peut-être où il est, dit-il au téléphone coupé, mais moi, je crois le savoir.

***

De retour sur la grand-route, il tenta de joindre Marybeth, mais l'appel passa droit sur sa boîte vocale. Elle devait parler à Hand, à sa mère, ou aux deux. Pour leur dire ce qu'il venait d'annoncer à l'attorney du comté.

— Là, je rentre, dit-il, mais je vais garder mon portable allumé. J'ai un arrêt à faire en route. Dulcie m'a vraiment déçu. Elle va sans doute mettre ta mère à l'ombre. À la prison pour femmes de Lusk, si jamais tu veux lui rendre visite.

***

Le Glendo Reservoir[1] miroitait au clair de lune au nord et à l'est de la grand-route. Deux ou trois barques – de pêcheurs de doré jaune, se dit-il – y dansaient dans le noir, quelques lumières parsemant un camping de l'autre côté du lac.

---

1. Lac artificiel créé par un barrage hydroélectrique sur la North Platte River.

Après sa discussion avec l'attorney, sa colère redoublait à chaque kilomètre. Il était furieux contre Schalk, contre McLanahan, Bud, Shamazz, Smith... contre eux tous. Pourtant, il attribuait l'essentiel de sa colère à sa frustration. Il n'arrivait pas à résoudre cette affaire, il ne le pourrait peut-être jamais et il n'était pas sûr, au fond, d'en avoir envie.

Ce que Smith lui avait dit sur le Comte et sur la manière dont les affaires se menaient maintenant dans ce pays avait fait naître en lui une sorte de mélancolie profonde et incurable. Il n'y avait plus ni bien ni mal.

CHAPITRE 34

Après avoir fait le plein d'essence à Jackson, Nate roula au nord, puis à l'est, vers les Gros Ventre Mountains en passant par le col de Togwotee.

Il s'arrêta au bord de la route avant d'atteindre la Togwootee Mountain Lodge, et descendit de sa Jeep en laissant le moteur tourner. Des rangées de pins tordus bordaient les deux côtés de la route et une bande de ciel courait au-dessus de sa tête, telle une rivière charriant des étoiles mortes. L'air des hauteurs, frais et embaumé par les pins à l'approche de l'automne, l'aida à se recentrer. Derrière lui, par l'étroite percée de la route entre les arbres, il put voir les cimes de la chaîne des Teton se découper à l'horizon comme les dents d'une scie circulaire glacée. Il tendit la main sous son siège pour s'assurer qu'on ne lui avait pas volé son .500. Il était toujours là.

Il se débarrassa de ses vêtements de Jackson Hole et les jeta à l'arrière, passa une grosse chemise et un jean, et serra fermement les lacets de ses bottes.

Puis il remonta d'un bond dans sa Jeep et quitta doucement le bas-côté de la route pour repasser sur le bitume. Il espérait pouvoir franchir le sommet et atteindre Dubois avant la fermeture des restaurants. Il n'avait pas mangé depuis son petit déjeuner à Chicago.

Il prévoyait de rouler toute la nuit jusqu'à ce qu'il ait trouvé et tué la personne qui l'avait donné.

***

Il descendit la montagne en accélérant dans les virages en épingle à cheveux. Il conduisait vite, avec les phares allumés, pour voir, au-delà de leur cercle, les reflets des yeux des wapitis, des vaches ou des cerfs mulets sur la route.

Il pensait à Alisha, au fait qu'il ne s'était pas encore vraiment autorisé à la pleurer. Même quand il avait dressé l'échafaudage pour son cadavre, il s'était concentré sur sa construction, les matériaux à employer, les liens qui tenaient l'assemblage. Sur la manière dont il devrait hisser le corps pour qu'il ne retombe pas sur lui. Et il l'avait quittée sans se retourner.

Mais il ne s'était toujours pas réellement rendu compte qu'elle avait disparu à jamais.

Il savait juste qu'il ne pourrait pas la pleurer avant de l'avoir vengée. Étrangement, avec un sentiment de culpabilité croissant, il avait conscience de s'être servi de l'acharnement meurtrier qui l'avait porté lors de son trajet jusqu'à Eden, Chicago et retour, pour justifier la mise à distance de ses émotions.

Quand tout serait fini, il irait discrètement dans la réserve parler à la famille d'Alisha et à la fillette qu'elle élevait. Ça lui permettrait de se libérer de son obsession et de sa rage et de passer à autre chose.

Il ne savait pas très bien comment se comporter le moment venu, que dire, ni quels mots choisir.

Pour la première fois depuis le drame, il prit le temps d'y réfléchir. Joe pouvait l'aider, il le savait. Joe et Marybeth, en particulier. Ils étaient en quelque sorte dans la vie normale, son seul vrai lien avec le monde des couples qui s'aiment, des enfants qui grandissent, des prêts immobiliers, des animaux de compagnie, des pelouses, des usages sociaux. C'était un monde qu'il aurait bien aimé comprendre et où il espérait pouvoir entrer un jour, mais qui lui était toujours aussi étranger que la vie quotidienne en Mongolie-Extérieure. Mais, comme Joe et Marybeth étaient les seules personnes qui l'y rattachaient, il avait envie de les couver et de les tenir éloignés des dangers extérieurs. Non que Joe soit incapable de protéger sa famille – pour ça, il était même étonnamment doué –, mais il avait toujours l'air de croire à son serment, à son devoir, à l'innocence et à l'équité des lois. Nate ne voulait pas être là au cas où Joe apprendrait qu'il pouvait en aller autrement, car ça ne serait pas beau.

Marybeth saurait l'aider à trouver les mots, et Joe pourrait le soutenir simplement par son humilité et sa gentillesse, qui étaient comme un point d'ancrage auquel il pourrait s'attacher.

***

Rien n'était ouvert à Dubois, sauf une supérette aux étagères pleines de plats préparés dans des emballages en plastique. Il acheta un café léger (il n'y en avait pas de fort) dans un grand gobelet en papier, des languettes de bœuf séché – en fait, des tissus musculaires noirs et filandreux additionnés de conservateurs et de sodium – et un paquet de bâtonnets de fromage.

Il y avait des années qu'il n'avait pas mangé ce genre de choses. Il avait hâte que tout soit fini pour pouvoir aller chasser et se faire griller l'échine d'une antilope ou d'un wapiti.

***

Ce que lui avait dit Laurie Talich n'aurait pas dû l'étonner, pensait-il. Tout ça était logique quand il y réfléchissait et faisait les rapprochements nécessaires. Il était heureux que sa planque n'ait pas été découverte par les Cinq, mais par des gens de la région.

Une fois de plus, il repoussa à plus tard tous les détails du deuil pour se concentrer sur la mission qu'il s'était donnée.

Il devait pénétrer dans une enceinte, et elle était gardée. Il y aurait peut-être des détecteurs de mouvement et sans doute des caméras. Non que ça l'ait jamais arrêté avant...

8 SEPTEMBRE

« Laisser le chat sortir du sac est bien plus facile que de l'y refaire entrer. »

Will ROGERS

CHAPITRE 35

Joe arriva à Saddlestring à minuit et demi et roula droit jusqu'au Stockman's Bar. Il y avait plusieurs voitures et pick-up garés dehors en diagonale, et il se réjouit que le bar soit encore ouvert. Les enseignes lumineuses des bières Coors, Fat Tire et 90 Shilling éclairaient les petites fenêtres sur le côté. Il savait que Timberman fermait souvent avant 2 heures du matin, quand il n'avait pas de clients ou que les derniers buveurs avaient cessé de boire.

Il se gara devant et coupa le moteur. Il reconnut quelques-uns des véhicules et se réjouit de trouver celui qu'il cherchait : un pick-up Ford de 1992 au pare-brise fissuré et aux deux ailes arrière barbouillées d'apprêt.

Il gagna le bar en tapotant instinctivement ses poches pour s'assurer qu'il était paré. Menottes, spray au poivre, bombe anti-ours, appareil photo et magnéto numériques, bloc-notes, stylo, carnet de P-V, radio et portable, plus un Glock .40 avec deux magasins en réserve dans son holster. Ce n'était pas qu'il prévoyait de sortir son arme de service, ni, Dieu l'en garde, d'essayer d'atteindre quelque chose avec.

Il s'arrêta devant la porte, respira deux ou trois fois profondément pour calmer son impatience, puis se fraya un passage à l'intérieur du bar.

***

Timberman leva les yeux et arqua légèrement les sourcils, surpris. Joe n'était jamais venu si tard le soir depuis au moins huit ans, et il était évident que le barman ne l'attendait pas.

Joe le salua d'un signe de tête et considéra les clients. Il les reconnut tous. Celui qu'il cherchait évita son regard.

Joe longea le bar et prit le tabouret que Bud occupait avant tous les soirs. Keith Bailey, l'ami et compagnon de beuverie de Bud qui travaillait comme gardien à l'entrée de l'Eagle Mountain Club, se pencha un peu sur le côté pour s'éloigner de lui, puis fit rouler lentement une canette de Budweiser entre ses grosses mains. Un petit verre vide reposait sur le bar près de ses lunettes et d'un exemplaire du *Roundup* de Saddlestring. Il tourna un peu la tête vers Joe, juste assez pour le regarder d'un air impassible. *Il a des yeux de flic*, pensa Joe.

— Un bourbon avec de l'eau pour moi, dit Joe quand Buck Timberman s'approcha. Maker's Mark. Et resservez Keith.

— On a de l'Evan Williams, dit Timberman.

— Très bien.

— Rien pour moi, déclara Bailey. Vous êtes dehors bien tard, dit-il à Joe.

— Je devrais déjà être au lit. Je parie que vous vous demandez pourquoi il m'a fallu si longtemps, ajouta Joe quand Buck se tourna pour prendre le bourbon.

Keith, l'haleine chargée de bière, répondit par un grognement.

— Tout le temps que j'ai passé à chercher Bud, je n'ai jamais pensé à demander au type qui sautait aux yeux !

Bailey haussa les épaules.

— Où l'avez-vous laissé dormir, là-haut ? Dans une cabane d'entretien, au club lui-même, ou lui avez-vous donné les clés d'une des maisons des membres ?

Timberman apporta le bourbon, et Joe en but une gorgée. Il était bon, froid et avait un goût fumé.

— Il se tape des tonnes de pressions et de douleurs en ce moment, glissa Bailey quand le barman se retourna. Il avait besoin d'air. Y a aucune loi qui empêche d'aider un copain, sauf s'il est recherché. Vous avez des charges contre lui ?

— Non, dit Joe. J'ai juste besoin de lui parler. Ça fait des jours que j'essaye de le trouver et vous le savez.

Bailey se détourna, posa les mains à plat sur le bar et se raidit.

— Vous m'avez jamais rien demandé.

— Non, vous avez raison. Donc, vous le cachez aussi au shérif ?

— Vous bossez en free-lance ?

— Oui.

— Je le cache à personne, répondit Keith. Il se planque. J'ai pas d'intérêt dans ce truc, sauf celui de dépanner un vieil ami. Du temps où Bud avait encore le ranch, avant que cette sorcière le lui prenne, il était important dans la région. Il aidait des tas de gens et ne s'en vantait pas.

Il eut l'air de vouloir en dire plus, mais comme beaucoup d'hommes de son âge et dans sa situation, il n'éprouva pas le besoin de continuer.

— Il se bat, dit-il sans aller plus loin.

— Avec quoi ? Avec ce qu'il s'apprête à faire ?

— Je vais pas entrer dans les détails. C'est pas mes oignons. Et je suis pas sûr que ce soient les vôtres.

Joe reprit une gorgée de bourbon et fit non de la tête quand le barman leva le menton, l'air de dire : *Vous en voulez un autre ?*

— Je ne lui ferai aucun mal, reprit-il à l'adresse de Bailey. Vous me connaissez. J'ai travaillé pour lui et on s'est toujours bien entendus. Je ne devrais même pas avoir à vous le dire.

— C'est pas vous qui m'inquiétez, dit Bailey. Mais Bud semble penser qu'il y a peut-être d'autres salauds après lui. Des types qui cherchent à le descendre avant qu'il témoigne.

— Qui donc ?

— Je sais pas. On se parle pas beaucoup. Il m'a demandé un endroit où crécher et je l'ai dépanné. On passe pas son temps à partager nos émotions.

Il avait dit ça d'une manière qui fit sourire Joe et le porta à l'apprécier plus qu'il ne l'aurait cru.

— Il a le cerveau un peu brouillé, dit Keith, mais vous le savez bien.

Joe hocha la tête. Il se rappelait le soir où Bud avait surgi dans son jardin l'année précédente, brandissant un pistolet et cherchant des gens qui voulaient sa peau. Pour une raison quelconque, il pensait que Nate en faisait partie.

— Il est pire que ça maintenant, ajouta Keith. À cause de son état.

— Quel état ?

— Vous savez vraiment pas ?

Joe fit non de la tête.

— Je rapporterai pas. Il pourra vous dire ce qu'il voudra. Tout ce que je vais faire, c'est vous expliquer comment le trouver, dit Bailey. Mais à une condition.

— Allez-y.

— Si vous vous faites prendre là-bas, c'est pas moi qui vous ai fourni le code. Je me fiche de ce que vous raconterez : vous l'avez eu par un membre du club, par quelqu'un qui vous l'a donné pour que vous contrôliez la vie sauvage là-bas, ou un truc comme ça. Mais si vous dites que c'est moi, je pourrais perdre mon poste.

Joe accepta, et Bailey déchira un coin du *Roundup* de Saddlestring, puis y griffonna un code à sept chiffres.

— Vous n'allez pas l'appeler pour lui dire que j'arrive, hein ? dit Joe en prenant le papier.

Bailey ne dit ni oui ni non, mais fit signe à Timberman de lui apporter sa note.

***

L'Eagle Mountain Club dominait la vallée de la Bighorn depuis son vaste perchoir, sur les courbes d'un haut promontoire arrondi. Le club disposait d'un golf de trente-six trous qui s'insinuait dans les contreforts des monts Bighorn, d'un alevinage privé, d'un champ de tir, d'une piste d'atterrissage et d'une soixantaine de maisons qui valaient chacune des millions, toutes construites longtemps avant la crise économique. Grâce à la piste d'atterrissage, la plupart de ses membres pouvaient arriver et repartir sans même s'aventurer au-delà du portail. Bâti dans les années 70, il était à l'écart et à mille lieues de l'atmosphère, des rythmes et de la culture du Saddlestring populaire en bas dans la vallée, même si une poignée de ses membres se hasardaient en ville et si certains étaient de grands mécènes du musée, de la bibliothèque et des associations locales. L'Eagle Mountain Club ne comptait que deux cent cinquante membres, et les nouveaux n'y accédaient que lorsque les anciens mouraient, s'en allaient ou étaient déchus de leurs privilèges par la majorité des autres.

Les gens de la région qui y travaillaient étaient tenus par contrat de garder le silence sur l'identité de ses membres – vedettes, politiciens, magnats – et sur ce qui s'y passait. Pourtant, la plupart des gens en ville semblaient être au courant des deux, Joe compris. Ce qui l'avait toujours impressionné, c'était que les autochtones n'étaient nullement intimidés par les célébrités qui se risquaient à descendre du club pour faire des courses et dîner parmi eux. Il n'y avait jamais de scènes publiques de reconnaissances haletantes ni de demandes d'autographes. Joe attribuait ce phénomène à un merveilleux mélange de fierté de propriétaire – *Ces riches pourraient vivre n'importe où dans le monde et ils ont choisi de vivre ici, parmi nous* –, d'indépendance obstinée et d'espoir qu'un jour, peut-être, ils feraient partie de ces happy few.

***

Joe n'avait pénétré dans son enceinte que quelques fois dans sa carrière. La première année où il avait été garde-chasse du district, il y avait découvert un collègue sans scrupule caché avec une femme riche, dont le mari était absent pour affaires. Depuis, il y avait été parfois appelé quand on y trouvait du gibier abattu ou qu'on y repérait des intrus du coin. Une fois sur place, il était toujours suivi par des gardiens en voiture, qui observaient ses faits et gestes à la jumelle.

On accédait à la station par un poste de garde tenu dans la journée par Keith Bailey. La nuit, les membres pouvaient entrer en appelant les vigiles à la réception. Des caméras en circuit fermé étaient cachées dans les buissons de part et d'autre de l'allée et partout dans la vaste enceinte.

Au volant de son pick-up, Joe remonta l'allée et tapa les numéros que lui avait donnés Keith Bailey. Les grilles de fer s'ouvrirent dans un déclic et s'écartèrent très vite. Il dépassa doucement le poste de garde désert, cherchant des deux côtés de l'allée du personnel de sécurité qui risquait de fondre sur lui d'une seconde à l'autre. Cette entrée ne pouvait pas ne pas être filmée par une caméra vidéo. Il préféra penser qu'aucun gardien ne visionnait les bandes en permanence, car on était en septembre et la plupart des membres étaient déjà partis.

***

Les grilles se refermant dans un gémissement derrière lui, il roula doucement sur l'asphalte vers le centre du club. La route courait le long du promontoire, et les lumières de Saddlestring se déployaient à droite dans la vallée. Des éclairages discrets jalonnaient les bas-côtés.

Il franchit la crête de la colline, obliqua à gauche et dépassa le tournant qui menait au bâtiment principal au sommet de la butte. Il y avait quelques lumières tout en haut, mais pas d'activité visible. La route s'inclinait légèrement, bordée de part et d'autre par de grandes maisons en retrait, et il eut du mal à voir les noms des propriétaires sur les plaques dans l'herbe, à l'entrée de chaque allée.

Il cherchait le panneau *Skilling* : Kimberly Alice Skilling, l'héritière des Skilling Defense Industries de Houston. Elle possédait non seulement une grande maison sur le terrain, mais aussi deux cottages d'invités. Et elle avait demandé à Bailey de surveiller particulièrement sa propriété, surtout l'un des cottages dont les canalisations avaient éclaté l'hiver précédent.

Joe reconnut un certain mérite à Bud Longbrake. Se cacher ainsi en évidence pendant tout ce temps...

CHAPITRE 36

Nate entra lentement dans un gros bosquet de grands saules sur la berge de la rivière, en veillant à ce que sa Jeep soit invisible de la route. Son arrivée effraya une femelle orignal qui s'était couchée pour se reposer : elle se leva en hâte, ses jambes et son museau se profilant dans ses feux avant, fit volte-face et s'enfuit en bondissant.

Il coupa le moteur et les phares et descendit de sa Jeep. Tandis qu'il passait son holster en bandoulière et se noircissait le front et les joues avec la boue de la rivière, il entendit l'animal grogner et filer vers l'aval dans un fracas d'éclaboussures. Il avait espéré avancer en silence. Il n'avait pas compté avec la grâce de bulldozer d'un orignal.

Quand ses yeux se furent habitués à l'obscurité et que la seule lumière ambiante fut celle des étoiles et d'un croissant de lune, il s'écarta de son véhicule et inspecta les alentours. Il se tenait devant la rivière : noire comme de l'encre et résolue, clapotant par moments contre les rochers qui bordaient la berge. Derrière lui s'étendait une zone humide et marécageuse, créée par les castors qui avaient construit des barrages sur les affluents ramifiés du cours d'eau. Il se dit qu'il avait de la chance d'avoir trouvé cette langue de terre sèche pour rouler.

À l'est se dressait un à-pic, strié et pâle à la lumière des étoiles. De petites formes sombres fusaient comme des flèches le long de sa face plate, des étourneaux se gavant d'une couvée d'insectes le soir venu, ou des chauves-souris qui faisaient de même. Au bord de l'escarpement, il vit des buissons et de grosses touffes d'herbe.

Il traversa la rivière à pas prudents. L'eau froide, étonnamment rapide, lui montait jusqu'aux genoux. Il marchait de pierre en pierre et, parfois, ne distinguait pas ce qu'il y avait en dessous de lui. Le lit était peu profond et large, mais il pouvait y avoir de gros trous cachés. Il visait les taches brun-roux ou jaunes sous la surface, dans l'espoir que ce soient des pierres et qu'elles ne glissent pas sous ses pieds.

Il réussit à gagner l'autre rive, mais là, il se trouva entouré d'un mur de buissons haut de trois mètres, trop dense et trop épais pour qu'il le traverse. Il longea un moment la rivière, mais ne put trouver de percée. Il se mit alors à genoux et rampa entre les buissons sur une piste de gibier. Sa présence effraya de petits animaux, qui couinèrent et s'enfuirent devant lui.

Au bout d'une trentaine de mètres, les buissons s'éclaircirent et il put se mettre debout. Il s'aperçut qu'il était plus près de la paroi de l'à-pic qu'il ne l'avait cru. Les mains sur les hanches, il se pencha en arrière et chercha des yeux une voie jusqu'au sommet. Des lignes de végétation noire zigzaguaient jusqu'en haut de la face. Ses veines étant assez plates pour supporter des mauvaises herbes et des graminées, il espéra qu'elles le seraient assez pour qu'il l'escalade.

Mais avant d'approcher de la paroi, il resta parfaitement immobile et se borna à écouter et à regarder autour de lui.

Le silence était familier, comme celui du canyon de Hole in the Wall. Mais il avait appris combien un tel calme peut être traître quand on n'est pas totalement sur ses gardes.

Il ne vit personne nulle part. Il n'y avait pas de clôtures. Mais quand il considéra deux hauts peupliers de Virginie entre la paroi et lui, il aperçut une anomalie. Rien n'avait de lignes parfaites dans la nature, et il venait d'en voir. Il plissa les yeux et reconnut deux appareils en forme de boîte, fixés aux troncs des arbres à hauteur de sa taille.

Les chasseurs appelaient ça des appareils photo de reconnaissance. C'étaient des appareils numériques à piles, conçus pour être installés près des pistes de gibier. Ils comportaient des détecteurs de mouvement, et soit des flashs, soit des capteurs à infrarouges. Ils pouvaient prendre jusqu'à un millier de photos de 1,5 à 5 millions de pixels avec un seul jeu de quatre piles D.

D'habitude, ces appareils avaient une portée de douze à quinze mètres. Comment arriver à les éviter ou à s'en approcher assez pour les détruire sans qu'ils le photographient à chaque pas ?

Nate resta immobile et réfléchit.

Il y avait tellement de cerfs, d'orignaux, de wapitis et d'antilopes au bord de la rivière que ces appareils devaient beaucoup se déclencher la nuit. Mais quelqu'un regardait-il vraiment chaque plan en direct ?

Il hocha la tête. C'était l'Eagle Mountain Club, pas le Pentagone. Plus vraisemblablement, on devait envoyer un stagiaire ou un type de l'entretien au pied de la colline tous les deux ou trois jours pour récupérer les photos, voir si des intrus avaient pénétré dans l'enceinte et les identifier. Les clichés numériques restaient dans l'appareil et n'étaient pas transmis en totalité à une salle de contrôle centrale.

De plus, les appareils installés sur la piste étaient surélevés. Sans doute pour que les gars de la sécurité n'aient pas à regarder des centaines de photos de lapins et de grouses.

Il se remit à genoux et rampa simplement entre les appareils photo en baissant la tête. Il n'entendit pas un seul déclic d'obturateur.

Escalader la face de l'à-pic ne fut pas difficile. Moins d'un quart d'heure plus tard, il se glissait entre les barbelés d'une clôture et entrait dans le club.

***

Joe s'engagea dans l'allée du cottage de Skilling, coupa son moteur et ses phares et chercha des signes de vie. Il resta assis un moment à observer la maison. Si quelqu'un s'y trouvait et l'avait entendu arriver, il s'attendait à voir un rideau furtivement tiré ou une lumière s'allumer.

Le cottage était petit mais soigné, peint en beige, de plain-pied, avec trois fenêtres garnies de rideaux et un porche encadré de barreaux menant à une large porte en bois à deux battants. Un garage le jouxtait à sa droite. De hauts peupliers jumeaux bordaient le chemin conduisant au porche. Un deuxième cottage sur la gauche était la parfaite copie de celui que Joe avait devant lui – arbres compris –, mais il y jeta à peine un coup d'œil car Bailey lui avait dit que le premier était le bon. Au centre de la grande baie vitrée à gauche de la porte, il aperçut un rai de lumière verticale, qui devait venir du salon. Une lampe était allumée.

Il descendit du pick-up et fit glisser son fusil de chasse hors de son étui derrière le siège. Il vérifia qu'il était chargé – il contenait quatre cartouches de plomb double zéro –, mais n'en introduisit aucune dans la chambre. Il remonta le sentier en se demandant s'il devait tambouriner à la porte ou contourner discrètement la maison pour voir s'il apercevait quelque chose à l'intérieur. Il savait qu'il n'avait pas de mandat de perquisition, ni vraiment le droit d'être là. Si Bud se trouvait dans le cottage et décidait de tirer sur un intrus, il serait fondé à le faire.

Joe cogna à la porte et s'écarta.

— Bud ? lança-t-il. C'est Joe Pickett. Ouvrez ! J'ai besoin de vous parler !

Il s'arrêta pour écouter, mais n'entendit rien. Il frappa à nouveau et répéta ses paroles, plus fort. Après tout, il était 2 heures du matin. Il ne s'attendait pas à ce que Bud soit levé et il voulait lui donner le temps d'enfiler des vêtements.

Il tendit le bras et tenta d'ouvrir la porte. Fermée à clé. Il frappa encore une fois et cria. Rien.

Il descendit les marches du perron et s'approcha à pas feutrés de la baie vitrée où il avait vu le rai de lumière vertical. Puis il ôta son chapeau et se pencha prudemment vers la vitre, en réprimant l'image hallucinatoire d'un Bud braquant son .45 sur lui. Il sentit son pouls s'accélérer quand il pressa son visage sur le carreau pour regarder.

L'espace entre les rideaux faisant moins de deux centimètres, il dut tourner la tête à droite et à gauche pour voir l'intérieur de la pièce. C'était bien un salon et il présentait des traces de désordre. Une table basse était couverte de canettes de bière vides, certaines couchées, et toutes toisées par une grosse bouteille de Jim Beam de un litre.

— Du Bud tout craché, dit-il, même si c'était un Bud qu'il n'était plus sûr de connaître.

Des vêtements avaient été jetés sur les dossiers des chaises et le divan était semé de barquettes de plats à emporter venant, reconnut-il, du Burg-O-Pardner en centre-ville. En regardant de droite à gauche et en se hissant sur la pointe des pieds, il put voir la moquette et une botte de cow-boy qui gisait sur le sol, la semelle face à lui, dans l'angle du canapé. Seulement la semelle... Le haut de la botte était caché par le meuble. Joe sentit son estomac se nouer. La jambe de Bud était-elle reliée au reste de la botte ? Son corps se trouvait-il derrière le divan ?

Raison suffisante pour entrer. Keith, se rappela-t-il, lui avait dit que Bud était sûr que quelqu'un le poursuivait.

En temps normal, il aurait alerté le bureau de la sécurité de l'Eagle Mountain Club ou les adjoints du shérif, pour qu'ils puissent pénétrer dans le cottage ensemble. Et il allait les appeler. Mais il voulait voir l'intérieur lui-même avant qu'ils ne prennent le relais. Pour témoigner du motif l'ayant poussé à s'introduire dans le cottage, il prit trois clichés de la botte à côté du divan avec son appareil photo numérique.

Il alla chercher sa Maglite dans son pick-up, retourna sous le porche, puis chercha à tâtons un double de clé dans les cachettes possibles : sur le châssis de la porte, sous le paillasson, sous les pierres plates de la rivière le long du sentier. Pas de clé. Il regagna la porte d'entrée à petites foulées, appuya son fusil de chasse contre la rambarde, marqua une pause pour reprendre son souffle, puis se rua sur le battant pour le briser d'un coup d'épaule. Le battant ne céda pas d'un pouce, mais le coup lui expédia une grande douleur dans tout le corps. Il s'écarta de la porte massive en se frottant l'épaule et en se demandant s'il s'était cassé quelque chose.

Il songea à briser une fenêtre avec la crosse de son fusil pour se glisser à l'intérieur, mais décida de commencer par essayer les autres portes. Il devait y en avoir une à l'arrière. Il récupéra son fusil – mince, il avait mal à l'épaule… – et longea l'avant de la maison pour atteindre le coin. Il jeta un nouveau coup d'œil par la fente entre les rideaux, vit que la botte n'avait pas bougé… et évita une branche de peuplier. Ses bottes résonnant bruyamment sur l'allée en béton, il saisit la poignée de la porte du garage en passant et la secoua, alors même qu'il se disait qu'elle devait s'ouvrir avec une télécommande électrique.

Elle céda. Joe s'arrêta, surpris. Puis il ouvrit complètement le rideau de fer.

Le pick-up F-150 de Bud Longbrake était à l'intérieur. En levant les yeux, il vit que la gâche de la porte du garage avait été rabattue, et ça se comprenait. Keith avait donné à Bud une clé du cottage, mais la télécommande qui ouvrait le garage devait être quelque part dans la voiture de Kimberly Skilling. Pour cacher son véhicule, Bud avait dû dégager la gâche, puis lever et baisser le rideau à l'ancienne. Après s'être garé à l'intérieur, il avait oublié de remettre le verrou.

Joe leva prestement sa Maglite et retint son souffle en tendant la main vers le bouton de la porte pour entrer dans la maison.

Elle aussi était ouverte.

***

Nate se fraya un passage à coups d'épaule entre de gros bosquets de genévriers hauts de deux mètres, avant de se redresser sur l'herbe impeccable de la pelouse du club. Il s'arrêta un instant, dos aux buissons, pour voir s'il y avait des véhicules sur les routes et des caméras ou des capteurs devant lui.

Satisfait, il s'accroupit et marcha en crabe d'arbre en arbre vers les maisons du club. Celle qu'il cherchait se trouvait juste en face de lui, une villa Tudor à deux étages avec deux cottages pour les invités.

Il s'approcha de la maison principale et fonça droit à l'arrière du garage. Personne ne mettant plus jamais de rideaux aux fenêtres des garages, il jeta un œil à l'intérieur. Cinq box et pas un seul véhicule dedans. Le sol brillant reflétait un rayon de lune.

Il recula d'un pas et jaugea la villa. Elle semblait vaste et déserte. Tous les rideaux étaient bien fermés et aucune lumière ne filtrait de l'intérieur. Il se tourna vers les cottages et passa de buisson en buisson jusqu'à ce qu'il soit derrière. En se faufilant, il avait remarqué un pick-up garé dans l'allée du premier et là, alors qu'il s'arrêtait, une lumière s'alluma dans la fenêtre à l'extrême gauche, la plus proche du garage.

Il glissa son revolver hors de son holster, le tint contre son oreille droite et, tout en le braquant, releva le chien avec son pouce gauche. Son viseur prenant toute la lumière, il pointa le réticule sur le centre de la vitre.

***

Joe ne put s'empêcher de penser que Bud aurait dû prendre mieux soin d'une maison dont il était un invité clandestin. Comme son appartement au-dessus du Stockman's Bar, le cottage était jonché d'emballages, de bouteilles, de briques de lait fétide et de détritus. La porte du garage donnant sur la cuisine, il aperçut la pile d'assiettes sales dans l'évier et la poubelle qui débordait contre le mur, face à la cuisinière. Un chat gris efflanqué rongeait un tas d'os de poulet qu'il avait tirés des déchets. Il leva les yeux vers Joe, nullement effrayé.

— Bud, vous êtes là ? C'est moi, Joe !

En passant devant la fenêtre de la cuisine, il se pencha et tapota la tête du chat.

***

Nate aperçut brièvement une tête derrière la vitre. Il braqua son réticule sur elle mais, juste au moment où il allait presser la détente, elle disparut, comme si le type à l'intérieur était tombé dans une trappe. Il jura, garda son arme levée et attendit que sa cible reparaisse.

Mais elle ne le fit pas, et une autre lumière s'alluma derrière les rideaux de la fenêtre centrale. Bud était passé dans une autre pièce.

Maintenant, il allait devoir entrer dans le cottage. *Ce sera mieux comme ça*, pensa-t-il en courant vers la porte de derrière. Mieux valait un face-à-face.

Il voulait que Bud voie son visage, sache que Nate Romanowski l'avait trouvé, avant que sa tête n'explose.

La porte arrière était fermée, mais elle céda un peu quand il y appuya son épaule. Il ouvrit son couteau et le glissa dans la fente entre le battant et l'encadrement. Pas de verrou. Ce qui voulait dire qu'elle était fermée par le système qui bloquait la serrure. Il poussa le couteau plus loin, le glissa vers le bas jusqu'à ce que la lame repose contre le cliquet et donna un coup sec vers l'arrière.

Il était dans la place.

***

Son fusil de chasse braqué devant lui, Joe entra dans le salon. Encore plus de désordre... Une lampe, l'abat-jour de travers, était allumée sur la table, son rond de lumière projetant une flaque jaune sur le tapis comme un regard oblique.

Un fauteuil de repos à haut dossier l'empêchant de voir le côté du divan, il prit à droite, le doigt sur la détente, s'apprêtant à voir un cadavre.

C'était juste une botte, couchée sur le côté, sans Bud au bout.

Il soupira.

— Bud ! hurla-t-il.

— Joe ?

Il eut beau reconnaître aussitôt la voix, il actionna la pompe de son fusil, fit volte-face et leva le fût contre sa joue. La voix venait d'un débarras sombre au fond de la maison.

— Nate ? Merde, qu'est-ce que tu fais là ?

Il l'entendit rire de ce juron.

— Je te retourne la question, dit Nate.

Il sortit du débarras dans la lumière, fit tourner le barillet de son gros revolver jusqu'à ce que le chien repose sur la chambre vide, puis le rangea sous son bras dans son holster. Il s'était coupé les cheveux, les avait teints en noir et il avait l'air grave, voire sévère.

— J'essaie de trouver Bud Longbrake, dit Joe en baissant le canon de son arme.

— Moi aussi. Je suis là pour le tuer, ce salaud.

— Vraiment ?

— Oui.

Joe vit la mèche noire fixée au canon du revolver de Nate et reconnut sa couleur.

— Oh non..., dit-il. Tu crois que Bud est responsable ?

— Il a monté un coup contre moi.

— Pourquoi aurait-il fait ça ? demanda Joe, perplexe.

— Pourquoi a-t-il fait tout ce qu'il a fait ces deux dernières années ? Je ne sais pas si c'était l'alcool, sa paranoïa, l'idée que je le pourchassais ou ce qui lui est arrivé quand il a perdu son ranch, mais quelque chose l'a rendu fou. Et Alisha en est morte.

— Je ne sais pas quoi te dire, murmura Joe. Je pensais justement qu'il n'était plus du tout l'homme pour qui j'ai travaillé. Comme s'il avait changé de personnalité.

— Peu importe la raison. Il doit quand même payer pour sa grande gueule.

— Je voulais lui parler parce qu'il prétend avoir la preuve que Missy a assassiné son mari. C'est pour ça que je suis là, moi. J'essayais de le trouver parce que le procès commence lundi.

— Tu aurais pu me tuer, dit Nate en regardant le Remington Wingmaster de Joe.

— Oui. Pardon. Tu m'as fait peur.

— Alors, où est Bud ?

— Pas ici, mais il n'est pas parti depuis longtemps. Son pick-up est dans le garage, donc soit il est allé faire un tour, soit quelqu'un est arrivé juste avant nous et l'a emmené.

— Dommage, dit Nate. Mais... qui aurait pu faire ça ?

— J'ai tellement de suspects dans cette affaire que c'en est incroyable. Je t'expliquerai, si tu veux tout savoir. Tu es là depuis combien de temps ?

— Deux minutes. Je viens d'entrer par la porte de derrière et j'ai entendu ta voix. Juste avant, j'ai failli te tirer une balle dans la tête.

Nate avait dit ça d'un ton si neutre que Joe mit une ou deux secondes à saisir la portée de sa phrase.

— Tu as failli me tirer une balle dans la tête, répéta-t-il d'une voix de plus en plus faible.

Nate haussa les épaules.

— T'imagines si on s'était descendus tous les deux ? Ç'aurait été un sacré truc !

Joe réprima un sourire. Ce n'était pas qu'ils aient failli s'entre-tuer qui était drôle, mais la manière dont Nate l'avait dit.

— Ça fait du bien de te voir, Nate.

— Même chose pour moi.

— Je suis désolé pour ce qui s'est passé dans le canyon. J'ai trouvé l'échafaudage.

— Tu en as parlé à quelqu'un ?

— À Marybeth et Alice Thunder. Elles l'ont gardé pour elles.

Nate le remercia d'un signe de tête.

— J'ai trouvé les types qui l'ont tuée, et la femme qui les avait engagés. J'ai flingué les mecs, mais elle, je l'ai épargnée.

— Pas de détails ! lança Joe en levant la main pour l'empêcher d'en dire davantage.

Un silence plana dans l'air.

— Nate, reprit Joe, pouvons-nous dépasser ce qui est arrivé l'an dernier ?

Nate fit oui de la tête.

— J'ai eu pas mal de temps pour y réfléchir, dit-il, comme toi, j'en suis sûr. Tout se ramène à ça : tu as eu tort, mais tu n'avais pas le choix.

— Je pense que je suis d'accord.

— Alors, on n'a plus besoin d'en parler.

Joe apprécia.

— Bon, dit Nate, où est parti ce salaud de Longbrake ?

***

Avant que Joe ait pu trouver une réponse, il entendit un bruit de moteur et le hurlement d'une sirène déchirer le silence de la nuit. Des lumières clignotantes bleu et rouge envahirent la fenêtre et dansèrent d'un mur à l'autre en donnant au salon l'air d'une scène de fête improbable.

Joe s'approcha de la vitre et écarta les rideaux du dos de la main.

— Le shérif, murmura-t-il.

Il y avait deux véhicules de police : le SUV de Sollis et le pick-up de McLanahan. Il vit une tête à côté de Sollis, mais le shérif était seul dans l'habitacle.

— Tu veux les descendre ? demanda Nate en tendant la main vers son revolver.

— Bon sang, Nate...

— Alors, je te retrouve plus tard, dit celui-ci en reculant vers le débarras.

Joe le regarda. Le shérif étant arrivé par l'avant en faisant du tapage, il doutait qu'il ait envoyé quelqu'un contourner le cottage pour bloquer la porte arrière.

— On se retrouve chez moi, souffla-t-il.

Nate fila.

***

Joe posa son fusil de chasse sur le divan et ouvrit la porte prudemment avant que McLanahan ait pu tambouriner sur le battant. Il voulait apparaître à découvert, lui montrer qu'il ne représentait pas une menace.

Le shérif avait l'air résolu et content de lui à la lumière des gyrophares. Sollis se tenait fièrement derrière lui à sa droite, la main sur son holster. L'adjoint Reed était un peu plus loin, l'air solennel.

— Salut, Joe ! lança McLanahan, puis il dit à Sollis, par-dessus son épaule : Arrêtez cet homme pour effraction et tentative de subornation de témoin. Peut-être aussi pour violation de propriété, si le club veut porter plainte contre lui.

— Sauf que je n'ai rien fait de tout ça…, soupira Joe en montrant sur le sol la botte qui lui avait donné un motif suffisant pour entrer sans avertissement ni mandat. J'ai des photos de ce que j'ai vu. J'ai cru que Bud Longbrake était mort ou blessé, alors je suis entré. La porte du garage n'était pas fermée à clé.

— Il y a quelqu'un avec vous ? demanda le shérif en jetant un coup d'œil interrogateur derrière Joe.

— Non, répondit-il en pensant que Nate devait être en train de sprinter à travers la pelouse vers l'autre bout du club.

Il n'empêche, il se sentit coupable de tromper le shérif.

McLanahan se renversa sur ses talons et passa les pouces dans les boucles de sa ceinture pour se pencher en arrière et le regarder de haut. Il remua ostensiblement sa moustache.

— Je ne suis pas sûr d'avaler ça.

Joe haussa les épaules.

— Je n'essaye pas de vous faire gober quoi que ce soit.

— Bon, comment avez-vous eu accès au club ?

Joe se retint de détourner les yeux.

— Je connais le code d'entrée.

— C'est ça, dit le shérif en pouffant de rire.

Joe crut qu'il était coincé et une terreur froide lui noua le ventre.

— Vous l'avez sans doute eu par votre belle-mère, dit McLanahan, sûr de lui.

Joe sentit sa terreur se dissiper.

— Au lieu de perdre votre temps avec moi, dit-il, je vous suggérerais de lancer une alerte à toutes les patrouilles pour trouver votre témoin vedette, Bud Longbrake. Il a filé.

Le shérif sourit et regarda par-dessus son épaule l'adjoint Sollis, qui lui renvoya son sourire. Reed trouva un truc intéressant à regarder sur ses bottes. Ils savaient quelque chose qu'il ignorait.

— Pas la peine, dit McLanahan. Bud est bien au chaud sous notre garde, mais je ne vous dirai pas où. Il doit être en train de déguster un cocktail pour se détendre. Il nous a appelés parce qu'il a appris que vous le poursuiviez. Il a dit qu'il craignait pour sa vie.

— C'est ridicule ! Je ne lui ai jamais fait de mal.

— Pauvre vieux…, dit le shérif sans l'écouter. Tout ce qu'il subit comme pressions, et vous en rajoutez. C'est un homme malade, vous savez ?

Joe hocha la tête. Il se rappela que Smith lui avait dit quelque chose de semblable.

— Je ne suis pas au courant. J'ai juste besoin de lui parler.

— Pas avant le procès, lui renvoya le shérif. Sauf s'il me dit de vous mettre dans le secret. Mais même s'il le fait, vous devrez avoir l'aval de Dulcie et je ne crois pas qu'elle vous aime beaucoup en ce moment.

— Vous n'êtes pas sur la bonne piste, dit Joe en soupirant. Vous vous trompez depuis le crime. Bud veut se venger de Missy et il se sert de ce qui s'est passé pour y arriver. Je ne le lui reproche pas, mais ce meurtre... c'est bien plus complexe. Ç'a à voir avec des trucs que vous n'avez même pas envisagés ou examinés.

— Oui, oui..., marmonna le shérif sans le prendre au sérieux. Emmenez-moi ce rustre et prenez sa déposition, dit-il à Sollis. Après, on décidera si on l'arrête et pour quels motifs. Reed, conduisez ce pick-up au siège du comté. Moi, je vais appeler Dulcie pour voir si elle veut donner suite.

— Vous n'avez pas à faire ça, dit Joe.

— Bien sûr que si ! s'écria le shérif en se tournant pour cracher du jus de tabac sur la pelouse. Pourquoi n'êtes-vous pas sur le terrain à courir après les braconniers ou je ne sais qui ? Vous ne devriez pas faire votre boulot au lieu du mien ? Il vous arrive jamais de penser à ça ?

— Tout à fait. Je trouve juste que l'un de nous devrait bien faire le vôtre.

Reed pouffa, puis détourna très vite les yeux.

Le shérif se figea, et Joe vit une ombre menaçante voiler son visage. Il se mit en position de combat, prêt à parer un coup de poing.

McLanahan respira profondément et dit à Sollis :

— Menottez-moi ce fils de pute.

***

Pendant le trajet à travers l'enceinte de l'Eagle Mountain Club, les poignets mordus par les menottes, Joe se dit qu'il était content d'avoir renoué avec Nate. Mais il ne pouvait s'empêcher de penser que c'était peut-être trop tard pour peser sur l'issue du procès. Et il n'avait jamais imaginé qu'il passerait une nuit dans une cellule du comté.

Il pensa à ses filles. Leur grand-mère jugée pour meurtre, et leur père en prison.

La raillerie d'April lui revint alors en mémoire : « Faut croire que je ne suis peut-être pas la seule à faire des erreurs dans cette petite famille si parfaite... »

14 SEPTEMBRE

« La justice n'a rien à voir avec ce qui se
passe dans une salle d'audience ; la justice,
c'est ce qui en sort. »

Clarence Darrow

CHAPITRE 37

Le mercredi matin, jour où Bud devait venir à la barre pour témoigner contre Missy, Joe s'assit avec Marybeth au huitième rang de la salle d'audience du tribunal du comté de Twelve Sleep et glissa un index dans le col de sa chemise pour tenter de desserrer son nœud de cravate. Il ne céda pas beaucoup, et Joe eut l'impression qu'il allait mourir d'un lent étranglement.

Il examina la salle. Tout le monde semblait avoir pris le même siège que les deux jours précédents, depuis le début du procès.

La salle d'audience du juge Hewitt était pleine, étouffante et mal aérée. Les membres de la famille, les mouches du coche de la ville, les notables, les compagnons de beuverie de Bud au Stockman's Bar, dont Timberman et Keith Bailey, le personnel des forces de l'ordre, la bande – entièrement masculine – des habitués du café du matin au Burg-O-Pardner et les journalistes de la presse locale, régionale et nationale occupaient tous les sièges. La salle bruissait de murmures, chacun attendant le début de ce que le *Roundup* appelait le « troisième jour crucial ». Tous les acteurs étaient en place, se dit Joe. Il chuchota à Marybeth que, si le détecteur de métaux de Stovepipe marchait à nouveau mal et qu'une bombe explosait dans la salle d'audience, Saddlestring ferait aussi bien de fermer et de mettre la clé sous la porte.

Hand et Schalk étaient sur l'estrade, discutant du programme et des consignes de la journée avec le juge, qui se penchait vers eux pour que l'entretien reste confidentiel. Hand portait un costume gris anthracite, une chemise blanche, une cravate de cow-boy et ses bottes à bouts pointus. Un Stetson en poils de castor argenté reposait à l'envers sur la table de la défense, mais Joe ne l'avait jamais vu le porter à un procès. Il était là seulement pour l'effet.

Schalk était élégamment vêtue d'un tailleur sombre à rayures, et sa gorge s'ornait d'un nœud crème. Ses cheveux tirés en arrière lui donnaient l'air sérieux et sévère. Et plus âgé.

***

Le lundi avait été consacré à la sélection du jury. Comme tout ce qui se passait dans la salle d'audience du juge Hewitt, celle-ci s'était déroulée à la vitesse de l'éclair. Douze jurés du comté avaient été choisis parmi un groupe de trente. Joe connaissait la plupart d'entre eux : sept femmes et cinq hommes. Tous étaient blancs et d'âge moyen, sauf une Shoshone qui vivait hors de la réserve. Même si Hand s'était arrangé pour récuser le plus d'ouvriers possible, en jugeant sans doute qu'ils auraient plus tendance à déclarer coupable une sale richarde comme Missy, Marybeth avait fait observer à Joe qu'il semblait l'avoir fait sans conviction, plus pour la montre que par détermination. Comme s'il gardait un atout dans sa manche et que la composition du jury ne comptait pas.

Hand avait besoin d'un seul juré pour invalider un verdict de culpabilité. Joe n'arrivait pas à deviner lequel des douze sélectionnés lui donnerait satisfaction. L'employé municipal au chômage, qui ne pouvait pas trouver de travail en ces temps de crise, en voulait à la terre entière et rêvait d'envoyer se faire foutre les représentants de l'autorité ? La Shoshone qui, remontée par des années de rancœur et le poids d'un mari blanc fainéant, pourrait enfin prendre sa revanche sur le système ?

***

Joe avait passé presque tout le jeudi précédent dans la salle d'interrogatoire du bureau du shérif, après son éjection de l'Eagle Mountain Club par les forces de l'ordre. L'adjoint Sollis était venu le voir de temps en temps avec un faux sourire, disant qu'il attendait le retour de McLanahan pour commencer l'interrogatoire. Joe savait que c'était un mensonge destiné à l'humilier, et il devait reconnaître que ça marchait assez bien. Aucune accusation, à sa connaissance, n'avait été portée contre lui.

Finalement, en milieu d'après-midi, Dulcie Schalk avait débarqué dans la pièce. Elle était en colère contre lui parce qu'il avait cherché à contacter Bud, et contre le shérif parce qu'il le retenait sans l'interroger ni décider de le poursuivre. Juste derrière elle se tenait Marcus Hand, dans son pull noir à col roulé et sa veste en daim à franges.

— Faites-le sortir tout de suite ! lança-t-elle à Sollis.

Joe la remercia, mais elle lui lança d'un ton sec :

— Vous, ne m'adressez pas la parole !

Tandis qu'il regagnait son pick-up après avoir récupéré ses clés auprès d'un adjoint Reed tout penaud, Hand lui passa un bras autour de l'épaule.

— On nous déteste jusqu'au moment où on a besoin de nous, murmura-t-il. C'est comme ça que ça marche.

***

Le week-end suivant, qu'il avait passé avec Nate et Marybeth, avait été seulement interrompu par un appel des Breaklands, à l'est de la ville : quelqu'un avait signalé qu'une antilope blessée titubait sur la route. Joe était parti avec Nate dans le pick-up et il avait passé des heures à le mettre au courant du meurtre, de l'enquête et de ce qu'il avait appris par Smith sur Rope the Wind.

— Moi, je parierais sur les gars de Chicago, dit Nate après l'avoir écouté et que Joe eut tué l'animal pour mettre fin à ses souffrances. Je les vois assez bien envoyer des mecs ici pour réduire définitivement le Comte au silence. Ils viennent, ils l'abattent, ils l'accrochent à l'éolienne, et tous sont déjà repartis en avion pour O'Hare à l'heure où tu le trouves.

— Possible, dit Joe, mais c'est, au mieux, une hypothèse. Hand a dépêché deux de ses meilleurs détectives dans l'Est, et ils en reviendront peut-être avec quelque chose avant la fin du procès. Mais ça n'est pas sûr. Ce qui me pose problème dans cette théorie, c'est comment ces tueurs à gages de Chicago savaient de quelle manière piéger Missy.

— Ils avaient un indic dans la place, dit Nate.

— Qui serait ?

— Le même type qui a dit à Laurie Talich où elle pouvait me trouver.

— Bud ?

— Bingo ! lança Nate. J'ai mis pas mal de temps à le comprendre et j'aimerais encore éclaircir quelques détails, mais ça se tient. Missy savait vaguement où je me cachais parce qu'elle parle à sa fille et, l'an dernier, elle a voulu m'engager pour que je donne à Bud la peur de sa vie, tu te rappelles ? Elle a peut-être fait passer le message à son ex-mari que s'il n'arrêtait pas de déblatérer contre elle, elle irait me chercher au Hole in the Wall. D'une manière ou d'une autre, Bud a découvert où je me trouvais. Et, par hasard, il croise au bar une femme qui est venue dans l'Ouest dans le seul but de venger son mari. Bud avait des contacts avec des hommes de la garde nationale tout juste rentrés d'Afghanistan, et il a pu aider cette femme à se procurer un lance-roquettes. Sur quoi, il lui dessine une carte. Il a dû être assez content de lui en voyant comment tout ça se goupillait. Il pensait pouvoir me faire disparaître du paysage sans se salir les mains lui-même.

— Bud... qu'est-ce qui lui est arrivé ? demanda Joe, guère convaincu par cette théorie. Pourquoi a-t-il fait une fixation sur nous ?

— Il y a une limite à ce qu'un homme peut supporter, surtout quelqu'un de bien. Ses nullards d'enfants l'ont abandonné. Sa deuxième femme le trompe et, en plus, le dépouille de son ranch. Pour couronner le tout, son nouveau mari trouve le moyen de se remplir les poches avec les terres que Bud avait dans sa famille depuis cent vingt ans. Ils lui ont pris presque toute sa dignité avant de piétiner ce qui en restait. Et sans raison valable, parce que Bud était un homme bon qui voulait seulement aider les gens de la région et transmettre son ranch à ses enfants. Je peux comprendre pourquoi il a perdu la boule. Personne ne mérite ce qu'ils lui ont fait. Ce qui ne signifie pas que je lui pardonne ce qu'il a mis en branle, dit-il en plaçant le bout de ses doigts sur la poignée de son revolver.

Joe y réfléchit pendant qu'il patrouillait.

— Pourtant, il semble avoir retrouvé ses enfants, dit-il. Bud Jr et Sally. Il doit y avoir une raison à ça.

— Je me demande laquelle.

***

Le mardi, deuxième jour du procès, Dulcie Schalk et Marcus Hand firent leurs déclarations préliminaires. L'attorney tendit le doigt vers la prévenue et récapitula les éléments de l'accusation avec une efficacité sobre et froide :
- La liste des appels de Missy à Bud Longbrake pour le supplier de l'aider à s'occuper d'Earl.
- Son absence d'alibi à l'heure approximative du meurtre.
- Son mobile : la peur qu'Earl divorce d'elle bientôt.
- L'arme du crime trouvée dans sa voiture.
- Le passé de Missy avec ses maris et sa tendance à la cruauté.

- Son apparent manque de remords, dont une frénésie d'achats éhontée juste quelques jours après la tragédie.

À la fin de son exposé, Schalk adoucit sa voix pour s'adresser à chaque membre du jury tour à tour.

— Ce n'est pas un jugement complexe. La défense fera tout son possible pour le compliquer. Nous aimerions souhaiter la bienvenue à maître Hand et à son équipe. Ils ont fait tout le chemin depuis Jackson Hole pour passer du temps avec nous, dans notre petite localité, afin de vous convaincre que vous ne pouvez vraiment pas croire vos yeux et vos oreilles. Mais ne tombez pas dans le panneau. Méfiez-vous de ce piège. Cette affaire est très simple. Nous prouverons que Missy Alden est coupable. Nous établirons le mobile, l'occasion du crime, et qu'elle avait prémédité d'exécuter son propre mari. Nous vous montrerons l'arme du meurtre et prouverons qu'elle appartenait à la prévenue et qu'elle l'a déchargée sur son époux. Ne vous laissez pas troubler par l'écran de fumée que la défense va créer dans cette salle d'audience. Parfois, les choses sont juste ce qu'elles sont. Aussi simples que ça. Nous vous demandons de nous aider à punir une de nos concitoyennes qui s'est toujours crue au-dessus des lois. Montrons-lui qu'elle ne l'est pas.

— Waouh…, dit Joe à Marybeth lorsqu'elle arriva au bout de ses premières conclusions. Dulcie est plus dure que moi à l'égard de ta mère.

— Joe…

— Une chose, pourtant, reprit-il. Je pensais qu'ils avaient des enregistrements des appels entre Bud et Missy, mais elle n'en a rien dit. Apparemment, ils ont juste la liste de ces discussions téléphoniques.

— N'empêche, dit Marybeth, puis sa voix s'éteignit.

Joe songea que ça devait être très dur pour sa femme de voir une de ses amies accuser sa mère avec une telle précision chirurgicale. Il se demanda si elle avait des doutes, mais s'abstint de l'interroger. Au lieu de ça, il l'entoura de son bras et lui pétrit l'épaule. Elle ne réagit pas. Les muscles, sous la veste de Marybeth, étaient aussi tendus que des ressorts d'acier.

***

Joe trouva les premières conclusions de Hand étonnamment courtes et désinvoltes. Hand accorda aux jurés que Missy était « un peu difficile à aimer avant qu'on apprenne à la connaître », mais annonça qu'il prouverait au-delà de tout doute raisonnable qu'elle était la victime d'un coup monté. Il fit allusion à d'autres explications au meurtre qui seraient révélées. Il parla habilement, mais avec un manque de brio qui étonna Joe. Enfin, il montra l'accusée aux jurés en les exhortant à se mettre à sa place.

— Pensez à ce que vous éprouveriez, dit-il, si vous aviez finalement fait fortune et réussi à vous extraire de vos humbles origines pour vous hisser jusqu'à une position dont vous aviez toujours rêvé. Et imaginez que, ce but enfin atteint, on vous fasse endosser un crime que vous n'avez pas commis. Songez à ce que vous ressentiriez si l'État avait décidé de vous persécuter de toute sa force et de tout son poids, non seulement pour le meurtre qu'il vous attribue, mais pour les travers qu'il vous prête ?

Hand se tut une bonne minute, comme s'il était tellement ému qu'il ne pouvait continuer.

Mais il le fit.

— Mesdames et messieurs les jurés, ce à quoi vous allez assister est le cas le plus classique de vision bornée que j'aie jamais rencontré dans une salle d'audience. L'accusation a décidé, quelques minutes après le meurtre, que ma cliente était coupable. Elle n'a regardé ni à droite, ni à gauche. L'État n'a pas levé les yeux pour chercher à voir quelles autres forces avaient pu mener à ce crime tragique. Il a commencé par la conclusion pour remonter jusqu'aux prémisses, en choisissant toutes les broutilles qu'il pouvait trouver pour qu'elles cadrent avec sa version des faits. Il n'a pas considéré un seul élément qui n'entrait pas dans sa parfaite petite boîte. L'État veut la tête de ma pauvre cliente sur son mur comme un trophée, et la mienne juste à côté. Rien d'autre ne compte pour lui. Ce n'est pas un écran de fumée, mesdames et messieurs. Le simple fait que nous allons introduire des preuves qui ne tiennent pas dans la petite boîte parfaite de l'accusation ne veut pas dire que ces preuves ne sont que du vent...

Joe le regarda à l'œuvre et sentit l'opinion basculer de l'accusation à la défense. Et il nota que chaque fois qu'il prononçait le mot « État », il semblait parler directement à l'employé municipal au chômage, lequel, sans doute inconsciemment, approuvait d'un hochement de tête.

Hand reprit qu'il convenait avec l'État que toutes les preuves de l'accusation reposaient sur le témoignage d'un seul homme – Bud Longbrake –, même si Schalk ne le disait pas vraiment. Joe remarqua qu'il ne tentait même pas de contester le mobile, l'existence de la liste des appels et l'origine de la carabine.

Sur quoi, Hand remercia les jurés de prendre du temps sur leurs vies bien remplies pour veiller à ce que justice soit faite, et il s'assit.

***

Joe avait été le premier témoin appelé par l'accusation. Schalk lui fit raconter en détail la découverte du corps, puis elle le renvoya avant qu'il n'arrive à l'arrestation de Missy. McLanahan lui succéda et relata au jury le reste de la journée qui avait abouti à l'arrestation de l'accusée. Le shérif se montra rustre et suffisant, mais il avait bien répété sa déposition. Un médecin légiste de l'État étant appelé ensuite, Schalk l'incita, lors d'une présentation PowerPoint, à relier l'arme du crime à la blessure mortelle, la possession de l'arme au couple Alden, et les empreintes trouvées sur la carabine à Missy.

Un petit fonctionnaire du comté fut le dernier témoin appelé le deuxième jour, et l'écran PowerPoint montra aux jurés la demande officielle de divorce introduite par le Comte. Joe nota que Missy s'était tassée sur le côté, tête baissée, pendant cette partie de la projection.

Hand refusa de soumettre les premiers témoins à un contre-interrogatoire, sauf McLanahan, à qui il posa une seule question :

— Shérif, votre enquête s'est-elle étendue plus loin qu'à la personne de ma cliente ?

Quand il répondit qu'il avait été inutile de l'élargir, Hand leva ostensiblement les yeux au ciel pour le jury avant de se rasseoir, s'attendant à une objection de Schalk et à une réprimande du juge Hewitt pour son geste éloquent. Tous deux n'y manquèrent pas.

La journée s'acheva lorsque Hand demanda au juge la permission de rappeler à la barre McLanahan et Joe Pickett dans la suite du procès. Joe sentit son estomac se nouer parce qu'il savait où il voulait en venir.

Hewitt accéda à sa requête.

***

Le matin du troisième jour, Missy était assise, menue, tirée à quatre épingles et le dos tourné à toute l'assistance, à côté de Dixie Arthur, l'un des membres du cabinet de Hand à Jackson. Joe se dit que Hand avait choisi cette avocate parce qu'elle avait l'air gentille, provinciale et d'un abord facile. Le genre de femme qui n'aurait jamais été là si elle avait vraiment cru Missy coupable. Dixie avait un sourire vif, un visage rond respirant l'empathie, et elle semblait s'être très vite liée avec Missy car elles se chuchotaient souvent à l'oreille de façon familière. Jusque-là, elle n'avait posé aucune question aux témoins, mais elle semblait être la dépositaire des stratégies de la défense et conférait avec Hand de temps en temps, apparemment pour le refréner.

L'attorney adjoint du comté, Jack Pym, se tenait à la table de l'accusation. Grand, solide et l'air juvénile, il n'avait pas tout à fait trente ans. Natif de Lander, il avait été ailier dans l'équipe de football des Wyoming Cowboys avant de faire son droit. Joe l'aimait bien et, Pym partageant son goût pour la pêche à la mouche, ils avaient projeté plusieurs fois d'aller taquiner la truite, mais n'y étaient pas encore arrivés. C'était le premier procès criminel de Pym, et ça se voyait. Il avait l'air anxieux et trop impatient, comme sa patronne, de se mesurer au légendaire Marcus Hand. Joe l'avait vu tenter de lui faire baisser les yeux, comme s'il l'affrontait par-dessus la ligne de mêlée.

Le fils de Bud Longbrake se trouvait au tout dernier rang avec plusieurs de ses collègues que Joe avait vus devant le Stockman's Bar, et sa sœur Sally était assise, brisée et ratatinée, dans un fauteuil roulant placé près de lui dans l'allée. Joe, qui n'avait pas vu la fille de Bud depuis des années et, en tout cas, pas depuis son accident, la reconnut à peine. Elle ne lui rendit pas son salut, et il se dit qu'elle devait être sous médicaments. Shamazz, lui, soutint son regard d'un air de défi, et Joe se détourna.

— Bizarre qu'ils soient là, dit Marybeth comme en écho à ses pensées.

***

Les deux attorneys regagnèrent leur table, informèrent leurs adjoints du résultat de la conférence avec le juge, puis Hewitt retourna à son siège. Joe vit alors un tas de papiers sur son bureau à côté du micro. Il reconnut, au cœur de la pile, un manuel de réglementation de la chasse en Alaska. Il eut un sourire amer – le procès serait donc mené tambour battant, la saison de la chasse au mouflon de Dall fermant dans à peine plus d'une semaine.

Il remarqua que Marybeth, comme les autres membres de l'assistance, se retournait sans cesse pour regarder vers la porte à deux battants près de laquelle l'huissier, Stovepipe, se tenait en faction. Elle attendait la première comparution de Bud Longbrake.

Dulcie Schalk prolongea cette attente en appelant, au lieu de Bud, un technicien de la compagnie de téléphone locale comme premier témoin au lieu de Bud. Quand elle le fit, toute la salle retint son souffle. Joe écouta à moitié le technicien expliquer une liste d'appels affichée à l'écran, en détaillant les dates où Missy avait appelé le portable de Bud et réciproquement, tout cela pour se laisser porter à conclure que les discussions téléphoniques avaient été plus longues et plus fréquentes les jours qui avaient précédé le meurtre.

Quand les portes s'ouvrirent, même l'expert en téléphonie s'interrompit pour lever les yeux.

Joe se retourna aussi, mais au lieu de Bud Longbrake, deux détectives privés de Hand se glissèrent discrètement dans la salle, surpris d'attirer autant l'attention. Ils avaient beau porter des vestes de sport et des cravates, Joe leur trouva l'air fatigué et hirsute. Comme s'ils avaient voyagé d'une traite pour venir au tribunal.

Le juge, visiblement agacé, regarda Hand avec colère, mais ne le mit pas en garde. Il fit signe à Schalk de continuer à interroger le technicien, ce qu'elle fit, pendant que les détectives remontaient l'allée en silence, tête baissée, pour tâcher en vain de passer inaperçus. Joe les vit s'asseoir juste derrière la balustrade séparant la table de la défense du public, et se pencher par-dessus la rambarde pour parler à Hand. L'avocat se renversa en arrière sur sa chaise, leur présenta son oreille sans se tourner vers eux, et Joe tenta de déchiffrer son expression tandis qu'il écoutait le résultat de leur voyage à Chicago. Il ne montra aucune émotion, fixant d'un air absent un point au-dessus du box des jurés. Joe ne se rappelait pas avoir jamais vu une chose pareille à une audience du tribunal, mais il n'avait jamais témoigné ni participé à un procès où l'avocat de la défense pouvait envoyer une équipe de sous-fifres sur les routes.

Jack Pym fusilla l'avocat et ses détectives du regard, et Schalk leur lança des coups d'œil furieux tout en parcourant sa liste de questions destinées au technicien. Joe vit quelques membres du jury, l'ex-employé municipal en particulier, observer cet échange avec intérêt.

Quand ils eurent terminé, Hand se tourna vers un des deux hommes et murmura :

— Vous êtes sûrs ?

Les deux détectives firent oui de la tête. Et, pour la première fois, Hand lâcha un petit sourire avant de se retourner face à la cour en feignant de prêter attention à l'expert de la compagnie téléphonique.

Enfin, quand Hand eut assuré le juge qu'il n'avait pas de questions à poser au témoin, Hewitt annonça une pause de vingt minutes.

Derrière eux, Joe entendit un des membres du groupe du Stockman's Bar dire à un autre :

— Bud est là. Quelqu'un l'a vu pendant qu'on l'emmenait dans une pièce au fond du couloir. C'est lui qu'on va appeler.

— Comment va-t-il ?

— Il a une gueule à chier.

***

Marybeth quitta Joe pour rejoindre sa mère durant la suspension d'audience. Joe tourna en rond dans le couloir avec une douzaine d'autres spectateurs, écouta leurs hypothèses d'une oreille et prévint Sheridan par texto que Bud était sur le point de témoigner.

Il franchit les portes d'entrée et resta quelques minutes avec les fumeurs, complètement absorbé dans ses pensées.

La journée, fraîche et claire, laissait voir que les cimes des montagnes avaient été saupoudrées de neige pendant la nuit. Le haut du perron offrait une bonne vue sur les arbres de la ville, presque tous mordorés ou teintés de rouge. Les fumeurs, debout sur les marches, discutaient des zones où ils avaient gagné des permis de chasse au chevreuil et au wapiti, et de leur impatience que la saison soit ouverte. Quelqu'un lançant en plaisantant qu'il ne fallait pas en dire trop devant le garde-chasse, Joe afficha un sourire énigmatique.

Il essayait d'imaginer ce que les détectives avaient dit à Hand, et pourquoi l'avocat avait paru si sûr de lui dans la salle d'audience. Peut-être était-ce sa manière de mettre les jurés à l'aise, de les séduire par son torrent de charme et de confiance en lui.

Les fumeurs consultaient leurs montres et écrasaient leurs clopes lorsque Marybeth apparut sur les marches. Elle avait l'air un peu abasourdie.

— Qu'est-ce qui s'est passé ? demanda Joe. Tu as appris ce qu'ils ont découvert à Chicago ?

— Non, dit-elle, visiblement distraite. Rien de ce genre.

— Quoi, alors ?

— Joe, dit-elle en levant la tête pour le regarder dans les yeux. Ma mère m'a prise à part pour me dire qu'elle veut qu'on déménage au ranch. Elle tient à ce qu'on vive dans la vieille maison et elle aimerait que tu diriges les opérations.

— Quoi ?

Marybeth secoua la tête.

— Elle dit être arrivée à l'âge où on prend conscience qu'il est bon d'avoir sa famille autour de soi, et elle veut nous montrer sa reconnaissance pour notre soutien dans cette affaire. Joe, elle veut nous léguer toute la propriété.

Joe recula d'un pas.

— Ta mère a dit ça ?

— Oui, chuchota Marybeth. Pour veiller à ce qu'on n'ait jamais plus de soucis d'argent ni à s'inquiéter de l'avenir.

— Et tu lui as répondu... ? demanda Joe qui en avait le vertige.

— Je ne savais pas quoi dire. J'ai bredouillé qu'on pourrait en parler quand le procès serait fini. Et je l'ai remerciée, bien sûr.

— Bon sang mais… tout le bazar ? lança Joe. Le plus grand ranch du nord du Wyoming ?

Marybeth se borna à faire oui de la tête.

— Comment peut-elle nous le léguer ? reprit-il. Si elle est en prison, tout le domaine sera mis sous séquestre ou un truc comme ça. On ne sait pas du tout qui le possédera. Des banques, un groupe d'administrateurs ou je ne sais quoi. Elle ne pourra pas le donner.

— Joe, pense à ce qu'elle propose…

— J'y pense, dit-il. Mais elle ne peut rien nous offrir si elle n'est pas libre et innocentée.

Marybeth haussa les épaules, aussi perplexe que lui.

Quand il la guida vers les portes, il remarqua qu'elle semblait avoir les bras en coton. Comme ses jambes à lui.

***

Ils reprirent leurs sièges. Joe put à peine se concentrer sur le procès.

Mais il entendit distinctement Schalk dire au juge Hewitt :

— L'accusation voudrait appeler à la barre Bud Longbrake Sr.

CHAPITRE 38

Bud avait vraiment une sale gueule.

Joe se retrouva à grimacer en voyant son ancien patron et ex-beau-père remonter lentement l'allée centrale de la salle d'audience. Bud semblait avoir quatre-vingts ans et non soixante. Voûté et crispé, il flottait dans le costume que Joe se rappelait l'avoir vu porter à son mariage avec Missy six ans auparavant. Le col de sa chemise western à plastron bâillait d'au moins trois centimètres. Sa tête en sortait comme celle d'une tortue qui pointe le nez hors de sa carapace, et son pantalon pendait autour de ses jambes. Il tenait son Stetson d'une main et tendait l'autre en avançant vers la cour pour s'appuyer à un dossier de chaise à chaque rangée.

— Mon Dieu ! murmura Marybeth. Regarde ce qui lui est arrivé…

Joe fut surpris que Bud lui jette un coup d'œil en passant. Il avait les yeux chassieux et regardait dans le vague mais, pendant un quart de seconde, Joe put voir l'ancien Bud quelque part dans cette carcasse. Le vieil homme parut sentir cette lueur de reconnaissance.

Joe lui fit un léger signe de tête et Bud lui rendit son salut.

***

Il mit une minute pour s'installer à la barre des témoins. Il ne semblait pas savoir quoi faire de son chapeau. Schalk le lui prit avec douceur et le posa sur la table de l'accusation. À présent, il y avait un chapeau de cow-boy sur les deux tables – *l'image même du Wyoming*, pensa Joe.

Lorsque Bud eut prêté serment, Schalk lui demanda de donner ses nom et adresse.

— Bud C. Longbrake Sr. J'habite 2090 Main Street, ici à Saddlestring, appartement A. Il s'appelle comme ça parce que c'est le seul appart' au-dessus du Stockman's Bar, dit-il de son ton habituel, mais d'une toute petite voix.

Joe entendit un ricanement parmi les habitués du bar derrière lui.

Il se pencha vers Marybeth.

— C'est plus que le Jim Beam et la vie dure, souffla-t-il. Il y a quelque chose qui ne va pas chez lui.

Elle acquiesça d'un hochement de tête. Elle croisait et décroisait inconsciemment les doigts sur ses genoux. Joe n'arrivait pas à savoir si son anxiété était due à l'apparition de Bud, au procès de sa mère, à l'offre soudaine de Missy, ou aux trois.

Pendant les dix minutes suivantes, Schalk établit le profil de Bud Longbrake pour le jury en se reportant patiemment à ses notes. Son passé dans le comté, son mariage avec Missy Vankueren, leur divorce, la perte de son ranch et l'injonction qu'elle avait déposée contre lui. Bud répondait à toutes ses questions simplement, mais avec un temps de réaction de plus en plus long. Ses grands silences paraissaient augmenter la tension dans la salle d'audience. Joe remarqua que les spectateurs se jetaient des coups d'œil, se demandant si Bud était en état d'être interrogé. Il se le demandait, lui aussi.

Schalk fit signe à Jack Pym de donner le feu vert à la projection PowerPoint et, à nouveau, la liste des appels échangés par Bud et Missy apparut sur l'écran.

— Ce document a été produit par la compagnie téléphonique, déclara-t-elle. Il donne la liste d'une série d'appels entre votre portable et la ligne fixe du Ranch Thunderhead, ou depuis le mobile personnel de Missy Alden. Vous rappelez-vous ces discussions téléphoniques ?

Joe s'aperçut que Bud n'avait pas tourné la tête vers l'écran.

— Monsieur Longbrake ? dit doucement Dulcie. Pouvez-vous, s'il vous plaît, fixer votre attention sur ce document ?

Comme s'il avait été réveillé brusquement, Bud sursauta à la barre, tourna la tête vers la liste et plissa les yeux.

Le juge Hewitt s'éclaircit la gorge et tendit une main vers Schalk pour lui faire signe d'attendre.

— Monsieur Longbrake, dit-il, vous sentez-vous assez bien pour continuer ? Vous semblez avoir un peu de mal à vous concentrer sur le procès. Voulez-vous un verre d'eau ou marquer une pause avant de poursuivre ?

Bud regarda tristement Hewitt.

— Nan, m'sieur le juge, ça va.

— Vous êtes sûr ?

— Ouais. Je suis vraiment désolé, mais parfois, j'ai des sortes d'absences. Je crois que ça empire. Oui, ça s'aggrave pas mal. Vous comprenez, juge, dit-il en levant la main pour se tapoter la tempe du bout des doigts, dans ma tête, j'ai une tumeur au cerveau inopérable, grande comme une balle de base-ball.

Marybeth, le souffle coupé, planta ses doigts dans le genou de Joe.

Schalk tint bon, mais elle était clairement ébranlée. Joe la surprit à lancer à McLanahan un regard meurtrier. Soit elle ignorait l'existence de cette tumeur, soit le shérif – qui avait supervisé les dépositions – lui avait caché l'ampleur de son effet sur Bud.

— J'ai des bons et des mauvais jours, reprit Bud, et là, croyez-le ou pas, c'est un bon jour. Ça va. Des fois, j'ai juste besoin qu'on me répète les choses, c'est tout.

Le visage du juge s'adoucit tandis que Bud prononçait ces mots.

— Eh bien, continuons. S'il vous plaît, dit-il à Schalk, n'oubliez pas l'état de M. Longbrake pendant que nous poursuivons.

— Certainement, monsieur le juge.

— Répétez la question, je vous prie, dit Hewitt.

Elle lui redemanda s'il se rappelait les discussions téléphoniques.

— Ouais. Chacun de ces maudits coups de fil...

Joe, malgré lui, poussa un soupir de soulagement. Bud semblait avoir recouvré ses esprits.

Schalk, elle aussi, était visiblement soulagée. Elle baissa les yeux sur son bloc-notes pour passer à la question suivante. Comme toujours, elle était impeccablement préparée et ses questions n'étaient rédigées que pour créer une image claire dans l'esprit des jurés.

Marybeth poussa Joe du coude et, quand il la regarda, elle lui montra sa mère à la table de la défense. Missy avait les yeux baignés de larmes et les tamponnait avec un Kleenex. Et lorsqu'elle regarda Bud, ce fut d'un air non pas furieux, mais compatissant.

Joe en resta ébahi. Ne le haïssait-elle donc pas ? Il songea à la proposition qu'elle avait faite à Marybeth quelques minutes plus tôt. Sa belle-mère lui apparut soudain sous un nouveau jour.

D'autres choses s'éclaircirent aussi. Il comprenait enfin la raison des changements d'humeur et de personnalité de Bud. Il se rappela la série de médicaments dans sa salle de bains et s'en voulut à mort de n'avoir pas noté leurs noms. Et il y avait le retour de Sally et de Bud Jr. Et l'allusion d'Orin Smith à un propriétaire de ranch malade. Et le fait que Bailey avait dit : « Il se tape des tonnes de pressions et de douleurs en ce moment. »

Il se serait giflé de n'avoir pas fait le rapprochement.

***

— Commençons par le premier appel, celui du 2 juillet, qui a été passé de la ligne fixe du Ranch Thunderhead à votre portable, dit Schalk à Bud Longbrake. Pouvez-vous indiquer au jury qui vous a téléphoné et sur quoi portait cet appel ?

— Ouais.

Joe, comme les jurés et tous les autres, attendit. Bud resta assis sans répondre.

— Monsieur Longbrake, reprit Schalk, pouvez-vous dire à la cour l'objet de cet appel du 2 juillet ?

— Oui, je le peux.

— Eh bien, s'il vous plaît, faites-le, monsieur Longbrake...

Bud tourna la tête comme s'il avait le torticolis.

— Maître Schalk, je peux juste aller droit au but ?

Derrière Joe, un des habitués du bar pouffa à cette réponse.

— Je préférerais que l'on procède méthodiquement, monsieur Longbrake, dit-elle en lui montrant son bloc-notes couvert de questions.

Bud y jeta un œil.

— Je serai peut-être mort quand on en aura fini avec cette foutue liste.

Plusieurs personnes riant dans l'assistance, le juge leur lança un regard pour les rappeler à l'ordre. Puis il se tourna vers Bud, l'air de jauger son état, et dit à Schalk :

— Étant donné les circonstances et la maladie de M. Longbrake, laissez-le en venir au fait. L'accusation pourra compléter plus tard par des questions personnelles, si nécessaire.

— Monsieur le juge, répliqua Schalk, pour pouvoir établir...

Hewitt l'interrompit.

— Je sais à quel point vous adorez vos listes. Mais si nous pouvons avancer un peu, nous éviterons peut-être une situation très inconfortable.

Le sens de sa phrase était clair : *Finissons-en avant que le vieil homme meure ici, à la barre.*

— Allez droit au but, monsieur Longbrake, conclut-il.

— Merci, m'sieur le juge, dit Bud.

Il prit un moment pour se concentrer, puis s'éclaircit la gorge. Joe retint son souffle.

— Voilà la donne, maître Schalk, reprit Bud. Je suis mourant. J'avais conscience d'être malade, mais pas que c'était si grave. Je sais que j'aurais dû aller chez le docteur il y a des années, quand j'ai commencé à avoir des syncopes et des maux de tête, mais je croyais que c'était juste la gueule de bois. Maintenant, c'est bien trop tard et on ne peut rien faire. Une saloperie d'orange est en train de me remplacer le cerveau. Mais je ne peux pas descendre dans la tombe en sachant ce que je sais sans tout déballer.

Schalk se tenait, impuissante, les bras le long du corps, implorant le juge des yeux.

— C'est moi qui ai abattu ce fils de pute, dit Bud.

Marybeth planta ses doigts si fort dans la jambe de Joe qu'il grimaça de douleur.

— J'y pensais depuis un moment, et j'étais de plus en plus hors de moi chaque fois qu'on construisait une de ces horribles éoliennes. J'ai commencé à appeler McLanahan pour lui dire que Missy mijotait quelque chose. Pour qu'il la soupçonne. Je savais qu'il s'y laisserait prendre parce qu'il est plus bête qu'une caisse de pierres et qu'il a besoin de se faire réélire d'une façon ou d'une autre. Je savais comment entrer dans la maison par une fenêtre du sous-sol qui fermait mal et j'ai pris cette Winchester dans mon ancien râtelier. J'ai roulé droit sur Earl et je lui ai tiré une balle en plein cœur, son cœur qu'il avait si petit que j'aurais dû me servir d'un viseur. Après, je l'ai jeté à l'arrière de mon pick-up, je l'ai conduit jusqu'à son parc éolien, et puis je l'ai hissé et enchaîné à la pale de ce moulin à vent. Et pour me venger de tout ce que Missy m'avait fait, je lui ai mis le crime sur le dos en plaçant la carabine dans sa voiture et en appelant le shérif.

Joe était sidéré. Il n'était pas le seul.

— Je suis vraiment désolé, reprit Bud en regardant Missy. Je voulais que ta vie soit aussi pourrie que la mienne. Mais ça vous change de découvrir qu'on a peut-être juste quelques semaines à vivre, et c'est ce que le docteur m'a dit ce weekend. Ça a tendance à éclaircir les idées et je me suis dit : si je peux pas savourer ma vengeance, à quoi elle me servira ?

En plus, si je me retrouve devant Dieu d'ici à quelques jours, je veux pas avoir à lui expliquer ce que j'ai fait parce qu'y aura pas moyen que Lui, Il me fiche la paix. J'allais donc dire que tu m'avais demandé de le tuer et que quand j'avais dit non, tu l'avais fait toi-même. Mais maintenant, je peux pas.

Puis il ajouta :

— Te goure pas. Je regrette pas pour Earl. C'était un connard. Mais, merde, j'aurais jamais dû te faire porter le chapeau !

Schalk était clouée sur place, bouche bée. Hewitt, pétrifié, clignait frénétiquement des yeux. Soudain, Sally Longbrake poussa une longue plainte lugubre.

Missy était paralysée sur sa chaise, les poings serrés sous son menton, les yeux ruisselant de larmes.

Derrière Joe, un des habitués du Stockman's Bar lança :

— Putain, c'est comme dans *Perry Mason* !

***

Bud s'essuya la bouche du dos de sa manche. Il était pâle et épuisé.

— Juge, dit-il à Hewitt, j'ai dit ce que je voulais dire. Mais là maintenant, je me sens soudain pas très bien…

Hand se leva lentement.

— Monsieur le juge, je propose un acquittement immédiat !

***

Schalk bouillait de rage. Elle traversa l'estrade à grands pas, plaqua son bloc-notes sur sa table et fusilla des yeux le shérif, qui détourna la tête.

***

Joe était stupéfait. C'était bien comme dans *Perry Mason*...
Toute cette montée du suspense pour une surprise de dernière
minute au tribunal ? Il était heureux pour Missy, enfin... pour
Marybeth, mais quelque chose surgit indistinctement dans son
esprit, juste en marge de sa conscience.

Pourquoi lui semblait-il qu'une grosse pierre allait lui tomber sur la tête ?

15 SEPTEMBRE

Entia non sunt multiplicanda praeter necessitatem.
« L'explication la plus simple est généralement
la bonne. »

Le rasoir d'Ockham

CHAPITRE 39

La pierre tomba le lendemain.

La saison de la chasse à l'antilope pronghorn ouvrait dans tous les autres secteurs du comté de Twelve Sleep. Joe siffla Tube et sortit de la maison deux heures avant l'aube.

Il descendait Bighorn Road dans le noir lorsqu'il appela le central.

— GF53 : je pars en patrouille.

— Good morning, Joe ! lui lança la dispatcheuse.

***

Il mangea son panier-repas – pomme et sandwich au beurre de cacahuète et à la confiture – sur le tertre couvert d'armoise où il s'était trouvé deux semaines plus tôt quand il avait découvert le corps d'Earl Alden. Il détacha quelques fragments de croûte et les donna à Tube, en parcourant des yeux un panorama de terrains baignés de soleil et traversés de ravines encaissées et de ruisseaux cachés. Les montagnes emplissaient ses rétroviseurs.

On pouvait le voir à des kilomètres. Sa présence sur ce perchoir et son pick-up vert Chasse et Pêche suffisaient à rappeler à la plupart des chasseurs de se tenir à carreau et de respecter les lois.

Tous les travaux entrepris dans le parc éolien avaient cessé. Il ne vit ni employés de Rope the Wind ni véhicules sur le chantier. L'ensemble d'éoliennes en pièces détachées, évoquant celles d'un jeu Tinkertoy, gisait là où il l'avait vu la première fois. Et les éoliennes déjà montées tournaient lentement dans le vent, produisant un courant inutile qui n'allait nulle part.

***

Il avait passé la matinée à contrôler des chasseurs et à inspecter leur gibier, mais il l'avait fait par habitude et s'était senti sans cesse détaché de son travail. Son esprit revenait toujours à la salle d'audience, même si son corps n'y était pas.

Les voitures et les pick-up étaient rares sur la grand-route qui s'enfonçait dans les montagnes. Il ne prêtait pas attention à eux, sauf s'ils ralentissaient et quittaient la chaussée pour obliquer vers les zones de chasse.

Mais pour Dieu sait quelle raison, il remarqua une camionnette jaune qui tirait une remorque et tourna sa lunette de visée dans sa direction. C'était la même que celle qu'il avait vue quitter l'enterrement d'Earl Alden. L'arrière du véhicule était couvert d'autocollants. Le chauffeur roulait lentement, comme s'il cherchait quelque chose. Joe zooma sur les plaques minéralogiques : Montana. Puis il braqua sa lunette sur le conducteur.

Bud Jr était au volant, à côté de sa sœur Sally, toute tassée sur elle-même. Joe soupira et se détendit sur son siège, se disant que la camionnette poursuivrait son chemin. Mais elle ralentit et passa sur la route de gravier, puis sous les arches en bois de wapiti du Ranch Thunderhead. Le frère et la sœur allaient-ils jeter un dernier coup d'œil à la maison de leur enfance ? Et pourquoi avoir pris une remorque ?

Le véhicule s'arrêta au portail, Bud Jr en sortit et tapa sur le pavé numérique. Le portail s'ouvrit.

Joe regarda la camionnette descendre au loin la route de gravier pour bien s'assurer qu'elle prenait le chemin de l'ancien ranch Longbrake. Il l'observa à la lunette jusqu'à ce que la seule trace de son arrivée soit une longue traînée de poussière retombant sur la terre.

Il se demandait comment Shamazz connaissait la combinaison du pavé numérique quand Marybeth l'appela sur son portable.

— Maman a téléphoné, dit-elle. Elle donne une soirée d'acquittement ce soir, à l'Eagle Mountain Club.

— Une soirée d'acquittement ?

— C'est comme ça qu'elle l'a appelée. Elle veut savoir si on viendra.

Joe grimaça.

— Et si elle nous demande pour sa proposition, reprit-elle, qu'est-ce qu'on lui répond ?

— Tu veux dire... est-ce qu'on a envie de reprendre un ranch qui vaut plusieurs millions de dollars pour n'avoir plus de problèmes d'argent jusqu'à la fin de nos jours ?

— Présenté comme ça..., dit Marybeth, sans achever sa phrase. Tu as su pour Bud ?

— Non, dit-il, s'attendant au pire.

— Il est dans le coma. Personne ne croit qu'il va s'en sortir.

— Je suis navré de l'apprendre.

— C'est affreux. Vraiment horrible. Je devrais me réjouir de tout ça... pas pour Bud, bien sûr, mais de l'issue du procès, mais je crois que je n'arrive pas encore à tout digérer.

— Moi non plus, dit Joe en pensant à Sally et à Bud Jr qui roulaient vers le ranch avec une remorque.

Quand cela fit *tilt*, il sentit quelque chose de froid et de pointu lui percer l'estomac et la poitrine. Les appels entre Bud et Missy... La carabine dans la voiture de celle-ci... La révélation de Bud et sa rétractation de dernière minute... L'étrange conduite de Missy depuis son arrestation à la fin du procès. Comme si...

— Il faut que j'y aille, dit-il. Je dois vérifier quelque chose.

— Bon alors, pour ce soir ?

— Je ne pourrai peut-être pas venir. Je te le dirai, promit-il en fermant son portable.

Il jeta le reste de son sandwich par la vitre, mit son pick-up en marche et descendit lentement le tertre en direction du parc éolien.

***

Il se gara près de l'éolienne où il avait découvert le corps d'Earl Alden, descendit et demanda à Tube de le suivre.

Celui-ci fut enchanté de sortir du pick-up par une journée si belle et si claire. Il le fut moins quand Joe lui passa une chaîne autour du ventre et commença à le hisser à l'intérieur du mât.

CHAPITRE 40

Quelques minutes avant minuit, Joe vit des phares balayer les murs intérieurs de la maison et entendit un crissement de gravier dans la cour du ranch. La télécommande du garage bourdonna. Il se leva dans le noir, s'approcha de la fenêtre et écarta les rideaux pour voir le Hummer de Missy entrer à l'intérieur. Elle semblait seule. Bien. Il doutait qu'elle ait pu remarquer son pick-up caché derrière l'atelier.

Il jeta un coup d'œil pour voir si quelqu'un la suivait de près, mais il ne vit pas d'autres phares sur la route d'accès. Pas encore. Il s'assit sur un divan de cuir bien rembourré qui portait les logos finement gravés des ranchs Thunderhead et Longbrake, vérifia que son fusil était chargé et attendit.

Au bout d'une minute, des bruits montèrent de la cuisine : un tintement de verres et des claquements de portes de placard. Il s'approcha et entendit Missy fredonner tout bas.

Il s'arrêta sur le seuil de la pièce dans le couloir sombre et la regarda remplir la cafetière d'eau et de café moulu, sortir une demi-douzaine de grandes tasses d'un buffet et les poser sur le comptoir. Elle tenait un verre de vin blanc et le sirotait en s'affairant. Elle était éblouissante dans une robe bleu nuit ajustée, le cou orné d'énormes perles. Elle avait ôté négligemment ses hauts talons et trottinait dans la cuisine sur ses petits pieds nus.

Elle sursauta en le voyant, laissa échapper un petit cri aigu et lâcha son verre.

— Joe ! dit-elle en s'écartant d'un bond du vin répandu et du verre brisé. Qu'est-ce que vous faites là ? Vous m'avez flanqué une peur bleue...

— J'imagine que Hand et son équipe sont en route, dit-il. Combien de temps encore avant leur arrivée ?

Elle le considéra et reprit vite son calme. Elle fronça les sourcils et son visage redevint le masque de porcelaine qu'elle avait mis au point.

— Ils ne vont pas tarder. Tout le monde a beaucoup bu, et je voulais préparer un peu de café. Vous avez raté la soirée.

Il acquiesça en silence, entra dans la cuisine et posa le fusil sur le comptoir près de lui pour qu'elle le voie bien.

Elle hocha la tête, laissant un brin de colère filtrer à travers le masque.

— Marybeth sait-elle que vous êtes ici ? Qu'est-ce que vous faites ? Vous prenez la mesure des rideaux ? Vous jetez un coup d'œil à votre nouveau bureau ?

Il tenta de sourire, mais n'y arriva pas.

— J'ai vu Bud Jr et Sally aujourd'hui, reprit-il. Ils partaient s'installer dans leur nouveau logement. Vous ne vous attendez pas vraiment à ce qu'ils habitent le ranch et qu'ils l'exploitent, n'est-ce pas ?

Une lueur de terreur – enfin ! – jaillit dans ses yeux et ses narines se dilatèrent. Un instant, elle retint son souffle. Puis, presque aussi vite, elle leva le menton et pinça les lèvres avec une résignation amère.

— Non, dit-elle, je compte qu'ils me le revendent au bout d'un laps de temps raisonnable. La vieille maison a été estimée à six millions de dollars, vous savez.

— Vous auriez sans doute pu acheter leur silence pour moins que ça.

— Probablement. Mais Bud m'a donné leur prix et quelque chose me dit qu'ils me feront tenir parole.

Joe hocha la tête.

— Il n'y a que vous et moi ici, dit-il. On ne peut pas vous rejuger pour meurtre, nous le savons tous les deux. Alors, racontez-moi comment tout s'est passé.

Elle le regarda, l'air résolue à ne pas céder d'un pouce.

— Quand vous avez décidé votre dernière montée en grade, votre ultime promotion sociale... moyennant la liquidation d'Earl... vous avez contacté Bud. Vous saviez qu'il accepterait de vous parler parce que, pour une raison qui m'échappe, il vous aime encore, malgré tout. Et vous lui avez offert de lui rendre son ranch s'il rayait Earl de la carte. Au fond, il vous restait encore cette maison et tous les autres biens immobiliers que le Comte et vous aviez réunis à votre mariage. Vous avez même dû insinuer que vous pourriez vous remettre avec lui un jour... J'ai raison jusque-là ?

Elle leva les yeux au ciel.

— Et Bud a dit qu'il le ferait, bien sûr, poursuivit Joe. Mais il était malade. Il ignorait, à l'époque, la gravité de son état et, finalement, il a douté d'avoir la force de réussir le coup. Mais il tenait beaucoup à ravoir son ranch, sinon pour lui, du moins pour ses enfants. Il avait toujours voulu le leur transmettre.

Elle hocha la tête.

— Même s'ils lui ont chié dessus toute leur vie, c'était ce qu'il voulait ! cracha-t-elle.

— Une telle abnégation n'est pas vraiment votre genre, n'est-ce pas ?

Elle le transperça du regard.

— Certains enfants peuvent être très ingrats de nos jours. Ils se sentent en droit d'avoir des choses qu'ils n'ont pas méritées.

Joe ne releva pas et continua.

— Donc, vous en avez parlé avec Bud, en échangeant des appels pendant à peu près un mois. Il voulait bien vous donner un coup de main pour régler votre problème avec Earl et récupérer son ranch, mais il ne vous restait plus beaucoup de temps. C'est à ce moment-là que vous avez découvert qu'Earl avait réuni tous ses actifs pour les placer dans le parc éolien ? Je parie que ça ne vous a pas vraiment ravie...

— C'était imprudent et irresponsable ! lança-t-elle, révélant sa colère. Investir tout notre argent, et en s'endettant, dans ce truc idiot, là-bas, sur la crête ! Il ne risquait pas seulement tout ce qu'il avait, mais tout ce que j'avais passé ma vie à m'efforcer d'obtenir... et que j'avais fini par acquérir. Et pour quoi ? Il n'avait pas le droit de faire ça !

— En plus, il voulait se débarrasser de vous, dit Joe. Ça, ça a dû faire mal...

— Oui, dit-elle simplement.

— Vous vous êtes pourtant retrouvée face à un dilemme. Bud voulait bien vous aider, mais il n'était pas en état de le faire. Et vous ne pouviez pas non plus courir le risque qu'il parle. Vous lui avez donc dit que vous le laisseriez vous dénoncer au shérif, à condition qu'il attende jusqu'au procès pour vous disculper. Il a accepté, mais vous ne pouviez pas être absolument sûre qu'il irait jusqu'au bout. En votre for intérieur, vous avez dû avoir peur qu'il vous arnaque comme vous-même l'aviez arnaqué. Ça a dû vous donner quelques insomnies...

Elle ne réagit pas, le fixant d'un regard glacé.

— Puis, au beau milieu de vos discussions avec Bud, vous vous êtes tous les deux rappelés que vous aviez cherché à contacter Nate pour l'engager à faire un coup du même ordre, mais qu'il avait refusé. Autrement dit, il y avait quelqu'un d'autre dans la nature qui savait ce dont vous étiez capables. Alors, vous avez poussé Bud à dire à cette femme, Laurie Talich, où vivait Nate pour l'éliminer. Et ça a failli marcher. Mais c'est Alisha Whiteplume qui a été tuée à sa place. J'espère que ça pèse également sur votre conscience. Si vous en avez une...

— Je n'ai rien à voir avec cette histoire ! lança-t-elle. Bud a fait ça tout seul. Il devait penser que ça me ferait plaisir.

Joe haussa les épaules.

— Nate n'aurait jamais parlé, donc votre trahison n'a servi à rien. En ce moment même, il est chez moi. Et il veut toujours se venger...

Elle écarquilla les yeux.

— Mais...

— Tout ce que j'ai à faire, c'est lui raconter, reprit Joe. Et contrairement au tribunal, rien ne l'empêche de rejuger une personne acquittée...

— S'il vous plaît, ne faites pas ça. Pensez à ce que je vous ai offert.

— Je ne veux pas de votre argent sale ! Revenons à nos moutons. Vous avez pris le Hummer, vous avez foncé sur Earl et vous lui avez tiré une balle en plein cœur. Puis vous avez transporté son corps jusqu'à l'éolienne. J'ai testé le treuil aujourd'hui avec mon chien, et j'ai découvert à quel point c'est facile d'y hisser un cadavre. Ça demanderait sans doute bien plus de force dans les bras, mais c'est faisable. Assez faisable pour vous. Mais quand même... pourquoi l'avez-vous accroché là-haut ? Par dépit ou pour lancer tout le monde sur une fausse piste ?

Elle soupira et détourna les yeux, décidant apparemment que ça ne valait plus la peine de simuler.

— La seule chose que je n'arrive pas tout à fait à comprendre, enchaîna Joe, c'est comment vous avez accroché le corps à cette pale. Earl était lourd.

Elle fit la moue.

— Je n'admets rien, déclara-t-elle, mais je peux vous dire que lorsqu'on a été petit toute sa vie, on apprend à utiliser la force de levier pour obtenir ce qu'on veut. À se servir de la puissance des objets et à user de la plus grande force des autres pour la retourner contre eux.

Joe poussa un sifflement et hocha la tête.

— Donc, vous avez enroulé la chaîne autour du cadavre et jeté les maillons libres sur la pale pendant qu'elle tournait. Puis vous avez laissé la pale le soulever hors de la nacelle.

Elle arqua les sourcils, considérant sa théorie.

— J'imagine que ç'aurait pu marcher comme ça, dit-elle d'un ton évasif.

— Mais au fond, pourquoi l'éolienne ?

— Tout en n'admettant rien, on pouvait penser que l'attorney ou le shérif suivrait cette piste. On se serait dit que Marcus irait dans cette direction et finirait par découvrir la fraude du Comte et ses transactions avec des types douteux. Une fois cette information révélée, il y aurait eu des jurés que Marcus aurait pu convaincre. Mais ça ne pouvait pas venir de moi... ç'aurait été trop évident.

Joe hocha la tête.

— Donc, vous avez monté un coup contre vous-même. C'était tout simple. Si simple que des gens comme votre fille et moi penserions forcément que ça ne l'était pas tant que ça. Que vous aviez été piégée.

Elle garda le silence : il était inutile de dire quoi que ce soit.

— Les détectives de Hand ont appris qu'un contrat avait été lancé sur Earl à Chicago, poursuivit Joe. C'est ce qu'ils lui ont dit hier, au tribunal. Si vous aviez juste attendu un peu, d'autres se seraient occupés de tout sans même que vous vous en mêliez.

— Ç'a été une surprise, mais... s'ils avaient bâclé le travail ? Je ne compte pas sur les autres, je ne l'ai jamais fait ! dit-elle en le regardant droit dans les yeux. Je me débrouille toute seule et je ne fais confiance qu'à moi ! Si ma fille avait appris cette leçon, peut-être qu'elle n'en serait pas où elle en est aujourd'hui : bibliothécaire à temps partiel dans une petite ville merdique, avec un mari comme vous...

— Je sais, dit-il. Et malgré ce que me disait mon instinct, j'ai foncé et mis ma réputation en danger pour chercher à vous tirer de là.

— Je savais que je pouvais compter sur vous, Joe, dit-elle en hochant la tête. Que vous creuseriez la combine du parc éolien et que vous mèneriez Marcus sur cette piste. Donc, même si Bud était mort, s'il avait oublié notre accord ou s'il était revenu dessus, j'étais couverte. Il y aurait eu un doute raisonnable.

Elle marqua une pause, regarda sa main et apprécia la nuance de rouge de son vernis à ongles.

— J'ai passé ma vie à manœuvrer des gens simples comme vous et Bud...

Joe tendit le bras, prit le fusil et le souleva.

Elle le regarda, incrédule.

— Vous ne ferez jamais ça...

— Je pourrais vous étonner, dit-il, les dents serrées.

— Mon offre tient toujours, dit-elle, soudain ébranlée. Si vous faites ça, vous n'aurez rien. Votre famille non plus. Marybeth est au courant ?

— Pas encore. Mais on se parle. Vous imaginez un peu !

— Alors, vous allez le lui raconter ? Lui avouer qu'en fin de compte, sa mère est une meurtrière ? Le révéler à mes petites-filles ?

— Je n'ai pas encore décidé. Ça dépend de vous.

— Que voulez-vous dire ? demanda-t-elle, les larmes aux yeux. Que dois-je faire ?

Il ne savait pas si ses larmes étaient sincères et il s'en moquait. Il exposa brièvement sa proposition.

— Si vous ne faites pas ce qu'il faut maintenant, dit-il quand il eut terminé, vous êtes morte. Et si, plus tard, vous cherchez à revenir sur votre décision, je ferai savoir à mon ami Nate qui est responsable de la mort d'Alisha.

Le masque de porcelaine se brisa.

— Vous êtes vraiment un salaud, Joe Pickett ! Vous êtes aussi intrigant que moi !

— Je ne dirais pas ça. Vous occupez une catégorie à vous toute seule.

Des bruits de moteur s'élevèrent dehors. Des phares brillèrent à travers les fenêtres tandis que Hand et ses associés arrivaient.

— Ils sont là, dit-elle.

— Moi, je m'en vais.

**

Joe se glissa dans le lit le plus doucement possible, mais Marybeth posa une main chaude sur sa cuisse.

— Tu rentres vraiment tard, dit-elle d'une voix ensommeillée.

— C'est l'ouverture de la saison. Il y a plein de chasseurs partout. Je suis aussi passé voir Bud à l'hôpital.

— Comment est-il ?

— Mourant.

— Oh, comme c'est triste... Mais je suis contente que ses enfants soient revenus. Ça a dû le réjouir.

— C'était un homme simple. Il a pris soin de sa famille.

— Je suis épuisée, dit-elle en bâillant. Ces trois dernières semaines ont été longues.

— Oui.

— Dulcie a appelé, reprit-elle, un peu plus réveillée. Elle s'en veut énormément de ce qui s'est passé. Elle a dit qu'elle s'était laissée emporter par son goût pour la compétition. C'était une forme d'excuse et j'ai répondu qu'on était toujours amies. Ça a eu l'air de la réconforter. C'est quelqu'un de bien, Joe.

— J'en conviens.

Il l'attira contre lui. Là, elle était pleinement réveillée.

— Maman a appelé aussi, dit-elle d'un ton inquiétant.

— Vraiment ?

— Elle envisage de faire une longue croisière autour du monde, puis de vendre le ranch et de déménager. À ce que j'ai cru comprendre, tout dans la région lui rappelle trop Bud et Earl... Elle semblait un peu soûle.

— C'est probablement une bonne idée.

— Elle a dit qu'elle allait créer un fonds pour financer les études de nos filles et un autre en fidéicommis pour la pupille d'Alisha. Elle va parler à Hand pour qu'il s'en charge avant son départ. Je te dirai le reste demain matin. Là, je suis fatiguée. Ça doit vouloir dire que son offre pour le ranch ne tient plus, mais c'est mieux comme ça et elle avait l'air très humble. Même attentionnée.

— C'est formidable, dit-il, enfouissant son visage dans les cheveux de sa femme. Je suis fatigué, moi aussi.

— Elle était très gentille, murmura Marybeth. C'était une discussion bizarre, comme si elle avait encore beaucoup de choses à dire. Et j'ai eu presque l'impression qu'elle me disait adieu.

Il ne répondit pas.

— Elle me manquera peut-être même un peu, ajouta-t-elle.

— Ouais, dit Joe. À moi aussi.

20 SEPTEMBRE

« L'orgueil les pare comme d'un collier,
La violence les ceint comme un manteau. »

Psaumes, LXXIII, 6

ÉPILOGUE

Nate avait vécu jadis dans la maison de pierre sur les berges de la North Fork de la Twelve Sleep River. De l'autre côté de la rivière, à l'est, un promontoire escarpé se dressait sur une vingtaine de mètres. Le soleil du matin éclairait sa face ocre. La rivière était si basse qu'elle ne formait plus qu'une série de flaques d'eau, maintenues artificiellement en vie par un réseau de sources souterraines. À l'est s'étendait une longue plaine parsemée d'armoise. Une route à deux voies la traversait depuis une grande artère, la seule qui menait à cet endroit.

Nate se réveilla sous ses couvertures, près du tronc de l'unique peuplier de Virginie sur le côté de la maison, pour découvrir que le faucon pèlerin l'avait trouvé pendant la nuit. Il était perché en silence sur une branche, très haut au-dessus de lui. Il ne baissa pas les yeux, ne lui fit aucun signe de reconnaissance, et Nate ne le salua pas. L'oiseau était juste là. C'était la nature de leur relation.

***

Nate repoussa ses couvertures d'un coup de pied, accrocha son arme à une cheville plantée dans l'écorce du peuplier, se leva, nu, et s'étira. Les murs de pierre de la maison étaient encore debout, mais le reste avait été vandalisé pendant ses années d'absence. Les fenêtres avaient été défoncées et la porte d'entrée percée par deux douzaines de balles et quelques décharges de chevrotine. Quelqu'un avait pénétré dans la maison et allumé un feu qui l'avait brûlée jusqu'au plafond. Une famille de mouffettes logeait à présent sous les lames du parquet, et une chouette nichait dans la cheminée.

Nate descendit jusqu'à la rivière et s'accroupit dans l'une des flaques les plus profondes. L'eau était glacée et vivifiante. Il se lava et ôta presque toute la teinture noire de ses cheveux.

En frissonnant, il passa sa plus belle chemise et son jean. Puis il mit ses bottes. Enfin, il nettoya et fit rôtir un tétras des armoises, qu'il avait tué la veille au soir. Il mangea toute la viande et mit les os de côté pour son faucon.

***

Joe et Marybeth devaient arriver d'un moment à l'autre. Ils avaient accepté de l'accompagner dans la réserve et de l'aider à trouver les mots justes pour la mère d'Alisha. De plus, il était curieux d'en savoir plus sur le procès. Il en connaissait déjà le dénouement. Et il savait que Bud Longbrake était mort trois jours auparavant. Il n'était jamais sorti du coma et, pour Nate, c'était une fin aigre-douce. Incomplète. Il n'était pas satisfait.

***

Quand il entendit un bruit de moteur à l'ouest, il ne s'inquiéta pas. Il se baissa et remballa ses affaires dans son sac marin. À son retour, il commencerait à reconstruire sa maison de pierre, à la rendre habitable et sûre pour l'hiver suivant. Il devrait faire provision de bois et de viande, et réparer le puits qui avait été éventré par les vandales.

Il ne pouvait pas encore voir le véhicule, mais il reconnut le vrombissement du moteur. Ce n'était ni le pick-up de Joe ni la camionnette de Marybeth.

Il plissa les yeux en direction du bruit, décrocha son holster, le passa à sa ceinture et le sangla étroitement.

***

Au loin, le vieux Dodge Power Wagon de Merle franchit en grinçant le sommet de la côte, son pare-brise fissuré attrapant un reflet du soleil du matin. Nate passa derrière le tronc du peuplier de Virginie et attendit. Merle roulait lentement et se déportait de chaque côté de la chaussée. Ses roues avant sortaient de la route et s'égaraient d'un bon mètre avant de revenir sur l'asphalte.

Était-il déjà ivre de si bon matin ?

***

Lentement, le vieux 4 × 4 s'approcha. Nate aperçut le profil caractéristique de Merle à travers le pare-brise. Il était seul dans l'habitacle. Nate s'attendait à le voir s'arrêter à côté de sa Jeep, mais Merle la dépassa lentement. Alors, Nate s'aperçut qu'il avait la tête penchée en avant, le menton sur la poitrine et les yeux fermés.

— Merle !

Le véhicule roula sur son ancien potager, droit vers la maison.

— Merle, réveille-toi !

Il vit le Dodge s'écraser de plein fouet sur le mur latéral, dans un énorme craquement. Le mur était solide et ne s'écroula pas. Le moteur toussa deux fois, puis cala.

Nate s'approchait de l'arrière du Dodge, la main sur son revolver, prêt à tirer, quand la portière s'ouvrit et Merle dégringola du siège en tombant lourdement dans l'herbe sèche. Et il resta là, sur le dos, les pieds encore dans la voiture, haletant, bouche ouverte, en se tenant le ventre avec ses mains trempées de sang.

— Nom de Dieu ! s'écria Nate.

Merle tourna la tête vers lui. Il était blême.

— La fille, balbutia-t-il les dents serrées. Celle du Montana. Elle était venue en éclaireur...

Au début, Nate ne comprit pas. Puis, cela fit *tilt*. La fille qui avait séduit Merle, qui lui avait demandé de l'accompagner dans le Montana... Elle avait été envoyée pour trouver son ami. Et pour le trouver, lui aussi. Et elle avait réussi.

Il grimaça quand, en s'approchant de Merle, il le vit tenir son énorme ventre à deux mains pour tenter d'empêcher des mètres d'intestins bleus et luisants de s'en déverser. Il avait été étripé.

— Les Cinq..., dit Merle. Ils se sont déployés.

REMERCIEMENTS

L'auteur aimerait remercier tous ceux qui l'ont aidé dans ses recherches pour ce roman, et qui ont contribué à sa relecture, à sa préparation et à sa publication – notamment Tim Curley, Lonie Hardenbrook, Ryan Lewis, Bob Budd, Max Maxfield, Karen Wheeler, Sherry Merryman, Doug Lyle, M.D., Roxanne, Molly et Laurie Box, Mark Nelson, Terry Mackey et Bob Baker.

Bravo à Don Hajicek pour le site cjbox.net et à Jennifer Fonnesbeck pour la page Facebook.

Enfin, je suis particulièrement reconnaissant à la merveilleuse Ann Rittenberg et aux membres de l'équipe championne de Putnam : Ivan Held, Michael Barson et le légendaire Neil Nyren.

Dans la collection
Robert Pépin présente...

Photocomposition Nord Compo

Impression réalisée en février 2014 par CPI Bussière
à Saint-Amand-Montrond (Cher)
pour le compte des éditions Calmann-Lévy
31, rue de Fleurus 75006 Paris

N° d'édition : 5186705/01.
N° d'impression : 2007911.
Dépôt légal : mars 2014.
Imprimé en France